SUPPENBRUNZER

Nicole Lingen studierte nach dem Abitur in München Sprachen und arbeitete als freie Journalistin. Über ein Stipendium der Filmhochschule München kam sie zum Drehbuch. Fünfundzwanzig Fernsehfilme und noch einmal so viele Folgen verschiedener Serien stammen aus ihrer Feder. Für die Familienserie »Racko – ein Hund für alle Fälle«, die 2019 ausgestrahlt wird, hat Nicole Lingen nicht nur Drehbücher geschrieben, sondern ist auch als Headautorin verantwortlich.

NICOLE LINGEN

SUPPENBRUNZER

Niederbayern Krimi

emons:

Lust auf mehr? Laden Sie sich die »LChoice«-App runter, scannen Sie den QR-Code und bestellen Sie weitere Bücher direkt in Ihrer Buchhandlung.

Bibliografische Information der Deutschen Nationalbibliothek
Die Deutsche Nationalbibliothek verzeichnet diese Publikation in der Deutschen Nationalbibliografie; detaillierte bibliografische Daten sind im Internet über http://dnb.d-nb.de abrufbar.

© Emons Verlag GmbH
Alle Rechte vorbehalten
Umschlagmotiv: mauritius images/imageBROKER/Stefan Kiefer
Umschlaggestaltung: Nina Schäfer, nach einem Konzept von
Leonardo Magrelli und Nina Schäfer
Umsetzung: Tobias Doetsch
Gestaltung Innenteil: César Satz & Grafik GmbH, Köln
Lektorat: Carlos Westerkamp
Druck und Bindung: CPI – Clausen & Bosse, Leck
Printed in Germany 2019
ISBN 978-3-7408-0517-3
Niederbayern Krimi
Originalausgabe

Unser Newsletter informiert Sie
regelmäßig über Neues von emons:
Kostenlos bestellen unter
www.emons-verlag.de

Für Edith

Wie oft sah ich die blassen Hände nähen,
ein Stück für mich – wie liebevoll du sorgtest!
Ich sah zum Himmel deine Augen flehen,
ein Wunsch für mich – wie liebevoll du sorgtest!
Und an mein Bett kamst du mit leisen Zehen,
ein Schutz für mich – wie sorgenvoll du horchtest!

Detlev von Liliencron

und
Manfred

1

Das letzte Licht erlosch, und das Bauernhaus lag im Dunkeln. Endlich. Aber er wartete noch. Wollte sichergehen. Den ganzen Tag über hatte es geregnet. Der Boden war nass, schlammig und voller Pfützen. Ein Waldkauz schrie. Irgendwo blökte eine Kuh. Sonst war es still. Die Art von Stille, in der das eigene Atmen laut wird. Sein Atmen war jedoch eher ein Keuchen. Die lange Holzleiter, die er vom Schuppen hinüber zum Haus schleppte, war verdammt schwer. Geschafft. Dort oben im ersten Stock war ihr Fenster. Er lehnte die Leiter gegen die Mauer. Sein Puls raste, sein Herz trommelte so heftig gegen die Brust, als wollte es herausspringen, direkt in ihre Arme, sie, die um diese Uhrzeit sicher schon selig schlief. »Fensterln« nannte man das, was er vorhatte. *Des Fensterln war früher a Brauch, wo die junga Burschn bei der Nacht zu de Deandln ganga san,* hatte Pfarrer Neuhaus erst kürzlich einer Touristin erklärt. *Heut aber san die Zeiten a scho wieda vorbei. Schad eigentlich.* Der Herr Pfarrer mit seinem Blaulicht auf dem alten VW-Käfer, wenn er wieder einmal für eine Krankensalbung viel zu spät dran war. *Nicht dass der mir no mit seiner ganzen Sünd im Rucksack davostirbt!*

Er schüttelte sich bei dem Gedanken an den Pfarrer, der ihn im Beichtstuhl immer danach fragte, ob er unkeusch gewesen sei. Mit diesem seltsam gierigen Unterton. Schmutzige Worte erreichten direkt das Lustzentrum im Gehirn, hatte er gegoogelt und es bei der anderen versucht, die jetzt nicht mehr da war. »Fick mich«, hatte er sich ausprobiert, obwohl ihm schon allein vom Aussprechen der beiden Worte speiübel geworden war. Er hasste diese Art von Sprache. Aber – es hatte funktioniert. Sie war dazu bereit gewesen. Er nicht. Und dann wollte sie auch noch davonrennen. Vor ihm. Dabei war er nicht so wie die anderen, die sie ständig enttäuscht hatten. ER hätte sie auf Händen getragen …

Vater unser im Himmel, geheiligt werde dein Name ...
Die Worte rasten durch sein Gehirn, es gelang ihm nicht, sie zu stoppen. Er musste wieder an den Pfarrer denken. Er grinste. Weil den hatte er im Griff. Schwindelte bei ihm immer a bisserl vor sich hin. Wenn er schon auf so was stand. Manchmal allerdings übertrieb er, und der Pfarrer, der ihm gegenübersaß, wurde kreidebleich. Die Rosenkränze und die vielen Gegrüßet-seist-du-Maria als auferlegte Buße ersparte er sich allerdings. Es gab nichts zu bereuen und auch nichts, um es wiedergutzumachen. Er war ein braver Junge. So brav.

Er setzte den Fuß auf die erste Sprosse, hielt inne, zog ihn wieder zurück. Legte sich stattdessen ins Gras. Die Nässe kroch durch sein T-Shirt und die viel zu dünne Hose. Er spürte sie nicht. Verschränkte die Arme unter dem Hinterkopf. Ließ ihr Fenster nicht aus den Augen. War mit der Phantasie ganz bei ihr. Wie sie jetzt wohl dalag? Unter dem Laken. Nackt. Eine Brust entblößt. Er wollte an ihren Brustwarzen saugen. Die Milch heraussaugen, die sie nicht hatte. Die auch an der anderen Brust, an der er gesaugt hatte, irgendwann versiegt war. Mit dem Finger wollte er über die sanfte Wölbung ihres Busens streichen, sich in ihrer Achsel verkriechen, betäubt werden von ihrem Duft, dieser wunderbaren Mischung aus Honig, Schweiß und Unschuld. Wollte ihn in sich aufsaugen, mit der Zunge lecken, ihn wie Schnupftabak in die Nase schniefen, so weit hinein ins Gehirn, dass es vor Begierde explodierte und er nicht mehr denken musste und denken und ... Durch jede Pore wollte er sie in sich aufnehmen, bis auch die letzte Zelle trunken war – von ihr. Allein schon bei der Vorstellung fühlte er sich lebendig.

Endlich Mann sein.

Er atmete die Nacht ein und ... ihm wurde übel. Er sprang auf. Übergab sich. Und es war, als erlösche mit dem Erbrochenen auch das Feuer, das er zumindest einen Augenblick lang zwischen den Lenden gespürt hatte. Der Sound der Sonntagspredigt war in seinem Ohr. *Asche zu Asche. Staub zu Staub.* Ohne vorher kremiert worden zu sein wie sein Onkel, der nach dem Schweinsbraten mit einem seligen Seufzer vom Stuhl gefallen war. Herzinfarkt mit sechzig. Sie hatten ihn verbrennen lassen, und er war der Einzige in der Familie gewesen, der hatte dabei sein wollen. Feuer faszinierte ihn und was es mit dem Körper machte. Die Leiter war noch da.

Er nahm nun doch Sprosse um Sprosse. Die Nässe klebte an ihm, ob vom feuchten Gras oder vom Schweiß. Egal. Er erreichte ihr Fenster. Sie lag da. Im Licht des Mondes, der das schwarze Wolkengeflecht mit aller Kraft auseinanderstemmte, um den Blick freizugeben auf – sie. Sie war nackt und wunderschön. Das lange weizenblonde Haar wie ein Heiligenschein um ihr zartes Gesicht. Das Handy in seiner Hosentasche. Ein Foto machen. Auf diese Weise diesen kostbaren Moment für immer festhalten. Er steckte das Handy wieder ein. Von nun an würde sie ihm wie die anderen zur Verfügung stehen, wenn er sie brauchte. Dabei fiel ihm ein, was der Bestatter noch gesagt hatte, als er sich von ihm den Verbrennungsvorgang bis ins letzte Detail hatte erklären lassen: »G'sunde brennen besser als Kranke und Frauen besser als Männer.«

Er blieb bei ihr, bis sich in der Fensterscheibe, die sie trennte, die Morgensonne verfing und sie mit ihren Strahlen umarmte. Aufglühen und gleichzeitiges Verglühen. Einmal nur aufleuchten wie die Sonne und damit alles Unansehnliche zerstören. *Asche zu Asche.* Frauen brennen besser als Männer. *Staub zu Staub.* Sprosse um Sprosse kletterte er wieder hinunter. Stellte die Leiter zurück und verschwand ebenso leise, wie er gekommen war.

2

Der Teufel. Jedes Mal wenn Sophia, Hauptkommissarin im Dezernat 11 der Münchner Mordkommission, die Frauenkirche durch das Hauptportal betrat, hatte sie ihn vor Augen. Klein, schwarz und mit langem Schwanz. Es war eine fast kindliche Vorstellung, die sie noch immer von dem dunklen Gesellen hatte. Sie stellte sich vor, wie der Teufel ebenso wie sie jedes Mal aufs Neue verwundert war über die klare, strenge Gliederung des spätgotischen Kirchenschiffs. Er, der fest entschlossen gewesen war, das Gotteshaus zu zerstören. So zumindest die Sage, die sich aufgrund eines schwarzen Fußabdrucks auf dem grün-blau-rötlichen Rautenboden aus Stein über die Jahrhunderte hinweg gehalten hatte. Es gab nur einen Grund, weshalb der Teufel von seinem Vorhaben abließ, so die Sage weiter, und der war, dass von seiner Perspektive aus kein einziges Fenster zu sehen gewesen war. Überzeugt davon, dass niemand bereit sein würde, in einer Kirche ohne Fenster zu beten, stampfte der Teufel vor Freude auf, hinterließ den besagten schwarzen Fußabdruck und fuhr, zufrieden darüber, dass sich alles wie von selbst regelte, zurück in sein nie erlöschendes Höllenfeuer.

Wäre er nur ein paar Schritte weitergegangen, auch das überlegte Sophia gelegentlich, hätte er die Schönheit der mit bunten Glasfragmenten geschmückten Fenster ebenso wahrgenommen wie sie. Vielleicht war das die Botschaft. Dass es gelegentlich nur ein paar Schritte mehr brauchte, aus der Dunkelheit ins Licht, um das Fenster zu sehen und mit dem Fenster den Ausweg aus Zorn, Hass, zügelloser Begierde oder Verzweiflung. Vielleicht gäbe es dann weniger Totschlag, Mord, schwere Körperverletzung und Terror. So aber blieb dem Teufel, nachdem er seinen Fehler erkannt hatte, nichts anderes übrig, als rasend vor Zorn um die Zwiebeltürme des Doms zu Unserer Lieben Frau zu blasen und zu stürmen, weil nach der Weihe die Kirche für ihn unantastbar geworden war. Er stürmte und blies weiter durch die Augustinerstraße, über die Löwengrube und dann wieder andersherum, Richtung Neuhauser Straße, aber immer bis hinein ins Münchner Polizeipräsidium in der Ettstraße, wo das Teuflische nicht selten mit in der Vernehmung saß. Das Böse, das jeden Menschen, einschließlich sie selbst, davon war Sophia überzeugt, zum Mörder machen konnte.

»Und dann sagen die Atheisten, dass es nix gibt.«

Sophia war so in Gedanken versunken, dass sie zusammenzuckte, obwohl der Mann hinter ihr leise gesprochen, ja fast geflüstert hatte. Wie schreckhaft sie geworden war. Ständig in Habachtstellung, verwundbar wie ein Schmetterling. *Wenn du in Gefahr bist, spürst du es nicht, es ist nur wie ein Windhauch, der dein Haar streift.* Eine Frau hatte es zu ihr gesagt. Eine Joggerin, die im Englischen Garten angegriffen, vergewaltigt und schwer verletzt worden war. Jetzt fiel Sophia der Satz wieder ein. Sie ignorierte den Mann, sah sich nicht einmal nach ihm um, machte einen Knicks, bekreuzigte sich und schob sich rasch in die Enge einer Kirchenbank. Sie barg das Gesicht in den Händen. Nicht nur als Zeichen, dass sie nicht angesprochen werden wollte, sie versuchte sich auf diese Weise auch etwas zu entspannen. Doch all ihre Sinne blieben auf Alarm. In letzter Zeit brauchte es nicht viel, und alles in ihr geriet außer Kontrolle.

Sie hörte, wie er sich neben sie setzte. Ein unangenehmer Geruch ging von ihm aus. Sie verkroch sich noch tiefer in die Hände. *Sprich mich nicht an. Lass mich in Ruhe.*

»Dabei gibt es was.« Er sprach sie an. »Ich bin ganz sicher, dass es was gibt.«

Sie spürte, wie sich ihre langen, rot lackierten Fingernägel in die Stirn bohrten, hinter der es jetzt zu toben anfing. Am liebsten hätte sie mit dem Kopf auf die Kirchenbank ge-, den Schädel aufgeschlagen wie ein rohes Ei. Raus mit dem ganzen Zeug, alles raus. Raus, raus, raus, raus! Dieses ständige Atmosphärewittern. Dieses Sich-in-Menschen-hineinfühlen-Können. Manchmal wusste sie nicht einmal mehr, wo der andere aufhörte und sie anfing. Sie wollte endlich wieder nur ICH sein.

Der faule Geruch. Jetzt wusste sie, woran er sie erinnerte. An Azeton, möglicherweise ein Hinweis auf eine entgleiste Diabetes.

»Geht es Ihnen nicht gut?« Er rückte noch näher an sie heran.

»Halten Sie doch endlich den Mund!« Es platzte aus ihr heraus, ehe sie sich zurückhalten konnte. Die Hände glitten von ihren Augen, und sie sah ihn zum ersten Mal an. Im Gegensatz zu seiner Stimme war er alt. »Tut mir leid.«

Er deutete auf ihre Stirn. »Sie sind da ganz rot. Nicht von Ihrem wunderschönen Nagellack, ich glaub, da ist sogar ein bisschen Blut.« Er zog das Einstecktuch aus seinem teuer aussehenden Jackett, spuckte darauf, wollte ihr die Stirn abtupfen.

Sie zuckte zurück. »Danke, aber es geht schon.«

Er sagte nichts, schien über ihr Zurückweichen enttäuscht. Sophia sah ihn sich jetzt näher an, so wie sie sich alles näher ansah, was irgendwie von Bedeutung zu sein schien. Er war um die achtzig, nicht nur der Anzug, auch die Krawatte war von edlem Design, das weiße Haar zu lang und ungepflegt wie die buschigen Augenbrauen. Offenbar gab es niemanden, der ihn darauf hinwies oder alles ein wenig zurechtstutzte. Was sie aber am meisten an ihm fesselte, war der Ausdruck seiner Augen. Wie von Menschen, die nach einem Endlosverhör, nach unzähligen Lügen, Beschönigungen und Verharmlosungen endlich gestanden. *Ja, ich war's. Ich war's. Ich war's.* Es war dieser kleine, kaum wahrnehmbare Moment, in dem sie erkannte, dass sie so weit waren oder nicht mehr konnten, dass sie ihre Tat – jetzt – zugeben würden. Sie nannte diesen Moment »Abschied im Blick«. Dieses Begreifen, dass das Leben, so wie er oder sie es gekannt hatte, für immer vorbei war. Ein Mord veränderte alles. Den Menschen und das Sein. Zu töten machte einsam.

»Wenn es nix gäbe da oben«, der alte Mann hatte sich offenbar von seiner Enttäuschung erholt, »also wenn es danach, wenn's vorbei ist mit uns, nur dunkel wäre, dann gäbe es doch nicht diese Vollkommenheit, diese Pracht. Das schafft kein Mensch allein. Das hat was Göttliches.«

Sophia tat ihm den Gefallen, legte den Kopf ebenfalls in den Nacken, wobei die Wirbel wie Kieselsteine knirschten, auf die jemand getreten war. Sie benötigte dringend eine Massage. Nur wann?

Aus dieser Perspektive hatte sie die Frauenkirche schon lange nicht mehr betrachtet. Sie nahm wahr, dass sich die in zartem Ocker gehaltene Decke über ihnen wie ein Stern wölbte. Bunte Konsolfigürchen blickten auf sie herab und schnitten – alles andere als heilig – Fratzen. Der alte Mann senkte wieder den Kopf, sah Sophia beschwörend an, die den Kopf ebenfalls wieder in die richtige Position rückte, und fuhr in sakralem Tonfall fort: »Schauen Sie sich doch die Gemälde an. Unser Herr Jesus in seinem unsagbaren Schmerz, und da vorn«, er deutete auf den Altarbereich und hauchte: »unsere Maria Immaculata ...«

»Die unbefleckte Empfängnis.« Sie wusste nicht, warum, fast gegen ihren Willen hatte ihre Stimme diesen ironischen Unterton, wie immer, wenn sie etwas als zu dick aufgetragen empfand. Die deutsche Seite in ihr sorgte für die Nüchternheit ihrer Gedanken. »Was ich sagen will, die katholische Kirche übertreibt.«

Er lächelte warm. »Schon Adalbert Stifter hat gesagt, das Mutterherz ist der schönste und unverlierbarste Platz des Sohnes, selbst wenn er schon graue Haare trägt. Und jeder hat im ganzen Weltall nur ein einziges solches Herz.«

»Die Mutter ist keine heilige Kuh.« Wieder geriet sie außer Kontrolle, ohne zu wissen, warum. Sie fauchte ihn an: »Eine Mutter ist oft eine ganz schön arme Sau!«

Ein verächtlicher Blick. Der alte Mann stand auf und verließ die Kirche ohne ein weiteres Wort, aber mit einem heftigen Zuschlagen des Kirchenportals, sodass Sophia schon fürchtete, die sich am Kielbogen des Portals festkrallenden Krabben verlören ihren Halt, knallten ihm direkt auf den Kopf und er würde somit noch vor seiner Zeit aus dem Leben scheiden. Das war die portugiesische Seite in ihr – die Phantasie.

Sie stand ebenfalls auf, warf der unbefleckten Maria, die allen Müttern diesen Scheißruf eingebracht hatte, nicht menschlich, sondern überirdisch zu sein, ebenfalls den Blick des Abschieds zu, fragte sich gleichzeitig, ob wenigstens die Geburt von Jesus Christus für sie schmerzhaft gewesen war, und beschloss, dass sie selbst genug Kraft getankt hatte. Es war an der Zeit, ins Präsidium zurückzukehren. Das Kirchenportal schlug nun auch hinter ihr zu.

3

Das Kirchenportal zur Wallfahrtskirche Maria Himmelfahrt, die auf dem Bogenberg hockte, als gehöre die ganze Donaulandschaft ihr, quietschte in den Angeln. Es erinnerte ihn an das Geräusch an einer Regenrinne entlangkratzender Fingernägel. Er und die Nachbarskinder hatten einander damit geärgert, ebenso wie sie Stefan mit einem aufgeblasenen Luftballon gejagt hatten, bis er nicht mehr weiterkonnte und um Gnade winselte. Stefan hatte Angst vor Luftballons gehabt. War er ungehorsam gewesen, hatte seine Mutter den Luftballon direkt neben seinem Ohr platzen lassen. Irgendwann waren Stefan und seine Familie weggezogen. Stefan hatte nichts zurückgelassen außer vielleicht ein schlechtes Gewissen.

Er lächelte. Seine Mutter war fürsorglich und zärtlich. In dieser Hinsicht hatte er wirklich Glück. Nie hätte sie ihm auch nur annähernd so etwas angetan. Wieder dieses Quietschen. Aber diesmal hatte er Vaseline mitgebracht. Seine Mutter bewahrte sie im Badezimmerschrank auf. Er würde sie ihr ersetzen müssen.

Doch die Tür war zu schwer, um sie auch nur einen Millimeter aus ihren Angeln zu heben. Er stellte den Cremetopf achtlos zur Seite und konzentrierte sich stattdessen auf die Steinplatte, die sich im Vorraum des nördlichen Seitenportals der Kirche befand. Sie faszinierte ihn jedes Mal aufs Neue.

HaeC seDes DeI parae InsIgnIs (1104)
Schon trug im Jahr Eilfhundert wier
Der Donau Fluth mit Gottes Segen
Dein Bild, Maria uns entgegen.
In seiner Schloßkappelle hier
Hat Aswin, Bogens frommer Held
Es Dir zur Ehre ausgestellt.

Die Verszeilen sagten aus, dass im Jahre 1104 eine Steinmadonna gegen den Donaustrom schwamm und am Marienfelsen bei Pogana, dem heutigen Bogen, landete. *Die zart und reinigsten Jungfrau und Mutter Gottes Mariae*, wie es weiter hieß. Er verehrte sie. Die Reinheit der Gottesmutter. Betete sie an. Fing an zu beten. Betete für die Menschen, die ihre Verzweiflung und Not herausschreien wollten, jedoch stumm waren. Er verfluchte gleichzeitig diesen Gott, der sein eigenes Leben über ihre Wunden und Seelennarben gelegt hatte, sodass sie nicht mehr gesehen wurden. Er glaubte nicht an das, was der Pfarrer predigte: Das Kreuz heile den Menschen, befreie ihn, Gottes Tod inmitten der Welt stelle den Menschen wieder in die Mitte der Welt.

Er – glaubte nur noch an sich.

Er – betete nur noch für sich.

Und für seinen Onkel. Für ihn zündete er auch eine Kerze an. Langsam zog er den Zeigefinger der rechten Hand durch die Flamme. Brandopfer als Sühne. Der schamvolle Körper verbrennt. Die Seele wird frei. Er zog den Finger zurück. Er war schwarz. Es hatte nicht einmal wehgetan. Fast war er darüber enttäuscht, denn ohne Schmerz, auch das predigte der Pfarrer, ohne Schmerz gab es keine Erlösung.

Er fühlte Wut in sich aufsteigen, holte tief Luft, blies alle Kerzen, die Gläubige für ihre Verstorbenen und Lebenden angezündet hatten, mit einem Mal aus, stürzte aus der Kirche. Glockengeläut, weit über das Tal, bis hinein in die ewige, alles verbrennende Sonne. Er lief noch schneller, sah den Pfarrer, der ihm den steilen Weg vom Parkplatz entgegenschnaufte. Er stoppte, duckte sich rasch hinter einen Grabstein.

✳ ✳ ✳

Der Pfarrer betrat die Kirche und wunderte sich, dass alle Kerzen gleichzeitig verlöscht, jedoch nicht abgebrannt waren. Er sah sich um, fand die Vaseline, war mit einem für seine Korpulenz ungewöhnlich schnellen Satz beim Beichtstuhl, riss ihn auf, nichts. Suchte die Kirche weiter ab, Kirchenbank um Kirchenbank, schaute hinter den Altar, betrat die Sakristei, öffnete den Schrank, in dem die liturgischen Gewänder aufbewahrt wurden, durchwühlte sie, wobei zwei von ihnen vom Kleiderbügel rutschten, aber auch da war nichts, was irgendwie auffällig gewesen wäre. Er gab auf. Falls ein junges Paar die Kirche für seine Sexspiele genutzt hatte, war er zu spät gekommen. Er warf die Vaseline in den Abfall und bereitete den Gottesdienst vor, der zu Ehren des verstorbenen Riedbauern stattfinden sollte.

4

Sophia hatte die Ettstraße erreicht, steuerte auf das Polizeipräsidium zu, trat durch das gewaltige Eisentor, das in den Innenhof führte, und warf zum ersten Mal dem Hinterteil des auf einer Steinsäule thronenden bayerischen Löwen keine Kusshand zu. Hätte sie sich selbst beobachten können, hätte sie eine sehr schlanke, zierliche Frau Ende dreißig gesehen, die leichtfüßig, als trügen die Beine kaum Gewicht, in Jeans und auf hohen Absätzen die wenigen Stufen nahm, die zu dem Gebäude führten. Einem ehemaligen Kloster der Augustinereremiten, fünf Stock hoch und mit Glockenturm. Sophia war nicht der Typ Frau, der in einer Menschenmenge oder einem Restaurant auffiel. Das heißt, ob sie auffiel oder nicht, hing jeweils vom Blickwinkel ihres Betrachters ab und davon, ob er sich die Zeit nahm, sie zu entdecken oder nicht.

Die Augen fast schwarz, die Brauen breit, dunkel und sehr gerade, die Gesichtsform oval, die Nase schmal, aber für Sophias Geschmack zu groß, genauso wie ihr Mund. Je nach Lichteinfall oder Stimmung konnte sich ihr Gesicht dramatisch verändern, sodass man manchmal das Gefühl hatte, Sophia sei mehr als nur eine. Als fände man in ihren Zügen auch die Vielfalt ihrer Ahnen wieder und die strenge Melancholie des Fado, melodiöses Wehklagen und seliges Lächeln. *Jeder von uns ist mehrere, ist viele, ist ein Übermaß an Selbsten.* Ein Satz von Fernando Pessoa, den ihr Vater gern zitiert hatte.

Sophia stemmte die schwere Holztür auf, trat ein in die Parallelwelt, die ebenfalls mit viel dunklem Holz gestaltet worden war. Die berüchtigte No-go-Area, dieser Ort, der ein ähnliches Prickeln hervorrief wie »Das Schweigen der Lämmer«. Hier wurde das Verbrechen zur Realität, spornte die Phantasie an, jagte sie durch Wogen wohligen Schauderns.

Sie fühlte ihn, noch ehe sie ihn sah. Witterte seine Panik.

Wie Hunde über einen Pfotenabdruck den Angstschweiß ihrer Artgenossen. Sie drehte sich ein wenig nach links, in die Richtung, aus der seine Schwingungen sie erreichten. Er war groß, kräftig, schwarz und jung. Zwei Polizisten führten ihn mit Handschellen ab, er schlurfte mit hängenden Schultern, dann wandte er sich ihr zu. Augen wie zwei riesige schwarze Löcher, die Iris kaum noch sichtbar. Drogen, dachte sie noch, als er sich mit der Kraft seines sehnigen Körpers aus dem Griff der Beamten befreite, auf sie zusprang und – sie wich erschrocken zurück – inmitten der Bewegung erstarrte. Schockgefroren. Der Blick entleert.

»Was ist mit ihm?«, fragte sie die beiden Polizisten, die ihn immer wieder anstießen: »*Hey man*, auf geht's.«

»Der Typ ist illegal, wird abgeschoben.«

Offenbar erhielten die Nervenbahnen wieder Signale. Zuerst zuckten die Augenlider, dann bebten die Lippen, und schließlich zitterte er am ganzen Leib, so wie Sophia noch keinen Menschen jemals hatte zittern sehen.

»Was hat er angestellt?«

»Er ist nach dem Abschiebebescheid untergetaucht. Wir haben ihn erwischt, als er was zum Essen geklaut hat.«

Sophia nickte, dachte noch, was geht's mich an, wollte schon weitergehen, als sich der Mann ganz leicht nach vorn beugte und flüsterte: »*Help me!*«

Sophia hatte bereits oft gehört, wie Menschen sie um Hilfe baten, anflehten, aber in dem Ton, mit dem er es sagte, lag etwas …»*Help me!*« Kein Abschied in den Augen. Sie waren auch nicht mehr leer. Todesangst, das war es, was sie sah und fühlte. Sophia kannte die Zellen im Haftbereich. Klein, eng und fast alle ohne Fenster. Nicht mehr als ein dunkles Loch. »*Please!*« Hätte die Haut des Mannes die Eigenschaft gehabt, blass zu werden, so wäre er, da war Sophia sicher, mittlerweile kreidebleich. Gerade noch völlig schwarz, war jetzt nur noch Weiß in seinen Augen, Iris und Pupillen nach oben oder unten oder sonst wohin gerutscht.

»Gebt ihm wenigstens eine Zelle mit Fenster.«

»Ist keine mehr frei.« Man merkte den Polizisten an, wie unwillig sie über ihre Einmischung waren.

»Dann tauscht halt mit einem, der das Loch besser aushält als er.«

»Der hier hat es übers Mittelmeer bis zu uns geschafft. Der hält schon was aus.«

»Help me!«

»Hey man, your family is waiting for you.« Die Beamten stießen ihn leicht in die Seite. Sophia dagegen dachte, die Familie hat alle Hoffnung für ein besseres Leben auf ihn gesetzt. Er würde nicht willkommen sein.

»Please!«

»Don't cry like a baby.« Der andere Polizist grinste.

Sein Flehen. Die Augen. Dieses Blitzlichtgewitter von Angst und Panik, das aus dem Mann förmlich in sie hineinströmte, und dazu das Grinsen des Polizisten.

»Sie sind ein verdammter Rassist.« Ihr Herz raste. »Und er kriegt eine Zelle mit Fenster.«

Ohne ein Wort führte ein Beamter den Mann ab, der keinen Widerstand mehr leistete. Der andere Beamte wandte sich an Sophia. »Das wird ein Nachspiel haben.«

»Und ob es das wird«, gab sie zurück und rief dem Mann nach. *»Don't worry, I will help you!«*

Der Mann drehte sich nicht mehr nach ihr um.

Ließ sie mit dem Gefühl zurück, einen Fehler gemacht zu haben.

Wenn du in Gefahr bist, spürst du es nicht, es ist nur wie ein Windhauch, der dein Haar streift.

* * *

»Wieser, sofort in mein Büro!«

Im Besprechungsraum wurden gerade Rechner installiert, Zugriffsberechtigungen erteilt, Telefonanschlüsse geschaltet, der Kühlschrank gefüllt und die Kaffeemaschine angeschlossen. Die »Sonderkommission Balanstraße«, die unter Sophias

Leitung in einem brutalen Doppelmord an einem Rentner-ehepaar ermitteln würde, richtete sich ein.

Jetzt aber war es still. So scharf war der Ton ihres Chefs August Ertl gewesen. Selbst die Vögel stellten für einen Moment ihren Gesang ein. Ertl drehte sich um, Sophia schraubte sich auf ihren ohnehin acht Zentimeter hohen Absätzen noch etwas höher, damit sie wenigstens die ein Meter siebzig erreichte, die sie als Jugendliche vergeblich angestrebt hatte, und folgte ihrem Vorgesetzten, der sie normalerweise nur mit Sophia ansprach. Benutzte er den Nachnamen, war es ernst. Allerdings war es der falsche Nachname. Sie war keine Wieser mehr. Sie war eine Alvarez. Sie richtete sich noch weiter auf. »Alvarez bitte ... A-l-v-a-r-e-z!«

Ertl ging nicht darauf ein, entschuldigte sich auch nicht. Er setzte sich hinter seinen Schreibtisch, der unter der Aktenlast fast zusammenzubrechen schien, bot Sophia jedoch keinen Platz an. Blieb gefasst. »Wie kommen Sie dazu, dem Kollegen Moser eine rassistische Motivation zu unterstellen? Er tut nur seine Pflicht.«

Sophia hielt seinem Blick stand. »Es wäre ein Leichtes für ihn gewesen, diesen offenbar traumatisierten Mann gut zu behandeln.«

»Er ist illegal eingereist. Sein Asylantrag wurde abgelehnt, also muss er zurück. So ist das Gesetz.«

»Und deshalb kann man ihn nicht menschenwürdig behandeln?«

»Die eine Nacht wird er schon aushalten.«

Sophia hatte ihrer Stimme den wohltuend sanften Tonfall geben wollen, mit dem sie selbst die skrupellosesten Straftäter so einwickelte, dass sie unachtsam wurden und schließlich gestanden. Ruhe, sie brauchte Ruhe. Sie brüllte Ertl an: »Falls er diese eine Nacht überlebt!«

»Reißen Sie sich zusammen.«

Sie versuchte es. »Bitte unternehmen Sie was.« Presste die Zähne so fest zusammen, dass ihr der Kiefer wehtat.

»Ich werde den Teufel tun.«

»Dann sind Sie nicht viel besser.« Sie brauste wieder auf.

»Sie meinen, dann bin ich auch ein Rassist?«

Normalerweise neigte Ertl nicht zu Überreaktionen. Normalerweise war er auch nicht cholerisch, sondern war eher ein kühler Kopf. Jetzt aber lief er an. Vom Hals aufwärts zog sich das Dunkelrot über sein Gesicht, den kahlen Schädel, kroch über seinen Nacken hinein in sein blütenweißes Hemd. Die blauen Augen verengten sich unter den buschigen weißen Augenbrauen. Weiß-blau wie Bayern, dachte sie noch, da fuhr Ertl, und das war das Gefährliche, mit großer Ruhe fort: »Ich werde dafür sorgen, dass Sie versetzt werden.«

»Sie können mich nicht versetzen. Ich habe eine Aufklärungsquote von fast neunzig Prozent.«

»Sie widersetzen sich meinen Weisungen.«

»Sie meinen die erkennungsdienstliche Maßnahme letzte Woche, bei der wir im Notfall auch mit Gewalt vorgehen sollten?«

»Der Mann war ein Schwerverbrecher, einschlägig vorbestraft. Sie machen, was Sie wollen, ignorieren meine Anrufe, und ich habe Glück, wenn ich in den Genuss Ihres Rückrufs komme.« Sein Ton wurde schärfer. »Mit der Pünktlichkeit nehmen Sie es auch nicht so genau.«

»Ich hab zwei halbwüchsige Kinder …« Es war Zeit zu kämpfen. Sie wurde kleinlaut.

»Während Ihren ermittelnden Kollegen die Köpfe rauchen, starren Sie aus dem Fenster, springen dann plötzlich auf und sind verschwunden.«

»Weil ich einen Gedanken verfolge, der uns weiterbringt.«

»Genau, die Betonung liegt auf ›uns‹. Warum weihen Sie dann Ihre Kollegen nicht in Ihre gedanklichen Ergüsse mit ein?«

»Hat sich jemand über mich beschwert?«

»Hauptkommissarin Wieser.«

»Alvarez!«

»Also gut, Alvarez.« Fast nachsichtig sah er sie an. »Es gibt keinen Ihrer Kollegen, der sich noch nicht über Sie beschwert hätte.«

Stille. Sophia fühlte sich so klein, wie sie tatsächlich war. Ein Meter zweiundsechzig ohne Schuhe.

»Wohin wollen Sie mich abschieben?« Noch war sie gefasst.

»So weit weg wie möglich.« Er blieb kalt, und er blieb fest.

»Und das wäre?«

»Was halten Sie vom Bayerischen Wald?«

Er kannte ihre Akte.

Wie konnte er nur so zynisch sein?

Der Schmerz aus der Frauenkirche war wieder da. Pochte, pulsierte, bohrte und stach. Diesmal hätte sie am liebsten mit dem Schädel so fest gegen Ertls Schreibtisch geschlagen, dass sämtliche Akten auf den Boden fielen und ein heilloses Durcheinander anrichteten. *Schreie still.* Diese Worte plötzlich in ihrem Kopf. *Weil niemand soll dich hören.* Ihr wurde übel. Der Kreislauf, dachte sie noch. Dann wurde es schwarz um sie, und Sophia fiel – direkt in August Ertls blitzschnell zum Rettungsanker mutierte Arme.

5

Er wusste nicht genau, was es war. Warum? Auf einmal? Aber er hielt es kaum noch aus. Dieses Nachts-vor-ihrem-Fenster-Stehen, innerlich heulend wie ein aus Tschechien eingewanderter Wolf, die gespeicherten Fotos, auf denen er sie berühren konnte, wann und wenn er wollte. Nein, nicht noch einmal.

Stattdessen nahm der Plan allmählich Gestalt an.

Mit dem Fahrrad zum Bahnhof in Straubing. Dort war er um sechs Uhr fünfundzwanzig in den ICE gestiegen und sechsundzwanzig Minuten später im Regensburger Hauptbahnhof angekommen. Danach mit dem Bus zum Universitätsklinikum mit seinem Zentrum für Schwerbrandverletzte. Alles war genau durchdacht. Das Warten vor der Intensivstation. Auf denjenigen, der ihm als geeignet erschien. Benzin oder Spiritus? Besucher kamen. Explodierende Gasflasche. Besucher gingen. Tränen. Wortfetzen. *So eine Scheiße, so eine verdammte Scheiße.* Er hatte sich informiert. Lichtbogenverletzung, auch nicht schlecht. Als lebende Fackel über allem schweben. Ein Signal geben, wie ein Leuchtturm in der Nacht.

Ein Ehepaar näherte sich der Intensivstation. Er notierte. Ehepaar. Passt. Mitte vierzig. Passt. Unauffällig drehte er ihnen den Rücken zu. Nachdem er sich für sie entschieden hatte, wollte er nicht, dass sie ihn erkannten. Doch das hätte er sich sparen können. Er notierte innerlich weiter. *Nicht nötig. Du interessierst die einen Scheiß. Unsichtbar. Du bist unsichtbar. Apocalypse now. Du bist ein Nichts. Nur Asche ... Scheiße, Aschenscheiße.*

Während er sich noch mit sich selbst beschäftigte, hatten sie an der Tür zur Intensivstation geläutet. Die Stimme der Schwester kam wie aus dem Nichts. »Ja?«

»Wir wollen zu unserem Sohn, Marco Seibold. Er hatte einen schweren Unfall ...«

»Einen Moment bitte.«

Er notierte: *Eltern Mitte vierzig, Sohn etwa in meinem Alter. Passt.*

Der Türöffner surrte. Gefasst trat das Ehepaar ein. Eine halbe Stunde später kam es völlig aufgelöst wieder heraus. Sein Herz klopfte jetzt doch bis zum Anschlag. Marco Seibold war derjenige, den er besuchen würde. So wie die rumheulten, hatte das Feuer bei ihm mit seiner ganzen Gewalt zugeschlagen.

Gut so.

Er wollte alles wissen.

Wollte auf keinen Fall unvorbereitet sein, wenn es so weit war. Er wollte alles richtig machen. Niemandem mehr Schaden zufügen. Nie wieder. Er atmete tief durch, wurde ruhiger, wobei es auch nicht schlimm wäre, wenn er aufgeregt wirkte. Man besuchte ja schließlich nicht alle Tage seinen *Bruder* im Zentrum für Brandverletzte.

Er läutete, eine Frauenstimme meldete sich, er nannte einen Namen, gab vor, der Bruder von Marco Seibold zu sein, sein Herz überschlug sich, aber was konnte ihm anderes passieren, als durchschaut und hinausgeworfen zu werden. Die Tür ging auf. Er erkundigte sich, ob »seine Eltern« noch da seien. Nein, er habe sie gerade verpasst. Die Augen der Intensivschwester waren voller Mitgefühl. Logisch, er grinste innerlich, nach außen blieb er ernst und betroffen.

Die Intensivschwester, die sich mit Schwester Heike vorgestellt hatte, eine mitfühlende, hübsche ältere Frau, reichte ihm Haube, Mundschutz, Handschuhe und Kittel, zeigte ihm, wo sein »Bruder« Marco lag, bereitete ihn behutsam auf den Anblick vor. Er musste nicht vorbereitet werden. Er hatte schon darüber gelesen, so viele Informationen gesammelt, wie er nur sammeln konnte. Bei einem Brandschwerverletzten hingen Hautfetzen vom Körper. Die Kopfhaare waren rußig und verschmort. Das Gesicht aufgedunsen, die Augen zugeschwollen. Brust, Bauch und Oberschenkel durch die Gluthitze zu einer einzigen großen Wunde verbrannt. Nicht überall, aber es gab Stellen, an denen das Fettgewebe förmlich zu einer weißen Masse verkocht worden war. Die rechte Hand starr und schwarz. Der süßliche Geruch von verbranntem Fleisch. Feuer. Es zog ihn schon immer an. Flammentanz. Ohne Feuer war alles nichts. Er war nichts. Im vergangenen Jahr war er mit ihr über das Johannisfeuer gesprungen, damit ihre Liebe für immer blieb … Nichts blieb für immer. Jetzt war sie tot.

Er trat ein in die Isolationsbox, in der Marco im künstlichen Koma lag, so die Schwester, in einem Spezialbett, und – er wurde zutiefst enttäuscht. Was er zu sehen gehofft hatte, war unter so etwas wie einem hellen, eng anliegenden Anzug verborgen. Selbst über das Gesicht war ein Netz gespannt, das nur zwei Augenschlitze, Nase und Mund freigab. Millionen von Schläuchen und irgendwelche pumpenden Geräte, von denen er keine Ahnung hatte. Er war so wütend darüber, dass er laut aufschrie.

Eine Hand legte sich beruhigend auf seine Schulter. Eine Schwester. Die Schwester, die ihn auch in Empfang genommen hatte. Frauen brennen besser als Männer. Frauen …

»Vielleicht sollten Sie erst wiederkommen, Herr Seibold, wenn Ihr Bruder auf Normalstation liegt.«

Seibold. Für den Bruchteil einer Sekunde war er verwirrt und dadurch, das sah er genau, die Schwester irritiert. Rasch sprach er weiter, damit sie nicht auf falsche Gedanken kam: »Wann wird das sein?«

»Es kann Wochen oder auch Monate dauern.«

»Danke.«

Er verließ den Raum, warf Mundschutz, Haube, Handschuhe in die Abfalltonne neben der Tür, die aus der Intensivstation führte, stopfte den Kittel zu den anderen Kitteln, die in die Wäscherei abtransportiert wurden. Wochen und Monate, da würde schon alles anders sein. Leben war Veränderung.

Er ging weiter. Eine Schwester und ein Pfleger kamen auf die Intensivstation zu. »Ein Wahnsinniger!«, sagte die eine.

»Der ist doch krank, der sich so was antut.«

Sie hatten keine Ahnung.

So ein schöner Tag.

Er blinzelte leicht und trat hinaus in die Sonne.

✳✳✳

Etwa zur selben Zeit betrat Hans-Christian Zarth die Isolationsbox, um ersten Kontakt zu Marco, dem Jungen mit
den schweren Brandverletzungen, aufzunehmen. Er war Psy-
chotherapeut und arbeitete mit Verbrennungsopfern. Aber
nicht nur. Er sprach auch mit den Angehörigen und vor allem
mit dem Ärzte- und Pflegeteam. Wenn es sich um Selbstverbrennung handelte, war kaum Verständnis zu erwarten. Die
Patienten galten als äußerst schwierig und lösten mehr als
fassungsloses Kopfschütteln aus. Ärzte und Pflegepersonal
wurden nicht selten aggressiv. Bei Marco lag der Fall jedoch
anders. Ein Unfall. Bei ihm würde es vor allem um Verarbei-
tung gehen und das Aufzeigen von Möglichkeiten für sein
künftiges Leben. Falls er überlebte.

»Sein Bruder war gerade da«, begrüßte ihn Schwester Heike.

»Sein Bruder?« Hans-Christian Zarth hatte schon mit den
Eltern gesprochen. »Marco ist Einzelkind.«

»Deshalb war er so seltsam, als ich ihn mit Seibold angesprochen habe.«

Nun war auch Hans-Christian Zarth etwas irritiert. Jedoch
nur eine Sekunde, dann wurde Schwester Heike zu einem
Notfall gerufen. Hans-Christian Zarth dachte noch, vielleicht
war es ja auch ein Freund, der sich zu Marco geschmuggelt hat,
und dass er, solange Marco im künstlichen Koma war, ohnehin
nichts für ihn tun konnte, ließ Marco allein und konzentrierte
sich gedanklich auf eine junge Frau, die er als Nächstes besuchen würde. Sie hatte versucht, sich mit Feuer das Leben
zu nehmen. »Ich hab einfach nur ganz lange und tief schlafen
wollen«, hatte sie ihm erklärt. »Und dann wiederauferstehen
wie Phönix aus der Asche, um endlich für alles, was mich
quält, stark genug zu sein!«

6

Wie peinlich. Direkt in Ertls Arme zu sinken, nachdem er angekündigt hatte, sie praktisch in die Verbannung zu schicken. Vorsichtig hatte er sie auf den Boden gebettet, Beine hoch, Kissen unter den Nacken, kühles Taschentuch auf die Stirn. Es hatte keine Minute gedauert, da war sie wieder zu sich gekommen. Sie hatte sich aufsetzen wollen, doch Ertl hatte sie immer wieder, wenn auch behutsam, zurück in ihre hilflose Position gedrückt. »Liegen bleiben, Wieser ... gut ... es ist alles gut.«

Nichts war gut. Am liebsten wäre sie aufgesprungen, um ihn mit einem alles andere als sanften Taekwondo-Griff zur Strecke zu bringen. Aber ihr war wirklich einen Augenblick lang kotzübel, und sie war sogar zu schwach gewesen, ihn zu verbessern, was ihren Namen anging. Der Kreislauf der Erinnerung an dunkle Hochmoore, aus dem Waldboden schwellende Granitrippen, dieses Erschauern in einem Wald mit Kindheitsgeschichten von Räubern und Wölfen, an Schmerz, Einsamkeit und den Dialekt der alten Leute. *A Diam hod's gweizt ...* Was so viel hieß wie, dass es im Bayerischen Wald spukte. Ihre Großmutter hatte ihr als Kind damit Angst gemacht. Hoffentlich war wenigstens sie inzwischen tot.

Sie hatte sich aufgerappelt, wobei sie diesmal Ertls Versuch, sie daran zu hindern, mit einem kräftigen Stoß unterbunden und ihn angefaucht hatte: »Bevor es der Bayerische Wald wird, geh ich lieber putzen!« Ohne seine Antwort abzuwarten, hatte sie sein Büro mit hocherhobenem Kopf verlassen.

***

Für den Bruchteil einer Sekunde hatte es gutgetan, jetzt aber stand sie vor dem Mehrfamilienhaus, in dem sie mit ihren Kindern wohnte, und musste sich eingestehen, dass sie versagt hatte. Wieder einmal. Sie hatte dem alten, in Blut getränkten Ehepaar versprochen, seinen Mörder zu finden. Versagt. Sie hatte ihren Kindern nach der Trennung von Alexander versprochen, dass sich für die beiden nichts ändern würde. Versagt. Alexander hatte sie vor dem Traualtar geschworen, die beste Ehefrau von allen zu werden. Versagt. Andere hatten das Versprechen eingelöst, das sie dem alten Ehepaar gegeben hatte. Die Kinder würden die Schule wechseln und sich neue Freunde suchen müssen. Jetzt konnten sie jederzeit zu ihrem Vater, der in Haidhausen lebte, nur vier S-Bahn-Stationen von ihnen entfernt. In Zukunft würden die Besuchszeiten, wohin es sie auch immer verschlug, auf Wochenenden und Ferien beschränkt sein. Und sie? Sie liebte ihre Wohnung in Bogenhausen, mit großem Wohnraum und offener Küche, von deren breiter Fensterfront aus man auf die blühenden Gärten der Nachbarn sah. Rechts von der Wohnungstür führte ein langer Flur zu den drei Zimmern. Für jeden von ihnen eins. Versagt.

Zum ersten Mal hatte Sophia Angst. Nicht diese Angst, die sie in ihrem Job öfter einmal beschlich. Sie hatte Angst vor ihren Kindern, oder besser, Angst vor der Reaktion ihrer Kinder ... Wie sollte sie ihnen erklären, was heute im Präsidium geschehen war? Auf welche Art und Weise sich das Schicksal zweier Menschen miteinander verknüpfen konnte. Zufällig war man zur selben Zeit am selben Ort, fuhr gemeinsam im Lift. Saß in demselben Zug, benutzte nacheinander dieselbe Toilette. Bei ihr waren es ein Hilfeschrei und der Wille zu helfen gewesen, die sie und den Afrikaner für wenige Minuten verbunden hatten. Sie wollte Einfluss auf sein Schicksal nehmen, jetzt hatte er ihr Schicksal und das ihrer Kinder beeinflusst. Ein Fremder, der sie längst wieder vergessen, falls er sie überhaupt bewusst wahrgenommen hatte, in dem desolaten Zustand, in dem er gewesen war. Verdammt!

»Was geht uns der Typ an«, würde Raffael vermutlich sagen, und sie würde diesmal ihm und sich selbst den Appell gegen Gleichgültigkeit ersparen. Raffael ... Er war ein gut aussehender Junge. Er hatte ihr dichtes dunkles Haar, trug es im modernen Undercut, unten kurz geschoren, oben wild. Als Symbol der Widersprüchlichkeit des Pubertierenden. Strahlend blaue Augen. Lange schwarze Wimpern. Zu seinem Leidwesen war er noch etwas klein, das portugiesische Erbe ihres Vaters, was er durch Bodybuilding auszugleichen versuchte. Doch im Moment ging er dadurch mehr in die Breite als in die Höhe.

Emma dagegen war so schnell hochgeschossen, dass ihr Körper gar nicht die Möglichkeit gehabt hatte, auch nur ein Fettpölsterchen anzulegen. Sie war groß, blass und mager. Hasste ihr rotblondes Haar, das sie von ihrem Vater geerbt hatte, und dass die beiden Schneidezähne ganz leicht nach vorn standen. Ihr Vater fand das anziehend, erinnerte es ihn doch an das Lächeln seiner Mutter. Sie aber würde endlich dafür sorgen, dass Emma ihre Zahnspange bekam. Innerlich leistete sie Abbitte, weil sie es immer und immer wieder hinausgeschoben hatte, aber auch im Bayerischen Wald gab es gute Zahnärzte, und wenn nicht, würde Emma es eben in den Ferien machen müssen, wenn sie den Vater besuchte.

Es warteten also zwei unglückliche Kinder auf sie, die in wenigen Minuten noch unglücklicher sein würden. Auch wenn der erste Eindruck auf Sophia ein sehr heimeliger war, als sie, allen Mut zusammennehmend, die Klinke heruntergedrückt und die Wohnungstür aufgestoßen hatte. Es roch gut. Ihr Kiefer entspannte sich. Jemand hatte gekocht. Raffael. Kochen machte ihm Spaß. Sie nahm weiter Witterung auf. Möglicherweise würde es gar nicht so schlimm werden. Möglicherweise würde sie sogar wieder einmal in den Genuss einer Umarmung ihrer Kinder kommen.

»Hauptsache, wir bleiben zusammen, Mama!«

»Zusammen kriegen wir das hin, auch wenn unser Schicksal tatsächlich der Bayerische Wald und somit das Ende der Zivilisation ist, ohne Internet und funktionierendes WLAN.«

»Wir haben dich lieb, Mama.«

»Du bist keine Versagerin, du bist die beste Mutter auf der ganzen Welt.«

Ihre Kinder bedeuteten ihr alles. Und als sie sah, dass Raffael nicht nur gekocht hatte, sondern dass der Tisch mit unzähligen roten Herzen gedeckt war, fürchtete sie, dass alles in ihr vor Liebe überlief. Emma nahm ihr Aktentasche und Jacke ab, Raffael rückte den Stuhl zurecht. Emma zündete die Kerzen an. Raffael schenkte seiner Mutter Rotwein ein. Vielleicht würde sich das Wohnzimmer doch nicht in ein verbales Schlachtfeld verwandeln, das sämtliche Herzen blutend zurücklassen würde. Kinder im pubertären Ausnahmezustand waren nicht zu unterschätzen. Sie waren gefährlich. Hormonschübe veränderten ihr Gehirn und schickten sie auf Egotrips. Sophia bedauerte gelegentlich, dass es heutzutage keine Initiationsriten mehr gab, bei denen die jungen Wilden zur Büffeljagd gingen, um ihre Kräfte zu messen.

Auch deshalb traute sie dem Frieden nicht, nachdem sie ihr Herz wieder eingefangen hatte – dafür war sie schon zu lange Mutter. »Was gibt's zu feiern?« Fuhr wieder ihren Scanner aus.

»Toskanischer Schweinebraten mit selbst gemachten Nudeln«, antwortete Raffael, wandte seiner Mutter rasch den Rücken zu und holte den Braten aus dem Herd.

Sophia lächelte Emma an. »Kannst du mir bei meiner Frage weiterhelfen?«

»Mama, jetzt bitte kein Verhör.« Emma drehte sich ebenso schnell von ihr weg wie Raffael, und Sophias innere Unruhe nahm zu.

Emma wählte den Platz neben ihrer Mutter, wohl um ihr noch immer nicht in die Augen sehen zu müssen, und sprudelte gleichzeitig vor sich hin wie klares Quellwasser, das sich aus unzähligen Tropfen zusammensetzte. Jeder einzelne Tropfen eher bedeutungslos. Das Gesamtkonstrukt jedoch durchaus erfrischend. Während Emma sprudelte und Sophia nicht zuhörte, weil sie in Gedanken noch dabei war, die richtigen Worte zu suchen, um den Kindern den bevorstehenden Umzug wohin auch immer schmackhaft zu machen, schnitt Raffael den Braten in Scheiben und legte ein herrliches, nach

Oregano, Thymian, Rosmarin und Majoran duftendes Stück Fleisch auf ihren Teller. Wobei er das Kunststück bewerkstelligte, auch dabei ihrem fragenden Blick zu entgehen. Emma stoppte kurz ihre Wortflut, verteilte die Nudeln, schenkte sich und Raffael ein Glas Wasser ein, verkündete weiter betont fröhlich: »Guten Appetit!«

»Was ist los?« Sophia griff nach Messer und Gabel, rutschte an der Tischkante ab, das Messer fiel klirrend zu Boden.

»Sind wir jetzt der *bad cop*, weil *good cop* nicht funktioniert?« Raffael wurde patzig, hatte offenbar ein schlechtes Gewissen.

»Nein, ich möchte nur wissen«, sie hob das Messer auf, »weshalb ich mitten in der Woche von meinen Kindern mit einem Festessen überrascht werde«, fing an, es mit der Serviette zu polieren, »und sie gleichzeitig Probleme haben, mir in die Augen zu schauen. Also, wer hat was ausgefressen?« Das Messer glänzte. Daneben wirkte die Gabel stumpf. Sie schob beides von sich weg.

Raffael und Emma sahen sich an, legten ihr Besteck ebenfalls weg, sahen sich wieder an.

»Schlechte Arbeit, Probleme in der Schule?« Sie versuchte es. Sie tat doch wirklich alles, um ihnen eine Brücke zu schlagen. »Raffa, hast du jemanden verprügelt …?«

»Neeein.« Entrüstet sah Raffael sie an, als habe er sich noch nie mit einem anderen geschlagen.

»Dann muss ich also nicht zu deiner Klassenlehrerin.«

»Natürlich nicht!«

»Du bist aber nicht schwanger, Emma?«

»Mama, ich bin zwölf.«

»Natürlich.« Sie dachte nach. Was konnte noch für die eigenartige Atmosphäre verantwortlich sein, die ihr das Gefühl gab, als rückten die Wände auf sie zu? Sie erschrak. »Ihr habt die portugiesische Schwalbe zerbrochen.«

In den letzten hundert Jahren war die Rauchschwalbe aus Keramik, auch Frühlingsbote genannt, für die Portugiesen fast zu so etwas wie einer nationalen Ikone geworden. In ganz

Portugal schmückte sie Häuserfassaden, Balkone und Innenräume. Ihr Vater hatte sie zurückgelassen, und sie bedeutete Sophia mehr als nur ein lieb gewonnenes Erinnerungsstück. Emma stand wortlos auf, holte den Keramikvogel, setzte ihn neben ihrer Mutter ab. Sophia atmete auf.

»Mama«, versuchte Raffael sie jetzt zu beruhigen. »Es ist wirklich nicht so schlimm, wie du jetzt glaubst.«

»Ich glaub gar nichts. Ich will es einfach nur wissen.«

Ihre Kinder sahen sich erneut an, holten tief Luft und sagten es gemeinsam: »Mama, wir ziehen zu Papa!«

»Nein!« Das Nein kam, ehe sie so richtig verstanden hatte, was Emma und Raffael da von sich gegeben hatten.

Emma und Raffael redeten gleichzeitig. Dass sie, ihre Mutter, ohnehin nie da sei. Und jetzt, da Gaby – sie sprachen den Namen derjenigen aus, der sie keinen Namen gönnte, sprachen ihn aus, als sei er mittlerweile ein ganz selbstverständlicher Bestandteil ihres Lebens – jetzt, da Gaby ein Baby bekam, würden sie alle abends zusammen um einen Tisch sitzen wie eine richtige Familie. Emma und Raffael wollten endlich eine richtige Familie sein und nicht mehr allein, wenn sie nach Hause kamen. Sie wollten Eltern, die ihre Hausaufgaben kontrollierten, ihnen nicht alles erlaubten, weil sie ein schlechtes Gewissen hatten. Sie wollten Eltern, die Grenzen setzten, und vor allem wollten sie keine Mutter, die wieder ihren Mädchennamen Alvarez angenommen hatte, nur weil sie auf den Vater sauer war, obwohl ihre Kinder nach wie vor Wieser hießen.

»Sie bekommt ein Baby?« Unter dem Wust von Worten war es das Einzige, das Sophia wirklich registrierte.

»Hat Papa dir das nicht gesagt?« Vier Augen sahen sie erstaunt an. Die Augen ihrer Kinder. Ihre Babys, unter Schmerz geboren, gehalten, getröstet, genährt, durchwachte Nächte, der erste Zahn, Kinderkrankheiten. Nix Immaculata, von den Säuglingen bespuckt, vom Kleinkind mit Sand beworfen, die Hände schwarz vom Fahrradketterreparieren. Die dumme heilige Mutterkuh … Nichts gewittert. Nicht einmal was geahnt.

»Nein, hat er nicht«, antwortete sie. »Und ihr auch nicht.«
Sie nahm das Glas, trank den Wein auf ex aus, stand auf,
klemmte sich die Flasche Wein unter den Arm und erwischte
dabei den Keramikvogel, der auf den Fliesenboden krachte.
»Auch schon egal«, sagte sie nur und ließ ihre beiden erschrocken dreinschauenden Kinder mit dem Festtagsbraten allein.

✳✳✳

Sophia betrank sich unter dem Sternenhimmel auf dem Flach-
dach ihres Wohnhauses, ihrem Lieblingsort, kletterte irgendwann zurück ins Haus, startete ihren Wagen, entschied sich
dann aber doch für die S-Bahn, nachdem sie beim Auspar-
ken fast den Vordermann seitlich gerammt hätte. Eine halbe
Stunde später stand sie inmitten von Alexanders gemütlich
eingerichtetem Wohnzimmer, hasste *sie* dafür, dass sich ihr
Bauch schon ziemlich über den Hosenbund wölbte, und erklärte Alexander, dass er sich seine Vorstellung von heiler
Familie »in den Arsch stecken könne«, er habe ihre Traurigkeit bekommen und ihre Wut, aber ihre Kinder blieben bei
ihr, drehte auf dem Absatz um, verließ die Wohnung unter
Türknallen, hörte noch, wie Alexander hinter ihr herschrie,
die Kinder seien in einem Alter, wo sie selbst entscheiden
dürften – und was sei sie überhaupt für eine Mutter, die den
Familiennamen ablegte, nur weil sie ihm eins hatte auswischen wollen, eine Egomanin sei sie, Hauptsache, sie, sie,
sie …
Sophia rannte die Treppe hinunter, knallte noch einmal
mit der Haustür, suchte sich eine Haidhausener Kneipe und
erledigte, was der Rotwein noch nicht geschafft hatte.
Da es keinen Ginjinha, ihren geliebten portugiesischen
Kirschlikör, gab, entschied sich Sophia für Whiskey, schaltete
mit ihm Verstand und Gefühl aus und wandte sich irgendwann an die Frau, die an der Theke herumhing wie ein Mantel,
den jemand achtlos über einen Garderobenhaken geworfen
hatte. Die Frau, sie war etwa so alt wie sie, stierte ihr Bierglas

an und rutschte immer weiter vom Barhocker, ohne es zu bemerken.

»Aufpassen, nicht dass Sie mir noch runterfallen.«

»Eh schon egal.«

»Ein Mann?«

»Ein Scheißkerl!«

Sie dachte an Alexander. »So einen kenn ich auch …«

»Auch weg … ohne was … nicht mal 'ne WhatsApp? Ghosting nennt man das heutzutage …«

»Ohne was wär schön. Er will die Kinder.«

»Oh.«

War es das »Oh« oder der mitleidige Blick, Sophia konnte sich nicht mehr zurückhalten. Es sprudelte förmlich aus ihr heraus.

»… und bei Emma will er nicht mal 'ne Zahnspange machen lassen. Er findet ihr Lächeln schön, aber die beiden Schneidezähne«, sie begann an ihren Schneidezähnen zu zerren, »die stehen ganz leicht vor. Er findet das individuell.«

»Individuell?«

»Meine Tochter mit dem individuellen Lächeln.«

»Oh Mann … Arschkarte gezogen.«

Der Lärm, die Frau, die aus jeder Pore nach Alkohol und Einsamkeit stank, das Krakeelen vom Männerstammtisch gegenüber. Sophia hielt es nicht mehr aus, legte einen Fünfzig-Euro-Schein auf die Theke, sagte zu der Frau, sie sei eingeladen, die Frau bestellte sich noch einen Schnaps, und Sophia verließ fluchtartig die Kneipe.

7

Wozu noch? Die beiden Worte besetzten zuerst den Magen, dann teilten sie sich einer Zellteilung gleich von der Mutterzelle, den Mutterwörtern, auf in Tochterzellen. Die einen krochen bis zu den Füßen, die anderen legten sich schwer auf Brust, Kehlkopf, besetzten das Gehirn, von dem sie den Eindruck hatte, dass es in etwas zu viel alkoholischer Flüssigkeit schwamm. Wozu noch? Job weg. Kinder weg. Was für ein Mist. An der frischen Luft spürte sie den Alkohol noch mehr als in der Kneipe. Sie wollte heulen, kicherte jedoch nur. Ein Mann sah sie etwas befremdet an. Eine Frau machte einen Bogen um sie. Beide liefen die Treppe in das tiefer gelegene Bahnhofsgebäude hinunter. Klack. Klack. Sophia kicherte erneut. Alle flohen heute vor ihr. Zuerst der alte Mann, dann Ertl, die Kinder und zu guter Letzt sogar das Ehepaar, dem sie nun wirklich nichts getan hatte. Die Schritte verloren sich, und es war wieder still.

Angenehm still.

Der Zeiger der großen runden Uhr schob sich leicht verschwommen auf zehn Minuten vor Mitternacht. Der Bahnsteig war zugig und leer. Durch die Gleise vibrierte und summte die Einsamkeit. Sie sang vor sich hin. Betrunken zu sein hatte etwas Angenehmes. Irgendwie war alles leichter, irgendwie schwebend. Sie schwebte. Ihr Kopf schwebte, das Herz schwebte nicht. Es zog sie fast auf den Boden, so schwer war es. In der Ferne blitzten die Scheinwerfer der S-Bahn nach Holzkirchen auf. Plötzliche Wärme in kalter Nacht. Ein Schritt nur ins Licht. Ein Schritt nur ins erlösende Nichts, in die ewige Dunkelheit. Ruhe. Endlich die Ruhe, die sie auch in der Frauenkirche nicht mehr fand. Bereitschaft. Manchmal von Montag, sieben Uhr fünfzehn, bis zum darauffolgenden Montag, sieben Uhr fünfzehn, jede Entscheidung und jede Maßnahme durchgekaut und geprüft von Vorgesetzten und

Kollegen, Staatsanwälten, Richtern, Verteidigern und nicht selten auch von den Medien. Kommentiert. Gutgeheißen. Kritisiert. Nachtgedanken. Einschlafstörungen. Ein Schritt nur und danach schlafen, schlafen, schlafen.

Sie legte den Kopf etwas schief. Warum eigentlich nicht? Auch das erschien ihr auf einmal so schwebend und leicht. Die S-Bahn hielt mit quietschenden Bremsen in einiger Entfernung. Mist. Chance für den ewigen Schlaf verpasst. Aber sie hatte ja noch ihre Dienstwaffe. Sicher aufbewahrt im Tresor. Waffe und Munition getrennt. *Ene mene miste, es rappelt in der Kiste, ene mene muh, und raus bist...* Ja, wer nun, er oder sie? Einer musste verschwinden, sonst würden die Kinder nur unter dem ewigen Hin und Her leiden.... *du...* Sie war draußen. Mist! Nur wenige Menschen waren aus der S-Bahn gestiegen. Hallende Schritte auf dem Bahnsteig.

Dann waren auch sie verschwunden, in den Tiefen des Ostbahnhofs, mit den Nachtschwärmern, Dealern, Konsumenten und den Männern vom Tagelöhnermarkt. Müde von Arbeit oder auch Nichtarbeit, und weil sie keinen Schlafplatz hatten, hockten, standen, lehnten und hingen sie mit einem Becher Kaffee herum, oft in einem roten T-Shirt von Verdi mit dem Aufdruck »Gute Leute, gute Arbeit, gutes Geld«. Sie warteten, redeten, schliefen, bis sie um fünf Uhr morgens wieder ins Bahnhofsviertel aufbrachen, dahin, wo sich Landwehr- und Goethestraße kreuzten, sich an den Arbeiterstrich stellten, bereit, alles zu tun für wenig Geld.

Es geht mir gut. Es geht mir gut. Es geht mir sogar sehr gut.

Tibetanische Gebetsmühle als Überlebenselixier. Denn das Blöde an der Sache war, dass der ewige Schlaf nun einmal ewig war. Egal, bei wem. Man wachte nicht mehr auf. Um sich da etwas vorzumachen, hatte sie schon zu viele Tote gesehen. Und am nächsten Tag, wenn die ersten Sonnenstrahlen die Straßen wieder glänzen ließen, würde alles schon wieder anders aussehen.

Den Bayerischen Wald, falls Ertl diese Drohung tatsächlich wahr machte, würde sie überstehen, und jedes andere schwarze Naturloch sowieso.

Nicht aber den Verlust der Kinder. Sie würde um Emmas Lächeln kämpfen!

Sie nahm ihr Handy, schickte Alexander eine SMS: *Wir sehen uns vor dem Familiengericht.*

Die nächste S-Bahn hielt.

Wenige stiegen aus.

Sie stieg ein. Scheißumsteigerei. Suizid war nicht ihr Ding. Sie war eine Kämpferin. Machte es sich auf dem Sitz bequem, dachte an den alten Mann in der Frauenkirche, jetzt hatte sie vermutlich auch diesen verdammten Abschied in den Augen, atmete noch einmal tief durch und – schlief ein.

✳✳✳

Am nächsten Tag suchte sie den ersten Anwalt auf. Eine Woche später den zweiten. Den darauffolgenden Tag den dritten. Jeder der Anwälte warnte sie jedoch davor, um das Aufenthaltsbestimmungsrecht der Kinder zu kämpfen. Viel Zeit. Viel Geld. Vor allem viele Nerven, davon abgesehen, was es für die Kinder bedeutete, wenn jeder Elternteil an einem anderen Arm zog. Sie würden zwar nicht körperlich, aber in ihrem Inneren auseinandergerissen werden. Mit dem Resultat, dass selbst wenn Emma ihre Zahnspange bekam, ihr Lächeln nur noch ein Abklatsch dessen sein würde, was es hätte sein können, wenn … Und Raffa? Was so ein Kampf bei Jungen in seinem Alter auslösen konnte, erlebte sie oft genug. Entweder wurden sie aggressiv, oder sie spalteten sich ab. Trennten sich von dem, womit sie nicht fertigwurden. Schalteten ihre Sehnsucht ab, zumindest einem der Elternteile nahe zu sein, verleugneten dadurch ihre Traurigkeit, ihre Wut und ihre Angst. Wurden zu Robotern. Möglicherweise als Erwachsene erfolgreich, aber auf Kosten der Gefühle.

Sophia liebte ihre Kinder zu sehr, um ihnen das anzutun. Den Streit durch unzählige Instanzen, mit Worten, die sie und Alexander später bereuen und die es vielleicht unmöglich machen würden, bei Abiturfeier, Hochzeit, Taufe und was noch alles als Eltern auf sie zukommen würde, an einem Tisch zu sitzen. Der Riss würde nicht nur durch Raffaels und Emmas Gegenwart gehen, sondern auch durch ihre Zukunft. Die Kinder hatten entschieden. Und sie würde dieser Entscheidung nicht im Weg stehen.

Sophia weinte nicht, als sie Raffael und Emma half, ihre Sachen zusammenzupacken. Sie weinte nicht, als Alexander mit dem Lieferwagen und Männern erschien, die einmal ihre gemeinsamen Freunde gewesen waren, um die Kinderzimmer der beiden zu verladen und sie in ihrem neuen Zuhause wieder aufzubauen.

Raffael und Emma versuchten, sie zu trösten: »Mama, in den Ferien kommen wir zu dir, ganz bestimmt!« Aber Bayerischer Wald, wenn das Meer lockte? »Wir rufen dich ganz bestimmt an!«

Es war der Augenblick, in dem Emma sich an sie schmiegen wollte, als in Sophia etwas geschah, das sie den Kindern hatte ersparen wollen. Sie wurde zu Stein, stieß Emma nicht von sich, aber sie wich zurück.

»Nicht nötig«, sagte sie nur, setzte sich in ihren Wagen und fuhr mit den beiden Koffern und der Reisetasche davon, in die sie achtlos das Nötigste hineingestopft hatte. Den Rest würde sie holen, sobald sie eine Wohnung gefunden hatte. Vielleicht würde sie auch für immer in Untermiete bleiben. Das Glück hatte für sie, als die Kinder winkend zurückblieben und sie nur noch einmal ganz kurz über den Rückspiegel nach ihnen sah, jede Daseinsberechtigung verloren.

Sophia weinte nicht. Hatte unentwegt einen Satz im Kopf wie ein Mantra: *Ein Baum mit starken Wurzeln lacht über den Sturm.* Oder wie ein Ohrwurm mit immer demselben Rhythmus. *Ein Baum mit starken Wurzeln, ein Baum mit starken Wurzeln, ein Baum ...* Wer hatte das noch mal zu ihr gesagt? Sie erinnerte sich nicht. Sie erinnerte sich schon. Wollte sich aber nicht erinnern.

Sie hasste den Bayerischen Wald. Nicht schon immer, aber schon sehr lange.

Sie nahm sich zusammen.

Kam in Bogen an. Mit seinem Bogenberg, auf dem die Wallfahrtskirche hockte, als gehöre alles ihr: die Donau, das weite grüne Land, vor allem aber die Menschen mit ihrem verdammten Aberglauben, der ihr den Vater genommen hatte. Sie kämpfte mit den Tränen. Riss sich zusammen. Hielt an und fragte einen Jungen, der etwa im selben Alter war wie Raffael, nein, er war älter, vielleicht sechzehn oder siebzehn, nach dem Stadlhuberhof. Der Junge war blond, hübsch und mit derselben Aufbruchstimmung in den Augen, als sei das Leben wie die »Tribute von Panem«, die Raffa mit zwölf verschlungen hatte. *Das Schicksal ist ein Buch, das du dir selbst schreibst.* Haha!

»Da fahren S' jetzt amal links doda …«, erklärte er, auf dem Mitfahrbankerl sitzend, einer Art Autostoppmöglichkeit auf dem Land, bei der man ein Holzschild mit dem Namen des Ortes wählen konnte, zu dem man wollte, »dann über den Kreisel, immer gradaus doda, und dann nach zehn Minuten san S' dann scho do …« Er lächelte. Wie Raffa. Ein ebenso gewinnendes Lächeln, von dem man ahnte, was es bei den Mädchen anrichten konnte.

Er wollte nach Steinach. Die Richtung, aus der sie kam. Sie bedauerte, ihn nicht mitnehmen zu können, bedankte sich, fuhr los, bemerkte über den Rückspiegel, dass er ihr nachsah, als sie die Kreuzung erreicht hatte und links abbog. Sie dachte noch, von Bogenhausen nach Bogen, ein guter Titel für eine Soap, fuhr die schmale gepflasterte Straße entlang, umgeben von Grün, sehr viel Grün, für Sophias Geschmack zu viel Grün, dann lag er vor ihr, der Stadlhuberhof. Für eine gewisse Zeit würde er ja nun ihr Zuhause sein.

8

Der Stadlhuberhof war ein Vierseithof mit einer aufwendig gearbeiteten Tür, bei der vor allem ein Buntwerk aus in Kreuzform verbundenem Holz faszinierte. Die Jahreszahl 1827 prangte über dem Türrahmen wie ein kleiner Triumph über alle, die im Gegensatz zu dem alten Gebäude das Leben nicht überlebt hatten. Jetzt ging die Tür auf, und Sophias Vermieterin, Veronika Stadlhuber, kam auf Sophia zu, mit breitem Lächeln, in weiten Jeans, Karohemd, das halblange blonde Haar am Hinterkopf locker zusammengebunden. »Willkommen auf unserem Hof. Jetz, wo ma an Kriminaler doham, kann uns eh nix mehr passieren.« Gleichzeitig packte sie Sophias rechte Hand mit beiden Händen und schüttelte sie begeistert.

Veronika Stadlhuber war eine hübsche Frau, etwa in demselben Alter wie Sophia, Ende dreißig, aber mit weniger Falten auf der Stirn, was vielleicht auch daran lag, dass sie, was Sophia zu wenig, vielleicht etwas zu viel auf den Hüften hatte. »Mein Sixpack vom vielem Denken«, machte sich Sophia normalerweise über ihre Stirnfalten lustig, jetzt aber beneidete sie Veronika Stadlhuber um ihre Haut, der man ansah, dass sie nichts anderem ausgesetzt war als frischer Luft und vor allem Sonne. Sophia dagegen trank gern Bier oder Ginjinha, den sie als Gastgeschenk mitgebracht hatte, auch wenn sie kein Gast, sondern Untermieterin sein würde. Obendrein rauchte sie und hielt sich überwiegend in geschlossenen Räumen auf.

Etwas hatten sie und Veronika Stadlhuber jedoch gemeinsam, das zumindest stellte Sophia fest, als Veronika ihr das Haupthaus aus großen Granitblöcken und mit dunkelgrünen Fensterrahmen zeigte und Sophias Augen im Flur an einem gerahmten Zeitungsausschnitt hängen blieben. Das Foto zeigte nicht nur Veronika Stadlhuber mit einer Kuh vor der Münchner Residenz, sondern bewies auch, dass sie eine außerordentliche Willenskraft besaß, sobald sie sich etwas in den Kopf gesetzt hatte.

»Ja, des san die Rosa und i.« Veronika lachte erneut ihr helles, sympathisches Lachen, das irgendwie anders war als das Lachen in der Stadt. Es erinnerte Sophia an frisch gewaschene, duftende Wäsche, die im Garten leise vom Wind bewegt in der Sonne trocknet. Einen Moment beneidete Sophia die Bäuerin um ihre heile Welt, bis Veronika fortfuhr: »Als die scho wieder die Milchpreise g'senkt ham, da hab i die Rosa packt, meine beste Milchkuh, und bin mit ihra im Viehtransporter nach München g'fahren. Den Rest san ma dann zu Fuß ganga, mia zwoa. Von der Stadtgrenze bis zur Residenz. G'holfen hat's nix. Heut hamma koane Milchküh mehr, und die Rosa gibt's a nimmer. Heut arbeit i in der Küch vom Seniorenheim und vermiete an Fremde.«

Das Wort »fremd« versetzte Sophia einen Stich. Aber es war nun einmal die Realität. Sie war fremd und würde fremd bleiben. Sie dachte an ihren Vater und fühlte sich, wie immer, wenn sie an ihn dachte, eng mit ihm verbunden. Mehr noch, sie fühlte ihn, als sei er nur durch eine hauchdünne Wand von ihr getrennt. Auch seinetwegen war sie fest entschlossen, dass der Bayerische Wald sie nicht kriegen würde. Nie wieder! Daran würde auch der noch warme selbst gebackene Kirschkuchen nichts ändern, den Veronika Stadlhuber in der gemütlichen Wohnküche servierte, nachdem sie Sophia ihr Zimmer gezeigt hatte. Viel Holz, klein und gemütlich war es. Vor allem jedoch hatte es einen separaten Eingang und war nur von außen über eine Holztreppe zu erreichen. Auch deswegen hatte sich Sophia für den Stadlhuberhof entschieden. Sie wollte nicht schon am frühen Morgen irgendwelchen Menschen begegnen und zum Small Talk gezwungen sein.

Während Sophia einen Schluck von dem herrlich duftenden, heißen und sehr starken Kaffee trank, nachspürte, wie er durch die Kehle lief und sich dann im ganzen Körper ausbreitete, beobachtete sie die Glaskugel, in deren Mitte eine Holztaube saß. Die Glaskugel war an einem alten Deckenbalken befestigt und schwang über dem Tisch hin und her. »Des is unser Suppenbrunzer«, erklärte Veronika, ihrem Blick folgend. »A Heilig-Geist-Kugel, wegen dem bevorstehenden Pfingstfest, wissen S'! In der Stadt, glaub i, hat ma so was ned.«

»Eher nicht«, antwortete Sophia, meinte damit auch das Kreuz mit dem gemarterten Jesus im Rücken und die Wanduhr, die an der gegenüberliegenden Wand vor sich hin tickte. Sie schenkte sich und Veronika zwei Gläser des Ginjinha ein, und Veronika Stadlhuber stieß mit ihr an: »Auf a guade Zeit, Frau Hauptkommissarin, und wenn S' jetzt noch aufklären, welche Saubuam die Straßenschilder vo Obermotzing, Niedermotzing und Aholfing vertauscht ham, dann ham S' den perfekten Einstand bei uns, zum Wohl.«

Sophia sah ihre Zukunft als Ermittlerin vor sich, und Veronika Stadlhuber legte ihr ein extragroßes Stück Kuchen auf den Teller. »Essen S' in Ruhe, und danach zoag i Eana no den Troadkasten, dann ham S' wirklich alles g'sehn auf dem Hof.«

Veronika stützte die kräftigen Unterarme auf den Holztisch mit der Blümchentischdecke und beobachtete, wie Sophia den ersten Bissen in den Mund steckte. »Und, schmeckt's?«

Sophia antwortete nicht. Sie hatte noch nie einen so guten Kirschkuchen gegessen.

✳✳✳

Der Troadkasten, den ihr Veronika Stadlhuber nach dem dritten Stück Kirschkuchen und der zweiten Tasse Kaffee zeigte, war ein ehemaliger Getreidespeicher mit unzähligen Herzen, Anfangsbuchstaben und auch kleinen Nachrichten, die über zwei Jahrhunderte nach und nach in sein Holz geschnitzt worden waren. *Wenn einst nach vielen Jahren mein Name wird genannt*, fast als handle es sich um Blindenschrift, tastete sich Sophia mit dem Zeigefinger die einzelnen Buchstaben entlang, *dann werden andere sagen, den hab ich auch gekannt*. »Des is vom Bauern, der den Hof errichtet hat«, erklärte Veronika Stadlhuber. »Der Anton Stadlhuber, vo meim Mo väterlicherseits. Die Antonia, mei Tochter, is nach ihm benannt.«

Sophia nickte. »Und das hier?« Sie deutete auf ein Herz mit den Initialen »R« und »E«.

»Soviel i woaß, die Liebesg'schicht von am polnischen Fremdarbeiter nach dem Krieg mit einem Mädel aus dem Nachbardorf. Er hat sie g'schwängert, die Eltern ham das Mädel so schnell wie möglich mit einem Bauern verheiratet, der dann auch die Vaterrolle übernommen hat.«

»Und der leibliche Vater?«

»Den ham s' aus dem Dorf g'jagt, und er wurde nie wieder erwähnt.«

Sophias Herz schlug schneller. »Aber das Kind hat schon gewusst, wer der Vater ist?«

»Scho. Aber der Bua hat's nicht einmal mehr aussprechen dürfen. Nicht einfach für das Kind. Sie haben ihn dann ins Priesterseminar g'steckt, als wollten sie ihm auf diese Weise den Teufel austreiben.«

»Klingt so, als seien Sie nicht sehr katholisch?« Sophia lächelte.

»Ich brauch keinen sakralen Halt und keine falsche Hoffnung. Wenn's dann doch anders ist: liebe Dreifaltigkeit, herzlich willkommen.«

Sophia lachte und begann, sich gegen ihren Willen auf dem Stadlhuberhof wohlzufühlen. Ihr Blick wanderte weiter durch den Troadkasten. So viele Schicksale, Schicht um Schicht, verewigt im allmählich verwitternden Holz. Vergangenheit, Gegenwart und Zukunft, alles eins. Zeit nichts als Illusion. Da war es wieder, dieses Atmosphärewittern, das innere Erschnüffeln von Situationen und Menschen. Und die Ahnung, dass dieser Raum, bis unters Dach voll mit Geschichten, für sie noch von Bedeutung werden würde. Sophia schüttelte sich. Schüttelte ab. Wenn jetzt noch die Vergangenheit die Grenze zu ihrem Ich überschritt, würde sie endgültig verloren sein. Fast zärtlich fuhr sie das Herz und die Initialen entlang.

»Da war mal was am Finger.« Veronika deutete auf den Ringfinger der rechten Hand.

Sophia zuckte zurück, wandte sich Veronika Stadlhuber zu. »Sie sind eine gute Beobachterin.«

»Geschieden?«

»Ja.«

»Ich bin verwitwet.« Ein Schatten legte sich über Veronika Stadlhubers fröhliches Gesicht. »Herzinfarkt aufm Traktor mit fünfunddreißig.«

Sophia suchte nach irgendetwas Tröstlichem, das sie sagen konnte. Ihr fiel nichts ein. »Ich bin müde. Ich geh in mein Zimmer.«

»Natürlich, München is ned grad ums Eck.« Veronika lächelte. »Nur dass Sie sich nicht wundern, a bisserl später wird's auf dem Hof recht laut werden. Das Wasservogelsingen. A alter Brauch, normalerweise erst am Pfingstsonntag, aber dieses Jahr hat ihn die Jugend vorverlegt, weil einer von ihnen bei der Wallfahrt am Sonntag die Kerzn a Stück den Gneißbuckel, also den Bogenberg, raufträgt. Er hat g'meint, dass er danach für so was vielleicht zu k.o. ist.«

Sophia seufzte. Kaum angekommen, waren sie schon da, die unliebsamen Erinnerungen. Sie hatte weder Lust auf Wasservogelsingen noch auf diese verdammte Wallfahrt, betrat ihr Zimmer, packte nicht aus, sondern warf sich auf das Bett mit der viel zu weichen Matratze, dachte noch, Scheiße, mein Rücken, und – schlief ein.

9

So stand die Sonne, und der Tag ging nieder, als uns der Engel Gottes freudig nahte. Am Rande stand er außerhalb der Flamme. Mit dem Gesang: »*Beati mundo corde*«. *Und einer Stimme, mächtiger als unsere. Dann sprach er:* »*Ehe euch das Feuer brannte, dürft ihr nicht weitergehen, heilige Seelen. Ihr müsst hinein und drin die Lieder hören.*«

Die »Divina Commedia« von Dante Alighieri. Was für ein Text. Was für eine Sprache. Es war so weit. Der richtige Tag, um weiterzugehen. Die richtige Stunde, um im Feuer die Lieder zu hören. Das Benzin hatte er besorgt. Alle würden sie das Feuer sehen, die züngelnden Flammen, sie würden ihn in ihre Arme nehmen, und warm, sicher und geborgen würden sie gemeinsam in die Ewigkeit eingehen, für immer verschmelzen mit dem Licht der untergehenden Sonne und schließlich erlöschen.

Vorher jedoch wollte er beichten. Nicht, weil ihm das Erlassen seiner Sünden wichtig war. *Wer ohne Schuld ist, werfe den ersten Stein. Durch meine Schuld, durch meine Schuld, durch meine, meine große Schuld.* Nein, er wollte diesen verdammten Pfarrer mit dem Wissen zurücklassen, dass er mitschuldig sein würde an seinem Tod. Ach, wie wunderbar doch dieses Beichtgeheimnis war, das es dem alten, dicken Mann verbieten würde, irgendetwas zu verhindern oder darüber zu quatschen. Und somit würde auch er verbrennen, der Pfaffe, der Pope, die verdammte Schleimspur! Bei lebendigem Leib. Nicht durch das Feuer, sondern weil er dann endlich kapierte, was er getan hatte, als er ihn vor einigen Jahren schon um Hilfe oder wenigstens um einen Rat gebeten hatte …

Der Pfarrer war pünktlich. Er auch. Er setzte sich ihm gegenüber, in der Wallfahrtskirche auf dem Bogenberg. Von Angesicht zu Angesicht. Der Pfarrer forderte ihn zur Beichte auf, und er begann zu sprechen, schilderte alles im Detail, zumindest so, wie er es sich in all den durchwachten Nächten unter ihrem Fenster ausgemalt hatte, und beobachtete fast vergnügt, wie der Pfarrer kreidebleich wurde.

»Wer sich selbst tötet, mein Junge«, sagte er schließlich und flehte ihn förmlich an, »wer sich selbst tötet, missachtet den göttlichen Souverän. Gott allein hat die Vollmacht, Leben zu schaffen und zu nehmen.«

»Ich hab keinen Gott, und auf Ihren scheiß ich ...« Er stand lachend auf und lief laut singend durch das Kirchenschiff auf das Portal zu. »Feuer und Flamme, lalalala, Feuer und Flamme, lalala ...«

Er lachte und sang noch, als der Pfarrer sich mühsam aus der Kirchenbank hochstemmte und ihm verzweifelt nachrief: »Du sollst nicht töten, das gilt auch und gerade für das eigene Leben.«

Er war an der Kirchentür stehen geblieben und beobachtete, wie der Pfarrer ihm entgegenschnaufte: »Selbstmord bedeutet so viel wie Unglauben.«

Wie hilflos der alte Mann war und schwerfällig. Fast tat er ihm leid. Er öffnete die Kirchentür, die noch immer in ihren Angeln quietschte.

Der Pfarrer hatte ihn fast erreicht. »Jetzt wart halt, Bua ... wart!«

»Und ja niemanden anrufen, Herr Pfarrer, sonst verstoßen Sie gegen das Beichtgeheimnis und werden exkommuniziert.« Er lachte wieder, lachte, als die Kirchentür vor der Nase des Pfarrers ins Schloss fiel. Sein Blick glitt über die Donau. Wie ein in der Abendsonne leuchtendes Band schlängelte sie sich durch das viele Grün. Er breitete die Arme aus und flog überglücklich der Freiheit entgegen.

10

Sophia hasste fröhliche Menschen. Vor allem, wenn sie von ihnen aus dem Schlaf gerissen wurde. Vor dem Stadlhuberhof wurde gesungen, gequietscht, gekreischt, gekichert und vor allem gelacht, als gäbe es kein Morgen mehr. Die gute Laune der Burschen und Mädchen tat Sophia nicht nur in den Ohren weh. Auch das Herz bekam seinen Teil ab. Gut, dass sie Ohrstöpsel mitgenommen hatte. Die Wunderwaffe gegen Kirchenglocken und frühmorgendliches Vogelgezwitscher. Sophia kramte die Ohropax aus ihrer Handtasche, zog die Ohrmuschel nach unten, stopfte den Kunststoff so tief wie möglich ins Innenohr. Holte die zweite Flasche Ginjinha aus der Reisetasche, die, die sie nur für sich mitgenommen hatte, schenkte das Zahnputzglas fast voll und zündete sich eine Zigarette an. Den Lärm draußen nahm sie dank der Ohrstöpsel nur noch gedämpft wahr. Nach einem kräftigen Schluck Kirschlikör und mit der Zigarette im Mundwinkel machte sie sich ans Auspacken, stellte Pumps, Stilettos, Pistol Boots, Sneakers, alle mit hohen Absätzen, in Reih und Glied auf.

Die Tür des Bauernschranks klemmte und ließ sich erst öffnen, nachdem sie kräftig daran gezogen und gerüttelt hatte. Muffiger Geruch schlug ihr entgegen und mit dem Geruch die Erinnerung. Sie fuhr in die Knochen. Drückte die Kehle zu. Fast panisch riss Sophia die wenigen Kleiderbügel, die sie benötigte, von der Stange, stieß die Tür wieder zu, beschimpfte sich selbst als hysterisch. Atmete tief durch, zwang sich zurück in ihre innere Fassung. Sie würde den Schrank erst gründlich mit Essigessenz reinigen, ehe sie ihm ihre nicht gerade kostengünstige Kleidung anvertraute. Nur wohin mit den Sommerkleidern, Röcken, Blazern, Blusen, Hosen und der verdammten Uniform, die sie wieder würde tragen müssen?

Sie hatte gegen die Versetzung Einspruch erhoben, doch

die einzige Antwort, die sie erhalten hatte, war, die Personalmaßnahme sei geeignet, erforderlich und angemessen, um den Betriebsfrieden wiederherzustellen und damit einen reibungslosen Dienstablauf zu gewährleisten. Sie war jedoch nicht nur versetzt, sie war sogar zurück in die Uniform gezwungen worden, mit der sie vermutlich auch wieder Streifendienst würde verrichten müssen. Zumindest für bestimmte Zeit, bis es bei guter Beurteilung zurück an ihre Wunschdienststelle nach München ging. Sie war sicher, auf Dauer würde man dort auf ihre Arbeit als Ermittlerin nicht verzichten. Zammreißen und sich anpassen hieß die Devise.

Kurz entschlossen funktionierte sie das Geweih des Achtenders, das fast die ganze dem Bett gegenüberliegende Wand einnahm, zum Kleiderständer um. Den skelettierten Hirschschädel, sie wollte vorerst keine Toten mehr sehen, bedeckte sie mit der Fahne ihrer Fußballmannschaft – SL Benfica. Raffa hatte sie ihr aus Lissabon mitgebracht. Zärtlich strich sie über die Fahne. Roch daran, Stille, während unter ihrem Balkon weitergetobt wurde.

»Hey, Rost, Dusche gefällig?« Die Stimme jung und weiblich.

»Kruzefix! Antonia, das Wasser ist saukalt.« Die Stimme wiederum war männlich.

»Fluch ned, Rost, sonst kummt heid scho der Heilige Geist«, rief einer der anderen Burschen.

»Stimmt genau!« Das war wieder die Antonia, die sechzehnjährige Tochter von Veronika Stadlhuber, die beim Ankommen nur kurz an ihr vorbeigeschossen war, als Veronika die neue Untermieterin vorstellen wollte. »Später, die Lilli wart auf mi«, hatte sie ihrer Mutter noch zugerufen und war im nächsten Moment schon auf und davon gewesen. Veronika Stadlhuber hatte ihr erklärt, die Gruber Lilli sei Tonis beste Freundin, die Madln würden dauernd zusammenhängen, und schon war in Sophia die Sehnsucht nach Emma geweckt gewesen.

Auch deswegen konnte sie im Augenblick alles vertragen

außer jugendlicher Unbeschwertheit. Erneute Erinnerung und Ohrstöpsel, die nicht in der Lage waren, Geschrei und Lachen abzustellen. Sie nervten nur das Innenohr. Sophia zog sie wieder heraus, trat mit der Zigarette und dem Ginjinha auf den Balkon und beobachtete die jungen Leute, die sich trotz des warmen Juniabends in Regenkleidung eingehüllt hatten, verborgen unter Kapuzen und seltsamen Hüten. Antonia stand mit zwei Freundinnen, von denen eine vermutlich die Gruber Lilli war, ohne Kapuze und nur im Dirndl auf der Hofzufahrt, bis an die Zähnen mit Gartenschlauch und Wassereimern bewaffnet, bereit, die nächsten Besucher feuchtfröhlich in Empfang zu nehmen. Und da kamen sie auch schon singend anmarschiert: »So reisen, so reisen, so reisen wir daher …«

»Kikeriki … kikeriki …« Der Bursche an der Spitze trug einen großen Korb und krähte wie ein Gockel. »Kikeriki … kikeriki.«

Antonia und ihre Freundinnen waren kurz abgelenkt, diesen Moment nützte ein anderer junger Mann, entzog sich damit der Wasserfontäne, die nun alle anderen traf, erreichte Veronika Stadlhuber, die in ihrem Dirndl lachend dabeistand, und flehte sie mit viel Pathos und auf Knien an, ihm ein »Oa« und »a Goid« zu spendieren.

Veronika Stadlhuber legte einen Karton mit sechs Eiern in den Korb, den der tropfende Anführer gerade noch rechtzeitig in Sicherheit gebracht hatte, und warf ein paar Euromünzen hinein. Sobald der Korb gefüllt war, das wusste Sophia noch von früher, würde aus den gesammelten Eiern in der nächsten Gastwirtschaft ein goldgelber Kaiserschmarrn gezaubert und das Geld auf wunderbare Weise nicht in Wein, sondern in Bier verwandelt werden. So ging das mit dem Wasservogelsingen, wenn das Wasser als Element der Reinigung und das Ei als Symbol für die Fruchtbarkeit gefeiert wurden.

Sophias Blick wanderte weiter. Über die Köpfe der jungen, miteinander scherzenden Burschen und Mädchen hinweg, wobei Antonia Stadlhubers langes weizenblondes Haar in der Abendsonne ebenso leuchtete wie das ihrer Freundin Lilli.

Gleiche Statur. Gleiches Dirndl. Wenn man nicht genauer hinsah, hätten die beiden Zwillinge sein können. Die Blätter der Bäume, durchdrungen von Licht, schimmerten wie Gold. Dahinter ein Wiesen- und Feldmosaik, zusammengesetzt aus unterschiedlichen Grün- und Brauntönen, das breite blaue Band der Donau. Grillenzirpen.

Die Traurigkeit traf Sophia mit einer Wucht wie sonst nur die Sommerschwermut, von der sie vor allem in den lauen Stunden eingeholt wurde, wenn der Tag in den Abend hinüberglitt. Sie wollte nur noch eins, zurück in das Bett mit der viel zu weichen Matratze, verließ den Balkon wieder, wühlte sich in ihr Kopfkissen bis kurz vor dem Ersticken, hielt auch das nicht aus, wühlte sich wieder aus dem Kopfkissen heraus, suchte nach ihren Zigaretten, fand sie, zündete sich eine an, nahm zwei, drei Züge, bis ihr einfiel, dass sie sich verboten hatte, im Zimmer zu rauchen, trat mit der Zigarette auf den Balkon und sah in diesem Moment eine Flamme wie einen Pfeil in den Himmel schießen, mitten hinein in die verschiedenen Farben des Abendrotes.

»Der Heilige Geist«, hörte Sophia ein Mädchen andächtig sagen.

»Ich hab doch scho g'sagt, dass er kimmt, wenn ma flucht«, fügte einer der Burschen hinzu.

»Wie wenn a heftiger Sturm daherfahrt, erschienen ihnen Zungen wie Feuer«, ergänzte ein anderer. Jemand fragte noch, ob sie gleich in der Lage sein würden, in fremden Sprachen zu reden, was ja »ned grad unpraktisch« sei, da zerriss ein gellender Schrei die laue Luft. Eine Mädchenstimme. Sophia sah sich automatisch nach Antonia um. Kein Leuchten von weizenblondem Haar. Antonia war verschwunden.

Die Flammen tanzten weiter in den Himmel. Außen tiefrot, in ihrem Kern schwarz wie der Fußabdruck des Teufels in der Münchner Frauenkirche. Rauch, von hellem Grau, als versuche die Seele aus dem, was auch immer brannte, zu fliehen. Nicht nur der Aufschrei, auch ein tiefes inneres Gefühl sagte Sophia, dass es nicht nur ein Holzstoß war, der brannte.

Die hochhackigen Schuhe flogen von den Füßen, sie raffte ihre bis zu den Knöcheln reichende Tunika bis weit über die Oberschenkel, lief barfuß zwei Stufen auf einmal nehmend die Holztreppe hinunter an Veronika Stadlhuber vorbei, die voller Sorge nach Antonia suchte: »Des war doch a Madl, das g'schrien hat! Hat von euch jemand die Antonia g'sehn? Frau Alvarez, haben Sie die Anto…«

Ohne zu antworten, ließ Sophia Veronika Stadlhuber hinter sich. Ließ sie zurück wie die anderen, die gerade noch unbeschwert und fröhlich gewesen waren und jetzt mit einer Mischung aus Fassungslosigkeit und Lähmung auf das einige hundert Meter vom Bauernhaus entfernte Feuer starrten, unfähig zu verstehen, was diese unmenschlichen Laute zu bedeuten hatten, die direkt aus dem Flammenkern zu kommen schienen. Als wäre jemand eingeschlossen in den Armen eines Monsters. Ein Lebewesen brannte, das war Sophia klar.

Diejenigen, die sich nicht hatten lähmen lassen, sondern handeln wollten wie Sophia, waren wie sie auf dem Weg zu den Flammen. Doch sie trugen Eimer, vollgefüllt mit Wasser, das über den Rand schwappte, dadurch waren sie langsam. Sophia war obendrein gut trainiert. Sie überholte den Hilfstrupp aus jungen Menschen, sah Antonia noch immer nicht, spürte weder die Erdklumpen noch die Steine unter den bloßen Füßen, riss sich noch im Laufen das Kleid vom Körper, mit kurzem Bedauern, weil es verdammt viel Geld gekostet hatte, erreichte das sich inzwischen auf dem Boden windende, schreiende Etwas, begann mit dem Kleid auf es einzuschlagen, während sich das Feuer gierig weiterfraß, durch Haut und Muskeln, bis auf die Knochen. Sie herrschte den ersten Helfer an, der neben ihr auftauchte, den brennenden Leib hin- und herzurollen, tat es schließlich selbst, während die anderen Wasser auch über sie ausschütteten.

Das Feuer erstickte. Endlich. Und Sophia sah, was sie und auch die anderen schon längst begriffen hatten: kein Tier. Ein Mensch hatte gebrannt.

Kleidung und Hautfetzen hingen vom Körper des Mädchens. Das Haar, ehemals blond, war rußig und verschmort. Das Gesicht aufgedunsen, die Augen zugeschwollen. Brust, Bauch und Oberschenkel durch die Gluthitze zu einer einzigen großen Wunde verbrannt, das Fettgewebe teilweise zu einer weißen Masse verkocht. Die rechte Hand starr und schwarz. Der süßliche Geruch von verbranntem Fleisch vermischte sich mit dem zarten Duft von Jasmin, der sich um diese Stunde allmählich zu entfalten begann. Sophia dachte noch, das Mädchen ist blond, da stand Antonia neben ihr. »Des is die Lilli, mei Freundin ... die Gruber Lilli, sie war auf einmal weg ... ich hab sie schon überall g'sucht!«

11

In der Ferne wurden die Sirenen von Rettungswagen, Notarzt, Feuerwehr und Polizeiwagen laut. Suchten sich mit Blaulicht ihre Spur über Feldwege und Wiesen. Begleitet von immer mehr Menschen, die von allen Seiten zum Ort des Geschehens strömten. In einer kleinen Stadt wie Bogen verbreiteten sich Nachrichten ebenso rasant wie Grippeviren beim Oktoberfest. Ein Polizeiwagen überholte und stoppte sie, die Besorgten, die nach Sensation Heischenden, die Neugierigen, mit ihren schon zum Abschuss bereiten Smartphones für Facebook, Twitter, Instagram und YouTube, ohne auch nur daran zu denken, dass sie mit ihrer Gier nach Sensation die Rettungsarbeiten behinderten.

Sophia nahm alles im Zeitlupentempo wahr. Die Absperrung, die in Windeseile von den uniformierten Streifenbeamten errichtet wurde. Der Tatort wurde von Schaulustigen geräumt, Personalien wurden aufgenommen und diejenigen herausgefiltert, die als Zeugen vernommen werden sollten. Auch sie war eine Zeugin. Aber nicht jetzt. Rasch trat Sophia hinter einen Busch, um weiter in Ruhe beobachten zu können: den Tatort mit den Augen, nicht mit den Füßen betreten.

Das Mädchen, Lilli, lebte noch, und Sanitäter und Notarzt zerstörten zusätzlich Spuren. Die Kriminalistin in ihr war verärgert. Der Mensch hoffte und betete. Jetzt versperrten sie ihr auch noch den Blick. Aber dennoch wusste sie, dass alles getan wurde, um die Vitalfunktionen des Mädchens zu stabilisieren. Die Schmerzen würden bekämpft, der Rettungshubschrauber würde angefunkt werden, um die Patientin, oder was von ihr noch übrig war, so schnell wie möglich in das nächste Zentrum für Brandopfer fliegen zu können.

Auch wenn Sophia noch nicht offiziell im Dienst war, begann ihr Gehirn mit seiner Arbeit. Zog Rückschlüsse. Rekapitulierte den zeitlichen Ablauf. Vor allem jedoch waren

Menschen für sie der Schlüssel. Ihre Mimik. Jede noch so unauffällige Geste. Der Geruch von Erbrochenem mischte sich unter das Geschrei, das Schluchzen, die beruhigenden Worte der Sanitäter, die sich auch um die weinenden oder vor Schreck wie gelähmten Jugendlichen kümmerten, vor allem um Antonia, die hinter der Absperrung stand. Fassungslos. Erstarrt. Und jetzt von ihrer Mutter in den Arm genommen wurde.

Sophia spürte Veronikas Erleichterung fast körperlich, dachte an Emma, verbot sich jedes Gefühl, nahm weiter Witterung auf. Programmierte ihren Instinkt. Scannte jeden Millimeter der Umgebung ab, blieb an dem leeren Benzinkanister neben dem Mädchen hängen, das jetzt von zwei Sanitätern mit einem sterilen, metallbeschichteten Brandwundenverbandtuch abgedeckt wurde. Sah das rußgeschwärzte, wohl ehemals weiße T-Shirt, das in der Nähe des Feueropfers wie weggeschleudert lag, als habe schon vor ihr jemand versucht, auf diese Weise die Flammen zu bekämpfen. Das Mädchen war also nicht allein gewesen.

Sie scannte weiter ab, Zentimeter um Zentimeter, nahm jeden umgeknickten Zweig, jede Stelle in sich auf, an der das Gras abgetreten, ein Gänseblümchen zertreten, eine Butterblume geknickt war, registrierte die Fußabdrücke auf dem angrenzenden Feld, tat ihre Arbeit, noch bevor die Beamten vom Erkennungsdienst mit ihrem Equipment eingetroffen waren, und in diesem Moment – entdeckte sie ihn. Geduckt hinter einem Busch. Ihre Blicke trafen sich, nur für den Bruchteil einer Sekunde, dann sprang er auf, rannte wie ein gehetztes Tier Richtung Wald.

Sophia brauchte nur diesen Sekundenbruchteil, um zu registrieren, dass sein Oberkörper nackt und offensichtlich er es gewesen war, der versucht hatte, das brennende Mädchen mit seinem T-Shirt zu löschen. Sie setzte sich in Bewegung. War trotz ihrer bloßen Füße schnell. Zu schnell für den Jungen, der beim Laufen über die eigenen Beine stolperte, als sei er nicht in der Lage, sie zu kontrollieren.

Sie machte einen Satz, rang ihn zu Boden, hielt ihn wie ein Schraubstock an beiden Handgelenken fest. Seine Augen zwei riesige schwarze Löcher, die Iris kaum noch sichtbar. Drogen, dachte sie noch, dann erstarrte er inmitten seiner Abwehr. War wie schockgefroren. Der Blick entleert. Nur sein heißer Atem bewies, dass er lebte. Sophia wollte den Griff schon etwas lockern, als sich eine schwere Hand auf ihre Schultern legte. Sie zuckte zusammen.

»Lassen Sie den Jungen los!«

Mit rasendem Herzen hielt sie den Jungen weiter fest, wandte nur leicht den Kopf, wobei ihr Nacken ein Geräusch von sich gab, als sei jemand auf Kieselsteine getreten.

Der Mann über ihr sah gut aus, wenn man das markant Bayerische mochte. Kurzes schwarzes Haar, blaugrüne Augen, intensiver Blick, der für den Bruchteil einer Sekunde ein Prickeln in ihr auslöste, das nicht zu der Situation passte und sie beschämte. Schnell stellte sie den inneren Scanner wieder auf Bestandsaufnahme ein. Er trug einen offenbar selbst gestrickten grauen Janker, Jeans, war durchtrainiert.

»Lassen Sie ihn los!« Seine Stimme wurde scharf. Der Blick kalt.

Die Augenlider des Jungen begannen zu zucken, seine Lippen bebten, und jetzt fing er auch noch am ganzen Leib zu zittern an.

Sophia ließ ihn los. Erschöpft und schwer atmend blieb er liegen. Sie schraubte sich, so gut sie konnte, auf ihre volle Größe, mit der sie wohl auch im Bayerischen Wald niemanden beeindrucken würde, nachdem sie schon in München jede Autorität verloren hatte.

»Wer sind Sie überhaupt?«

»Hauptkommissarin Sophia Alvarez.« Sie wollte schon nähere Angaben im Hinblick auf die Situation machen, in der sie sich gerade befand, doch er meinte nur trocken: »Die Neue also.«

In Sophia wuchs der Impuls, ihn an ihrer Faust riechen zu lassen, wie man in Bayern so schön sagte: *Wuist amal schmecka, wia der Friedhof riacht?* Doch in der nächsten Sekunde schon wurde Sophia bewusst, dass sie ihrem neuen Dienstherrn, Inspektionsleiter Ferdinand Zöpfl, nicht nur in Dessous gegenüberstand, die ein Vermögen gekostet und Alexander dennoch nicht zurückgebracht hatten, sondern er sie dabei ertappt hatte, wie sie tropfnass auf einem etwa sechzehnjährigen halb nackten Jungen lag, der ihr – als sie einen erneuten Blick auf ihn warf – irgendwie bekannt vorkam.

Zöpfl zog seinen Janker aus, legte ihn ihr um die Schultern, reichte dem Jungen die Hand und half ihm auf die Beine: »Geh nach Hause, Maxi, wir reden später.«

Sophia schlüpfte rasch in die Ärmel des Jankers, der sofort am ganzen Körper zu kratzen anfing. Am nächsten Tag würde sie einem Streuselkuchen nicht unähnlich sehen.

Der Junge, Max, hielt den Kopf gesenkt, und Zöpfl wiederholte: »Geh nach Hause, ich ruf deine Eltern an, damit sie sich um dich kümmern.«

Jetzt fiel Sophia auch ein, woher sie den Jungen kannte. Sie hatte ihn am Mitfahrbankerl getroffen, und er hatte ihr den Weg zum Stadlhuberhof beschrieben. Sein Lächeln im Rückspiegel. Er hatte sie an Raffa erinnert. Sie wurde eine Spur sanfter. »Sie können doch nicht einfach … Er ist ein wichtiger Zeuge. Das T-Shirt dort drüben, das gehört vermutlich ihm.« Sie wandte sich an Max. »Das ist doch dein T-Shirt, oder?«

Max reagierte nicht. Und auch Zöpfl ignorierte sie. »Ich sag einem Kollegen Bescheid, dass er dich nach Hause fährt.«

»Damit er mit seinen Eltern absprechen kann, was er uns sagt und was nicht?« Sophia fauchte, wobei das Fauchen nicht dem Jungen galt. Dennoch warf ihr Max einen erschrockenen Blick zu und schlich mit gesenktem Kopf davon. Sophia sah ihm nach. Wie fast alle Jungen in seinem Alter hatte er schon einen recht männlichen Körper, der aber viel zu groß und zu weit war für die Kinderseele, die mit sechzehn, siebzehn noch in den Jungs steckte und sie überforderte: das noch nicht vorhandene Innere dem Äußeren anpassen. Coole Sprüche klopfen, Zigaretten qualmen und die Kinderseele im Alkohol ersaufen. Sie hatte Raffa oft genug gesagt, dass es so nicht funktionierte. Raffa! Wer passte jetzt auf ihn auf? Sie hätte ihm jedenfalls jedes Alibi gegeben, das er in so einer Situation benötigt hätte. Jedes!

»Absprache mit seinen Eltern?« Zöpfl wiederholte seine Frage. »Wovon zum Teufel reden Sie?«

»Dieser Max kann durchaus was damit zu tun haben. Nimmt er Drogen? Dealt er?« Sophia ließ Max nicht aus den Augen. Er sprach gerade mit einem korpulenten Mann Mitte, Ende sechzig, der im Fiat und mit Blaulicht herangerast war.

»Ein Kollege?«

»Pfarrer Neuhaus.« Zöpfl war ihrem Blick gefolgt.

»Mit Blaulicht?«

»Wenn er's eilig hat … Und wie kommen Sie auf Drogen?«

»Erweiterte Pupillen.«

»Der Schock.«

»Aha.« Sie beließ es vorerst dabei, beobachtete, wie der Pfarrer Max kurz übers Haar strich, den Jungen gehen ließ, sich suchend umsah und sich jetzt durch die Absperrung auf sie zukämpfte.

»Sie denken, Max hat Lilli mit Benzin übergossen, ange-zündet und dann versucht, sie mit seinem T-Shirt wieder zu löschen?« Schon Zöpfls Blick verriet, für wie weit hergeholt er allein die Vorstellung hielt, Max könne in die Sache ver-wickelt sein.

»Natürlich, wir sind ja auf dem Land«, gab sie ironisch zurück. »Da gibt's so was nicht.«

»Nur weil Sie aus München kommen –«

»Weil ich sehr viel Erfahrung mit Todesfällen habe und damit, was Kids alles für ein bisschen Aufmerksamkeit tun.«

»Oder unter Einwirkung von Drogen. Das weiß ich auch, Polizeihauptmeisterin Alvarez.«

»Und ich dachte, das höchste Ihrer Gefühle sind ver-tauschte Straßenschilder.« Sie hatte es geahnt, dass er nur darauf wartete, sie auf ihren neuen Dienstgrad hinzuweisen.

Zöpfl musterte sie von oben bis unten. »Ich hab schon g'hört von den Münchner Kollegen, dass Sie nicht grade einfach sind in der Zusammenarbeit.«

»Und Sie behindern die Ermittlungen.«

»Was tu ich?« Zöpfl sah sie an, als würde er ihr gleich an den Hals springen. Bravo, den perfekten Einstand hatte sie ja somit gegeben.

»Es tut mir leid, aber wir schulden Lilli Grubers Eltern die Wahrheit –«

Weiter kam sie nicht, denn in diesem Moment stand Pfarrer Neuhaus vor ihnen. »Aber ich hab gedacht …« Er brach ab, sah sie fassungslos an. »Mein Gott, die Gruber Lilli, wieso jetzt die Lilli … nein, nein … das ist doch der Wahnsinn … nicht die Lilli … ich hab denkt …«

Sophia horchte auf. Da lag etwas in seinem Unterton. »Was haben Sie gedacht?«

Der Pfarrer sah rasch von Zöpfl zu Sophia und wieder zu Zöpfl, machte den Mund auf, machte ihn wieder zu, Sophia dachte noch, jetzt hab ich ihn, wollte nachhaken, was er mit dem »Wieso jetzt die Lilli« meinte, doch Zöpfl war schneller: »Pfarrer Neuhaus, das ist unsere Neue, Polizeihauptmeisterin Sophia Alvarez.«

»Alvarez.« Pfarrer Neuhaus horchte auf. »Das kommt mir irgendwie bekannt vor.«

Sophia schluckte. Daran hatte sie nicht gedacht, dass sich noch irgendjemand erinnern könnte. Sie antwortete rasch: »Im Bayerischen Wald ist der Name eher selten, in München aber sehr häufig.«

Pfarrer Neuhaus öffnete erneut den Mund, als wolle er etwas entgegnen, doch wieder war Zöpfl schneller. »Ich glaub, ihre Eltern brauchen jetzt seelsorgerischen Beistand.« Und diesmal war Sophia fast froh darüber, dass er schneller gewesen war als sie. Kein weiteres Nachbohren, und ihre Fragen, die würde sie Pfarrer Neuhaus schon noch stellen.

Der Pfarrer nickte und verließ den Tatort noch schwerfälliger, als er gekommen war. Sophia wandte sich an Zöpfl.

»Ich glaub, der Pfarrer weiß was, ich red nachher mit ihm, und Sie übernehmen am besten den Max.«

Sie erkannte an seiner Stimme, dass sie erneut zu weit gegangen war: »Wer wen befragt, bestimme noch immer ich. Und Ihr Dienst, Alvarez, beginnt erst nach Pfingsten, und zwar in der Verkehrsstatistik.«

»In der Verkehrsstatistik? Aber wir haben hier möglicherweise einen Mord!«

»Merken Sie sich gleich mal eins: Ein ›Aber‹ gibt's bei uns nicht.«

So ein Arsch! Sie bremste sich gerade noch aus, sonst hätte sie ihm sein Hinterteil, zumindest verbal, ins Gesicht geschleudert. »Sie müssen nicht ständig betonen, dass ich degradiert bin, das weiß ich auch so. Aber jetzt ist die Situation eine andere. Sie brauchen mich.«

»Wenn, dann wären die Straubinger zuständig.«

»Bis die kommen, verlieren wir kostbare Zeit.«

»Sie wollen wohl unbedingt einen Mordfall draus konstruieren?« Zöpfl machte eine Pause, ließ dabei den Blick über ihren zierlichen Körper gleiten, den sein grauer Janker einem wilden Tier ähnlich förmlich verschlang, wurde wieder ernst und sagte ruhig: »Ziehen Sie sich was Anständiges an, und ich seh Sie dann am Dienstag in Polizeiuniform.« Drehte sich kurz um, wandte sich Sophia dann wieder zu. »Hoffe, sie passt noch, wir haben nix für Sie.«

Doch Sophia war verschwunden. In welche Richtung er auch sah, sie war wie vom Erdboden verschluckt, aber die Aura ihres Zorns, die war noch kilometerweit zu spüren …

12

Sophia platzte noch immer fast vor Wut, als sie auf dem Besucherparkplatz der Regensburger Universitätsklinik hielt. Verkehrsstatistik, den ganzen Tag Unfälle auf der Karte zusammenstöpseln … Nicht mit ihr, vor allem nicht, nachdem sie ein paar Worte mit Antonia gewechselt hatte. Sehr behutsam, da Antonia noch unter Schock stand. Einfach nur dasaß. Irgendwie gleichgültig, die Hände in den Schoß gelegt, die Füße auf dem Boden, ein Glas Wasser vor sich, sich wundernd, dass sie wie von selbst atmete, das Leben weiterging und selbst die Wanduhr in der Küche ihr Ticken nicht gestoppt hatte.

Veronika saß neben ihrem Kind. Verfolgte jedes Wort, das Sophia jetzt mit Antonia sprach. Kontrollierte. Das Muttertier, das sein Kind beschützte, das erst noch erfahren würde, wie und was Trauer war. Als ihr Vater tot vom Traktor gefallen war, war Antonia noch zu klein gewesen.

Sophia verstand Veronika so gut. Viel zu gut dafür, dass sie Antonia mit einer Befragung, die darauf abzielte, das Gegenüber in die Ecke zu drängen, einige Informationen entlocken wollte.

»Glaubst du, dass die Lilli …?« Sophia suchte noch nach dem Wort, das dieses Schreckliche, Brutal-Grausame, das mit einer Selbstverbrennung einherging, vermied. Doch bei dem Namen ihrer Freundin war es, als erwache Antonia aus ihrer Erstarrung.

»Die Lilli hat sich ned an'zündet.« Sie schrie es heraus. »Nie! Grad wo sie so glücklich g'wesen is mit dem Basti.«

»Der Basti? Wer ist der Basti?«

»Der Lilli ihr Freund.« Veronika Stadlhuber nahm Antonias Hand, streichelte sie. »Sebastian Faltermeier, der Sohn vom Bürgermeister.« Wandte sich an ihre Tochter. »Aber Toni, überleg mal, was du sagst. Wenn sie's ned selber war, dann …«

Antonias Stimme war ausdruckslos, als sie weitersprach.

»Die Lilli war grad noch so schön … und jetzt … Und wieso ist sie auf einmal weg?« Sie sah Sophia flehend an. »Sie war doch grad noch da, direkt neben mir ist sie g'standen … I kapier des ned … und dann freiwillig solche Schmerzen … nicht die Lilli, niemals.« Sie fing an zu wimmern.

»Hat sie einen Anruf bekommen? Eine SMS, eine WhatsApp?«

»Nein … i hab jedenfalls nix mitgekriegt … aber das Handy … vielleicht …« Sophia schüttelte den Kopf. Antonia nickte. »Des is verbrannt.« Brauste wieder auf. »Grade heute war sie besonders happy … irgendwie ganz leicht …«

»Was meinst du mit ›ganz leicht‹?« Sophia horchte auf.

»Als ob …«, Antonia suchte nach den richtigen Worten, »… als ob ihr a Riesenlast von den Schultern g'fallen is.«

»Aber du weißt nicht, was das war?«

»Nein.« Antonia sah aus, als sei sie selbst darüber verwundert.

Möglicherweise war es doch Selbstmord gewesen. Gerade wenn jemand, der suizidal war, den Entschluss gefasst hatte, sich umzubringen, war er oft heiter. Als glaubte er, mit diesem Schritt endlich alles Leid loszuwerden, das ihm das Leben so verdammt schwer machte. Dabei wollten nur die wenigsten wirklich tot sein, die meisten von ihnen wollten einfach nicht mehr so weiterleben. Das war ein großer Unterschied. Sie sprach es nicht aus. Notierte Antonias Aussage aber in ihrem inneren Notizbuch. Vielleicht wussten Lillis Eltern mehr.

»Und ihr Freund, der Basti, wo war der?«, fuhr sie mit der eher beiläufigen Befragung fort.

Antonia ging nicht darauf ein. »Wie soll die Lilli nur weiterleben … so, so … verbrannt?«

Sophia versuchte es noch einmal. »War der Basti auch da, beim Wasservogelsingen?«

Antonia verneinte. Sophia wollte noch fragen, weshalb er nicht dabei gewesen war, als Antonia ohne jede Vorwarnung in den Armen ihrer Mutter zusammenbrach. Durchgeschüttelt wurde von den Bildern, die sich wohl für immer in ihrem Kopf und in ihrer Seele eingebrannt hatten. Lillis Narben würden sichtbar sein. Antonias nicht.

»Ich glaub, Frau Alvarez, es reicht!« Veronika sah sie nicht vorwurfsvoll, aber entschlossen an.

Sophia nickte, wollte schon aufstehen, da packte Antonia sie am Arm. Sie weinte noch immer nicht, doch ihre Stimme zitterte vor Wut: »Finden Sie den, der das der Lilli angetan hat.«

»Wenn es einen Täter gibt …«

»Versprechen Sie es!«

Sophia wollte Antonia schon sagen, dass sie ihr nichts versprechen konnte, als ihr ein neuer, ein ganz anderer Gedanke kam. Sie wandte sich nicht an Antonia, sie wandte sich Veronika Stadlhuber zu: »Wer von den Jungs war es eigentlich, der das Wasservogelsingen vorverlegt hat, weil er morgen einer von den Kerzenträgern ist?«

»Der zuerst bei der Lilli g'wesen ist und sie noch retten wollt«, antwortete Antonia, ehe ihre Mutter noch etwas sagen konnte. »Der Max. Warum?«

Ohne Antonia die Frage zu beantworten, jedoch sehr nachdenklich geworden, hatte sich Sophia in den Wagen gesetzt und war nach Regensburg gefahren.

* * *

Jetzt saß sie vor der Intensivstation für Brandverletzte, wusste nicht mehr weiter. Um Lilli zu befragen, war es noch zu früh. Außerdem hatte sie kein Recht dazu. Sie war nicht im Dienst, war keine Ermittlerin mehr, sondern wieder Polizistin in Uniform, wenn auch mit vier grünen Sternen auf der Schulterklappe. Sogar die Kriminalmarke hatte sie abgeben müssen, nur die Waffe, die hatte sie behalten dürfen. Dennoch wäre es einen Versuch wert gewesen. Doch Lilli lag im künstlichen Koma, anders hätte sie diese furchtbaren Schmerzen nicht ertragen können.

Ein Pfleger und eine sehr junge weibliche Pflegekraft kamen den Flur entlang. Man musste nicht viel Lebenserfahrung haben, um zu sehen, dass der Pfleger die hübsche junge Frau, vermutlich eine Schwesternschülerin, beeindrucken wollte. »Als ob wir nicht genug Stress hätten ...« Es war eher der verächtliche Tonfall als seine Worte, der Sophia aufhorchen ließ. »Also wenn ein Mensch krank wird, okay, dann pfleg ich den gern. Aber einer, der sich aus Frust oder a bisserl Liebeskummer Benzin drüberschüttet und anzündet ... Diese Selbstmordkandidaten stehen mir echt bis oben.«

»Wenn jemand so was tut«, erwiderte die junge Schwester, »dann muss es schon sehr weit fehlen, dann geht's dem bestimmt total beschissen.«

»Bei mir fehlt's auch weit, und zwar mit dem Verständnis. Ich muss mir zu dem ganzen anderen Stress, den wir haben, auch noch die ganze Scheiße anschauen ... Du wirst noch lernen, was das heißt, sechs Stunden lang Verbandswechsel und vorher die Wunden ausbürsten, auswaschen. Ich träum schon von dem ganzen Mist und den Schreien. Wenn du mich fragst, g'hören die alle weggesperrt, und zwar schon vorher, nicht erst, wenn's sowieso zu spät ist. Ich versteh die Eltern nicht. Man muss doch sehen, wenn's dem Kind nicht gut geht.«

Der Pfleger hatte noch nicht ausgesprochen, da schoss eine Frau auf ihn zu, die Sophia bisher nicht aufgefallen war.

»Einsperren? Mei Lilli, mei wunderschönes Kind ... Was sind Sie bloß für a Mensch ...« Sie begann mit den Fäusten auf den Pfleger einzuschlagen. »Und wir waren da! Sie ist ... war ... glücklich. A Sonnenschein ... Was tun Sie uns mit Ihrem saudummen G'red nur an?« Sie trommelte weiter mit den Fäusten auf ihn ein.

Sophia überlegte noch, ob sie dazwischengehen sollte, entschied sich dagegen, und auch der Pfleger schien zu begreifen, dass er die Schläge von Lillis Mutter durchaus verdient hatte. Regungslos stand er da, bis ein Mann, vermutlich Lillis Vater, mit zwei Kaffee to go dazukam, sah, was los war, Sophia die Plastikbecher in die Hand drückte, die so heiß waren, dass sie aufschrie. Sie stellte die Becher rasch auf einen Stuhl, während

Lillis Vater versuchte, seine Frau von dem Pfleger wegzuziehen.

»Scht ... das ändert doch nix ... des macht alles nur schlimmer ...« Es gelang ihm. Lillis Mutter ließ los. Der Vater umschlang sie mit seinen wohl von der Feldarbeit kräftigen Armen. Der Pfleger wandte sich ab, ging ohne ein Wort der Entschuldigung davon.

Die junge Schwester schluckte. »Es tut mir leid, war nicht so gemeint.« Dann wusste auch sie nicht weiter und zog sich ebenfalls zurück.

»Und solche Menschen passen auf mei Kind auf.« Fassungslos sah sich die Mutter um, hielt sich dann mit den Augen an Sophia fest, die den Eltern den Kaffee reichte. »Des geht doch ned. I sorg dafür, dass der Typ ...«

Sie wollte sich schon wegdrehen, doch Sophia hielt sie mit einer sanften Berührung am Arm zurück. »Es sind nicht alle so.« Sophia hätte sich eine klügere Antwort gewünscht. Eine, die mehr Mut machte. Sie fügte hinzu: »Lilli wird es schaffen. Sie ist noch jung. Sie ist gesund ...«

»Ach hören Sie doch auf!« Jetzt war es der Vater, der heftig wurde. »Sie wollt Kosmetikerin werden ... nach München, in die Kosmetikschule ... Kosmetikschule? Mit den ganzen Narben?«

»Ich will nur, dass sie lebt«, sagte die Mutter leise.

Sophia nickte. In diesem Moment kam ein Arzt aus der Intensivstation, fragte nach den Eltern von Lilli Gruber. Die Eltern sahen ihn voller Angst an, der Arzt sprach mit ihnen so, dass Sophia nichts mehr verstehen konnte, und dann fiel der Vater einfach um. Da wusste Sophia, was der Arzt den Eltern mitgeteilt hatte. Lilli Gruber war tot.

13

Sophia ließ die Eltern allein. Hier war im Moment nichts für sie zu tun. Sie betrat den Krankenhauspark, atmete tief durch, zündete sich eine Zigarette an, verbot sich, an Emma und Raffa zu denken. Was immer es auch war, es hatte nichts mit ihren Kindern zu tun. Sie waren in Sicherheit. Waren sie das? Sie fühlte Liebe. Alles in ihr war Liebe. Strömte von innen nach außen, vor allem dort, wo die Haut besonders dünn war, so ungeschützt, dass sich Weinen und Lachen eingruben wie die Jahresringe in einen Baumstamm. Lebens- und vor allem Liebesringe, ganz zart unter den Augen. Der Blick in den Spiegel heute Morgen hatte ihr gesagt, dass sie schon wieder mehr geworden waren.

»Du rauchst?«

Der erste Impuls war, die Zigarette fallen zu lassen und mit der Schuhspitze auszutreten, so wie sie es getan hätte, wäre sie noch mit Alexander zusammen gewesen. Sie war frei. Sie tat es nicht. »Du?« Das Du klang, als habe sie jeden erwartet, nur nicht ihn. »Chris?« Das Herz klopfte nicht mehr ihrer Kinder wegen. Es klopfte eher im Rhythmus der Songs, zu denen sie als Teenager zusammen getanzt und geknutscht hatten, er, die coolste Socke aus ihrer Klasse. Fußballspieler. Sogar im Verein. Bis zum Abitur waren sie unzertrennlich gewesen. »Ich hab gar nicht gewusst … ich mein, ich hab dich jetzt echt nicht erwartet … nicht hier. Eigentlich gar nicht. Ach was … schön dich zu sehen.«

»Gleichfalls.«

Einen langen Augenblick strahlten sie einander an, wussten nicht weiter.

Sophia war die Erste, die ihre Sprache wiederfand. »Was machst du hier? Du bist doch nicht krank … oder besuchst du jemanden? Entschuldige … ich bin …«

»Verwirrt?« Er grinste, und sie war überrascht, dass sein

herausfordernd frecher Gesichtsausdruck ihr Herz noch immer aus dem Takt brachte.

»Natürlich nicht ... oder doch ... aber nicht deinetwegen ... Ach was, jetzt sag schon, was machst du hier?«

»Ich arbeite hier.«

»Du bist Arzt?«

»Psychiater. Seelenklempner.«

»Dr. Hans-Christian Zarth.« Sie schüttelte leicht den Kopf. »Ich fasse es noch immer nicht.«

»Und du?«, gab Chris zurück. »Was machst du in Regensburg? Bist du nicht nach München gegangen?«

Sie nickte. »Einmal München und zurück. Von Bogenhausen nach Bogen.«

»Schön!«

»Ich weiß nicht.« Sie standen noch immer voreinander. Noch immer unschlüssig, was sie mit sich anfangen konnten außer Small Talk.

»Aber ich. Du hast den Bayerischen Wald gehasst. Warum bist du wieder dort?« Er hatte noch immer diese Geste, in die sie so schrecklich verliebt gewesen war, den Kopf leicht nach links gesenkt und sie von unten herauf anblickend. Es gab ihm etwas Jungenhaftes. Unsicheres. Gleichzeitig sah er besser aus als damals. Männlicher. Ein jung gebliebenes Gesicht unter dichtem grauem, fast weißem Haar. »Mit Familie ...?« Er rückte den Kopf wieder gerade, als fiele ihm ein, dass die Zeit vorbei war, in der er sie umworben hatte. »Ich hoffe, es ist niemand ... Deine Mutter, wohnt sie nicht noch in der Gegend?«

»Nein, da ist alles okay«, wich sie aus. Ihre Mutter war die Letzte, über die sie reden wollte. »Ich bin versetzt worden.« Wenn er jetzt auch noch von Kindern anfing, würde sie vielleicht nicht mehr aufhören können zu weinen. »Polizeiinspektion Bogen.«

»Du bist bei der Polizei?« Chris sah sie ungläubig an.

»Und du? Krisenpsychiatrische Betreuung oder Gespräche mit Schwerkranken?«

»Ich arbeite hier auf der Station für Brandverletzte.«
Sophia horchte auf. »Das ist interessant. Heute, da ist ein Mädchen, Lilli Gruber …«

Er reagierte nicht, warf einen Blick auf seine Armbanduhr. Offenbar hatte er nicht viel Zeit. Sie sprach schneller. »Warum, Chris, warum verbrennen sich Menschen?«

Weiter kam sie nicht. Er warf einen erneuten Blick auf die Armbanduhr. Ein unruhiges Flattern in den Augen, ein Bedauern im Blick. »Ich muss … wir hören …« Ehe Sophia sich's versah, hatte er ihr seine Visitenkarte in die Hand gedrückt und sich mit schnellen Schritten entfernt.

Verwundert blieb Sophia zurück, normalerweise war der schnelle Abschied ihre Show. Dann hielt nichts mehr die Tränen zurück. Sie weinte. Um Lilli, Antonia und all die anderen Kinder, die das Furchtbare hatten mit ansehen müssen. Sie weinte um Raffa, um Emma, um sich und Alexander und ihr ganzes verdammtes, jetzt schon verpfuschtes Leben.

Sophia weinte exakt fünf Minuten. Dann nahm sie sich zusammen, überlegte, was ihr nächster Schritt sein konnte, ehe sie die Uniform anziehen und erst einmal für lange Zeit nicht mehr ausziehen würde, setzte sich in den Wagen, fuhr zurück zum Stadlhuberhof.

※※※

Nichts hatte sich verändert. Der Suppenbrunzer, befestigt an den bald zweihundert Jahre alten Balken, schwang im Rhythmus des Pendels der antiken Mondphasen-Wanduhr hin und her, das Kreuz mit dem festgenagelten Jesus hing an der Wand, die weißen Vorhänge wehten leicht im Wind. Es roch nach dem Holz der Bauernmöbel. Das liebevoll bepflanzte Emaillegeschirr schmückte noch immer das Fensterbrett. Doch es war nicht mehr gemütlich. Die Wohnküche wirkte seelenleer, es war still. Diese besondere Stille, in der Atem und Herzschlag laut wurden, trotz der Menschen, die sich in dem Raum befanden. Sie waren fünf, saßen schweigend um den großen Holztisch. Veronika Stadlhuber und Antonia eng nebeneinander auf der Eckbank. Ihnen gegenüber hatten ein Mann und eine Frau Platz genommen, und am Kopf des Tisches saß ein Junge, vielleicht achtzehn oder neunzehn Jahre alt. Wieder einmal stellte Sophia fest, wie schwer gerade dieses Alter zu schätzen war.

Veronika Stadlhuber stand auf, zog den Stuhl am anderen Ende des Tisches heraus und bat Sophia, Platz zu nehmen. Dann stellte sie die Anwesenden vor. »Des ist der Hermann Faltermeier, unser Bürgermeister, seine Frau Eva und Basti, ihr Sohn, und das ist die Frau Hauptkommissarin Alvarez, unsere neue Untermieterin.«

»Nicht Hauptkommissarin, einfach Alvarez.« Ob sie sich jemals daran gewöhnen konnte? Sie hatte so hart gearbeitet, um ihren Traum – die Mordkommission – zu erreichen.

»Stimmt.« Hermann Faltermeier half ihr weiter. »Der Zöpfl hat mir scho g'sagt, dass die Neue aus München wieder in die Uniform zurückversetzt worden is ...«

Er hatte noch nicht ausgesprochen, da platzte es aus Basti heraus: »Habts ihr nix Besseres zum Reden als diesen Schmarrn! Da draußen«, er sprang auf, deutete zum Fenster, das Gesicht von Trauer verzerrt, »da draußen ... die Lilli ... und jetzt liegt sie in Regensburg, und keiner von uns weiß, ob sie es schaffen ...« Die Stimme brach. Die Augen schwammen in Tränen.

Antonia griff nach seinem Arm, aber seine Mutter, eine auffallend hübsche Frau, war schneller, legte ihre Hand beruhigend auf seine Hand. Sophia wandte sich an Basti. »Sie sind also der Freund von Lilli Gruber?«

»Sie können ruhig ›Du‹ zu mir sagen.« Basti schüttelte seine Mutter ab, die sofort mit einem verlegenen Lächeln von ihm abrückte.

»Okay!« Sophia nickte zuerst Basti, dann seiner Mutter zu. Auch sie tat sich noch immer schwer damit, Raffa als Erwachsenen zu behandeln. Er war und blieb ihr Kind. Eva Faltermeiers Augen wurden warm. Es tat ihr offenbar gut, verstanden zu werden. Sophia wandte sich wieder an Basti: »War zwischen dir und Lilli alles in Ordnung?«

»Was soll das?«, fuhr Eva Faltermeier Sophia an, als fühlte sie sich nun doch von Sophia verraten. »Wollen Sie jetzt dem Basti die Schuld zuschieben?«

»Schon gut.« Basti versuchte seine Mutter mit einem Nicken zu beschwichtigen. Zweifelsohne war er ein Mädchentyp. Kräftiges dunkles Haar, Muskeln, als treibe er viel Sport, tiefblaue Augen, die Sophia jetzt eine Spur zu herausfordernd ansahen. »Wir lieben uns …« In diesem Moment schien er erst den Sinn dessen zu begreifen, was sie gesagt hatte. »War … wieso war?«

»Ja, genau«, fiel nun auch Antonia mit ein. »Wieso sprechen Sie in der Vergangenheit von der Lilli?«

Alle Blicke waren jetzt auf Sophia gerichtet.

»Ich hab schon öfter versucht, die Eltern zu erreichen«, tastete sich Eva Faltermeier weiter vor.

»Was ist mit der Lilli?« Angst, Verwirrung, Trauer und Ratlosigkeit. Kein Mann, ein Junge, der sich um seine Freundin große Sorgen machte. »Bitte … wenn Sie was wissen …«

Sophia hasste es. Sie hasste es, die Überbringerin von Todesnachrichten zu sein. Jede einzelne ging unter die Haut. War unauslöschlich in ihr gespeichert. Aber es gehörte zum Job. Ebenso wie die Betreuung der Angehörigen der Opfer, die sich gerade bei Mordfällen an den Ermittler klammerten wie an einen dünnen Zweig, ehe sie völlig im Strudel untergingen. Wie jeder ihrer Kollegen half Sophia, so gut sie konnte, sie hörte zu, unterstützte bei bürokratischen Angelegenheiten – und sie würde auch jetzt als einfache Polizistin nicht damit aufhören. Die K-Marke konnten sie ihr bei Dienstantritt abnehmen, nicht aber die Menschlichkeit.

Sie holte tief Luft. »Lilli ist vor einer Stunde verstorben.«

Antonia schrie auf. Klammerte sich an ihre Mutter, die sofort den Arm um ihre Tochter legte, als könne sie noch irgendetwas tun. Sie beschützen, die Katastrophe von ihr fernhalten. Basti wurde kreidebleich, wiederholte immer wieder: »Warum hat sie das getan? Wir waren glücklich.« Am interessantesten war jedoch die Reaktion seiner Eltern. Hermann Faltermeier wollte instinktiv nach der Hand seiner Frau greifen, doch Eva sah ihn mit einem Blick an, den Sophia als Verachtung deutete, stand auf, wollte zu ihrem Sohn, aber Basti war schon nach draußen gelaufen, und der scharfe Tonfall ihres Mannes verbot ihr, ihm zu folgen. »Du bleibst!« Eva klappte förmlich in sich zusammen, blieb sitzen, stattdessen stand Antonia auf und ging hinter Sebastian Faltermeier her.

»Kaffee, ich mach uns allen einen Kaffee!« Es war eher ein hilfloser Versuch von Veronika Stadlhuber, Ordnung in eine Situation zu bringen, in der nichts mehr seine Ordnung hatte.

»Danke, das wäre fein.« Sophia stand auf, fragte, wo die Gästetoilette war, und verließ ebenfalls den Raum. Jedoch nicht, um auf die Toilette zu gehen. Sie trat ans Fenster, beobachtete, wie Basti mit Antonia sprach, die immer wieder tröstend die Hand auf seinen Oberarm legte. Basti stand einfach nur da, seine Bewegungen waren fast wie die eines Spielzeugsoldaten, irgendwie eckig und verspannt, als sei in ihm alles tot. Seine Augen völlig ausdruckslos. Das alles passte weder zu seiner Kleidung noch zu seinem guten Aussehen. Antonia nahm ihn in die Arme. Er ließ es zwar zu, versuchte aber gleichzeitig, Antonia nicht zu nah an sich und vor allem an seinen Unterleib herankommen zu lassen, was der Umarmung etwas Unnatürliches verlieh. Und noch etwas fiel Sophia auf. Sein Körper wirkte wie abgestorben, so als sei etwas in ihm mit Lilli gegangen. Sophias Herz zog sich vor Mitgefühl zusammen. So durfte keine Liebe enden. Nicht in dem Alter.

»Der Kaffee wär jetzt fertig.« Sophia drehte sich zu Veronika um, die mit dem Kaffeeservice auf einem Tablett vor ihr stand. »I hoff nur, dass die Kinder drüber wegkommen.«

»Es war eine große Liebe zwischen Basti und Lilli?«

»Mei, die erste Liebe halt.«

»Furchtbar.«

»I trau mi des gar ned denken«, Veronikas Stimme klang zögernd, »aber ich denk's die ganze Zeit.«

Sophia horchte auf. »Was?«

»Dass i so froh bin, dass es ned mei Toni 'troffen hat ...«

»Sie glauben nicht an Suizid?«

Veronika zuckte mit den Schultern. »I woaß ned, was i glauben soll. Ich weiß nur, dass die Lilli ned so eine war, die sie glei umbringt, wenn ihr was nicht passt ... noch dazu auf so a brutale Art und Weise ...«

»Was hätte denn zu Lilli besser gepasst?« Sophia bereute die Worte, kaum dass sie sie ausgesprochen hatte. Veronika bestrafte sie mit dem entsprechenden Blick, wollte zum Wohnzimmer gehen, doch Sophia hielt sie auf. »Was denken Sie?«

»Heutzutag diese anonymen Internetbekanntschaften ...«, Veronika Stadlhuber überlegte, »möglicherweise hat s' damit an Verrückten auf sich aufmerksam gemacht. Man hört ja täglich, was da draußen so herumläuft.«

Sophia hätte ihr jetzt erklären können, dass laut Kriminalstatistik die Anzahl der Gewaltverbrechen zurückging. Sie tat es nicht, und Veronika Stadlhuber war gedanklich auch schon weitergezogen. »Vielleicht wollt s' was mit Feuer auf YouTube stellen ... grad an Pfingsten sind Feuer und Flammen des Symbol für das Wirken vom Heiligen Geist ...«

»War die Lilli gläubig?«

»Mei, so wie die meisten halt. Ich denk aber eher an so was wie an Scherz ...«

»Allein?«

»Hat nicht der Maxi versucht, sie zu löschen?«

»Sie glauben, er war dabei?«

»Ich weiß doch auch nicht!« Veronika Stadlhuber sah Sophia hilflos an. »Ich weiß nur ...«

»... dass Sie froh sind wegen der Toni.«

»Ja. Ohne sie ... da hätt wirklich nichts mehr einen Sinn.«

Veronika betrat das Wohnzimmer, Sophia blieb noch einen Moment stehen, voller Dankbarkeit. Auch wenn Emma und Raffa sich gegen sie entschieden hatten: Sie lebten! Sophia zog ihr Smartphone aus der Jeans, wollte Raffa und Emma schon eine WhatsApp schicken, einfach nur, dass sie sie lieb hatte, alles okay war und sie gut auf sich aufpassen sollten. Sie ließ es. War noch zu verletzt. Es wäre eine Lüge gewesen. In ihrem Job wurde zu viel gelogen. Da wollte sie zumindest mit sich selbst ganz ehrlich sein.

✳✳✳

Sophia legte schon die Hand auf die Türklinke, um ebenfalls das Wohnzimmer zu betreten, tat es nicht, verließ das Haus, zog sich über die Außentreppe in ihr Zimmer zurück, warf sich rücklings auf die zu weiche Matratze, sehnte sich mit dem Blick zur Decke nach der Fröhlichkeit beim Wasservogelsingen, die ihr noch vor wenigen Stunden so verhasst gewesen war, und begann gleichzeitig im Kopf zusammenzutragen, was sie bisher beobachtet und erfahren hatte. Laut Aussagen von Antonia und Veronika Stadlhuber sprach nichts für einen Suizid. Auch Lillis Freund Basti hatte bestätigt, dass er und Lilli glücklich gewesen seien, und sein ganzes Verhalten hatte Sophia durchaus davon überzeugt. Zumindest, dass er Lilli Gruber geliebt hatte.

Ohne sich zu bewegen, angelte Sophia nach dem Notizbuch und dem Kugelschreiber, die auf dem Nachttisch lagen. Sie schob sich ein Kissen unter den Kopf, um etwas aufrechter zu liegen und gleichzeitig den Nacken zu schonen. Notierte, was ihr aufgefallen war: *Antonia und Basti sind sehr eng. Wobei Antonia den Körperkontakt sucht, Basti ihn vermeidet. Antonia in ihn verliebt? Er aber nicht in sie. Antonia gleichzeitig mit Lilli verschwunden … Könnte Antonia aus Eifersucht …?*

Sophia schämte sich, kaum dass sie den letzten Satz geschrieben hatte. Allein die Vorstellung, dass Antonia ihre Freundin mit Benzin übergoss und anzündete – unerträglich. Doch es war nicht das erste Mal, dass sie mit unglaublicher und menschenverachtender Brutalität zu tun hatte. Ebenso hatte sie die Erfahrung gelehrt, dass es nichts gab, was es nicht gab. Sie machte weiter, blieb analytisch.

Laut Aussage der Mutter war Basti während der Tat noch zu Hause, um in der Speisekammer ein neues Vorratsregal aufzubauen. Er wollte gerade los zum Wasservogelsingen, als die WhatsApp von Antonia kam, was passiert ist. Dann gibt es noch den Max, der am Tatort war, angeblich zufällig, auf dem Weg zum Wasservogelsingen, wobei ausgerechnet er es gewesen ist, der es vorverlegt hat. Wirklich nur wegen der Kerzenwallfahrt? Danach zu kaputt zum Feiern? Ein junger Mann? Wollte Lilli noch retten, behauptet er. Kann sein, kann auch nicht sein ... Und dann noch der Eindruck, er stünde unter Drogen. Erweiterte Pupillen. Vielleicht wirklich nur der Schock. Oder vielleicht doch eine gemeinsame Inszenierung für YouTube, die entglitten ist, oder ein Kontakt aus dem Netz ... PC beschlagnahmen und untersuchen!

Eher nebenbei machte sich Sophia noch eine Notiz: *Faltermeier hat seine Frau ganz schön im Griff ... Unsympath. Sie, norddeutsch, ordnet sich ihm unter, liebt ihren Sohn. Veronika Stadlhuber neutral, besorgte Mutter ...*

Sophia kaute noch ein wenig an ihrem Kugelschreiber herum, legte ihn dann mit dem Notizbuch auf den Nachttisch zurück. Lag wieder da, starrte die Decke an, hörte die gedämpften Stimmen der Familie Faltermeier, die sich unter ihrem Balkon von Veronika und Antonia verabschiedete und versicherte, dass auch sie am nächsten Tag dabei sein würden. Bei der berühmten Bogener Kerzenwallfahrt, die schon in Holzkirchen aufgebrochen war und auf dem Bogenberg enden würde. Zum Abschluss würden alle Wallfahrer in einer Andacht in der Marienkirche Lilli Gruber gedenken und vor allem für sie beten.

Sophia hielt es nicht länger im Bett aus. Sie stand auf und fragte Veronika Stadlhuber, ob sie einen Porzellankleber hatte. Veronika fragte nicht nach, sondern ging in die kleine Kammer neben der Wohnküche. »Wenn S' was brauchen, einfach nehmen ...«

Veronika Stadlhuber war gut sortiert. Werkzeug, Glühlampen, Nägel, Zollstock, Wasserwaage ... Sophia entdeckte sogar

Torxschlüssel, einen Lötkolben und Phasenprüfer. Veronika reichte ihr den Porzellankleber, Sophia kehrte in ihr Zimmer zurück, setzte die portugiesische Rauchschwalbe wieder zusammen und überlegte, ob sie Alvarez ablegen und es erneut mit Wieser versuchen sollte. Es würde dann zwei von der Sorte geben, und sie beide würden Emmas und Raffas Mütter sein.

Sophia stellte die Rauchschwalbe ab und warf sich bäuchlings aufs Bett. Sie weinte nicht. Die Geräusche, die sie von sich gab, saßen tiefer als Tränen. Als würde eine Urkraft alles, was sich unter ihrem Bauchnabel verhärtet hatte, sprengen. Schmerz, Verzweiflung, all das, was sie vor allem als Ermittlerin gesehen, gehört und gerochen hatte, wurde durch Augen und Mund nach draußen geschleudert. Sie spuckte, sie keuchte, sie heulte, sie erbrach sich. Jemand klopfte an die Tür. Sophia presste den Waschlappen, mit dem sie sich gesäubert hatte, fest gegen den Mund, hörte, wie sich die Schritte wieder entfernten.

Es war vorbei.

Sie würde nie wieder eine gute Polizistin sein.

Das Puzzle war verdammt schwer. Tausend Teile. Aber er liebte die Herausforderung, etwas ineinanderzufügen, bis daraus ein Gesamtbild entstand. Ob es gelang oder nicht, lag allein in seiner Hand. Und es machte ihn ruhig. So ruhig. Unten stritten die Eltern. Nichts Neues. Es war nun einmal die Form der Kommunikation, die sie bevorzugten. Ihn störte es nicht. Er war ganz bei sich. Suchte geduldig nach dem Teil, das sich in die anderen Teile fügte, bis das Kolosseum erneut erbaut worden war. Von ihm. Seine Geschichte hatte ihn schon immer fasziniert. Daumen nach oben – Leben. Daumen nach unten – Tod. Er träumte davon, eines Tages nach Rom zu fahren und auf der Piazza Navona einen Cappuccino zu trinken. Verdammt, das Puzzle war gar nicht so einfach. Aber er hatte Zeit. Nichts trieb ihn. Alles war gut. So gut.

Die Stimmen der Eltern wurden lauter. Okay, dann drehte er eben Bushido auf. Wippte mit dem Kopf. *Es ist Sonny Black, der Ruler von Beruf, und du Missgeburt blamierst dich wie ein Schwuler in der JUICE.* Sang mit. »*Euer Hass ist legitim, Berlin, Medellín …*«

Da war es, das passende Teil. Er sprang vor Freude auf. Unkontrollierte Zuckungen überkamen seinen Körper. Er liebte es, zu tanzen. Er war *the master of disaster. The hero of the universe.* Streckte den rechten Arm weit von sich, wippte mit Arm und Hand. »*Und die Vögel gehen bei den Bullen vorsing'.*«

Er lachte laut auf, als er an die Polizistin dachte. Alvarez. Sophia Alvarez. Um Lilli tat es ihm nicht wirklich leid. Amöben starben nun mal nicht eines natürlichen Todes. Sie teilten und teilten sich, nutzten die Tatsache aus, dass bei der Liebe animalische Schnüffelinstinkte die Kontrolle übernahmen.

Mitten aus der Bewegung heraus warf er sich rücklings in den Sessel. Atmete schwer. Er hatte genau nachgelesen, was sie und auch die andere ihm angetan hatten. Mit einer

Handbewegung wischte er das halb fertige Puzzle vom Tisch. Scheiß auf das passende Teil. Scheiß drauf, ob es fertig wurde oder nicht. Es lag in seiner Hand. Alles lag in seiner Hand. Vor allem das Leben der anderen. Derjenigen, die ihn zuerst mit ihrem Lächeln verwirrten, dann so nah an ihn heranrückten, dass ihr Duft, getarnt als chemischer Botenstoff, in sein Gehirn gelangte, ihn betäubte und gleichzeitig begann, sich in es hineinzufressen.

Auch die Amöben benutzten die Nasenschleimhaut, um sich im Gehirn einzunisten und es aufzufressen. Lilli war eine Amöbe gewesen, und ebenso Hannah. Es war die richtige Entscheidung gewesen, sie zu stoppen und nicht sich selbst. Sie waren die Schuldigen, nicht er. Und Lilli musste sich echt nicht beschweren. Im Gegensatz zu Hannah hatte er ihr einen Tod in Würde geschenkt. Das Feuer als Buße und Läuterung, großartig war sie gewesen. Strahlend hell, heiß, kraftvoll – wunderschön wie die Sonne.

Er schloss die Augen. Das Seufzen kam tief aus seiner Kehle. Flammenengel. *Feuermädchen, auf immer mein.* Auch wenn er nicht bis zum Ende hatte dabei sein können, was er zutiefst bedauerte, so würde er doch nie ihren Anblick vergessen. Und er gestand sich ein, dass er sie nie so sehr geliebt hatte wie in diesem Moment.

Das nächste Mal würde es noch eindrucksvoller werden.

Zerstörung folgte Zerstörung, doch jetzt hatte er endgültig ein Mittel gefunden, um die Zerstörung in ihm für immer zu zerstören.

Die Obstbäume blühten nicht mehr, sondern trugen ihre Früchte, die Wiesen waren bunt, und zum ersten Mal seit langer Zeit ahnte er, es war das, wovon alle sprachen: glücklich zu sein. Sein Atem wurde ruhig, er rutschte aus dem Sessel und begann, auf Knien geduldig die einzelnen Teile des Puzzles wieder aufzusammeln. Unten war es still. Die Eltern hatten endlich mit ihrer verfluchten Streiterei aufgehört oder sich gegenseitig umgebracht, worauf er eigentlich schon längst wartete.

Die Polizeiinspektion Bogen lag leicht schräg hinter dem historischen Rathaus am südlichen Ende des Bogener Stadtplatzes. Noch aber war es nicht so weit, sie zu betreten. Erst übermorgen würde ihr Dienst, den sie jetzt schon verabscheute, beginnen. Dennoch war Sophia gekommen, um sich heute am Pfingstsonntag unter die zahlreichen Ehrengäste und Tausende von Zuschauern zu mischen, die sich schon vor dem aus dem Jahr 1719 stammenden Edenhoferhaus versammelt hatten. Gleich würden der Landrat, Bürgermeister Faltermeier und Pfarrer Neuhaus, in diesem Jahr der Wallfahrtspfarrer, die Kerze aufstellen, so wie es die Tradition seit fünfhundert Jahren verlangte. Zwölf Meter und dreißig Zentimeter hoch, war die Lange Stang exakt auf die Höhe des Mittelschiffs der Bogener Kirche abgestimmt. Ein geschälter Fichtenstamm, der von einer Holzkirchener Kerzenzieherei am Freitag vor Pfingsten pünktlich um sechs Uhr früh bearbeitet und in rotes Wachs gewickelt worden war und nun insgesamt fünfzig Kilo wog.

Antonia hatte es sich nicht nehmen lassen, mit den anderen die Muttergottesstatue zu tragen und zu beten, dass die Lilli gut ankam da oben, wo immer das auch war. In einem Himmel ohne Wolken. Basti, Eva Faltermeier, Veronika Stadlhuber, alle waren dabei. Für Sophia eine gute Gelegenheit, sich einen Eindruck von den Menschen hier zu verschaffen.

Die Kerze wurde aufgestellt, Reden geschwungen, Gebete gesprochen, dem ersten Kerzenträger wurde die Kerze übergeben, die Pilger setzten sich in Bewegung, allen voran der Zeremonienmeister, gefolgt von der Blaskapelle, Pfarrer Neuhaus, den Mädchen von der Bogenberger Pfarrei und den vielen tausend Pilgern. Vorbei an Obstbäumen, bunten Wiesen und Wäldern, die jetzt nicht mehr dunkel erschienen, sondern warm und hell. Die zwei Kilometer zur Wallfahrtskirche hinauf musste die Kerze sogar im Laufschritt getragen werden. Schon ein herabhängender Ast konnte die Träger dabei in große Schwierigkeiten bringen, vom Wind gar nicht erst zu reden.

Starke junge Männer wechselten sich beim Tragen der Langen Stang ab, und in dem Moment, als Max sie übernahm, kam Sophia ein Gedanke: Man trug die Kerze nicht einfach so. Dafür brauchte es viel Mut.

»Wenn die Kerze umfällt, dann drohen Krieg und Hungersnot«, hatte Veronika Stadlhuber ihr noch während der Zeremonie vor dem Edenhoferhaus zugeflüstert, während Sophia nach irgendetwas gesucht hatte, von dem sie nicht wusste, was es war. Eine Auffälligkeit, eine Spur, die es sich zu verfolgen lohnte. »Zweimal«, fuhr Veronika fort, »zweimal haben Männer die Lange Stang fallen lassen, 1913 und 1938, und deswegen gab's die beiden Weltkriege, heißt es bei uns. Und vor zwanzig Jahren ist's a drittes Mal passiert, dass jemand die Lange Stang hat fallen lassen ...«

»Aberglauben.« Sophia hatte Veronika Stadlhuber so unvermittelt angefaucht, dass sie zusammengezuckt war.

»Sorry, aber so ist's halt bei uns. Nix für ungut.« Veronika Stadlhuber hatte Sophia gekränkt angesehen, und Sophia hatte ihr rasch erklärt, dass Aberglauben schon immer für sehr viel menschliches Unglück verantwortlich gewesen sei und sie ihn deshalb aus vollem Herzen ablehnte.

Und das tat sie tatsächlich. Allein schon die Rauhnacht, wenn sich die Leute in Hexen und Druiden verwandelten, mit großem Lärm den Marktplatz im niederbayerischen Waldkirchen bevölkerten und eine Strohpuppe verbrannten, um die bösen Geister des alten Jahres auszutreiben. Aberglaube, *superstição* – auch in Portugal gab es ihn. Wie oft hatte ihr Vater zu ihr gesagt: »*Já me varreram tantas vezes por cima dos pés.*« Pass auf, dass du dir nicht zu oft über die Füße kehrst, sonst heiratet dich keiner ... Dann hatte er gelacht, sein lautes, alles überstrahlendes Lachen, hatte sie hochgehoben, sie so lange um die eigene Achse gedreht, bis ihr schwindlig geworden war. Der böse Blick ihrer Großmutter, der hilflose ihrer Mutter. Oh, wie sehr vermisste sie ihn, vor allem seit sie wieder da war …

Sie hätte nicht zu dieser verdammten Wallfahrt gehen sollen! Sie hätte … Sie brach den Gedanken fast gewaltsam ab, konzentrierte sich wieder auf Max. Vielleicht war bei ihm und Lilli tatsächlich etwas aus dem Ruder gelaufen. Er hatte sich mit Amphetaminen für die Wallfahrt aufputschen wollen, weil er Angst gehabt hatte zu versagen, und ihr etwas vom Speed abgegeben, das er sich zum Mutmachen besorgt hatte. Nur ein bisschen Spaß. Die Leut am Vorabend zu Pfingsten a bisserl mit einem Feuer schocken. Heiliger Geist spielen, und auf einmal war die Lilli in Flammen gestanden …

Es musste an ihrem Blick gelegen haben, mit dem sie Max beobachtete, er geriet ins Wanken, mit ihm die Kerze, ein großer Schritt, und im nächsten Moment war Sophia schon bei ihm, um zu verhindern, dass die Kerze kippte. Gemeinsam, wobei sie einander berührten und sie dadurch fühlen konnte, wie kalt Max' Hände waren, hielten sie die Kerze fest, bis sie wieder im Gleichgewicht und Max, nach einem kurzen »Danke«, in der Lage war, sie allein weiterzutragen.

Warum waren sie ihm damals nicht zu Hilfe geeilt, warum … Die Bitterkeit war überall.

»Gut gemacht.« Veronika Stadlhuber hatte sich durch die Menschenmassen zu ihr hindurchgezwängt und sah sie jetzt an, als habe sie gerade etwas verstanden.

»Der Dritte«, sie tastete sich förmlich an Sophia heran, die am liebsten herausgeschrien hätte: Stopp, kein Wort mehr, »der Dritte im Bunde, dem die Lange Stang damals aus den Händen g'rutscht is, des is, soviel ich weiß, a Ausländer g'wesen. Einer von Portugal, der bei uns eing'heiratet hat, das hat man so erzählt …«

Sophia hob unwillkürlich die Hand, aber diesmal zuckte Veronika nicht zurück, hielt ihren Blick fest. »Alvarez, das is doch auch portugiesisch?«

»Wenn ich noch was nicht leiden kann außer Aberglauben«, nach außen hin kam sich Sophia ruhig vor, innen drin tobte jedoch ein Vulkan, »dann ist es Tratsch und Klatsch.«

Sie wandte sich abrupt ab, wollte nur noch fort. Fort von Veronika Stadlhuber mit ihrer unerträglichen Neugier. Fort von der Scheißwallfahrt, fort aus Bogen, weg aus ihrem Leben, irgendwohin, wo niemand sie kannte, nicht einmal sie sich selbst. Wo sie eine andere sein konnte, eine, von der sie noch immer nicht wusste, wer das eigentlich war. Eine, die noch einmal ganz von vorn anfangen konnte. Vergangenheit, Gegenwart neu und somit auch die Zukunft.

Sie lief los.

»Dann sind Sie ned sei Tochter?«

Sophia blieb abrupt stehen. *Egal, wo du bist. Du holst dich immer wieder ein. Leugnen hilft nicht.*

Langsam, sehr langsam ging sie zurück, auf Veronika Stadlhuber zu, blieb vor ihr stehen. »Ich«, sie hatte dabei sogar gelächelt, »hab nicht die geringste Ahnung, wovon Sie überhaupt reden.«

***

Und jetzt war er da, der erste Tag auf der neuen Dienststelle.

Sophia gab sich einen Ruck, läutete, da ein Eisenzaun das Revier zu einem Hochsicherheitstrakt machte, wie sie amüsiert feststellte, sagte, wer sie war, das Tor ging wie durch Zauberhand auf, und Sekunden später betrat sie ihren neuen Arbeitsplatz, die Polizeiinspektion Bogen, stellte sich nun auch den anderen Kollegen mit einem knappen »Polizeihauptmeisterin Alvarez« vor, erkundigte sich ohne Umschweife nach Zöpfls Büro, klopfte und trat ein, ohne auf sein »Herein« zu warten. »Was hat die Obduktion von Lilli Gruber ergeben?«

»Guten Morgen.« Zöpfl legte die Hantel weg, mit der er wohl gerade seinen Bizeps trainiert hatte, und sah sie von oben bis unten mit dem leicht spöttischen Ausdruck an, von dem sie jetzt schon wusste, dass sie ihn hassen würde. »Schön, dass die Uniform noch passt.«

»Passt«, bestätigte sie und verfluchte das hässliche Moosgrün, während die Kollegen schon längst die neue Uniform trugen, dunkelblaue Cargohosen und das dazu passende dunkelblaue Hemd. Sie kam sich vor wie ein Alien. Noch schlimmer jedoch war, dass sie gezwungen war, zur Uniform flache Schuhe zu tragen. Dadurch musste sie zu fast allen Menschen hinaufschauen wie jetzt zu Zöpfl, der, fast wie um sie zu ärgern, sich hinter seinem Schreibtisch erhob, ihn umrundete, sich in seiner vollen Größe von fast einem Meter neunzig vor ihr aufbaute und, wieder mit diesem – Blick –, auf sie herabsah.

Sie hob herausfordernd den Kopf. »Also, was hat sie ergeben, die Obduktion? Irgendeine Form der Gewaltanwendung? War das Mädchen gefesselt? Gibt es im Halsbereich irgendwelche Spuren, dass es gewürgt worden ist oder –«

»Ich seh schon, es wird nicht einfach für Sie, sich an Ihren neuen Rang zu gewöhnen, Alvarez.«

»Davon können Sie ausgehen.« Ihr Blick blieb herausfordernd.

Zöpfl seufzte, beantwortete aber ihre Frage. »Nein. Nichts. Der Zerstörungsgrad war zu groß.«

»Schuhabdrücke am Tatort, Fingerabdrücke auf dem Benzinkanister … irgendwas?«

Zöpfl schüttelte den Kopf. »Wir können eine Fremdbeteiligung ausschließen.«

»Suizid? Niemand glaubt daran.« Sophias Stimme wurde laut vor Erregung. »Ihre beste Freundin nicht, Antonia Stadlhuber, und auch nicht ihr Freund, der Sebastian Faltermeier. Jeder beschreibt Lilli Gruber als glücklich und ausgeglichen.«

»Keiner schaut in einen Menschen rein. Das Mädel war in der Pubertät … vielleicht die Hormone. Was weiß ich.«

»Sie ermitteln nicht weiter?« Ungläubig sah Sophia Zöpfl an. »Aber Handy und PC haben Sie schon durchsucht, oder?

Irgendein merkwürdiger Kontakt auf Facebook oder im Messenger, und dieser Max bei der Kerzenwallfahrt, da ist mir so eine Idee gekommen ...«

»Lassen Sie den Jungen. Er hat genug mitgemacht.«

»Dann haben Sie nicht mal mit ihm gesprochen?« Sie wartete nicht auf Zöpfls Antwort. Sie wusste es auch so. »Der Fall soll also in die Akten!«

»Die Eltern sollen ihr Kind begraben können.«

Sophia reagierte nicht mehr. Ihr Blick ging zum Fenster. Mit dem Sonnenaufgang war sie wach geworden, hatte einen Moment in seiner Wärme entspannt, war in ihre Joggingklamotten geschlüpft, um vor Dienstbeginn noch eine Runde zu laufen. In einer Luft, klar und rein, als sei sie nie rußgeschwärzt gewesen und zerrissen von Lilli Grubers Schmerzensschreien, der Verzweiflung der Eltern, dem stummen Entsetzen ihrer Freunde, Bastis Unglauben, feucht und irgendwie auch schwarz von Antonias Tränen. Heute Morgen hatte Toni nach der Rückkehr vom Joggen am Fuß der Holztreppe gesessen und auf sie gewartet.

»Ich bitt Sie, Frau Kommissarin ...«

»Ich bin keine Kommissarin mehr, ich bin –«

»Des is mir doch scheißegal, was Sie sind!« Antonia hatte es herausgeschrien, so wie sie alles andere aus sich herausgeschrien hatte. Dass Sophia die einzige kompetente Person weit und breit sei, weil aus München und von der Mordkommission, von dem Zöpfl, der sich wahrscheinlich noch beim Sex im Spiegel zuschaue, so eingebildet sei er, und seinen Leuten sei ja eh nichts zu erwarten ... Aber sie, Antonia, müsse wissen, was passiert sei. Allein die Vorstellung, dass der Mörder vielleicht für immer frei herumlaufen würde, sei unerträglich. Damit könne sie nicht leben. Das habe die Lilli nicht verdient.

»Und wenn sie es doch selber getan –« Weiter war sie nicht gekommen.

»Es war koa Suizid. Des war's einfach ned ...« Antonia hatte nicht mehr geschrien. Ihre Stimme war leise gewesen, am Ende fast nur ein Flüstern. »Es darf einfach koana g'wesen sei.«

Sie hatte Sophia flehend angesehen, war zum Troadkasten gelaufen und hatte sich in ihm verrammelt. Sophia aber hatte in ihr Notizbuch geschrieben: *Aussage Antonia: »Es darf einfach kein Suizid gewesen sein.« Warum darf es das nicht? Was meint sie damit?*

»Kollege Ertl hat mir schon mitgeteilt, dass Aus-dem-Fenster-Starren zu Ihren herausragenden Eigenschaften gehört. Bevor Sie jetzt jedoch aufspringen und mit meinem Janker davonlaufen, hätte ich ihn gern wieder.«

Nun erst wurde Sophia bewusst, dass sie beim Aus-dem-Fenster-Starren Zöpfls grauen Janker, den er ihr geliehen hatte, umklammert hielt wie ein einsames Kind sein Kissen. Sich ertappt fühlend, knallte sie den Janker auf seinen Schreibtisch. »Der kratzt fürchterlich.«

»Nachdem wir uns zumindest in dieser Hinsicht einig sind«, ein ironisches Lächeln umspielte seinen Mund, »zeig ich Ihnen jetzt erst mal Ihren Schreibtisch und stell Sie den Kollegen vor.«

Sophia nickte. Sagte sich, was sie sich schon hundertmal vorgesagt hatte. Eine schlechte Beurteilung von Zöpfl, und sie konnte sowohl eine mögliche Beförderung als auch ihre Wunschdienststelle München vergessen, zu der sie irgendwann wieder zurückkehren wollte. Also ließ sie das offizielle Vorstellungsritual über sich ergehen und registrierte, mit wem sie in Zukunft zusammenarbeiten würde. Da gab es die junge Polizistin, Kim Mayer, hübsch, blonder Pferdeschwanz, grade frisch von der Polizeischule und ursprünglich aus Deggendorf. Dann den Fritz Büchlein, auch als Kontaktbereichsbeamter tätig. »Einsatzbereich Bürgernähe auf dem Fahrradl«, wie er erklärte, »Nachbarschaftsstreit, sicherer Schulweg, Jugendtreffs mit zu viel Alkohol und ja, auch Drogen.«

Büchlein war klein, rund, trug Brille und das Haar extrem kurz. Er erinnerte sie an den jungen Typen, nicht älter als siebzehn, der bei Dieter Thomas Kuhn, dem Schlagerbarden, auf dem Münchner Tollwoodfestival den Arm um sie gelegt und selig bei Peter Maffays Hymne eines Sechzehnjährigen mitgesungen hatte, der in einem Sommer von einer Einunddreißigjährigen entjungfert worden war. Sie hatte den kleinen Dicken rasch abgeschüttelt, da nicht sie es hatte sein wollen, in deren Armen für den Youngster zum ersten Mal die Sonne aufging. Wenn Sophia Büchlein so ansah, konnte sie sich gut vorstellen, wie er alte Schlager trällernd durch die Gegend radelte, hier und da ein Schwätzchen hielt, sich die Sorgen der Leute anhörte, die er alle kannte, Streit schlichtete und sich nach Dienstschluss ein Dunkles im Wirtshaus Engerling am Stadtplatz zu Gemüte führte.

Darüber hinaus gab es zwei Beamte, deren Namen sie gleich wieder vergaß, die sie aber auch noch über den festen Händedruck hinaus kennenlernen würde.

»Unser Zuständigkeitsbereich erstreckt sich weitgehend über den Landkreis Bogen mit den Gemeinden und Ortsteilen von Ascha, Bogen, Falkenfels«, fuhr Zöpfl fort, während Sophia unter neugierigen, vielleicht auch gelegentlich schadenfrohen Blicken an ihrem Schreibtisch Platz nahm, der absolut clean war und clean bleiben würde. Sie schwor sich: kein einziges Foto ihrer Kinder und auch sonst nichts, das etwas Persönliches über sie verriet oder auch nur andeutete, dass sie zu bleiben beabsichtigte. Nicht einmal eine Topfpflanze würde jemals auf diesem Schreibtisch stehen.

»Hunderdorf, Loitzendorf, Mariaposching«, leierte Zöpfl indessen weiter herunter. »Niederwinkling, Sankt Englmar, Wiesenfelden, Stallwang –«

»Mitterfels«, fiel sie ihm ins Wort und freute sich über seinen verblüfften Blick. »Neukirchen, Perasdorf, Rattenberg.«

»Sie haben Ihre Hausaufgaben gemacht.«

»Sie offenbar nicht«, erwiderte sie lächelnd. Zöpfl sah sie verärgert an. Sie gab jedoch keine weitere Erklärung ab und ihm somit auch keinen Grund, sie zu demütigen. Er wusste auch so, was sie meinte. Stattdessen fuhr sie fort: »Und das da …«, sie machte auf ihrem Drehstuhl eine Hundertachtzig-Grad-Wende und deutete auf die Sicherheitskarte, »ist mein neues Aufgabengebiet.«

»Richtig!« Zöpfl setzte sich auf ihren Schreibtisch, was sie schon bei Ertl gehasst hatte. Diese lässige männliche Dominanz. »Unser Verkehrsplan mit allen gefährlichen Wegstrecken der Umgebung. Sie sind für ihre Entschärfung zuständig.«

»Dann bin ich also das Entschärfungskommando?«

»Oder Ihr Kommando macht die Buama hier erst so richtig scharf.« Alle lachten über das, was einer der beiden Unscheinbaren für witzig hielt, auch Kim Mayer. Sophia warf ihm einen entsprechenden Blick zu und fragte sich, weshalb das Wort »Rassist« einen in den Bayerischen Wald verbannte, sexistische Kollegen ihre Spreu jedoch ungestraft verteilen konnten.

✳✳✳

»Stört dich so ein Gerede überhaupt nicht?« Nur fünf Minuten später saß sie neben Kim Mayer im Einsatzwagen, unterwegs zu einem von zwei bayerischen Sturschädeln ausgelösten Verkehrschaos.

»War ja bloß Spaß. Weil's halt passt hat. Der meint des doch ned so.«

»Ich glaub schon, dass der das so meint.«

»Was glauben S', was da los wär, wenn i mi wegen so was aufregen tät. Keinen ruhigen Tag hätt i mehr … als einzige Frau.«

»Jetzt sind wir zu zweit.«

Kim warf Sophia noch einen Seitenblick zu, als sei sie nicht sicher, ob das tatsächlich ein Vorteil für sie war. Sie sagte aber nichts, und dann hatten sie das Corpus Delicti auch schon erreicht, das zwei alteingesessene und recht betagte Bogener so gegeneinander aufgebracht hatte, dass sie seit geraumer Zeit den Verkehr blockierten und die anderen Autofahrer dazu zwangen, einen anderen Weg zu wählen.

»Du hättst hinter dem Bauwagen steh bleiben müssen!«, schrie der alte Mann die alte Frau an, die jetzt zurückkeifte: »Grad extra bist neig'fahren und hast ned g'wartet, grad extra … Bloß wegen mir, weil –«

Weiter kam sie nicht, denn inzwischen war Kim Mayer aus dem Polizeiwagen gestiegen und stellte sich breitbeinig zwischen die beiden Streithanseln.

»Und warum ist koana vo euch mit seinem Auto zurückg'fahren?« Mit jeder Faser ihres Körpers gab sie eine Autorität vor, von der Sophia spürte, dass Kim sie noch lange nicht hatte.

»Wieso i?«, fauchte die alte Frau.

»Weil des Hindernis auf deiner Seiten war«, schimpfte der alte Mann zurück. »Wenn 's Hirnkastl nicht mehr mitmacht, gibt ma sein Führerschein ab.«

»'s Denken muasst deine Ross überlassen, de ham an größern Kopf wia du, Depp!«

»Brunzkachl.«

»Jetzt ist Schluss!« Kim merkte selbst, wie wenig überzeugend ihre Stimme klang. Sie warf Sophia einen hilflosen Blick zu.

»Bierdimpfl, oider!«

»Bissgurn.«

Es reichte. Sophia hatte sich genug amüsiert, stieg aus dem Polizeiwagen, rückte ihre Dienstmütze und die braune Uniformhose zurecht, kam auf Kim, die ihr einen erleichterten Blick zuwarf, und die beiden Streithähne zu. »Seids ihr zwoa mal verheirat g'wesen?«

Sophia wollte noch etwas hinzufügen, da presste der alte Mann die Hände an den Kopf. Sophia registrierte noch seine schmutzigen Fingernägel, und im nächsten Moment schon klappte er ohne ein weiteres Wort vor ihren Füßen zusammen. Fast in Embryostellung hockte er da und stieß Laute aus, die Sophia trotz ihrer langen Erfahrung noch nie von einem Menschen gehört hatte. Piepsende, keuchende Kehllaute. »Was ist mit Ihnen, Herr …?«

Der alte Mann antwortete nicht, und Sophia wandte sich fragend an Kim, die so perplex war, dass sie nur noch stotterte: »Des, des is der ... der O... Opa von der Lilli Gruber, der Alois Gruber ...«

Sophia sah Kim überrascht an, begann etwas zu ahnen, bedeutete Kim, sie solle sich um Alois Gruber kümmern, ging auf die alte Frau zu, baute sich vor ihr auf. »Und Sie sind?«

»Resi Faltermeier, die Mutter vom Bürgermeister.«

»Und deshalb denken Sie, Sie haben überall Vorrang?«

»Genau so ist's!« Die Augen der alten Frau glitten spöttisch über Sophias grüne Uniform. »Wer san Sie überhaupt, a Jägerin? I hab g'meint, die Polizei trägt jetzt Blau.«

Sophia wusste nicht, was sie mehr an der Frau störte, ihre Arroganz oder ihre Mitleidlosigkeit. Auch Sophias Stimme klang hart, als sie Resi Faltermeier, die »Jägerin« ignorierend, aufklärte, was ihr bevorstand, wenn sie nicht endlich zurücksetzte. »Dann bekommen Sie jetzt eine Anzeige wegen Behinderung des Straßenverkehrs und wegen Nötigung.«

Resi Faltermeier sah Sophia verblüfft an, zog sich in die Länge und war nun um einige Zentimeter größer als Sophia. »Name?«

Sophias Gesicht blieb ausdruckslos. »Kriminalhauptkom...« Sie brach ab. »Polizeihauptmeisterin Sophia Alvarez.«

»Alvarez ... ja dann wundert mi gar nix mehr.« Ohne ein weiteres Wort wandte sich Resi Faltermeier ab und setzte sich mit sturem Blick und trotzig verschränkten Armen in ihren Wagen.

Sophia bedeutete Kim, die versucht hatte, Alois Gruber zu beruhigen, sie solle das mit der alten Frau und dem Verkehrsstau regeln, und hockte sich nun selbst zu Lillis Großvater auf den Boden, der noch immer völlig außer sich zu sein schien. »Ich kann nicht sagen, dass ich auch nur ahne, was Sie jetzt fühlen, Herr Gruber. Aber eins weiß ich: Sie können hier nicht bleiben. Darf ich Sie nach Hause fahren?«

Alois Gruber sah sie verzweifelt an. »Warum hat die Lilli

ned mit mir drüber reden können? Wir ham doch über alles g'redet, die Lilli und i ...«

»Worüber hätte die Lilli mit Ihnen reden sollen?« Alles in Sophia war aufmerksam und wach.

»I hab doch g'sehn, wie sie sich wegen dem Basti die Augen ausg'weint hat, dem Mistbuam, dem elendigen.« Alois' Verzweiflung wich Wut.

Sophia horchte auf. »Die Antonia Stadlhuber hat g'meint«, sie tastete sich behutsam vor, fiel dabei automatisch ins Bayerische, »also die Toni hat g'meint, dass die beiden glücklich g'wesen sind.«

»Die Toni.« Alois Gruber spukte es Sophia förmlich vor die Füße. »Die war doch genauso. Wie alle. Vielleicht hat die Lilli auch deswegen ...«

»Sie meinen, der Basti und die Toni ...«

»I mein gar nix. Ich mein nur, dass der Basti is wia sei Vater, hinter allem her, was ned bei drei auf dem Baum is.«

Sophia versuchte es noch einmal. »Sie glauben, die Lilli hat sich umgebracht, weil er was mit der Antonia ...«

»I woaß nix. Sie hat ja ned mit mir g'redt, die Lilli. Aber i hab doch g'spürt, dass was is, da hat sie lachen können, so viel sie woll'n hat. Sie wird nie wieder lachen, die Lilli ...« Alois Gruber blieb verzweifelt. »Sie hat lachen können wia koa andere. Nie mehr ... Wissen S', wie sich das anfühlt, wenn das eigene Enkelkind nie wieder lacht?«

Lautloses Weinen. Sophia schluckte. Ein Alptraum, Emma nie wieder lachen zu hören oder Raffa. Sie würde sie anrufen, wenn sie so weit war, Hauptsache, es ging ihnen gut, egal, für wen sie sich entschieden hatten, mit wem sie lebten. Das allein zählte.

»Kommen Sie, ich fahr Sie nach Hause.« Sophia half dem alten Mann behutsam auf, wunderte sich, wie groß und kräftig er war, kam sich neben ihm auf einmal klein und unbedeutend vor. Sie verbannte den Komplex, den sie mit sich herumtrug, weil jeder Mann, in den sie sich verliebt hatte, sie »Kleines« genannt hatte. Sie sagte Kim, dass sie allein zurück ins Revier fahren müsse, stupste Alois Gruber, der trotz seiner Größe und seines Gewichts so verloren wirkte, auf den Beifahrersitz und setzte sich hinters Steuer. Er gab ihr noch ein paar Anweisungen, was sie bei seinem alten Mercedes mit all seinen Eigenheiten zu beachten hatte, und sie fuhr los. Die Straße hatte Resi Faltermeier inzwischen freigegeben. Zumindest diesen Sieg hatte er errungen.

16

Alois Gruber, der Altbauer, wohnte im Austragshäusl der Familie Gruber. Seine Aufgabe war der Hofladen, wie er Sophia berichtete, als sie über einen unbefestigten Feldweg auf das Anwesen zuhoppelten. Nur Erde und Sand, tiefe Spurrillen und Löcher.

»Langsam fahren und den Wagen nicht einsauen.«

Automatisch ging sie vom Gas und fühlte eine ähnliche Anspannung wie mit dreizehn, als der Vater ihr das Fahren beigebracht hatte. Angst, irgendwo aufzusetzen, nicht weiterzukommen. Wie damals achtete sie auf jeden Ruck, auf jedes Geräusch, jedes verdächtige Schleifen unter ihr. Alois Gruber schien ihr Bestreben nicht zu bemerken. Er redete sich das Herz aus dem Leib. Neben Säften, die auch mit Kräutern angereichert wurden, erzählte er, gebe es Fruchtaufstriche im Hofladen, getrocknete Beeren, Liköre, Schnaps, der von der österreichischen Destillerie Farthofer aus Passauer Beeren hergestellt wurde.

»Des Bogener Kracherl«, erklärte Alois Gruber weiter, seiner Atmung kaum hinterherkommend, »des is a Limonad mit ganz frischem G'schmack, und die is erst vor Kurzem bei Bayerns besten Bioprodukten mit Bronze aus'zeichnet wor'n.«

Sophia hatte so ein Verhalten nach einem Todesfall schon oft erlebt. Die Angehörigen klammerten sich an die Realität, um nicht in der Trauer zu versinken wie in einem Moor, das einen ganz langsam und grausam nach unten zog, bis man erstickte. Manche hielten sich an irgendetwas fest, wie Alois Gruber es gerade versuchte, andere gingen unter. Diejenigen, die sich festhielten, wollten vor allem eins: wissen, was genau passiert war.

Sophia parkte neben dem blauen Traktor vor dem Haus. In gebückter Haltung und schwerfällig, nicht nur seiner Größe wegen, schraubte sich Alois Gruber aus dem Wagen. Dabei redete er unentwegt, bis sie an einer himmelblauen, mit

Pfingstrosen bepflanzten Wiege vorbeigingen. Sophia fragte sich noch, ob Lilli darin gelegen hatte, als Alois sich für einen Moment an ihr festhalten musste. Die Worte, gerade noch fließend, bröckelten aus seinem Mund. »Die ... Pfingst... Lilli ... Ros ... die Lilli ...«

»Lilli hat die Wiege bepflanzt?« Behutsam half Sophia ihm über die Wortfindungsprobleme hinweg.

»Die blühen, aber die Lilli ...« Rasch wandte sich Alois Gruber ab, ließ auch Sophia wieder los und stemmte mit überraschender Kraft die schwere Holztür auf.

Die Luft im Bauernhaus der Grubers war etwas abgestanden. Es lag aber weniger an immerzu geschlossenen Fenstern, als vielmehr an dem Atem, der über viele Generationen hinweg in das Gebälk des Vorraums eingedrungen war und den das Holz nicht mehr freigegeben hatte. Decke und Türrahmen waren so niedrig, dass Alois Gruber den Kopf einziehen musste, als er und Sophia die Wohnküche betraten. Um den Küchentisch waren mehrere Menschen versammelt, darunter Pfarrer Neuhaus und der Bestattungsunternehmer Herr Karl, etwas zu dünn, aber mit kräftigem Händedruck und künstlich aufgesetzter Trauermiene.

»Die Lilli ist eine Bauerntochter«, sagte Lillis Vater Franz Gruber gerade, ohne Sophia und Alois Gruber zu beachten. »Sie kommt unter die Erde.«

»Also dann soll sie nicht verbrannt ...« Der Bestatter brach erschrocken ab, und Franz Gruber sagte tonlos: »Des Verbrennen, Herr Karl, des hat s' schon hinter sich.«

»Tut mir leid, ich wollt –«

»Schon gut«, unterbrach ihn Martha Gruber, Lillis Mutter, schroff. »A Sarg war recht, einer aus Naturholz, und die weichsten Kissen, die Sie im Angebot ham. Die Lilli soll weich liegen in der ewigen Ruhe.«

Sie weinte wieder leise vor sich hin. Niemand legte den Arm um sie. Sophia musste sich zusammennehmen, um es nicht selbst zu tun. Doch trösten war nicht ihre Aufgabe.

Neben den Eltern, dem Pfarrer und dem Bestatter saßen

noch zwei andere Frauen mit geröteten Augen. Vielleicht die Schwester der Mutter und die Großmutter, die jetzt aufstand und Alois fast ein wenig grob zum Tisch schob. »Hab's scho g'hört, was machst denn bloß für Sachen? Ausgerechnet die Faltermeier, die blöde Goaß.« Sie drückte Alois auf seinen Platz am Kopf des langen Esstisches.

Niemand bot Sophia einen Platz an. Alle beugten sich wieder über die Prospekte des Bestatters, widmeten sich der Sargfrage, dessen Ausstattung, was auf dem Sterbebild stehen sollte und welcher Blumenschmuck und welche Musik gewünscht waren.

»Irgendwas Modernes«, schlug Alois vor.

Die Mutter nickte: »Des von dem Boticelli oder so ...«

»Meinst des ›Time to Say Goodbye‹?«

Die Frau, die Sophia für Martha Grubers Schwester hielt, hatte noch nicht ganz ausgesprochen, da schlug Alois mit der Faust auf den Tisch. »Ihr wissts gar nix vo der Lilli, ziehts a Kind groß und habts überhaupt koa Ahnung von ihm.«

»Was hat er denn jetzt scho wieder?« Die Großmutter, wie Sophia noch immer vermutete, sah ihn ungeduldig an.

»Den Avicii hat s' g'mocht«, entgegnete er leise. »Den hat s' den ganzen Tag rauf und runter g'hört!«

»Des ist doch der, der sich umbracht hat?« Martha Gruber sah ihren Schwiegervater erstaunt an und wandte sich fast entschuldigend an Sophia. »Des hab i in der ›Bunten‹ g'lesen. Beim Zahnarzt. Weil sonst hab i koa Zeit für Klatsch und Tratsch.«

»Spinnst jetzt?« Franz Gruber fuhr sie an. »Wen interessiert denn so a Schmarrn.«

Martha Gruber verstummte, und Alois Gruber fuhr mit einem leichten Lächeln fort: »Des oane Liadl hat s' besonders g'mocht. Wo er singt, dass man ihn erst wieder wecken soll, wenn alles vorbei is ...«

»Was du ois weißt.« Seine Frau sah ihn bewundernd an, doch Lillis Vater traf die Entscheidung. »Nix vo jemand, der sie umbracht hat. Des is gegen Gott.«

»Dann glauben Sie auch nicht an einen Suizid?« Die Köpfe

fuhren in ihre Richtung, als seien alle, außer Martha Gruber, über Sophias Anwesenheit überrascht. Schweigen. Langes Schweigen. Dann sagte Lillis Vater fest und bestimmt: »Der Bocelli werd g'spielt. Aus is!«

Kein Widerspruch. Auch nicht von Alois Gruber, der ohne aufzustehen die Schublade des Küchenbüfetts öffnete, ein Messer herausholte und begann, seine schwarzen Fingernägel zu säubern, als gäbe es nichts Wichtigeres.

Sophia versuchte, noch irgendetwas in den Gesichtern zu lesen, etwas, das mehr über die Familie erzählte, las nichts als Trauer, Wut und Ratlosigkeit, nickte allen zu, auch Pfarrer Neuhaus, der kein Wort von sich gegeben hatte und an den sie noch eine Frage hatte, ehe sie wieder ging. Sie bat ihn, ihr vor das Haus zu folgen, und Sophia stellte ihm die Frage, die sie beschäftigte, seit er es ausgesprochen hatte: »Warum, Herr Neuhaus, waren Sie so entsetzt, dass es ausgerechnet die Lilli gewesen ist?«

Es dauerte einen Augenblick, bis er antwortete: »Was wären Sie denn g'wesen? A Madl geht in Flammen auf!«

»Es klang aber so, als hätten Sie zuerst an ein anderes Opfer gedacht …«

»Gar nix hab ich gedacht, gebetet hab ich, dass die Lilli überlebt, und jetzt muss ich wieder rein, der Familie Beistand leisten … Sie entschuldigen.«

Pfarrer Neuhaus hatte es offenbar so eilig, von ihr wegzukommen, dass er beim Betreten der Wohnstube sogar den Kopf einzuziehen vergass. Sein Fluch und sein unverhältnismäßig aufbrausender Tonfall verfolgten Sophia ebenso wie die Frage, warum Pfarrer Neuhaus log. Denn er hatte gelogen. Das fühlte sie nicht nur, das sagte ihr die Erfahrung.

Ohne sich von der Familie Gruber zu verabschieden, zog sich Sophia zurück. Sie brauchte Ruhe, um dies alles auf sich wirken zu lassen.

∗∗∗

Feeling my way through the darkness. Guided by a beating heart, I can't tell where the journey will end ... So wake me up when it's all over. When I'm wiser and I'm older ...

Sophia hatte Teile des Songtextes von Aviciis »Wake Me Up« im Ohr, als sie sich auf den langen Fußweg zurück in die Polizeiinspektion machte. Sicher hätte sie auch jemand abgeholt, aber beim Laufen konnte sie besser denken, und vor allem beim Alleinsein. Auf den ersten Blick, so überlegte sie, war da nichts Auffälliges bei der Familie Gruber. Eine Bauernfamilie, wie es viele im Gäuboden gab. Bauern mit Hofladen, Feldern, Vieh und katholisch. Dass für sie der Suizid nicht in Betracht kam, bedeutete nichts. Noch vor nicht allzu langer Zeit waren Selbstmörder nicht in geweihter Erde begraben worden, weil sie eine Schande für die Familie waren. Bei den Grubers löste Lillis Tod zusätzlich Schuldgefühle aus. Denn offenbar hatte niemand außer Alois auf sie geachtet, ihre Probleme ernst genommen. »Es is halt alles, wia's is!« Das hatte Sophias Großmutter immer gesagt.

Das Tagwerk verrichtet, die Seele selten hinterfragt und Gefühle erst recht nicht. Gefühle hatte man, das war's.

Sophia blieb stehen, suchte nach dem Fado in sich. Nach der Melancholie, nach der Durchlässigkeit der Seele, nach den Tränen. Wonach hatte Lilli gesucht? Was hatte sie zum Weinen gebracht? Sie verzweifeln lassen? Hatte Lillis Vorliebe für Avicii etwas zu bedeuten? Vermutlich nicht. »Wake Me Up« war ein Sommerhit gewesen, bis zu seinem Tod hatte sich niemand über die Brisanz des Textes Gedanken gemacht.

Was war mit Alois' Aussage über Sebastian? Er konnte ihn und seine Familie offenbar nicht leiden. Auch nichts Neues. Auf dem Land war unter den fruchtbaren Feldern und den herrlich blühenden Wiesen oft viel von Generation zu Generation weitervererbter Giftmüll vergraben. Missgunst, Erbstreitereien oder einfach nur, weil man war, wie man war. Wer wusste das besser als sie?

In jedem Fall würde sie mit Antonia und Sebastian reden müssen. Eine Stimme meldete sich in ihrem Kopf: *Du bist keine Ermittlerin mehr, der Fall ist abgeschlossen. Tu einfach mal, was man dir sagt.* Dennoch, die eine Frage blieb: Selbst wenn Basti Lilli mit ihrer besten Freundin Antonia betrogen hatte, brachte sich dann eine sonst fröhliche Sechzehnjährige um, indem sie sich verbrannte? Was waren das überhaupt für Menschen, die den Feuertod wählten? Eine Kurzschlusshandlung, ja. Tabletten schlucken, irgendwo herunterspringen, okay. Aber ein letztes Mal wie eine Fackel am Abendhimmel erscheinen, am Vorabend vom Pfingstfest? Das war doch eine bewusste Inszenierung. Ein letzter Aufschrei unter unaussprechlichen Schmerzen! Irgendetwas passte nicht. Entweder war Lilli nicht der Mensch gewesen, als den sie alle beschrieben, oder es hatte sie etwas anderes gequält.

Gab es ein dunkles Geheimnis in dieser auf den ersten Blick normalen Bauernfamilie? Liebeskummer reichte nicht aus, davon war Sophia überzeugt. Nicht für diese Art von Suizid. Am Tatort hatte sie die Form von Energie gespürt, die sie immer spürte, wenn es sich um Mord handelte. Etwas, das sie besonders unruhig, nervös und übellaunig machte, körperliche Symptome bei ihr auslöste. Früher hatte sie gedacht, es habe nur etwas mit dem Tod zu tun, der an so einem Ort fast greifbar wurde, aber durch die langjährige Erfahrung bei der Münchner Mordkommission hatte sie sich besser kennen-, hatte zu unterscheiden gelernt … Und irgendetwas in ihr wiederholte ständig das eine Wort: Mord! Noch konnte sie es nicht beweisen. Aber sie war es Lillis Familie schuldig. Wenn nicht als offizielle Ermittlerin, dann eben privat! Und Max würde der Erste sein, mit dem sie ein Gespräch führen würde, sobald sich ganz unauffällig die Gelegenheit bot.

***

Nach einer Dreiviertelstunde hatte Sophia die Dienststelle erreicht und wurde von ihren Kollegen schon mit einem Grinsen begrüßt: »Da is ja die Jägerin!«, »Griaß di, Jägerin!«
Auch Zöpfl konnte sein Schmunzeln nicht bei sich be-

halten. »Schaut so aus, als hätten Sie jetzt Ihren Spitznamen weg.« Sophia warf Kim einen entsprechenden Blick zu. Kim lief rot an und vertiefte sich rasch wieder in ihren PC.

Sophia setzte sich wortlos hinter ihren Schreibtisch und begann, den Bericht über den Vorfall zu schreiben, bei dem zwei renitente Rentner die Straße blockiert und den Verkehr lahmgelegt hatten.

Der restliche Arbeitstag verlief ruhig, bis auf einen Mann, der vor dem Gekeife seiner Frau auf einen Baum geflüchtet und so weit hinaufgeklettert war, dass er sich nicht mehr herunterwagte.

In ihrer Sorge, dass der ängstliche Göttergatte vom Baum fiel und sie dadurch noch mehr Ärger mit ihm hatte, verständigte die Frau die Polizei, die wiederum gab der freiwilligen Feuerwehr Bescheid. Es war Basti, Feuerwehrmitglied, dem es gelang, den Mann mit viel Fingerspitzengefühl dazu zu bewegen, wieder nach unten zu klettern.

Seine Kollegen schlugen ihm auf die Schulter: »Gut g'macht, Bua.« Basti lächelte. Offenbar tat es ihm gut, einen Augenblick von seiner Trauer abgelenkt worden zu sein.

Sophia hatte auf einmal das dringende Bedürfnis, mit Dr. Hans-Christian Zarth zu reden, Schulfreund, erste Liebe, Psychiater und Mann, der noch abrupter von der Bildfläche verschwinden konnte als sie. Auch das machte sie neugierig. Sie verschob ihren Einstand auf unbestimmte Zeit und erntete damit nicht gerade Sympathie. Vor allem Zöpfl ließ es sich nicht nehmen, sie auf das gute Arbeitsklima zu verweisen, auf das er großen Wert lege und zu dem seiner Meinung nach gelegentlich ein gemütliches Zusammensein nach Dienstschluss gehöre.

»Mir ist das auch alles wichtig«, antwortete sie, obwohl ihr, wenn sie ehrlich war, das Arbeitsklima scheißegal war. Kollegen waren Kollegen. Freunde suchte man sich aus, Kollegen wurden einem zugeteilt. Bis heute verstand sie nicht, weshalb das so oft verwechselt wurde. Andererseits wollte sie sich nicht schon am ersten Tag ein zweites Mal mit Zöpfl anlegen, schob daher einen wichtigen Grund vor, warum sie nicht mit den Kollegen ins Wirtshaus gehen konnte, versprach aber, es schnellstmöglich nachzuholen. Zöpfl hakte nicht nach, doch ihr war klar, dass er wusste, dass sie log. Egal. Sie wollte nur noch in die Umkleide, sich die Uniform vom Leib reißen, in der sie sich vorkam wie in einer Zwangsjacke. Die Jägerin. Na, dann würde sie eben so lange auf der Pirsch bleiben, bis das Wild erlegt war.

Sie lachte innerlich auf, weil alles so absurd war, duschte, schlüpfte in die Klamotten, die sie in den Rucksack gestopft und mitgebracht hatte, setzte sich in den Wagen, fuhr zum Stadlhuberhof, lehnte Veronika Stadlhubers Einladung zum Abendessen – »'s gibt nur kalt, aber an sehr guten Presssack von unserm Metzger« – dankend ab, warf sich in ein über das Achtendergeweih drapiertes Sommerkleid, schlüpfte in die höchsten Pumps, die ihr zur Verfügung standen, und brauchte für ihr Make-up, an das sie normalerweise nur fünf Minuten verschwendete, eine gute halbe Stunde. Vor allem für die Augen nahm sie sich Zeit. Augen, der Spiegel der Seele. Sie schaffte es, einen schönen Strich auf dem Lid zu platzieren, wählte einen mattbraunen Lidschatten, zog die Brauen sorgfältig nach und tuschte die Wimpern, bis sie so lang und dicht waren wie die von Sebastian Faltermeier.

Sie war nicht nur Polizistin, sie war auch Südländerin, von der man behauptete, sie wohne in sich wie in einem Haus mit vielen Zimmern und nehme sich vom Lebensbüfett alles, was ihr schmecke. Am Anfang hatte Alexander sie dafür geliebt, am Ende hatte er sich nur noch vernachlässigt gefühlt. Mistkerl.

Chris rief sie erst an, als sie mit ihrem Aussehen zufrieden war. »Wenn du dich mit einem Mann verabreden willst, der dir gefällt, dann achte auch schon am Telefon auf dein Aussehen.« Das hatte sie ihre portugiesische Großmutter gelehrt, die nur ein einziges Mal zu Besuch gewesen war. Die bayerische Großmutter hätte jedoch nur gesagt: »Warum brezelst dich so auf? Wirst a ned schöner und vor allem ned jünger.«

»So schnell?« Chris nahm nach nur einem Läuten ihren Anruf entgegen, war aber so irritiert, dass sie sich jetzt schon, nach erst drei Tagen, mit ihm verabreden wollte, dass wiederum Sophia irritiert war.

»Du hast doch selber gesagt, wir hören uns ...« Sie verteidigte ihren Anruf, und das ärgerte sie noch mehr. »Und jetzt hören wir uns, und es ist auch wieder nicht recht?« Sie lachte, auch wenn sie in diesem Moment am liebsten sofort wieder aufgelegt hätte.

»Doch schon ... natürlich. Klar.« Er zögerte. »Privat oder dienstlich?«

»Macht das einen Unterschied?«

»Ja, schon!«

Atmosphäre wittern. Sich nicht abgrenzen können. Nicht mehr wissen, wo der andere aufhört und man selbst anfängt – gelegentlich hatte es auch etwas Gutes. Kaum dass sie es ausgesprochen hatte, wusste sie, dass ihre Antwort richtig war, alles andere ihn, warum auch immer, nervös gemacht hätte.

»Dienstlich.«

»Ja dann!« Sie hörte förmlich sein inneres Aufatmen, auch wenn seine Stimme gelassen blieb. »Ich bin nur grade in Passau. Vielleicht auf dem Rückweg, morgen ...«

»Nein, nein, ich komm schon. In eineinhalb Stunden bin ich da. Wo?«

»Im Scharfrichterhaus, Ecke Marktgasse/Milchgasse, der Innenhof ist schön und das Essen gut.«

»Ich war lange weg«, antwortete sie, und gegen ihren Willen spürte sie auf einmal wieder die Vorfreude. »Aber so lange auch wieder nicht.«

Zumindest nicht so lange, um sich nicht mehr an die Abende zu erinnern, die Chris und sie in Passau verbracht hatten. Sehr oft beim politischen Kabarett im Scharfrichterhaus. »Zu alternativ, zu links«, hatte ihre Mutter geschimpft. Ihr Vater jedoch hatte sie oft begleitet, bis zu dem Tag, an dem er auf einmal weg gewesen war. Kein Brief. Nur die portugiesische Schwalbe hatte er für sie zurückgelassen. Zurückgekommen war er nie wieder, und selbst seine Mutter in Portugal hatte nicht gewusst, wohin ihr Sohn gegangen war. Sophia allerdings hatte einen Verdacht. Einen Verdacht, den sie nicht einmal zu denken wagte, der aber dennoch im Verborgenen ihr Leben geprägt hatte. Das wurde ihr jedoch erst jetzt zunehmend bewusst.

»Hallo Klei... Sophia, bist du noch da?«

»Ja, natürlich. Entschuldige. Also dann, bis um halb neun ungefähr.« Sophia legte auf, ohne seine Antwort abzuwarten, wischte sich mit dem Handrücken die Tränen aus den Augen. Gleichzeitig fragte sie sich, weshalb sie auf einmal so enttäuscht war. Hatte sie nicht selbst gesagt, sie wolle ihn nur dienstlich treffen? Was für ein Durcheinander. Sie kam sich in ihrem Aufzug auf einmal so albern vor, schlüpfte aus ihrem Kleid, warf es wieder über das Geweih, an dem es, statt stolz von einem Hirsch getragen zu werden, irgendwie unglücklich wirkend herumging, wechselte zu Jeans und T-Shirt, entschied sich für Turnschuhe, auch wenn sie Turnschuhe hasste, weil die sie so klein machten, wie sie war, schminkte sich ab, band das Haar hinten zusammen, lief zwei Stufen auf einmal nehmend die Treppe hinunter, fühlte sich wieder so jung, wie sie damals gewesen war, sechzehn, verliebt und aufmüpfig, und stolperte fast über Antonia, die wie am Morgen auf den Stufen saß und auf sie wartete. »Hoppala, hast du mich jetzt erschreckt.«

Antonia sprang auf. »Gibt's was Neues?«

Sophia warf einen kurzen Blick auf ihre Armbanduhr. Wenn sie schnell fuhr, brauchte sie nach Passau keine Stunde. Und wenn doch, dann sollte Chris eben auf sie warten. In ihrer Funktion als Ermittlerin, wenn er das so wollte, war sie in der Angelegenheit die Chefin.

Sie nahm die letzten beiden Stufen, blieb vor Antonia stehen. »Lillis Großvater glaubt, dass es etwas mit dem Basti zu tun haben könnte ...«

»Mit dem Basti?« Die Antwort kam spontan. »So ein Schmarrn. Der tut doch niemandem was an. Und scho gar ned der Lilli.« Antonias Fassungslosigkeit war echt.

»Das hat er auch nicht gesagt.« Sophia beruhigte Antonia. Wenn das Mädchen jetzt eine Mauer um sich zog, um Sebastian zu schützen, kam sie so schnell nicht mehr an sie heran. Manchmal fragte sie sich, inwiefern sie sich von den »Witwenschüttlern« unter den Reportern unterschied, die die Verletzlichkeit der Betroffenen nach einem Verbrechen für ein Interview nutzten oder um an ein Foto zu gelangen, das den Toten zeigte. Wer trauerte, achtete nicht mehr auf seine Worte. Wer trauerte, lag brach. »Nein, er meint eher, dass der Basti ein Schürzenjäger ist und die Lilli seinetwegen Liebeskummer hatte ...« Sie war keine Witwenschüttlerin. Sie wollte die Wahrheit. Das Einzige, was sie noch für die Tote tun konnte.

»Die beiden waren glücklich.« Antonia fauchte sie an. »Wie oft soll i Eana des noch sag'n?«

»So lange, bis ich es dir glaube.« Sophia wählte den strengen Ton.

»Sie ... Sie denken, dass ich lüge?« In ihrer Aufregung sprach Antonia fast reines Hochdeutsch.

»Und du?« Sophia liebte Überraschungsangriffe, um das Gegenüber zu verwirren. »Warst du glücklich, dass die beiden glücklich waren?«

»Was soll das denn jetzt?« Antonia lief rot an. »I glaub, i spinn. Sie meinen, i bin in den Basti verknallt ...?«

»Bist du?« Sophia hatte schon viel gesehen, aber keinen Menschen, der von einer Sekunde zur anderen so in sich zusammenfiel wie Antonia in diesem Moment. Sie brauchte keine Antwort mehr. Sie wusste es auch so. »Du bist in ihn verliebt.«

Es dauerte einen Augenblick, dann wurden Antonias Wangen wieder weich und rosig. »Ja, aber deswegen ... i nimm doch meiner besten Freundin ned den Freund weg.« Wieder Stille, dann noch lauter. »I war doch selber komplett fertig, als i g'hört hab, dass er mit ihr Schluss g'macht hat ...«

Jetzt war Sophia überrascht. »Basti hat sich von Lilli getrennt?«

»Ich hätt Ihnen des ned sagen dürfen. Ich hab's dem Basti versprochen.«

In solchen Augenblicken achtete Sophia besonders auf ihren Atem. Sie konnte zwar auch anders, aber jetzt hieß es ruhig und empathisch bleiben. »Wenn du wirklich willst, dass ich herausfinde, was passiert ist, dann musst du ehrlich mit mir sein. Nichts verschweigen, Antonia.«

»Ich weiß.« Antonia sah sie hilflos an. »Tut mir leid.«

»Schon gut. Also, was genau weißt du über die Trennung?«

»Das ist alles, ehrlich, mehr weiß i ned.«

»Das glaub ich dir nicht. Du warst Lillis beste Freundin. Beste Freundinnen erzählen sich alles. Vor allem wenn der Freund Schluss macht.«

»Ich weiß echt nix. Das ist ja das Schlimme. Warum hat mir die Lilli nix g'sagt?« Antonia wirkte aufrichtig verzweifelt. »I hab doch g'merkt, dass in letzter Zeit irgendwas mit ihr is. Ich hätt ihr helfen können. Irgendwie fühl i mi so von ihr …«

»Verraten? Weil sie dir vertrauen konnte, es aber offensichtlich nicht getan hat?«

Antonia zuckte nur mit den Schultern.

Sophia bohrte weiter: »Vielleicht weil sie gespürt hat, dass du den Basti auch gut findest?«

»I glaub ned, dass sie des g'wusst hat. Wirklich ned. Einmal …«

»Ja?«

»… hat sie g'meint, dass sie was rausg'funden hat.«

»Über Basti?«

»Sie hat nix weiter g'sagt, und g'schaut hat s', als würd ihr das, was sie g'sagt hat, auch schon wieder leidtun. Aber ja, i glaub, es hat was mit ihm zu tun g'habt.«

»Und du kannst dir nicht vorstellen, was es gewesen sein könnte?«

»Sie hat doch ned mit mir g'redt.« Antonia war jetzt mutlos. »Und beim Basti, da ist doch auch alles normal … Der is beliebt, hat an Haufen Freund, is bei der Feuerwehr, okay, er flirtet gern, aber des war's auch scho.«

»Wer war seine Freundin vor Lilli?«

»Sie war die Erste, auf die er sich so richtig eing'lassen hat.« Sophia wollte es schon dabei belassen, Antonia fing jedoch wieder an zu weinen. »Mir tut nur der Basti so leid. Jetzt gibt er sich die Schuld ... der is fix und fertig.«

Sophia dachte unwillkürlich an Sebastians Gesichtsausdruck, nachdem er den verängstigten Mann vom Baum geholt hatte. Wie gut es ihm offenbar getan hatte, zu helfen.

Antonia flehte sie weiter an: »Bitte, Frau Alvarez, sagen S' dem Basti nix von dem, was wir grad g'redt ham. Bitte.«

»Der Fall ist ohnehin abgeschlossen. Er kommt als Suizid in die Akten.«

»Und Sie können da nix machen?«

Sophia schüttelte den Kopf. »Wenn es keinen Anhaltspunkt für Mord gibt ...«

Mit diesen Worten ließ sie Antonia bewusst mit all ihren Zweifeln und Schuldgefühlen zurück. Weichkochen nannte sie es. Gleichzeitig war die Frage, die sie Chris gleich stellen würde, noch dringlicher als vor einigen Minuten: Zündete sich ein Mädchen wie Lilli an, nur weil ein selbstherrlicher Ladykiller, wie es Basti offenbar war, sich von ihr getrennt hatte?

Die Frage ließ sie auch nicht los, als sie sich auf den Weg nach Passau machte, um denjenigen wiederzusehen, der ihre erste große Liebe gewesen war.

17

Ladykiller. Das Wort ging Sophia nicht mehr aus dem Kopf, seit sie vom Stadlhuberhof losgefahren war. Das Warnsignal blinkte in sämtlichen Gehirnwindungen. Falls es Mord war, war Lilli Gruber vielleicht nicht das einzige Opfer. Und wenn es schon vorher Opfer gegeben hatte, würde es nach ihr auch noch Opfer geben.

Eine leichte Brise wehte durch das heruntergelassene Seitenfenster ihres Wagens. Ein Lastkahn mit rot-weiß-blauer niederländischer Fahne schob sich die Donau stromabwärts Richtung Balkan. Und wenn es tatsächlich noch mehr tote Frauen gab? Ohne es zu bemerken, hatte Sophia den Fuß vom Gas genommen und zockelte vor sich hin. Wann, und wo waren sie? Weggeworfen, begraben oder wie Lilli zu Asche verbrannt?

Er war schnell da, und sie bemerkte ihn erst, als er so dicht auf sie auffuhr, als wolle er sie mit aller Gewalt die Donauböschung hinunterschieben. Ihr erster Impuls war, auf die Bremse zu drücken. Sie tat es nicht. Hupend, mit gestrecktem Mittelfinger raste er an ihr vorbei, scherte so knapp vor ihr ein, dass sie tatsächlich bremsen musste, und raste mit überhöhter Geschwindigkeit weiter. Sophia fuhr rechts heran und notierte sich über die Sprachfunktion im Handy das Kennzeichen, wobei ihr Blick auf ein mit Blumen geschmücktes Kreuz am Straßenrand fiel. Auf dem Land fuhr der Tod zumindest bei den jungen Leuten immer mit. Zum ersten Mal bekam ihre neue Aufgabe bei der Polizei eine gewisse Relevanz: dabei zu helfen, vielleicht noch mehr Verkehrstote und Verletzte zu vermeiden.

Sie ließ den Motor an, fuhr zügiger weiter, um durch ihr Verhalten nicht wirklich noch einen Unfall zu provozieren, und fasste einen Entschluss. Sie würde Zöpfl gar nicht erst fragen, sie würde sich gleich morgen registrieren und alte Akten anfordern, oder besser, sie würde einen Straubinger Kollegen darum bitten, mit dem sie einmal in München bei einem Mordfall zusammengearbeitet hatte. Sie durfte nichts übersehen. Egal, wie lange es zurücklag, jedes Opfer, falls es noch mehr Opfer gab, musste gesehen und durfte nicht vergessen werden, auch um möglicherweise weitere Morde zu verhindern.

**

Chris war schon da, als sie den jahrhundertealten Arkaden-Innenhof des Scharfrichterhauses betrat. Die Abendsonne brachte das Grün der Bäume zum Leuchten, und Sophia fühlte sich plötzlich zurückversetzt. So als sei nur sie weitergegangen, während alles andere so geblieben war, wie es schon immer gewesen war. Die Gäste, Studenten, echte Passauer, geradlinig, entschleunigt und überschaubar. »Wenn man was g'macht hat, is was passiert. Wenn man nix g'macht hat, is halt nix passiert« war ihr Motto. Künstler und Intellektuelle drängten sich bei Riesenschnitzel, Steirischem Backhendel, Kalbsbraten oder einfach nur bei allen möglichen Salaten um die Gartentische und Bänke. Wie früher hatte Chris es geschafft, fast an ein Wunder grenzend, einen Tisch allein für sie beide zu erobern und vor allem frei zu halten.

Hans-Christian Zarth. Weißes Hemd, Jeans und Sakko. Außerdem roch er, als hätte er in Hugo Boss gebadet. Sophia ignorierte sein schickes Outfit, begrüßte ihn mit Handschlag und setzte sich ihm gegenüber. Wie damals überließ er ihr den Platz mit dem Rücken zur Wand und dem Blick auf Menschen. Sie brauchte den Schutz hinter sich, um sich sicher zu fühlen und gleichzeitig alles im Auge zu behalten. Dass Chris sich daran erinnerte, berührte sie tief. Alexander hatte sich darüber lustig gemacht. Gescherzt, dass die Gene der Neandertaler in ihr noch besonders stark wirkten. Sonderbarerweise hatte sie ihm nie erzählt, weshalb sie war, wie sie war. Jetzt, da sie Chris gegenübersaß, fiel ihr auf, dass sie Alexander nie so vertraut hatte wie Christian.

»Dass du dich daran noch erinnerst …?« Sie musste sich zum Bleiben zwingen. Zu plötzlich, zu viele Gefühle, mit denen sie nicht klarkam.

Chris lächelte, ignorierte, dass sie es offenbar nicht für nötig gehalten hatte, sich für ihn hübsch zu machen, doch die Enttäuschung darüber blitzte kurz in seinen Augen auf. Er sagte nichts, und Sophia bereute ihre Sentimentalität. Sie kam zu ihrem eigentlichen Thema, genau in dem Moment, als die Bedienung, ein bildhübsches Mädchen mit langem dunklen Haar, vollen Lippen, Grübchen, großem Busen und festen Schenkeln unter zu kurzem Rock, die Kerze am Tisch anzünden wollte. »Einem anderen Benzin über den Kopf zu schütten und ihn anzuzünden …«

»Du denkst an Mord?«, fragte Chris.

Die Bedienung sah ihn mit dem brennenden Streichholz in der Hand fassungslos an. Chris tat so, als bemerke er es nicht: »Was habts ihr für einen Rotwein?«

Statt einer Antwort schrie die Bedienung auf. Das brennende Streichholz hatte Zeigefinger und Daumen erwischt. Sie ließ es fallen, drehte sich um und entfernte sich wortlos.

»Tut scheißweh«, rief Sophia ihr nach und erinnerte sich, wie sie als junges Mädchen immer mit dem Zeigefinger so lange durch die Flamme einer brennenden Kerze gefahren war, bis der Finger schwarz vom Ruß gewesen war. Sie hatte einen inneren Wettbewerb daraus gemacht, die Bewegung fast bis zum Stillstand zu verlangsamen. Der Schmerz am Ende hatte ihr irgendwie gutgetan. Sie stärker gemacht.

Sie schüttelte die Gedanken ab, sah Chris an und sagte trocken: »Bedienungen verarschen … Noch immer der alte Chris.«

»Die ist neu, jetzt weiß sie immer, wer ich bin.«

Er grinste, und in Sophia stieg eine leise Eifersucht auf, wenn sie daran dachte, dass Chris noch wer weiß wie oft hier sitzen und sich von dem hübschen Mädchen bedienen lassen würde. Sie konnte nicht vermeiden, dass ihre Stimme giftig klang. »Und wir, die wir einen Feuermord planen, werden nicht mehr bedient.« Sie hatte noch nicht ausgesprochen, da war die Bedienung wieder zurück und legte Chris mit sanftem Lächeln die Getränkekarte vor die Nase. »Mir ham ned so große Auswahl beim Wein, aber a guats Bier hamma.«

»Ja dann, ein Pilsner Urquell bitte.«

Das Mädchen nickte, sah Sophia auffordernd an, die inzwischen einen Blick auf die Getränkekarte geworfen hatte. »Ich sehe, ihr habt auch einen Taylor's?«

Das Mädchen nickte erneut. »A Pilsner Urquell, an Taylor's. Was zum Essen auch?«

»Wennst uns die Speisekarte bringst ...« Chris lächelte charmant, die Bedienung drehte sich jedoch nur um und war weg.

»Du wirst dich schon noch a bisserl mehr anstrengen müssen, um sie zu beeindrucken«, stellte Sophia trocken fest.

Chris sah sie nur an, mit diesem Blick, der sie gelehrt hatte, an welchen Körperteilen, außer im Herzen, noch Gefühle entstehen konnten. Andere Gefühle. Ihr damals mit sechzehn noch unbekannt, aber so süß, so wunderbar süß.

»Ich erinnere mich«, antwortete er mit noch immer diesem Blick, »an deine Vorliebe für portugiesischen Portwein und dieses andere Getränk ... ein Likör?«

»Ginjinha.«

»Genau. Ginjinha. Den hat dein Vater auch immer –«

»Bitte nicht.«

Er nickte. Ließ das Thema sein.

Dieses Besondere zwischen ihnen, das alles andere in den Hintergrund schob, auch das war wieder da.

Die Geräusche, ja selbst die Gerüche. Nur sie beide, wie damals in dem Heißluftballon, ein Geschenk von ihm zum achtzehnten Geburtstag, da oben, wo die Welt ganz still wurde und man durch die angedeutete Erdkrümmung a bisserl was von der Ewigkeit begriff. Sie waren um ein Haar zu spät gekommen. Aufgrund der Thermik konnte der Ballon nicht länger auf sie warten. In der Eile hatte Chris ihr noch den Kofferraumdeckel auf den Kopf geschlagen, als sie ihre Handtasche herausholen wollte, und dann hatten sie es doch noch in letzter Sekunde geschafft.

»Erinnerst du dich noch an die Geschichte mit dem Heißluftballon?«, fragte Chris. Sie sah ihn erschrocken an. Hatte sie gerade ihr Herz verbal vor ihm auf den Tisch gelegt? Nein, sie hatte es nicht ausgesprochen. Aber seine Augen erzählten, dass auch er sich erinnerte, auch daran, dass sie nach der Landung zum ersten Mal miteinander geschlafen hatten. Ehe er weiter so schauen und sie endgültig durcheinanderbringen konnte, kehrte sie zu ihrem eigentlichen Thema zurück. Das Thema, bei dem sie sich sicher fühlte.

»Fangen wir vielleicht doch erst einmal beim Suizid durch Verbrennen an. Wer tut sich so was an und warum?«

»Sophia, die Spezialistin der Ice Bucket Challenge …«

»Die hat's damals noch nicht gegeben.«

»Aber genug Varianten, die du alle über mich ausgeschüttet hast, wenn es dir zu heiß geworden ist.«

»Schmarrn, zu heiß.« Sie hatten Sex gehabt, was sollte das?

»Nähe war nie dein Ding.«

»Ich brauch keine psychotherapeutische Lehrstunde über mich. Ich will was übers Sich-selbst-Anzünden wissen. Also?«

»Okay.«

Die Bedienung brachte Pils und Portwein und die Speisekarte, und Sophia fragte sie nach ihrem Tattoo vom rechten Handgelenk bis zur Ellenbeuge, das eine Frau zeigte, von der nur die Augen zu erkennen waren.

»Des is mei Mama. Eigentlich wollt ich sie ganz haben wie die Sophia Thomalla ihre Mama, aber«, sie lächelte zum ersten Mal, ein verschmitztes Lächeln, »i mach halt auch Sachen, bei denen sie lieber ned dabei sein soll, deshalb hat der Rost – der Tätowierer, der is super, wenn S' amal a Tattoo brauchen –, also der Rost hat vorg'schlagen, dass ma nur ihre Augen machen. Die Mama ist da und hält den Blick schützend über mich.«

»Schön.« Dass es gerade die Augen der Mütter waren, die mehr sahen, als den Kindern lieb sein konnte, selbst wenn sie nicht dabei waren – nun, das erwähnte Sophia lieber nicht.

»Ja. Mei Mama ist die Beste.«

»Ich hätte gern ein Schnitzel mit Bratkartoffeln«, mischte sich Chris ein.

»Für mich bitte auch«, ergänzte Sophia.

Das Mädchen nickte, zündete die Kerze an, sammelte die Speise- und Getränkekarten ein, wollte sich schon zurückziehen, wurde wieder ernst. »Weil Sie vom Anzünden reden. Der Rost hat mir was erzählt, dass sich a Mädchen in Bogen …«

Sophia erinnerte sich. Irgendwie hatten der Bayerische Wald und seine Randgebiete etwas von einer WG. Die stille Post jedenfalls funktionierte. In der Zeitung hatte nichts gestanden. Keine Berichte über Suizide, das war die Abmachung, um nicht Nachahmer zu motivieren.

Sophia lächelte. »Grüßen Sie Ihre Mama von mir!«

Die junge Frau verstand, dass sie von Sophia nicht mehr erfahren würde, beließ es dabei und zog sich zurück. Von dem ominösen Rost würde sie ohnehin Näheres erfahren. Die stille Post war nicht mehr nötig. Es gab Twitter und WhatsApp.

Sophia sah Chris auffordernd an. »Also Chrissi, raus damit, warum könnte sich Lilli Gruber so was Schreckliches angetan haben?«

»Doch kein Mord?« Es war ihr zu dumm, seine Gegenfrage zu beantworten. Chris wurde ernst. »Der Feuertod ist so was wie ein Opferritual. Man opfert den Körper, damit die Seele weiterleben kann.«

»Das klingt jetzt aber sehr schräg.«

»Ich hab mit vielen Menschen gesprochen, die die Selbstverbrennung überlebt haben.«

»Ich weiß, du hast sogar ein Sachbuch drüber geschrieben.«

»Du hast es gelesen?«

»Gegoogelt.«

»Mich gegoogelt?«

»Auch dich …«, sie lächelte leicht, »und dass du hier in Passau einen Lehrstuhl für Psychiatrie und Psychotherapie hast. Über dein Privatleben stand da übrigens nichts. Zu privat?«

»Zu privat.«

Er hatte sie durchschaut. Natürlich. Wollte es ihr nicht so einfach machen. Ein Spiel? Sein Spiel. Nur, sie war Ermittlerin und gewöhnt, die Informationen zu bekommen, die sie bekommen wollte. »Du schützt deine Familie. Gut.«

Keine Antwort. Nur ein Lächeln. Auch gut. Sie war nicht gekommen, um zu flirten. Dafür waren die Fragen, die sie umtrieben, zu ernst: »Wenn jemand also seinen Körper vernichten will, nicht aber die Seele, dann heißt das doch, dass er sich für seinen Körper schämt oder dafür, was der Körper getan hat. Wenn die Seele aber weiterleben soll, dann klingt das so, als sei sie trotz allem rein geblieben und habe noch eine Chance verdient.«

»In der Fachsprache heißt das Depersonalisation.«

»Und auf Deutsch?«

Die Bedienung stellte die Teller mit den riesigen Schnitzeln vor ihnen ab. Vor allem der herrliche Geruch der Bratkartoffeln stieg Sophia in die Nase. Sie reichte Chris Besteck und Serviette, bediente sich ebenfalls, nahm das Glas Portwein und stieß mit Chris an. »*Saúde!*«

»*Na zdraví*«, antwortete Chris zu Ehren des Pilsner Urquells auf Tschechisch. Die Gläser klirrten, und Chris fuhr fort: »Wenn jemand schwer misshandelt wird, dann entwickelt er die Fähigkeit, in Gedanken den gequälten Körper zu verlassen und damit praktisch sein Selbst in Sicherheit zu bringen.«

»Also geht es vor allem darum, was ein anderer einem angetan hat? Er kriegt meinen Körper, aber mich kriegt er nicht.«

»So ungefähr. Dazu kommt aber noch die Scham. Was ist mit meinem Körper, dass ihm jemand so etwas antut? Böser Körper. Er ist schuld, dass mir etwas so Schreckliches passiert.«

»Und deshalb wird der Körper bestraft. Durch Feuer an den Pranger gestellt, damit auch alle die Bestrafung bemerken und ich wieder rein bin und frei?«

»Es ist eine Möglichkeit. Wir können nicht mehr mit Lilli reden, und Spekulation ist nicht so mein Ding.«

»Bleiben wir allgemein. Bleiben wir bei dem Punkt Depersonalisation.«

»Einverstanden.«

»Also, wie funktioniert das, den Körper zu verlassen ...« Sophia bemerkte, dass sie das Glas in ihrer Hand völlig vergessen hatte, stellte es wieder ab, wollte einen Bissen in den Mund stecken. Vergaß es. Sah Chris beschwörend an. Sie brauchte Antworten. Jetzt.

»Die dissoziative ...« Chris bemerkte Sophias leicht ungehaltenen Blick und vereinfachte: »Stell dir das wie beim autogenen Training vor. Da gibt's Techniken, wie du deinen Körper loslässt und nur noch ganz bei dir bist.«

»Na ja, da gehört schon viel Übung dazu.«

»Die hat ein gepeinigter Mensch. Er übt. Jeden Tag. Jede Stunde. Dazu die Verzweiflung. So überleben Menschen Folter und Vergewaltigung.«

»Und deshalb glaubt derjenige, der sich verbrennt, dass der Feuertod nicht wirklich etwas mit ihm zu tun hat, sondern nur mit seiner Hülle, mit der er nichts mehr zu tun haben will, so missbraucht und beschmutzt, wie sie ist? So verdorben, dass sie andere dazu bringt, ihm das alles anzutun.« Sie machte eine Pause, dachte nach. »Haben Menschen, die sich verbrennen, deshalb keine Angst vor dem Feuer und den Schmerzen?«

Der Gedanke, der darauf folgte, war so ungeheuerlich, dass sie kaum wagte, ihn auszusprechen. »Wenn Lilli sich selbst angezündet hat, dann wollte sie vielleicht gar nicht sterben ...«

Chris nickte. »Vielleicht wollte sie einfach nur anfangen zu leben.«

Stille. Sophia überlegte erneut. Nein, nein, das alles passte nicht zu der jungen Frau, wie sie beschrieben worden war. Und schon gar nicht, dass sie sich aus Liebeskummer so etwas angetan hatte. »Gibt es noch andere Gründe für den Feuertod?«

»Manche Menschen suchen den Schmerz. Glauben, sie hätten ihn verdient. Oder Menschen wollen dadurch politisch ein Zeichen setzen. Mir brennt was auf den Nägeln, ich hab ein brennendes Problem, doch mir hört niemand zu. Vielleicht kann ich so die Welt retten und damit mich.«

»Ein Zeichen setzen. Politisch. Das war die Lilli ganz sicher nicht. Ein Hilferuf? Vielleicht. Baut sich so eine Bewusstseinsstörung manchmal auch schnell auf? Von einem Tag zum anderen?«

»Sie könnte eine Psychose gehabt haben. Eine Depression käme in Frage, Manie, Schizophrenie, eine Persönlichkeitsstörung. Es gibt viele Gründe. Ich hatte mal den Fall, da war der Sohn eines Münchner Unternehmers grade noch völlig in Ordnung, im nächsten Moment wirft er sich vor den Zug und verliert beide Beine.«

»Psychose. Und was löst so eine Psychose aus?«

»Drogen oder –«

Sophia unterbrach ihn. »Drogen?« Dachte wieder an Max und ihren Gedanken, dass er sich vielleicht für das Kerzentragen bei der Wallfahrt hatte aufputschen wollen. Mit einer Substanz, die eine Psychose auslösen konnte.

»Sie muss ja nur mal was ausprobiert haben, irgendein synthetisches Zeug aus einer privaten Drogenküche. Von Tschechien aus schwappt da einiges zu uns rüber. Speed, Crystal Meth, Ecstasy … Amphetaminpsychosen sind keine Seltenheit.«

Möglicherweise hatte Max auch Lilli damit versorgt, die Psychose bei ihr ausgelöst, geahnt, was passiert war … Oder aber er selbst hatte eine Wahnidee entwickelt und Lilli als Hexe oder Ähnliches gesehen und sie deshalb verbrennen wollen. Andererseits hatte es weder nach der Tat noch bei der Wallfahrt Anzeichen dafür gegeben, dass Max Probleme hatte. Außer die erweiterten Pupillen, die jedoch, wie Zöpfl gesagt hatte, auch der Schock verursacht haben konnte.

»Wieso ermittelst du überhaupt, wenn ihr primär von Suizid ausgeht?«

»Ich ermittle nicht, ich will es nur wissen. Vor allem, wenn es Mord war.«

»Dann ermittelst du also doch.«

Sophia schwieg. Ihre Gedanken gingen wandern: Der Körper verbrennt, damit die Seele frei wird. Was brachte diese Vorstellung in ihr zum Schwingen? Durchlässig werden. Die Überlegungen zu Max vorerst beiseitelegen. Sich auf Lilli konzentrieren. In sie hineinschlüpfen. Hast du Drogen konsumiert, Lilli? Antonia fragen. Was hast du erlebt, Lilli Gruber? Mit Freunden, in der Familie. Keine Grenze mehr. Du und ich grenzenlos. Ich ende, wo du anfängst. Du fängst an, wo ich aufhöre. Ich will dich spüren, erspüren. Dich noch auf eine andere Weise begreifen außer durch Fakten. Lilli, wer warst du wirklich? Was hat dich so berührt, wer hat dich so berührt …?

»Ich will ja nix sagen, aber dein Schnitzel wird kalt.«

»Wenn es Suizid war und keine Psychose: Was, glaubst du, hat Lilli erleben müssen, um so zu handeln?«

»Wie gesagt, wir können nicht mehr mit ihr sprechen. Der Rest sind Spekulationen und Vermutungen.«

»Und genau da beginnt meine Arbeit.« Sophia hob das Glas. »Prost.«

»Und meine hört da auf. *Saúde.*«

Die Gläser klirrten. Stimmengeklirr. Geschirrgeklapper. Es war laut geworden, während es zwischen ihr und Chris jetzt still war.

Irgendwann fing Sophia wieder an. »Und was ist mit dem Täter los – falls es Mord war?«

»Es ist so ein schöner Abend, Sophia, und wir haben uns so lange nicht mehr gesehen.«

»Ein sechzehnjähriges, als fröhlich und unbeschwert beschriebenes Mädchen ist verbrannt. Chris, bitte …«

»Schon klar. Bestrafung?«

»Wofür? Was kann ein Mädchen wie Lilli getan haben, dass man es so bestraft?«

»Im westlichen Europa sterben täglich dreizehn Frauen«, entgegnete Chris, »weil sie sich von einem Mann trennen oder ihn nicht lieben wollen. Täglich werden fünfzig Kinder missbraucht und misshandelt, pro Woche werden zwei getötet, die

Dunkelziffer nicht mit eingerechnet. Opfer ist Opfer, Täter bleibt Täter.«

»Natürlich. Ich versuche mich nur in den möglichen Täter hineinzudenken. Lilli hat ihren Freund geliebt. Er hat sich von ihr getrennt. In diesem Fall hat er ihr etwas angetan und nicht umgekehrt, was wieder für Suizid sprechen würde.«

»Du hast kaum etwas gegessen und das dritte Glas Portwein getrunken. Du solltest nicht mehr fahren.«

»Was, Chris, ist mit einem Menschen los, der einen anderen verbrennt? Nicht erwürgt, nicht ersticht, erschießt, sondern verbrennt?« Sie bedeutete der Bedienung, ihr eine ganze Flasche Portwein zu bringen.

»Ich hab hier ein Hotelzimmer.«

»Du arbeitest viel.« Ein erneuter Versuch. »Was sagt deine Familie dazu oder deine Freundin?«

»Überzeugter Single.« Da war sie, die Antwort, die sie sich irgendwie erhofft hatte und auch nicht. Sie wollte im Moment keinen Mann, der ihr gefährlich werden konnte. »Du kannst gern bei mir schlafen.«

»Ich nehm mir selber eins. Also?«

»Deine Gedanken springen.«

»Meine Gedanken versuchen, jede noch so absurde Möglichkeit zu durchdenken.«

»Ein Zeichen setzen. Für etwas, das ihm selbst angetan wurde. Autoaggression wird zur Aggression.«

»Es war am Vorabend zum Pfingstfest ... Hat das auch eine Bedeutung?«

Im Gegensatz zu Sophia hatte Chris alles aufgegessen, schob jetzt den leeren Teller beiseite. »Wenn deine Lilli Gruber es selbst getan hat, dann wollte sie vermutlich damit sagen, auch weil ja jede Menge Menschen in der Nähe waren: Bei mir brennt es! Seht mich! Helft mir! Lasst mich nicht verbrennen. Muss ich mich erst anzünden, damit ihr aufwacht? Der Ort so einer Tat ist nie zufällig gewählt.«

»Das Gleiche könnte auch für einen Täter gelten. Seht mich! Helft mir! Muss ich erst jemanden anzünden, damit

ihr aufwacht? Auch bei ihm ist der Ort vermutlich nicht zufällig gewählt. Oder, wenn es doch Suizid war …«

In Westeuropa werden täglich fünfzig Kinder misshandelt
und missbraucht, wiederholte sie für sich, was Chris vorhin
gesagt hatte. Vielleicht war Missbrauch der Grund, weshalb
Lilli Gruber ihren Körper so verachtet hatte. Möglicherweise
hatte Sebastian sich von ihr getrennt, weil sie dadurch Probleme mit Sex hatte. Jungen in dem Alter waren in dieser
Hinsicht nicht sehr geduldig, und schon gar nicht ein Junge
mit Sebastians Aussehen. Wer kam dafür in Frage? Der Großvater, der Vater, der Pfarrer, ein Nachbar …?

»Ich finde heraus, wer Lilli was auch immer angetan hat.«
Sie dachte an Emma und konnte sich nicht erinnern, jemals
so entschlossen gewesen zu sein.

Chris seufzte. »Stirnfalten, an so einem herrlichen Juni-
abend.«

Automatisch strich sie sich die Stirn glatt. Er war der einzige Mensch, bei dem nicht nur der Mund, sondern das ganze
Gesicht lächeln konnte, wie genau in diesem Moment. »Und
wo schlafen wir jetzt?«

18

Sophia wankte eher, als dass sie ging, geführt von Chris, portweinselig über das Kopfsteinpflaster der engen Passauer Gassen, an den kleinen Handwerkerhäusern vorbei, durch das italienisch anmutende Zentrum dieser wunderbaren, feinädrigen, grazilen Stadt, die schon so viele Hochwasser überstanden hatte. Dem Tod durch Ertrinken trotzend, immer wieder neu ums Leben ringend. Hach, Sophia fühlte sich nicht nur von den Dreifarbenflüssen umarmt, blaue Donau, grüner Inn und schwarze Ilz, sondern auch vom Wind gestreichelt, innen und außen gewärmt und geborgen wie schon lange nicht mehr, als sie, die milde Nachtluft genießend, mit Chris Arm in Arm durch die mittelalterliche Pfaffengasse schlenderte. Sich anlehnen dürfen. Fast schon hatte sie vergessen, wie angenehm das sein konnte. Sie rückte etwas von Chris ab. Lieber nicht daran gewöhnen. Spürte seinen Arm um die Schultern. Sie seufzte, legte ihm den rechten Arm um die Taille und gab damit auf.

Noch war sie nicht mit ihrer erzwungenen Rückkehr in den Bayerischen Wald versöhnt, aber allmählich begann sie sich in ihr Schicksal zu fügen. Und die Kinder … Sie spürte endlich wieder die nötige Kraft in sich, Emma und Raffa würde sie schon auch noch zu sich holen.

Sie kamen an der »Kleinen Residenz« vorbei, einem originellen Souvenirladen mit einer Vorliebe für Dackel. Wackeldackel, Glasdackel, Dackel auf Ansichtskarten, Einkaufstaschen mit Dackeln, im Schaufenster unter einer riesigen Brezel und vielem Weiß-Blau liebevoll gestaltet.

Sophia grinste. »So einen Wackeldackel hätt ich auch gern.«

Sie hatte noch nicht ausgesprochen, da klopfte Chris schon an die Scheibe des Schaufensters.

»Lass doch.« Sophia wollte ihn weiterziehen, doch zu spät. Die Ladentür wurde von innen aufgesperrt, und Sekunden später stand ein Mann in bayerischer Tracht und mit funkelndem König-Ludwig-Anstecker am Revers vor ihnen.

»Da schau her, der Herr Psychologe«, wurde Chris von dem Ladeninhaber trocken begrüßt, den Chris Sophia wiederum als Blumen-Seppi vorstellte. »Was kann ich für euch tun?«

»Verkaufst uns noch an Wackeldackel für die Dame?«

»Die Kasse mach i für euch nimmer auf, aber«, der Blumen-Seppi verschwand im Laden, tauchte mit einem Wackeldackel wieder auf und drückte ihn Chris in die Hand, »g'schenkt. Viel Spaß damit, Psychologe!«

Die Tür fiel hinter ihm ins Schloss, und Sophia warf Chris einen verblüfften Blick zu. »Nicht einmal bedanken konnte ich mich.«

»In Zukunft hast du jemanden«, Chris überreichte ihr den Dackel mit einer kleinen Verbeugung, »der zu allem, was du tust und lässt, immer nur Ja sagt.«

Prompt nickte der Dackel, und Sophia wusste nicht mehr so recht, ob sie sich wirklich über ihn freuen sollte. »So siehst du mich?«

»Liege ich falsch?«

»Und ob.« Sie blickte ihn entrüstet an.

Chris blieb jedoch gelassen. »Na, dann ist doch alles gut.«

Ehe Sophia noch etwas entgegnen konnte, hatte er sich schon in Bewegung gesetzt. Sophia folgte mit ihrem Dackel fest im Arm, fühlte sich trotz allem weiter glücklich. Sie erreichten das Hotel, in dem Chris ein Zimmer hatte, erfuhren, dass kein anderes mehr frei war, und weil es ohnehin schon egal und irgendwie eine Zeitreise in die Vergangenheit war, nahm Sophia Chris' Einladung an, bei ihm zu schlafen. Sie war bereit, doch Chris rührte sie nicht an, und sie selbst wagte nicht den ersten Schritt, der viel, vielleicht auch alles verändert hätte. Sie war nicht bereit für noch mehr Veränderung. Was sie hinter sich hatte, genügte ihr. Stattdessen redeten sie die halbe Nacht, auch noch, als sie wieder einigermaßen nüchtern waren. Der Wackeldackel stand auf dem Fensterbrett, hinter ihm nachtschwarz die Donau, nickend, weil sie zwischendurch immer wieder aufstand und sich ein Vergnügen daraus machte, ihn anzustupsen.

Irgendwann kam Chris, möglicherweise eine Übersprungshandlung, auf die Fruchtbarkeitsriten der Kelten zu sprechen, deren kulturelle Überreste im Bayerischen Wald noch an vielen Orten zu finden waren. Ein erklärtes Ausflugsziel während ihrer Schulzeit.

»Fruchtbarkeitsriten?« Sophia, T-Shirt und Höschen hatte sie angelassen, stützte sich auf ihren Ellenbogen und sah Chris an, der mit freiem Oberkörper schlief und erstaunlich gut trainiert war. »Wie kommst du jetzt da drauf?«

»Ich denke noch immer über ein mögliches Mordmotiv nach.«

»Und da kommst du auf die Kelten? Nicht nur ich zu viel Portwein?« Sie neckte ihn. »Du zu viel Pils?«

»Ich meine es ernst. Manchmal ist es gut, von einer ganz anderen Ecke her zu denken.«

»Also ich weiß nur, dass es ohne Fruchtbarkeit kein Leben gibt. Du meinst ... Lilli konnte keine Kinder kriegen ... oder sie wollte von jemandem kein Kind ... ich weiß nicht ...« Sie schüttelte den Kopf. »Ich hab ja jede Menge gehört und gesehen, aber das ist für mich zu weit hergeholt.«

»Ich denke eher an die Landwirtschaft.« Chris überlegte weiter. »Im Gäuboden spielt sie eine wichtige Rolle. Sie ist stark vom Wetter abhängig. Ist der Sommer zu trocken, gibt's eine schlechte Ernte. Schlechte Ernte kann zum Ruin führen. Und sie haben einen trockenen Sommer vorhergesagt. Die Kelten haben Menschen geopfert, um den Wettergott positiv zu beeinflussen ... oft verbunden mit sexuellen Riten.«

Sophia lachte auf. »Du denkst an einen durchgeknallten Bauern, der Lilli opfert, damit er eine gute Ernte hat? Jetzt geht aber die Phantasie mit dir durch, Chrissi – oder das Urquell.«

Chris blieb ernst. »Jemanden zu verbrennen ist eine so ungeheuer schreckliche und unmenschliche Tat, da sollten wir alles bedenken.«

»Wir?«

»Ich stelle mich gern als Profiler zur Verfügung. Du hast mich neugierig gemacht.«

»Neugierig?«

»Vielleicht will ich auch nicht, dass derjenige davonkommt, der Lilli das angetan hat, egal, ob es Suizid oder Mord war.«

Ihr Herz quoll in diesem Moment über. Verstanden werden. Endlich. Wieder. Sie wurde streng. »Einverstanden. Aber nur inoffiziell, offiziell gibt's ja keine Ermittlung.«

»Ich bin froh, dass du nicht aufgibst.«

»Danke, dass du das sagst.«

Einen Augenblick war es still zwischen ihnen. Der Atem der Nacht durch das gekippte Fenster, der schweigende Himmel über der still strömenden Donau, geheimnisvoll und die Seele bis zu ihrem Grund aufwühlend. Sie umarmten sich nicht. Hielten weiter Abstand.

»Bei den Kelten gab es durchaus Blutopfer«, fuhr Sophia fort, und Chris ergänzte: »Tiere und Menschen.«

»Und meist wurden sie verbrannt.« Sophia rollte sich wieder auf den Rücken, starrte die Decke an und spürte, dass Chris sie dabei in Ruhe betrachtete. Die sanfte Wölbung ihres kleinen Busens unter dem T-Shirt, die Brustwarzen, die hart geworden waren. Es war ihr egal. Chris hatte recht. Bei Vernehmungen hatte sie schon so viele unsägliche Beweggründe für Mord gehört, dass sie nichts mehr überraschte. Und im Bayerischen Wald war nicht nur der Glauben, sondern auch der Aberglauben sehr verbreitet.

Während ihre Lider schwer wurden und Körper und Geist ihr Recht auf Ruhe einforderten, verfolgte Chris immer leidenschaftlicher seine Idee. »Für einen reichen oder angesehenen todkranken Kelten wurden manchmal auch Untergebene geopfert. Vielleicht ... nein, nein, das führt zu weit. Schau doch mal, Kleines, ob du nicht da, wo Lilli gebrannt hat, so was wie eine künstlich angelegte Vertiefung findest. Eine keltische Opferschale in einem Stein, diese Opferschalen gibt's hier noch überall. Immerhin war der Arber der heilige Berg der Kelten. Dort hatte auch ihre oberste Göttin ihren Sitz und ...«

Er stoppte mitten im Satz. Sophia war eingeschlafen. Chris bedachte sie mit einem zärtlichen Blick, deckte sie behutsam zu, erinnerte sich daran, wie sehr sie es hasste, »Kleines« genannt zu werden, schwor sich, es nicht wieder zu tun, auch wenn sie noch so schutzbedürftig und zart aussah wie jetzt. Gleichzeitig bedauerte er, dass nichts mehr aus ihnen werden konnte. Nicht werden durfte. Dann drehte er sich um. Machte das Licht aus und schlief ebenfalls ein.

✳✳✳

Die Morgensonne weckte Sophia. Sie brauchte einen Moment, um zu begreifen, wo sie sich gerade befand. Chris lag neben ihr und schlief tief und fest. Ein seltsames Gefühl, nachdem sie die vergangenen Jahre nur mit Alexander das Bett geteilt hatte. Es fühlte sich fremd an. Auch Chris fühlte sich fremd an. Alles war fremd, ihr ganzes neues verfluchtes Leben, das sie sich so ganz bestimmt nicht ausgesucht hatte und offenbar nur nach einer Flasche Portwein zu ertragen war. Der Kopf, jedes einzelne Glied tat weh.

Sie schlüpfte rasch in ihre Klamotten, nahm ihre Turnschuhe, ihren kleinen Rucksack, verließ auf Zehenspitzen das Zimmer, zog die Tür leise hinter sich zu und – merkte, dass sie den Dackel vergessen hatte. Kehrte jedoch nicht um, aus Angst, Chris zu wecken. Setzte sich auf die Stufen des Hotels, zündete sich erst einmal eine Zigarette an und blies ihre Gedanken zusammen mit dem Rauch in die Luft.

✳✳✳

Chris hatte ihren überstürzten Aufbruch aus halb geschlossenen Lidern beobachtet. Er lächelte. Normalerweise war es doch sein Ding, von einer Sekunde zur anderen zu gehen. Jeden Tag und immer pünktlich um siebzehn Uhr. Sein Lächeln verschwand. Er machte sich Sorgen. Nicht um Sophia, nicht um Lilli Gruber, nicht um seine Patienten. Er sorgte sich um sich selbst.

Er wartete noch einen Augenblick, stand auf, trat ans Fenster, beobachtete, wie Sophia die Zigarette auf der Stufe ausdrückte, den Stummel sorgfältig in ein Papiertaschentuch legte und in einer Seitentasche des Rucksacks verstaute, aufstand und über den Platz ging. Mit ihrer ganz besonderen Art zu gehen. Zielgerichtet, so als wüsste sie immer genau, wohin. Der bittere Geschmack war auf einmal überall. Und die Wut. Diese verdammte, verdammte Wut. Er stupste den Dackel an. Er gab ihm recht.

19

Der Hauch von Magie. Sophia empfand ihn wieder, als sie langsam in Richtung Bogen fuhr. Es war kurz nach sechs Uhr, und die Sonne zeichnete die Landschaft in ähnlich scharfen Konturen nach, wie sie es spätnachmittags erneut tun würde. Goldgelber Raps, intensives Grün, endlose Weizenfelder und immer wieder tiefrote Mohnblumen. Weites Land. Bauernland. Der Gäuboden nahezu baumlos, bis auf den Auwald entlang der Donau mit seinen Silberweiden, Grauerlen, Eschen und Ulmen. Zum ersten Mal seit Wochen hatte Sophia wieder das Gefühl, frei atmen zu können. Dahinten ein weißes Reh. Sophia hielt den Wagen an, stieg vorsichtig aus, um das Zaubertier, das sie an das letzte Einhorn erinnerte, nicht zu verscheuchen, und war augenblicklich gefangen von der Blumenpracht, den Schmetterlingen, Grashüpfern, dem unentwegten Zirpen der Grillen, dem Vogelgezwitscher. Sophia spürte den Wind, der am Morgen noch genauso sanft war wie in der vergangenen Nacht.

Einen Augenblick gelang es ihr, den Alltag hinter sich zu lassen und völlig einzutauchen in die wohltuende, heilsame Ruhe. Kinderzeit. Kartoffelsammeln. Ein Kranz aus Gänseblümchen im Haar. Geheimgänge im brusthohen Gras. Sich verstecken, bis der Bauer kam und einen an den Haaren aus dem Versteck zog. Es war auch schön gewesen. Sehr schön. Wie die portugiesischen Märchen, die ihr Vater am Lagerfeuer erzählt hatte, um ihn herum die Kinder mit großen, aufgeregten Augen.

Sophia ließ den Blick schweifen. Wenn sie an der nächsten Weggabelung rechts abbog und noch etwa zehn Minuten Richtung Süden fuhr, würde sie den Ort erreichen, dem sie seit so vielen Jahren aus dem Weg ging. Irgendwann würde sie Hallo sagen, noch aber war sie nicht so weit.

Sie setzte sich wieder in den Wagen, kam kurz nach sieben

Uhr auf dem Polizeirevier an, betrat den Waschraum, duschte, öffnete den Spind, verbannte ihre Alltagsklamotten, fragte nach der blauen Uniform, die schon bestellt war, erfuhr, dass es noch immer Lieferschwierigkeiten gab, zog sich die grüne Uniform an und wurde prompt von ihren Kollegen und Zöpfl mit »Guten Morgen, Jägerin« begrüßt.

Sie setzte sich an ihren Schreibtisch, überlegte, ob sie nachforschen sollte, wer der Halter des Wagens war, der sie auf der Fahrt nach Passau genötigt, überholt und dann auch noch geschnitten hatte, ließ es und beschäftigte sich erst einmal mit den in der Verkehrsstatistik erhobenen Daten. Es ging um Art und Schwere von Unfallfolgen, um Unfallursachen, um die Beteiligung betroffener Risikogruppen und um die bisher eingereichten Vorschläge zur Prävention.

Sophia hatte sich kaum eingelesen, als draußen Stimmen laut wurden. Sie erkannte sie sofort. Veronika und Antonia Stadlhuber. Streitend gingen sie auf das Polizeirevier zu, dessen Tor ausnahmsweise offen war, blieben im Vorzimmer an dem kleinen kugelsicheren Fenster stehen, stritten weiter, während sich Kim über die Sprechanlage mit ihnen zu verständigen versuchte. Vergeblich. Mutter und Tochter waren zu aufgebracht, um auch nur einen vernünftigen Satz herauszubekommen. Sophia sah, wie Kim immer ungeduldiger wurde, stand auf, drückte den Öffner neben dem Bildschirm, auf dem man mit Hilfe einer Überwachungskamera das ganze Revier, auch die Zellen, beobachten konnte.

Ein Surren, Veronika Stadlhuber und Antonia traten ein. Kim, die sich übergangen fühlte, warf Sophia einen verärgerten Blick zu, Sophia ignorierte ihn und wandte sich an die beiden Frauen, die vor der halbhohen Sicherheitsschranke, die Polizeibeamte und Besucher trennte, stehen geblieben waren. »Was ist passiert?«

»Sie waren nicht da.« Der Vorwurf von Veronika Stadlhuber kam unerwartet. »Wo waren Sie die ganze Nacht?«

Fritz Büchlein blickte kurz von dem Bildschirm auf, auf dem ihm die Standorte der Streifenwagen aufgezeigt wurden, sodass er schnell entscheiden konnte, welches Fahrzeug dem Einsatzort am nächsten war. Sophia wusste nicht, was sie wütender machte: sein und Kims Grinsen oder Veronika Stadlhubers Übergriffigkeit.

»Ich glaube nicht, dass Sie das etwas angeht«, antwortete sie kühl.

»Natürlich nicht«, Veronika Stadlhuber atmete so tief, dass ihre Brust unter der Dirndlbluse Samba tanzte, »nur, jetzt hamma den Dreck im Schachterl …«

»Weil ich nicht da war?« Sophia verstand immer weniger, begriff aber anhand von Veronika Stadlhubers Wortwahl, dass es sich diesmal ganz sicher nicht um einen Todesfall handelte, öffnete nun auch diese Sicherheitsschranke und forderte Veronika Stadlhuber und Antonia auf, vor ihrem Schreibtisch Platz zu nehmen.

Veronika setzte sich. Antonia blieb stehen. »Des war bloß a Kuss, Mama …« Sie weinte fast und sah Sophia hilfesuchend an.

»A Kuss vor alle Leut!«

Sophia hatte nicht geahnt, dass die Stimme der gemütlichen Veronika Stadlhuber so giftig klingen konnte. »Und jetzt hat s' den Shitstorm, die Antonia, auf Facebook, Instagram und wo zum Teufel sie noch überall ist …«

»Twitter, Mama. Da bin ich auch.«

»Dreckshure nennen s' meine Tochter.«

»Weil Antonia jemanden geküsst hat?« Sophia verstand immer weniger, ahnte allerdings, wen sie geküsst hatte.

Antonia hielt den Kopf weiter gesenkt. Veronika Stadlhuber stieß sie in die Seite: »Raus damit.«

»Der Basti und i …«

»Könntest du bitte lauter sprechen?« Sophia hatte nicht vor, ihre Ohren mehr anzustrengen als nötig, um Antonias gehauchte Worte irgendwie in einen sinnvollen Zusammenhang bringen zu können.

»Geküsst haben sie sich!« Veronika Stadlhuber sah jetzt nicht mehr ihre Tochter, sondern Sophia vorwurfsvoll an.

»In der Öffentlichkeit! Obwohl man doch weiß, wie schnell heutzutag was im Internet landet. Und prompt hat jemand a Foto g'macht.«

»Und ins Netz gestellt.« Sophia versuchte weiter zu verstehen.

»Verletzung der Persönlichkeitsrechte«, mischte sich Fritz Büchlein ein. »Datenschutz. Derjenige hat sich strafbar gemacht. Sie können ihn anzeigen.«

»Darum geht's doch überhaupt ned«, antwortete Veronika Stadlhuber ungeduldig. »Wie stehen wir jetzt da? Die Lilli ist tot, und die Toni küsst drei Tage danach ihren Freund! Was jetzt die Leut von uns denken, am End –«

»Stopp.« Sophia ging in so scharfem Tonfall dazwischen, dass Veronika Stadlhuber zusammenzuckte und Antonia ihr einen hoffnungsvollen Blick zuwarf. »Das sind junge Leute ...«

»I wollt ihn nur trösten.« Von Sophia ermutigt, begann sich Antonia zu verteidigen. »Und da ist's halt passiert.«

»Das ist kein Verbrechen«, ergänzte Sophia. »Aber eins draus zu machen«, ihre Stimme wurde fest, »das ist eins.«

»Danke.« Antonia lächelte sie scheu an, doch Sophia dachte gar nicht daran, gemeinsam mit Antonia eine Front gegen die Mutter zu bilden.

»Klug war es trotzdem nicht«, sagte sie streng und sah Büchlein auffordernd an. »Reden Sie mit den Leuten?«

Der Kontaktbeamte machte eine abwehrende Geste. »Das beruhigt sich von selbst wieder.«

Ehe Sophia noch klar wurde, was sie so zornig machte, war ihre Faust schon so heftig auf dem Schreibtisch gelandet, dass einige der Unterlagen auf den Boden flatterten. »Das tut es nicht!« Dabei war ihre Stimme so laut, dass alle sie erschrocken ansahen und Zöpfl aus seinem Büro kam.

»Was ist denn hier los?«

Sophia ignorierte ihn und zischte indessen in Büchleins Richtung: »Es ist Ihr Job. Wenn Sie ihn nicht übernehmen, tu ich es.«

»Sie sagen mir nicht, was ich zu tun oder zu lassen habe«, gab Büchlein ebenso heftig zurück, und Zöpfl ergänzte: »Alvarez, ich seh Sie gleich in meinem Büro.«

»Schon gut«, winkte Veronika Stadlhuber resigniert ab. »Die Polizei, dein Freund und Helfer. Komm, Antonia. Wenn ma euch amal braucht …« Sie stand auf, packte ihre Tochter an der Hand, kam jedoch nicht an der Sicherheitsschranke vorbei.

Sophia nützte Veronika Stadlhubers Hilflosigkeit aus, trat hinter sie. »Ich kümmere mich drum, versprochen.« Berührte sie sanft am Arm. Merkte, wie Veronika Stadlhuber sich entspannte. »Wir finden denjenigen, der den Shitstorm ausgelöst hat. Wir kriegen das hin.«

Veronika nickte, und Antonia umarmte sie spontan. »Danke … danke, dass Sie da sind.«

Sophia nickte, der Öffner surrte, und gleich darauf hatten Antonia und ihre Mutter das Revier verlassen. Sophia sah ihnen nach mit einer durch Antonias Umarmung ausgelösten so großen Sehnsucht nach Emma, dass es ihr fast das Herz zerriss.

Mitten in diese sie fast überwältigende Emotion hinein drang Zöpfls Stimme wie ein Fremdkörper. »Ohne Absprache mit mir werden Sie gar nichts unternehmen!«

Er hatte noch nicht ausgesprochen, da wurden vor dem Fenster des Polizeireviers krakeelende Stimmen laut: »Wenn des Feuer brennt, der Mörder rennt …«

Ohne Zöpfl weiter zu beachten, lief Sophia zum Fenster, sah vier Kinder auf ihren Rädern, die hinter Antonia herriefen: »Wenn die Toni den Basti küsst, des a Riesenscheißdreck ist …«

»Alvarez!« Zöpfl wollte sie offenbar noch aufhalten, doch Sophia griff nach ihrer Polizeimütze, drückte den Türöffner und verließ den Raum, ohne dem Revierleiter auch nur einen Blick, geschweige denn ein Wort zu schenken.

20

»Wenn's brennt, die Toni rennt … ällabätsch«, riefen die Kinder Antonia und ihrer Mutter nach, die den Arm schützend um die Schulter ihrer Tochter gelegt hatte und sie jetzt zu ihrem Wagen drängte. »Älla-älla-ällabätsch«, lärmten die Kinder weiter auf ihren Rädern, machten dabei die Geste, die Sophia noch aus ihrer Jugend kannte. Mit dem rechten Zeigefinger wie ein Streichholz an der Streichholzschachtel schnell und immer wieder über den linken Zeigefinger streichend. Sie nannten es »derblecken«, doch es war mehr als das. Es war böse und gemein und tat vor allem demjenigen, der derbleckt wurde, verdammt weh.

Die Kids entdeckten Sophia und wollten auf ihren Rädern Fersengeld geben, doch Sophia baute sich mit der ganzen Autorität, zu der sie als Polizeibeamtin und Mutter fähig war, vor ihnen auf. »Keiner von euch rührt sich auch nur einen Millimeter von der Stelle.«

Große Kinderaugen. Unsicheres Wimperngeflatter, zusammengebissene Zähne, hochrote Wangen. Kaum eines dieser Kinder war älter als zehn, das jüngste vielleicht fünf Jahre alt, und keines von ihnen hatte auch nur die geringste Ahnung, welche Spuren dahingerotzte Kinderreime in der Seele hinterlassen konnten. Sophia wusste es. Es war das Kind in ihr, das mit Antonia litt. »Habt ihr eigentlich eine Ahnung, was ihr da grade macht?«

»Ist doch nur Spaß«, antwortete ein etwa achtjähriges Mädchen kleinlaut. Blonde Zöpfe, himmelblaue Augen, Unschuldsgesicht.

»Die küsst einfach den Freund von dera Verbrennten. Des tut ma ned!« Der Junge war älter. Vielleicht zehn oder sogar elf. Er hatte etwas Aufmüpfiges und war vermutlich der Anführer der kleinen Mobbinggang. Sommersprossig. Stupsnasig. Herausfordernder Blick.

Sophia wandte sich an ihn. »Wie heißt du?«

Er wurde kleinlaut. »Reinhold, und des sagt mei Mama, und mei Papa sagt des auch …«

»Okay, ich sag euch jetzt auch mal was. Der Antonia geht es dreckig, nicht nur, weil sie ihre beste Freundin verloren hat, sondern jetzt auch noch wegen euch –«

»Soll sie!« Der Junge blieb rebellisch. »Verdient hat sie's.«

»Sie hat also verdient, dass sie sich so schlecht fühlt, dass sie am liebsten nur noch weinen will? Sie hat verdient, dass es für sie die Hölle ist, auf die Straße, in die Schule zu gehen, aus Angst, Kinder wie euch zu treffen, und dass sie vielleicht einfach nur tot sein will, weil sie denkt, dass alle sie hassen und sie niemandem mehr vertrauen kann?«

Die Kinderaugen wurden noch größer. Die Wimpern flatterten noch mehr. Die Wangen waren jetzt nicht mehr rot vor Aufregung, sondern kreidebleich. Sie ging zu weit. Das wusste sie. Doch sie konnte nicht anders, konnte ihre Wut kaum noch beherrschen. »Macht euch das ein gutes Gefühl? Wollt ihr so behandelt werden?«

Kein Trotz mehr und kein Aufmucken. Nur Schweigen. Absolute Stille. Und plötzlich wollte Sophia die Antwort der Kinder gar nicht mehr hören, hatte Angst vor ihr wie damals, als sie vor dem Mädchen gestanden hatte, von dem sie immer geglaubt hatte, es sei ihre beste Freundin.

»Warum bist du so gemein zu mir?«, hatte Sophia sie gefragt.

»I bin ned gemein«, hatte das Mädchen geantwortet. »I sag nur die Wahrheit! Dei Papa is a Kanak, und du bist a Hurentochter!«

Vergangenheit und Gegenwart wurden eins. Sophia zitterte. Damals hatte sie ihrer ehemals besten Freundin mit der Faust ins Gesicht geschlagen und ihr die Nase gebrochen. Danach war es schlimmer geworden. Viel schlimmer.

»Nein.« Endlich meldete sich eine Stimme, war nicht mehr als ein Piepsen, doch die Antwort, auf die Sophia gewartet und vor der sie Angst gehabt hatte, war klar und eindeutig: »I mag ned so behandelt werden. Und der Reinhold, der Reinhold is a Depp.« Das Mädchen mit den blonden Zöpfen nickte Sophia entschlossen zu und radelte, so schnell es konnte, davon.

Sophia atmete auf. Zumindest ein Kind, das verstanden hatte. Sie sah die anderen an, die jetzt bis auf Reinhold alle einen hochroten Kopf hatten. »Und ihr? Was sagt ihr?«

* * *

Der junge Mann, der nur einige Meter weiter an einer Hauswand klebte und jedes Wort mitverfolgte, spitzte die Ohren. Nicht der Kinder wegen, die waren ihm egal. Sophia faszinierte ihn. Wie sie sich bemühte, in ihrer Uniform größer zu wirken, als sie wirklich war. Nach außen hin hart, aber innen drin so zerbrechlich, dass man sie nur ganz leicht stupsen musste, und sie zersprang in tausend Stücke. Mit einer Haut, so zart, dass sie schon zu zittern anfing, wenn man mit dem Zeigefinger nur ganz leicht die Form ihrer kleinen, festen Brust nachfuhr, bis unter die Achseln und von dort über den Bauchnabel weiter nach unten … Die Vorstellung erregte ihn so, dass er die Lippen fest aufeinanderpresste, damit er sie nicht durch sein Stöhnen auf sich aufmerksam machte. Er hatte genug gehört. Kannte jetzt ihre Schwachstelle. Es war Zeit, nach Hause zu gehen, um sich ungestört einen runterholen zu können. Diesmal würde es klappen, da war er sicher.

»Hätt s' halt ned g'schmust mit dem Basti.« Das hörte er noch, ehe er genauso leise verschwand, wie er der Antonia und ihrer Mutter gefolgt war.

»Und dass sie ihn einfach nur getröstet hat«, fuhr Sophia indessen an Reinhold gewandt fort, der sich mit immer absurder werdenden Argumenten verteidigte, anstatt seinen Fehler zuzugeben. »Weil es dem Basti mit dem Tod von der Lilli genauso schlecht geht wie der Antonia, weil die beiden die Lilli gemocht haben, daran denkst du nicht.«

»Geht's der Toni jetzt wirklich so schlecht?«, erkundigte

sich ein zierliches Mädchen mit sehr feinem dunklen Haar und Mausgesicht.

»Des hab i ned g'wollt«, ergänzte ein etwas korpulenterer Junge.

Nur Reinhold forderte Sophia weiter heraus: »Woher woll'n Sie des überhaupt ois wissen? Mei Papa sagt, Sie soll'n sich bloß ned so aufspielen, a Polizist, der von München aufs Land versetzt wird, hat was ausgefressen, was richtig Schlimmes ...«

»So, sagt dein Vater das?« Am liebsten hätte Sophia den Jungen an seinen Ohren gepackt, ihn so zu seinem Vater geschleift und dann beiden gründlich die Meinung gesagt. Sie tat es nicht. Sie war erwachsen. Sie sagte nur: »Lasst euch nicht noch mal von mir bei so einem Spruch wie über die Antonia erwischen, verstanden? Und jetzt fahrt heim. Aber vorsichtig!«

Sie drehte den Kindern den Rücken zu und wusste schon im selben Moment, dass es für Antonia ebenso wie für sie damals noch schlimmer werden würde. Viel schlimmer.

**

Es hatte nicht funktioniert. Schlaffes Stück Dreck. Dabei hatte er auf die Polizistin gesetzt. Auf das, was sie in ihm ausgelöst hatte, auch weil sie schon älter war. Im Grunde stand er auf ältere Frauen. Aber sie hatte versagt. Auch sie war ein schlaffes Stück Dreck, bald grau, alt und verhutzelt. Keiner würde sie dann mehr anschauen. Und anfassen schon gar nicht. Dankbar hätte sie ihm sein sollen, dass wenigstens seine Phantasie ihr noch a bisserl Gnade hatte zukommen lassen wollen. Versagerin! Fotze! Drecksstück! Verrecken sollte sie wie die Lilli. Wie sie alle verrecken sollten. Er würde schon noch dafür sorgen.

»Schatz, bist du da?«, kam es von unten. Die Mutter war wieder mal auf der Suche nach ihm. Hastig verstaute er das Ding wieder in seiner Boxershorts, zog den Reißverschluss seiner Jeans zu. Presste die Lippen zusammen, sagte nichts.

Eine Tür knallte. Die Mutter hatte aufgegeben, nach ihm zu suchen. Gut so.

Er gab Sophia weiter die Schuld, entschuldigte sich mit zu viel aufgebautem Druck und Nervosität, trat ans Fenster, von dem aus er einen guten Blick auf das Polizeirevier hatte. Einen letzten Blick auf Sophia werfen … Doch zu seiner Enttäuschung war sie nicht mehr da. Ebenso wenig wie die Kinder, die ihm gefallen hatten mit ihren Sprüchen. *Wenn's Feuer brennt, die Lilli rennt* oder so ähnlich. Er wollte sich schon wieder zurückziehen, als er auf einen Mann aufmerksam wurde, der auf das Revier zuschnaufte. Pfarrer Neuhaus. Kein langes Rätselraten. Ihm war sofort klar, was der Pfaffe wollte. Ausschmieren konnte er einen anderen, aber nicht ihn.

Zwei Stufen auf einmal nehmend, rannte er die Treppe hinunter, ignorierte die Stimme der Mutter: »Hallo, Schatz, bist du doch da? Ich hab gedacht …« Es interessierte ihn nicht, was sie gedacht hatte. Die Haustür knallte hinter ihm zu, für den Bruchteil einer Sekunde tat es ihm leid, gegen seine Mutter so unhöflich gewesen zu sein, das hatte sie nicht verdient, sie, die immer zu ihm gehalten hatte und noch hielt, doch die Gefahr war zu groß. Pfarrer Neuhaus würde das Beichtgeheimnis wohl nicht brechen, aber möglicherweise hatte er einen Weg gefunden, um die Spur ganz behutsam auf ihn zu lenken, ohne sich selbst zu gefährden. Der Pfaffe war langsam, er dagegen war schnell, er überholte ihn, baute sich vor ihm auf. Neuhaus sah ihn verblüfft an. »Bua!«

»Sie woll'n jetzt aber ned aufs Revier zur Alvarez oder zum Zöpfl?« Bewusst verlieh er seiner Stimme einen drohenden Unterton.

»Warst du des …?« Der Pfarrer schnaufte. »Sag mir, ob du des warst mit der Gruber Lilli!«

»Es war a Unfall, Herr Pfarrer, a ganz depperter Unfall. Nix, worum Sie sich auch nur einen Gedanken machen sollten.«

»Wenn's a Unfall war, dann gehst jetzt mit mir da rein und erzählst denen, was passiert ist.«

»Sie ham wohl an Arsch offen!« Er bemühte sich nicht mehr, höflich zu sein. Die Zeit der Anpassung war endgültig vorbei. Macht schmeckte süß. Er begann, sich daran zu gewöhnen.

»Komm.« Pfarrer Neuhaus bettelte ihn förmlich an. »Auch für deinen Seelenfrieden.«

»Oder den Ihren. Weil Sie wissen, dass Sie ans Beichtgeheimnis gebunden san.«

»Da täuschst du dich! Du hast mir gebeichtet, dass dich selber umbringen willst, a Todsünd, denn Gott schenkt uns das Leben, und nur er darf es uns nehmen. Den Unfall, Bua, von dem hast nix g'sagt, deswegen … wenn nicht du, dann –«

»Im Namen des Vaters, des Sohnes, des Heiligen Geistes. Amen.« In sich hineingrinsend kniete er vor dem Pfarrer nieder.

»Du willst beichten?« Wieder dieser verblüffte Blick vom Pfarrer, als sei er auf der Brennsuppen dahergeschwommen.

»Richtig, und auf der Stelle. Und danach«, er wusste, wie überzeugend er sein konnte, »gehen wir zusammen da rein.«

»Versprichst mir des, Bua?« Pfarrer Neuhaus sah ihn unsicher an.

»Ich schwör.« Er hob die rechte Hand zum Schwur. »Beim Leben von meinem Vater!«

Pfarrer Neuhaus überlegte, atmete tief durch. »Also gut, ich vertrau dir, Bua.«

Im nächsten Moment schon saßen sie nebeneinander auf einer Bank. Er dachte noch, dass zum Glück der Beichtstuhl zum Beichten nicht mehr nötig war und es gut war, in einer so prekären Situation nicht allzu viel Zeit zu verlieren, da begann der Pfarrer auch schon mit seinem Schmarrn: »Gott, der unser Herz erleuchtet, schenke dir die Erkenntnis der Sünde und seine Barmherzigkeit. Amen.«

Auf das Amen hatte er nur gewartet, und nun legte er los. Es machte solchen Spaß, zu sehen, wie das gerade noch vor Aufregung hochrote Gesicht des Pfarrers kalkweiß wurde, als er ihm bis ins Kleinste schilderte, wie er Lilli unter einem

Vorwand zu sich gelockt hatte, mit dem Plan, sich vor ihren Augen zu verbrennen. Wer ihn abwies, wurde bestraft! Und sie hatte ihn abgewiesen. Doch dann, dann hatte sie das eine zu ihm gesagt, und er hatte in dieser Sekunde gewusst, dass sie es war, die sterben musste, damit er endlich frei war – nicht er.

»Was hat die Lilli bloß zu dir g'sagt, Bua? Was hat sie g'sagt, dass du so ausgerastet bist, dass du ihr so was Furchtbares angetan hast ... Verbrennen, Bua, verbrennen!«

Auf diese Frage hatte er geradezu gewartet. Voller Vorfreude auf die Reaktion des Pfarrers beugte er sich ganz nah an sein rechtes Ohr und hauchte die Antwort so, dass der Pfarrer gegen seinen Willen kicherte. Auch er grinste. Er wusste ja, wie kitzlig man am Ohr sein konnte. Dann nahm er sich wieder etwas zurück, und der Pfarrer drehte das Gesicht ganz langsam in seine Richtung. Dieser Gesichtsausdruck. Wunderbar. Er machte innerlich einen Luftsprung, und es dröhnte in ihm mit Bushido auf. *Es ist Sonny Black, der Ruler von Beruf, und du Missgeburt blamierst dich wie ein Schwuler in der JUICE. Euer Hass ist legitim, Berlin, Medellín ... jeh jeh ...*

Pfarrer Neuhaus sah aus, als habe er gerade durch einen Türspalt direkt in die Hölle gesehen. »Jetzt versteh ich, Bua. Bua, du brauchst Hilfe, dringend ...«

»Logisch brauch ich die. Nur, ham Sie mir geholfen, als ich Sie drum gebeten hab? Haben Sie ... na ... na ...?« Er senkte den Kopf und sah den Pfarrer von unten her schräg an.

»Bua, es tut mir so leid, aber ich hab's einfach nicht glauben können. Ich weiß doch, wie gern ihr jungen Leut mich bei der Beichte verarscht.«

Er nickte anerkennend. Dass der Pfarrer ihn durchschaut hatte, imponierte ihm. Andererseits: Bei der Sache hätte er wissen müssen, dass er die Wahrheit sagte. Verdammt noch mal, er hätte es wissen müssen. »Und?« Er merkte, dass seine Stimme vor Aufregung zitterte. »Glauben Sie's mir jetzt?«

Schweigen. Wie ein fiebriges Geschwür kroch etwas zwischen seinen Lenden hoch. Wut. Das Einzige, was er da unten spürte. Eine unermessliche Wut. Er hatte es geahnt. Der Pfaffe glaubte ihm noch immer nicht. Allerdings – vielleicht hatte er sogar recht. Er war ja selbst nicht sicher, ob es war, wie es war. Es war alles so durcheinander. So schrecklich durcheinander. Er blinzelte die Tränen fort, stattdessen setzte er denselben frechen Blick ein wie damals, als er dabei erwischt worden war, wie er sich an der Wirtshauskasse bedient hatte. »Also, Pfarrer, kriag i jetzt mei Absolution?«

»Wenn du jetzt«, Pfarrer Neuhaus sah ihn eindringlich an, »wenn du jetzt, wie versprochen, mit mir da reingehst und den Beamten alles erzählst.«

Eine Ohrfeige hätte nicht schlimmer sein können. »Ich geh nicht in den Knast!« Er tat alles, um seiner Stimme einen gefährlichen Klang zu geben. »Also, was ist mit der Absolution?«

»Die Beichte ist doch kein Automat, in den du deine Sünd reinwirfst, Strafe zahlst mit a paar Vaterunser, Gegrüßet-seist-du-Maria und einem Rosenkranz, und dann ist wieder alles so, wie es vorher war. Du musst bereuen, Bua. Wirklich und aufrichtig bereuen!«

Er musste bereuen. Natürlich. Nicht die Lilli, und alle anderen auch nicht. Nur er. Immer nur er. Seine Schuld. Das kannte er schon von seinem Vater. Seine große, große Schuld. Doch er war es nicht, der die Mutter verprügelte. Er hatte auf einmal einen üblen Geschmack im Mund, spuckte ihn aus. Prompt kam ein Hund angelaufen, irgendein Stirnglander, klein und schwarz, schnüffelte an seinen Schuhen herum, er wollte schon nach ihm treten, da rief ihn sein Frauchen: »Komm, Bärli. Komm zur Mama!«

Mama. Zum Hund! Der miese Geschmack war wieder da. Gleichzeitig drängte ihn der Pfarrer weiter: »Bereust du?«

Er nahm sich zusammen, setzte ein ernstes Gesicht auf. »Okay, wenn Sie sich dann besser fühlen … Ich bereue.« Pfarrer-Pingpong spielen, bis er ganz aus seinen Jesuslatschen kippte.

»Dann gehst jetzt zur Polizei, stellst dich deiner Verantwortung, dann kriagst auch deine Absolution.« Die Stimme des Pfarrers klang fest, aber er bemerkte, dass die Hand des dicken, alten Mannes zitterte. Das gefiel ihm.

»Mog aber ned.« Er kicherte. Er wusste, er war kindisch, doch das Fünkchen Macht tat gut, das er gerade über die Wurstfinger des Pfarrers hatte, die noch mehr zitterten. Wie auch seine Stimme. »Du hast es auf das Leben von deinem Vater g'schworen, Bua.«

»Soll er doch verrecken, der Hund.« Er lächelte erneut, auch wenn das Lächeln jetzt erzwungen war, stand auf, schoss einem Jungen im Fußballtrikot von Bayern München den Ball zu, der ihm vor die Füße gerollt war, und ging. Einfach so, als wäre das, was gerade geschehen war, nicht geschehen.

Pfarrer Neuhaus blieb zurück.

Er war in die Falle getappt.

Mit der Beichte war ihm der Maulkorb verpasst worden. Was aber noch schlimmer war, waren die Worte von Lilli Gruber vor ihrem Tod. Sie hatte ausgesprochen, was ihm der Junge vor langer Zeit gebeichtet und was er ihm nicht geglaubt hatte. Warum nur hatte er ihm nicht geglaubt? Pfarrer Neuhaus barg sein Gesicht in den Händen.

Die Frau, die ihren schwarzen Mischlingshund an die Leine genommen hatte, damit er seine Schnauze nicht überall hineinsteckte, dachte ebenso wie der kleine Fußballer, der Pfarrer würde ein Gebet sprechen. Keiner von beiden bemerkte, dass er lautlos weinte. Und nicht nur über das, was geschehen war, sondern über das, was noch geschehen würde. Aus einem jungen Menschen, einem Baby, das er getauft hatte, dem Jungen, den er im Religions- und Kommunionsunterricht gehabt, den er sogar mit der Erlaubnis des Diözesanbischofs gefirmt und ihm damit die Gabe der Kraft des Heiligen Geistes übertragen hatte, damit er sich noch tiefer in die Gotteskindschaft verwurzelte, sich fester in Christus eingliederte, seine Verbindung zur Kirche stärkte und mithalf, in Wort und Tat für den christlichen Glauben Zeugnis zu geben, aus diesem Jungen war eine Zeitbombe geworden.

Er war alt. Pfarrer Neuhaus hob langsam den Kopf, blickte in den Himmel, als stünde dort die Antwort auf seine Frage, ob es nicht doch richtig war, das Beichtgeheimnis zu brechen und damit die Exkommunikation zu riskieren. Nur, wenn er die Kirchengemeinschaft verlor, der er sein Leben gewidmet hatte, was blieb ihm dann noch?

21

Sophia war an ihren Arbeitsplatz zurückgekehrt, hatte die Anerkennung der Kollegen entgegengenommen, sie habe das mit den Kids recht ordentlich hingekriegt, hatte versprochen, am Abend endlich ihren Einstand zu geben, und hörte sich jetzt die Anfrage der Straßenverkehrsbehörde an, einen Schwertransport auf verkehrssichernde Weise zu begleiten. Sie bot sich an, den Einsatz zu übernehmen, für den es nur einen Polizeibeamten brauchte. Da sie wegen des Urlaubs zweier Kollegen unterbesetzt waren, war Zöpfl einverstanden, und Sophia war erleichtert, nicht nur der Enge ihres Schreibtisches entfliehen, sondern auch einige Zeit für sich allein sein zu können. Sie fuhr gern Auto. Autofahren beruhigte, machte irgendwie innen drin weit. Etwas, das sie nach dem Gespräch mit den Kindern und den dadurch ausgelösten Erinnerungen dringend nötig hatte.

Sie brachte den Einsatz hinter sich, kehrte danach jedoch nicht ins Revier zurück, sondern fuhr Richtung Passau zu der Weggabelung, der sie am Morgen auf keinen Fall hatte folgen wollen. Diesmal bog sie rechts ab, fuhr Richtung Süden, ließ den Wagen stehen, um das letzte Stück zu Fuß zu gehen. Mit jedem Schritt wurde sie langsamer. Das Zwerchfell krampfte, der Unterkiefer tat höllisch weh. Obwohl ein frischer Wind durch die schattenspendenden Bäume blies, perlte Schweiß auf ihrer Stirn. Atemnot. Sie ließ sich auf einen Baumstumpf fallen. *Kanake, Hurentochter, bastarda, filho da puta* – die letzten beiden portugiesischen Schimpfworte hatte ihre Großmutter sogar auswendig gelernt, damit Tiago Alvarez auch ja alles verstand, was sie ihm zu sagen hatte. Tiago Alvarez, der trotz ihrer ständigen Kirchgänge das Unglück über die Familie gebracht hatte. Das Unglück war Sophia gewesen.

Sophia fror noch immer, wenn sie an das Haus dachte, in dem sie hatte aufwachsen müssen. Der Großvater tot, die

Großmutter hart und stark, die Mutter hilflos und der Vater … ein lieber, nachdenklicher Mann, der nur einen Makel hatte: dass er nicht aus dem Dorf war, nicht einmal aus dem Bayerischen Wald. Sogar ein Münchner wäre besser gewesen als einer aus Portugal. Ein Ausländer. Und wirklich gut Deutsch gelernt hatte er auch nie.

Die Anspannung, mit der Sophia aufgewachsen war, war immer und überall spürbar gewesen. Schon beim Aufstehen am Morgen war der Hof kein Ort gewesen, an dem man sich auf den Tag freute. Man freute sich weder über das Vogelgezwitscher noch über den Geruch frisch gemähter Wiesen, von Wald und Blumen, man roch vielleicht den Kaiserschmarrn, den die Großmutter goldbraun aus dem Backofen holte und den Sophia manchmal hatte zerreißen dürfen, bis der Teig in ganz vielen unterschiedlichen Größen und mit Puderzucker bestäubt auf dem Backblech lag. Hin und wieder hatte die Großmutter ihr auch lobend über das Haar gestrichen, wenn sie gute Noten nach Hause brachte oder ohne Extraaufforderung den Stall ausgemistet oder bei der Hausarbeit geholfen hatte, aber meist war die Atmosphäre im Haus unerträglich gewesen. Das Schweigen der Mutter, des Vaters, das Gekeife der Großmutter. Im Rückblick wunderte es Sophia nicht mehr, es war nur eine Frage der Zeit gewesen, bis die Katastrophe geschah, die sie mit achtzehn mitten in der Nacht aus dem Haus getrieben und die die Rückkehr bis zu diesem Tag verhindert hatte.

Diese Gedanken. Diese Gefühle. In München hatte Sophia sie erfolgreich zurückdrängen können, aber sobald August Ertl die Versetzung in den Bayerischen Wald erwähnt hatte, war ihr klar gewesen, dass auch das Verdrängen irgendwann einmal ein Ende hatte. Und Ertl hatte es gewusst – er kannte ihre Geschichte. Er hatte ganz genau gewusst, weshalb sie den Bayerischen Wald so sehr hasste. Dass der Wald und seine Bewohner ihr den einzigen Menschen genommen hatten, der sie wirklich geliebt hatte.

Sie dachte an ihre Waffe im Sicherheitsholster. Wenn die

Wut überhandnahm, war es auch für einen Polizisten nicht ungefährlich, sie bei sich zu tragen. Am liebsten wäre Sophia aufgestanden und zurück zum Wagen gelaufen. Doch sie würde nicht weglaufen, nie wieder. Sie atmete tief, nahm die Gerüche des Waldes bewusst auf, ebenso das Vogelgezwitscher, stemmte sich mit den Schuhen fest in den weichen Boden, sammelte die wie böse Kobolde herumspringenden Gedanken und Gefühle ein, bis sie sich wieder unter Kontrolle hatte.

Ruhiger geworden stand sie auf, dachte an ihre Kinder, die sie noch immer nicht angerufen hatte, ging Schritt für Schritt weiter, und dabei kamen erneut Bilder. Bilder im Kopf, geformt aus Erzählungen der Dorfbewohner. Ihre Großmutter, die den neuen Freund ihrer Mutter, den schönen Tiago Alvarez, Arbeiter auf dem Hof, mit der Mistgabel durchs Dorf gejagt hatte, nachdem sie von der Schwangerschaft ihrer Tochter erfahren hatte. »A Bankert«, hatte sie geschrien, »du elender Hurensohn, *filho da puta*! A uneheliches Kind, noch dazu von am Fremdarbeiter aufm Hof, der sowieso nix taugt! Jetzt fasst die Annemarie koa anständiger Mann mehr an. Du hast ihr Leben kaputt g'macht und des meine auch, du elender Mistkerl!«

Auch wenn aus ihrer Mutter, noch vor ihrer Geburt, Frau Alvarez geworden war – die Schande war geblieben. Die Zeiten änderten sich zwar, aber nicht ihre Großmutter, die ihren Vater bei jeder Gelegenheit spüren ließ, wie wenig willkommen er war und dass sie die Tochter enterbt und vom Hof geworfen hätte, wäre sie nicht ihre einzige gewesen und damit auch die einzige Hoferbin. Vermutlich war das auch der einzige Grund, weshalb sie Sophia akzeptierte. Annemarie mit dem Pflichtanteil zu bedenken und den Hof einer ihrer Schwestern zu überlassen, dieser Gedanke war wohl noch abwegiger gewesen.

So lange sie denken konnte, hatte Sophia immer das Gefühl gehabt, sich zwischen ihrem Vater, dem Fremden, und den anderen entscheiden zu müssen, für die er immer fremd bleiben würde. Sie hatte ihren Vater zu sehr geliebt, um sich nicht für ihn zu entscheiden. Und genau das hatte auch sie ausgegrenzt. Im Kindergarten. In der Schule. Als Jugendliche. Selbst in der Familie, wenn die Schwestern des verstorbenen Großvaters, allesamt verheiratet, mit ihren Männern und Kindern auf Brauerei-, Volks- und Familienfesten zusammengekommen waren. Sophia wusste von Kindesbeinen an, wie es war, anders zu sein, sie wusste, wie es war, wenn die einzige Freundin sie ganz plötzlich bei einem unwichtigen Streit als Hurentochter und den Vater als Kanaken bezeichnete und es danach nie wieder ein Mädchen gab, das sie hätte zur Freundin haben wollen. Sie wusste, was schnell aneinanderreibende Zeigefinger – ällabätsch – in einem auslösen konnten. »Raschelt es im Haferstroh, macht die Annemarie den Porto froh!« Porto, so hatten die Kinder ihren Vater immer genannt. »Kocht die Bäuerin faule Eier, kotzt der Porto wie ein Reiher« oder »Sobald die Sophia graut, ist der ganze Tag versaut ...«

Weitergehen. Immer weiter. Schritt für Schritt.

Der Hof ihrer Familie tauchte so unmittelbar vor Sophia auf, dass sich die Enge des Zwerchfells in einem heftigen Schluckauf entlud. Auf den ersten Blick hatte sich nichts verändert. Ihr Elternhaus war ein Vierseithof, ähnlich dem Stadlhuberhof. Die Innenseite war mit Steinen gepflastert. Wenig Gras. Wenige Blumen. Weil es so einfacher zu pflegen war. Dem Haupttor gegenüber lag ein zweites Tor, das zu einem riesigen Obstgarten führte. Dazu kamen mehrere Ackerflächen und ein weiterer Grund, der als Bauerwartungsland ausgeschrieben worden war. Offenbar war aber noch nicht darauf gebaut worden. Ursprünglich war die Idee gewesen, dass Sophia dort einmal mit ihrer Familie ihr Haus hätte bauen sollen. Nur, wer hätte sie schon heiraten sollen? Es wurde in dieser Gegend ja nicht einmal gern gesehen, wenn man jemanden aus einem Dorf ehelichte, das einem den Maibaum geklaut hatte. Und von außen jemanden mitbringen? Hätte sie Alexander und den Kindern zumuten sollen, was sie selbst nicht ertrug? Nun, zumindest würde sie Emma und

Raffa irgendwann einmal ein recht großes Erbe hinterlassen. Sollten sie damit machen, was sie wollten.

»Ein Glas Wasser?« Sie fuhr herum. Der Schluckauf hatte noch immer nicht aufgehört, nicht einmal jetzt, als ihre Mutter vor ihr stand. Fast ebenso unverändert wie der Hof, nur ein paar Falten mehr, und das Haar, kurz, mit schlechter Dauerwelle, war grau geworden. Und wie damals trug sie eine Kittelschürze über einem einfachen Kleid.

»Ich hab dich nicht kommen hören.« Sophia war noch immer überrascht, ihre Mutter so unvorbereitet zu sehen, obwohl sie sich schon den ganzen Weg auf die erste Begegnung mit ihr gefasst gemacht hatte. Die erste Begegnung nach fast zwanzig Jahren.

»Ich dich schon.« Das Gesicht der Mutter blieb unbewegt, die Arme hielt sie auf dem Rücken verschränkt, als habe sie Angst vor einer unkontrollierten Geste. »Ich hab dich immer g'sehn. Vor mir.«

Jetzt erst bemerkte Sophia, wie bewegt ihre Mutter war und wie viel Mühe ihr der gefasste Tonfall machte. Wie die Stimme ihrer Mutter klang, auch das hatte sie über die Jahre vergessen gehabt. Sophia schluckte. Es war nicht so, als hätte nicht auch sie an ihre Mutter gedacht. Ob sie wieder verheiratet war, noch ein Kind bekommen hatte, was aus dem Hof geworden war, aus der Großmutter … Nur ein Gedanke war ihr nie gekommen: der, dass ihre Mutter einsam war, so wie es zumindest gerade den Anschein machte.

»Hicks!« Der Schluckauf rettete Sophia vor weiteren Gedanken und Gefühlen. Die Mutter lachte so plötzlich, dass Sophia zusammenzuckte, ihr warmes, weites Lachen, Sophia erinnerte sich – wenn ihre Mutter gelacht hatte, war immer alles gut gewesen.

»Jetzt komm schon rein«, die Mutter legte ganz selbstverständlich den Arm um sie, »damit der Schluckauf aufhört und wir endlich miteinand reden können. Zeit wird's, dass wir miteinander reden … Du hast sicher viel zu erzählen.«

22

Im Haus hatte sich wenig verändert. Massive Bauweise, niedrige Zimmer wie bei den Grubers, nicht einmal zwei Meter hoch. Die Mutter bewohnte von den zweihundertdreißig Quadratmetern nur noch das Erdgeschoss, wie sie erklärte. »Ich hab a Schlafzimmer, des Bad, die Küch mit Speisekammer und a großes Wohnzimmer, mehr brauch i ned.«

»Und der Rest vom Haus?«

»Steht leer. Ist ja niemand mehr da außer mir!«

»Wann ist die Großmutter gestorben?«

»Letztes Jahr. Fünfundachtzig is sie g'worden, nach dem zweiten Schlaganfall war's vorbei. Ich hab versucht, dich zu finden, damit du vielleicht zur Beerdigung kommst, aber da war nix über dich im Internet ... Sophia Alvarez, logisch nicht. Du hast ja sicher geheiratet, hoaßt jetzt anders.«

»Ich bin seit zwei Jahren geschieden, und ich heiß jetzt auch wieder Alvarez, vorher allerdings Wieser.«

Die Mutter lächelte schief. »Dann haben wir ja schon mal was gemeinsam. Nicht die Scheidung, den Nachnamen.«

Sophia verbiss sich die Antwort, eine Scheidung sei wohl auch nicht nötig, wenn sich die Schwiegermutter für die bayerische Lösung entscheidet und den Schwiegersohn erschlägt. Doch das war ein anderes Thema. Irgendwann würde sie jedoch wissen wollen, wo sie den Vater danach hingebracht hatten. Die Großmutter war tot, ihr drohte keine Strafe mehr, und die Mutter hatte ja noch das Schlimmste zu verhindern versucht.

»Wir können ja gemeinsam zum Friedhof gehen.« Offenbar konnten Mütter zumindest einen Teil der Gedanken lesen. »Nicht sofort. Irgendwann mal. Dann zeig ich dir, wo die Oma liegt ...«

Statt einer Antwort stieg Sophia langsam die Treppe hinauf in den ersten Stock. Es roch noch so wie damals.

Nach dem Holz, das in den Decken verarbeitet war, und so, als sei hier schon lange nicht mehr gelüftet worden. Die Mutter blieb zurück, schaute ihr aber mit einem Blick nach, den Sophia nicht deuten konnte. Der erste Stock war das Reich der Familie Alvarez gewesen, weil der Großmutter das Treppensteigen nach einer Hüftoperation schwergefallen war.

Sophia stieß die Tür zum Wohnzimmer auf. Bis auf den Holzofen hatte die Mutter alles mit Möbelschonern abgedeckt. Sophia setzte sich in den Sessel, den ihr Vater aus Portugal mitgebracht hatte. Das Polyester fühlte sich seltsam an. Sie stellte sich vor, wie das Feuer in dem Holzofen loderte, sie als Kind auf seinem Schoß saß und ihm zugehört hatte, wenn er Geschichten aus Portugal erzählte und Dinge sagte wie: »Ich bin es müde, geträumt zu haben, freilich nicht müde zu träumen.« Später hatte sie herausgefunden, dass sie von seinem Lieblingsdichter Fernando Pessoa stammten. Oder: »Lesen heißt durch fremde Hände träumen.« Sie hatte zuerst Raffa, dann Emma beibringen wollen, wie wichtig lesen war. Ohne Erfolg. Sie stand wieder auf, betrat das Schlafzimmer, von dem aus eine Tür auf den kleinen sonnigen Holzbalkon über dem Hauseingang führte.

Sie war im Stroh gezeugt worden, nicht hier, aber da ihr verboten gewesen war, das Schlafzimmer ohne Aufforderung zu betreten, war sie sicher, dass sich ihre Eltern geliebt hatten. Ein Kind der Liebe, nicht des Unglücks.

»Sophia, kommst du!« Die Mutter wurde ungeduldig, sie rief nach ihr.

Sophia reagierte nicht. Wollte noch einen Stock höher, dahin, wo früher ihr Kinderzimmer gewesen war. Später hatten sie aus dem Platz unter dem Dach sogar eine Einliegerwohnung für sie bauen lassen. Als Geschenk zum Abitur. Es war für die Eltern und auch für die Großmutter immer klar gewesen, dass sie in Passau studieren, aber am Abend auf den Hof zurückkehren würde. Doch die Erinnerungen wurden zu viel. Sie schaffte es nicht, trat auf den Balkon. Keine Geranien mehr, stattdessen warf die Vormittagssonne ihr Muster in goldenen Farben auf den Holzboden.

»Sophia! Kaffee ist fertig.« Die Mutter war aus dem Haus gekommen und schaute jetzt zu ihr herauf.

»Ja, gleich!« Neben dem Haupthaus waren die Stallungen mit ihren Hühnern, Gänsen, Kühen, sogar ein Pferd hatten sie gehabt. Ihr Pferd, Sunny, ihr ewiger Sonnenschein, auch Sunny hatte sie zurückgelassen, als sie gegangen war. »Sunny gibt's wohl nicht mehr«, rief sie ihrer Mutter zu.

»Natürlich ned … Aber alt ist sie schon geworden, und sie war immer gut versorgt. Magst auch an Marmorkuchen? Ganz frisch? Die Gemüsesuppn fürs Mittagessen is no ned fertig.«

»Im Augenblick nicht, danke. Ich komm jetzt.«

Die Mutter nickte, verschwand wieder im Haus, und auch Sophia wandte den Blick von Wiesen, Feldern und Wald ab, ging ins Haus zurück und nahm gleich darauf auf der Eckbank in der Wohnküche Platz.

»A Wasser?«

»Ja, gern.« Sophia legte die Polizeimütze neben sich auf die Eckbank, zog die Uniformjacke aus, die Pistole behielt sie im Holster.

»I hab aber nur Leitungswasser.«

»Ich trink kein anderes.«

Die Mutter nickte ihr zu. »Warum auch. Unser Wasser, es gibt koa g'sünderes.« Sie drehte den Hahn auf, ließ das Glas volllaufen, strich sich über die Schürze, setzte sich zu Sophia an den gedeckten Tisch. Kaffeekanne, zwei Tassen, Milch, Zucker und der Marmorkuchen, falls Sophia doch noch Appetit bekam. Sophia war gerührt. Es hatte schon lange niemand mehr für sie gesorgt. Im Hintergrund köchelte die Gemüsesuppe in einem großen Topf.

»Hast du überhaupt noch Vieh?« Sophia wusste nicht, wie sie das plötzliche Schweigen anders wieder hätte beenden können.

»Ein paar Hühner, Karnickel … mehr nicht. Die Felder

hab ich verpachtet. Wofür das alles, hab ich mir irgendwann gedacht. Die ganze Arbeit, wenn das hier sowieso keiner mehr will. Außer deine Cousinen und deine Cousins.«

»Und was machst du so den ganzen Tag?« Sophia lenkte bewusst ab.

»Warten.«

»Du bist noch nicht mal sechzig, Mama. Da kannst du doch nicht einfach nur warten.«

»Jedes Leben hat sei eigene Zeit, das hat nix mit dem Alter zu tun.«

Sophia erinnerte sich an die Großmutter einer Mitschülerin, die sich schon mit Mitte fünfzig keinen neuen Wintermantel mehr gekauft hat, »weil's sowieso bald aus is«. Nicht ihre Mutter. Sie wurde eindringlich. »Es hat was damit zu tun, was man daraus macht ...«

»Du kommst nach zwanzig Jahren zurück und sagst mir, wie ich leben soll?«

»Entschuldige. Natürlich nicht.«

»Erzähl mir lieber von deinem Leben, Sophia. I hab g'hört, du bist in Bogen bei der Polizei?«

»Hab mir schon gedacht, dass du es irgendwann erfährst, aber so schnell?«

»Du weißt doch, der Wald is voller Vogelstimmen, die einem alles ins Ohr zwitschern, ob man will oder nicht. Und des arme Madl, das sich bei euch verbrennt hat ... Ist das der Grund, warum du da bist?«

»Nein. Aber ich war dabei, als es passiert ist.«

»So was zu sehen kann doch nicht gut für einen sein.«

»Man gewöhnt sich daran.« Sophia lächelte schief.

»Kind, Kind, dabei hab ich dir alles Böse ersparen wollen.«

»Ist dir aber nicht besonders gut gelungen.«

Die Mutter warf Sophia einen unsicheren Blick zu, konzentrierte sich jedoch schnell wieder auf den Marmorkuchen, von dem sie Sophia ein Stück abschnitt und es ihr auf den Teller legte – während Sophia die Hände ihrer Mutter betrachtete, Hände, die älter waren als das Gesicht und der Körper, Hände, die viel gearbeitet hatten und es noch taten. Während Sophia also die Hände ihrer Mutter so betrachtete, erste Altersflecken, die Aderlandschaft, kam ihr ein neuer Gedanke. »Hast du die Lilli Gruber gekannt? Und die Familie Gruber, kannst du mir was über sie sagen?«

Die Mutter hielt mit dem Messer auf Sophia gerichtet inne. »Ich kauf manchmal beim alten Alois im Hofladen ein. Mehr weiß ich auch nicht. A ganz normale Familie halt.« Sie nahm sich auch ein Stück Marmorkuchen.

»Und die Lilli?«

»Mein Gott, die hab ich kaum amal g'sehn. Höflich. Nett. Fröhlich.« Annemarie legte das Messer weg, strich sich das Kleid über dem Po glatt, setzte sich, zupfte die Schürze zurecht, trank einen Schluck Kaffee.

»Hättest du ihr einen Selbstmord zugetraut?«

»Kind, i bin doch kein Seelendoktor.«

»Aus dem Christian ist einer g'worden.« Sophia lächelte bei der Erinnerung an den vergangenen Abend.

»Der Christian, mit dem du gegangen bist?« Die Mutter stellte die Kaffeetasse so schwungvoll auf die Untertasse, dass Sophia glaubte, die Untertasse werde ihr vor Schreck entgegenspringen. Doch nicht einmal der Kaffee schwappte über. Die Mutter sah sie überrascht an.

»Genau der.«

»Na so was ...«

Sophia fragte sich, weshalb sie ausgerechnet jetzt Chris ins Spiel gebracht hatte, jetzt, da es um etwas völlig anderes ging. »Es war am Tag vor der Wallfahrt, das mit der Lilli ...«

Die Mutter veränderte ihre Haltung so plötzlich, dass Sophia selbst davon überrascht war. Sie erstarrte. »Bist du deswegen 'kommen, um alte Wunden wieder aufzureißen? Wenn, dann kannst gleich wieder gehen.« Ihre Hände wurden fahrig, als wüssten sie ebenso wie Annemarie Alvarez selbst in diesem Moment nicht mehr, wohin mit sich.

23

Ich bin doch ein Mensch. Ich hab Gefühle, genauso wie jeder andere Mensch auch. Hoffnungen. Träume. Sehnsüchte. Ich bin doch nicht bloß ein Stück Fleisch, irgendein Holz, ein Gegenstand, mit dem man machen kann, was man will. Wieso seht ihr mich nicht? Muss ich wirklich erst das Maul aufreißen, damit ihr kapiert, was überhaupt los ist?

Er puzzelte. Das langsame, fast meditative Zusammensetzen der Teile tat ihm gut. *Kein Kind ist von Natur aus böse.* Die Konzentration. Auf ihn kam es an. Nur auf ihn. *Macht es euch bloß nicht so leicht.* Es war fast ein wenig wie Gott spielen. Alles ein riesengroßes Durcheinander von Einzelstücken, völlig wirr, ohne Plan, einfach so über den Tisch gegossen. Dann kam er, und nur von ihm hing es ab, ob daraus ein wunderschönes Bild wurde. *Ihr seid es, ihr macht aus uns das, was wir am Ende sind.* Immer wieder wollte er aufgeben. Das Ganze vom Tisch wischen, ehe er damit fertig war. Er gab nie auf. Wenn er etwas anfing, dann brachte er es auch zu Ende. Egal, wie oft er von vorn anfing, wie beim Kolosseum, das er schon mehrmals zerstört hatte.

Im Erdgeschoss knallte eine Tür. Krachte so laut ins Schloss, als sei sie aus ihren Scharnieren geflogen. Die Eltern stritten, seit er vom Beichten zurückgekommen war. Egal. War nicht sein Problem. Er suchte gerade nach einem weiteren Teilchen mit einer besonderen Braunschattierung, Scheiße, war das schwer, als es an der Tür klopfte.

»Wer stört?«

Die Tür ging auf. Er sah es sofort. Die beginnende Lilafärbung auf der Wange. Diesmal hatte er wenigstens nicht das Auge erwischt, sodass sie nicht ewig mit einer Sonnenbrille und faulen Ausreden für die Nachbarn herumrennen musste.

»Magst dich ein bisschen zu mir setzen, mein Schatz? Hab uns eine heiße Schokolade gemacht.«

Er warf einen bedauernden Blick auf das Puzzle. Die Mutter rief. Es würde warten müssen. Sie sah so unglücklich aus. So verzweifelt. Er konnte nicht anders.

Mit einem Seufzer stand er auf und folgte seiner Mutter aus dem Zimmer. Was blieb ihm anderes übrig? Er war ihr Sohn.

24

Sophia wusste nicht, was sie so wütend machte, die Erinnerung oder dass ihre Mutter nicht darüber reden wollte, was ihrem Vater damals angetan worden war. Er war so stolz gewesen, als sie ihm endlich nach achtzehn Jahren angetragen hatten, die Lange Stang am Pfingstsonntag zum Bogenberg hinaufzutragen. Damit war er in der Gemeinschaft angekommen. Damit würde alles gut und vor allem einfacher werden. Auch die Gespräche mit der Bank, bei denen es um einen Kredit für den Hof ging. Wie aufgeregt er gewesen war. Wie sorgfältig er den Anzug gewählt, die Krawatte gebunden und die Schuhe so lange poliert hatte, bis sie mit seinem funkelnden Ehering um die Wette glänzten. Beim Friseur hatte er sich den Schnurrbart stutzen lassen, und er hatte den ganzen Tag gesungen. Sophia hatte es geliebt, wenn er sang.

Allerdings hatte er vor Begeisterung etwas Wesentliches versäumt. Da Tiago Alvarez eher zart gebaut war, war weder körperliche Arbeit noch Sport sein Ding. Er war ein belesener Schöngeist, und er hätte für das Tragen der Stange trainieren müssen. Immer wieder hatte es ihm die Großmutter gesagt: »Die Stang is sauschwer, Tiago. Und du trägst mit ihr auch die Verantwortung. Wenn sie kippt, kommt das Unglück über den Gäuboden, wie schon zweimal … Du weißt schon, der Erste und der Zweite Weltkrieg, unsere Familie darf ned für irgendwas verantwortlich sein. Wir haben es schon schwer genug mit dem Hof und …« An dieser Stelle hatte sie abgebrochen. Das »mit dir« hatte sie ihm an diesem besonderen Tag erspart.

»Ich schaff das schon«, hatte ihr Vater noch versichert. Er hatte es nicht geschafft. Mitten auf dem Bogenberg hatten ihn die Kräfte verlassen, und die Stange war gekippt.

»Du hättest zum Vater halten müssen …« Es dauerte einen Augenblick, bis es Sophia gelang, aus der Vergangenheit wieder ins Jetzt aufzutauchen. Vorbei. Nicht die Bilder in Kopf, Seele und Herz. Wie gerade die, die ihm Mut gemacht hatten, ihn am Stammtisch endlich in die Gemeinschaft aufgenommen hatten: »Nach fast zwanzig Jahren wird's Zeit. Der Porto g'hört jetzt zu uns«, wie gerade diejenigen ihn fast wie beim Haberfeldtreiben zur Kirche hinaufgetrieben, ihn verflucht, ihn aus der Gemeinschaft wieder ausgestoßen hatten. Nichts war mehr zu spüren gewesen vom Heiligen Geist des Pfingstfestes, nur noch Hass und Wut und Ausgrenzung. Sophia war heute noch überzeugt, wäre er einer von ihnen gewesen, es wäre alles anders verlaufen. Sie hätten nicht zugeschaut, wie den Träger allmählich die Kräfte verließen. Sie hätten schnell mit angepackt. Aber ein Fremder, der musste es schon allein schaffen, wenn er dazugehören wollte.

»Er war doch selber schuld!« Die Stimme der Mutter klang hart. »Da hätte endlich alles in Ordnung kommen können, und er war zu faul, was dafür zu tun.«

»So ein Theater, bloß weil das Ding gekippt ist!«

»Es ist halt bei uns, wie es ist.«

»Du verteidigst das alles noch?« Sophia sprang auf. »Ich hätt mich lieber suspendieren lassen sollen, als noch mal hierherzukommen … Scheißwald.«

Der Deckel auf dem Kochtopf fing an zu tanzen, und mit einem Zischen ergoss sich das Wasser über den Herd. Die Mutter stand ebenfalls auf, schob Sophia sanft zur Seite, ging an ihr vorbei zum Herd, nahm den Deckel vom Topf. Sophia folgte ihr, griff nach dem Lappen, reichte ihn ihr. »Findest du wirklich richtig, was damals passiert ist?«

Die Mutter nahm den Lappen, wischte mit schnellen, fahrigen Bewegungen über den Herd.

»Warum sagst nichts?« Sophia hätte so gern wenigstens jetzt ein gutes Wort über ihren Vater gehört.

»Ich weiß überhaupt nicht, was du meinst.«

Sophia erinnerte sich: Wenn die Mutter ins Hochdeutsche verfiel, dann hieß das so viel wie: kein Wort mehr. Schluss.

Aber nicht mit ihr. Die Zeiten waren vorbei, in denen sie

sich in ihre Schranken verweisen ließ. »Ich rede davon, dass meine Großmutter, deine Mutter, in der Nacht mit dem Schürhaken auf ihn los ist.«

»Was redest du denn da …?« Die Mutter sah Sophia fassungslos an.

»Ich hab gesehen, was ich gesehen hab.«

»Du warst doch gar nicht da. Du warst doch mit den anderen in der Disco.«

»Ich bin früher heim, weil ich es nicht mehr ausgehalten hab. Der arme Papa. Bloß wegen so einem blöden Aberglauben. Und dann hab ich gehört, wie die Großmutter ihn angeschrien hat, dass er ein Schmarotzer ist, der sich nur aushalten lässt … dass er ständig vorm Haus in der Sonne liegt und liest … und die Nachbarn schon seit Jahren über ihn reden … und jetzt erst recht, nach der Schand mit der Langen Stang.« Während die Mutter hochdeutsch wurde, wenn sie etwas besonders betonen wollte, verfiel Sophia ins Bayerische. »Und dass jetzt alle auf das Unglück warten würden, das so sicher kommen würd wie das Amen im Gebet. Schlechte Ernte, vielleicht sogar der Dritte Weltkrieg …«

»Du warst da und hast des alles mitgekriegt?«

»Nicht nur das!«

Die Mutter wich Sophias herausforderndem Blick aus, würzte die Suppe nach, ohne probiert zu haben. »Die hätten sich schon wieder beruhigt, wenn nix passiert wär. Is ja auch nix passiert. Und jetzt Schluss mit der Vergangenheit.« Sie schaltete den Herd niedriger, ließ die Suppe nur noch köcheln. Sophia gab nicht auf.

»Dass du a arme Sau bist, hat sie g'sagt, die sich von am Ausländer a Kind hat anhängen lassen, an Bankert, wenn die Großeltern ned dann doch der Hochzeit zug'stimmt hätten, und der Dank dafür –«

»Hör auf!« Die Mutter drehte sich mit einem so heftigen Schwung um, dass Sophia automatisch einen Schritt zurücktrat. »Und jetzt geh, wennst nur gekommen bist, um Unfrieden zu stiften.«

»Die Großmutter ist mit dem Schürhaken auf ihn los, und am nächsten Tag war der Papa weg, und i hab nie mehr was von ihm g'hört.«

»Was willst du damit sagen?«

»Dass die Großmutter den Papa um'bracht hat!« Sophia schrie es heraus. Schrie heraus, was sie seit jenem Tag tief in sich vergraben, immer wieder zurückgedrängt hatte, wenn es herauswollte. Was sie so viel Energie kostete, dass sie oft keine Kraft mehr für die Familie gehabt hatte. Nicht einmal für sich. Sie wollte Gerechtigkeit. Endlich Gerechtigkeit!

»Deshalb hast du nie mehr was von dir hören lassen. Kein Anruf. Kein Brief. Nicht einmal eine Adresse, wo ich dich hätt finden können im Notfall.« Die Mutter sah sie an, als sähe sie, nein, als verstünde sie ihre Tochter zum ersten Mal. »Von einem Tag zum anderen. Vom Erdboden verschwunden wie dein Vater.«

»Nur dass er unter der Erde war und ich versucht hab, den Kopf irgendwie über dem Wasser zu halten.«

»Bist du deswegen Polizistin geworden?« Die Mutter stand noch immer, obwohl Sophia ihr ansah, wie jede Kraft aus ihrem Körper gewichen war. »Du hast was wiedergutmachen wollen.«

»Muss ich was gutmachen, Mama? Bitte …« Es war Sophia, deren Beine jetzt nachgaben. Sie angelte nach dem Stuhl, musste sich setzen. »Sag mir bitte, was in dieser Nacht passiert ist …«

»Du hast es nicht gesehen?«

»Ich hab's nicht ausgehalten, bin wieder weg, hab mich im Wald versteckt, und als ich am Morgen zurück bin, war der Vater nicht mehr da, und du und die Großmutter seids am Frühstückstisch gesessen so wie immer … und keine Antwort. Keine einzige Antwort auf meine Frage, wo der Papa is …«

»Ich hab's dir g'sagt. Dass er zurück is nach Portugal.«

»Hast du nicht!«

»Du hast es nur nicht hören wollen …«

Einige denken, man legt bei einem Tatzeugen einfach eine

Drainage ans Gehirn an, und die Erinnerung tropft dann heraus. Sophia erinnerte sich plötzlich an die Worte ihres Ausbilders, der darauf hingewiesen hatte, dass es ein ganz natürlicher Prozess sei, der das Gehirn oft auf eine falsche Fährte führte, ihm vorgaukelte, etwas sei so passiert, ohne dass man es wahrgenommen hatte. Große Emotionen und Stress konnten dazu führen. Nicht selten waren unschuldige Menschen durch Falschaussagen verurteilt worden, von deren Richtigkeit der Zeuge felsenfest überzeugt gewesen war.

»Er wäre nie gegangen, ohne sich von mir zu verabschieden.« Sophias Stimme war unsicher geworden, der Vorwurf einer leiseren Frage gewichen.

»Das hat er aber getan.« In den Augen der Mutter standen Trauer und Liebe. Mutterliebe.

Sophia wusste nicht mehr, was gerade schlimmer wog. Die Möglichkeit, dass ihr Vater sie freiwillig verlassen und sich nie wieder um sie gekümmert hatte, oder was sie jahrelang irgendwo tief in sich drin verbuddelt hatte: Die Großmutter hat den Vater erschlagen, die Mutter hat ihr bei der Beseitigung des Toten geholfen. Zum ersten Mal kam ihr der Gedanke, wie absurd allein die Vorstellung war. Andererseits: Totschlag innerhalb von Familien war ihr täglich Brot. Gewesen.

Ein neuer Versuch, die Gedanken zu ordnen, wenn es schon bei den Gefühlen nicht funktionierte. »Und danach? Kein Anruf, kein Brief?«

Die Mutter schüttelte den Kopf.

Sophia sah sie an, sah ihr direkt in die Augen, so fest, dass sie ihr nicht ausweichen konnte. »Hast du den Papa … hast du ihn jemals geliebt, Mama?«

Es dauerte einen Augenblick, bis die Mutter – vielleicht auch, weil Sophia sie zum ersten Mal seit so langer Zeit wieder »Mama« genannt hatte – in der Lage war, zu antworten. »Sehr sogar«, presste sie schließlich heraus. »Aber es hat halt nicht sollen sein.« Sie hob den Kopf, sah Sophia ebenfalls fest in die Augen. »Damit das ein für alle Mal klar ist, deine Großmutter hat deinem Vater nichts getan, Sophia. Er ist weg, genau wie du weg bist … und jetzt …« Für den Bruchteil einer Sekunde sah es so aus, als wolle die Mutter beide Hände auf Sophias Hände legen, zog sie allerdings in letzter Sekunde wieder zurück und verschränkte die Arme vor der Brust, die Stimme jedoch blieb weich. »Jetzt bist wieder da.«

»Nicht freiwillig.«

Die Mutter nickte, als habe sie nichts anderes erwartet, stand wieder auf, ging zum Herd, rührte um, was in dem großen Fleischtopf köchelte, wechselte das Thema. »I koch no immer viel zu viel … des Alleinsein … i bin's ned g'wohnt, aber die alte Theres freut sich …«

»Die alte Theres gibt's noch?« Sophia konnte sich noch gut daran erinnern, wie sie durch den Wald zu ihrem Haus gelaufen war, um die etwas seltsame, immer in Schwarz gekleidete Frau zu beobachten, die in der Gegend als Kräuterhex und Seherin verschrien gewesen war. Es hatte etwas von dem Spiel gehabt: »Hast du Angst vorm schwarzen Mann?« – »Nein!« – »Wenn er aber kommt?« – »Dann laufen wir davon!« Dieses Kribbeln. Aufregend war es gewesen. Und das Adrenalin hatte einen sich so lebendig fühlen lassen.

»Ja, die gibt's noch.« Die Mutter lächelte. »Die Suppen is gleich fertig. Magst?«

Sophia wehrte spontan ab. Sie musste weg. Gedanken und Gefühle einsammeln, die gerade versuchten, vor ihr davonzulaufen. »Ich muss zurück zum Dienst. Bin eh schon viel zu lang da.« Sophia stand auf, wusste nicht, wie sie sich von ihrer Mutter verabschieden sollte.

»Kommst wieder?«

»Vielleicht.« Sophia sah ihre Mutter, sah die vielen kleinen untrüglichen Zeichen der Zeit, die sich doch tiefer ins Gesicht gegraben hatten als zunächst vermutet. Dass sich die Tür zum Altwerden auch allmählich für sie öffnete, durch die sie irgendwann entweder sanft geschoben oder mit einem kräftigen Schubs hineinbugsiert werden würden. Sophia fühlte auf einmal ein Ziehen in der Herzgegend, die sie schon lang nicht mehr gespürt hatte. »Du hast übrigens zwei Enkel, Mam… Mutter.«

Die Mutter stand noch immer mit dem Rücken zu ihr, aber Sophia merkte eine kaum wahrnehmbare Regung zwischen den Schulterblättern, als brauche sie die Spannung, um sich umdrehen zu können, mit einem Gesicht auf einmal so hell, als habe irgendeine Sonne sie gestreift. »Wie alt?«

»Emma ist zwölf und Raffa vierzehn.«

»Und dein Mann ... ist er gut zu dir? Darf ich sie mal sehen?«

»Wir sind geschieden.«

»Stimmt, das hast ja schon g'sagt, wegen dem Nachnamen.« Das Mitgefühl der Mutter war deutlich zu sehen. »Auch ned einfach, so alleinerziehend, gleich zwei und bei deinem Beruf. Aber dass der Vater damit einverstanden g'wesen ist«, sie schüttelte ungläubig den Kopf, »dass die Kinder jetzt nimmer wie er heißen? Komische Welt.«

»Sie heißen noch immer Wieser, und sie leben bei ihrem Vater und seiner neuen Frau.«

Ihre Mutter wandte sich wieder um, rührte weiter im Topf, obwohl es da wohl nichts mehr zum Rühren gab. Sie sagte nichts, aber Sophia wusste genau, was sie dachte. Dass Sophia wie ihr Vater war, auch einfach die Kinder zurückgelassen hatte, noch dazu bei einer anderen Frau. Sie hatte sie aufgegeben. Nicht nur den gemeinsamen Namen.

Sophia verteidigte sich, ohne angeklagt worden zu sein. »Ich kann nichts dafür ... und ich bin auch nicht verantwortungslos.« Die Worte rutschten heraus, ehe sie die Chance hatte, sie zurückzuhalten. »Die Kinder wollten zum Vater. In ihrem Alter dürfen sie selbst entscheiden. Es geht mir nicht gut damit ...«

Die Mutter drehte sich wortlos um, kam auf Sophia zu, sie spürte schon ihre Hand auf der Wange, brennend, nicht so sehr das Gesicht verwundend, aber die Seele, wie es jede Ohrfeige tat, doch die Mutter zögerte diesmal nicht, nahm zuerst Sophias rechte, dann linke Hand, streichelte sie, Sophia ließ sie gewähren, die Mutter sah sie voller Gefühl an.

»Des Schlimmste is, Sophia, wenn die Kinder sich gegen

einen entscheiden, obwohl man sie so liebt, dass es einem das Herz herausreißt ... dass man sich sofort opfern würd für sie, Hauptsach, das Kind ist glücklich ...«

Sophia schluckte. Die Mutter nickte ihr zu. Sophia ging zur Tür, wollte die Küche schon verlassen, als ihre Mutter sie erneut zurückhielt. »Gut, dass du endlich da bist.«

»Ja!« Das Ja war aufrichtig, und Sophia war selbst überrascht darüber.

»Auch, damit nicht noch mehr Kinder, junge Mädchen, sterben. Es haben schon zu viele sterben müssen.«

Es war eine sehr langsame Bewegung, mit der sich Sophia zu ihrer Mutter umdrehte.

25

Mit überhöhter Geschwindigkeit fuhr Sophia nach Bogen zurück. Konnte noch immer nicht fassen, was ihre Mutter gerade angedeutet hatte. Dass es noch ein totes Mädchen gab. Eine Hannah. Von der Bäckerei Buchecker aus einem kleinen Ort bei Bogen. »Unterhalb vom Gneisbuckel is sie g'funden worden. Da, wo's von der Kirch steil abwärts zur Donau geht. Der Pfarrer Neuhaus von Bogen hat sie g'funden. Mit gebrochenem Genick und verdrehten Gliedern.«

»Ein Unfall?«

»Die Theres sagt was anderes.«

Jetzt erst fiel Sophia auf, wie die Stimme ihrer Mutter geklungen hatte, ein Drängen hatte in ihr gelegen, ein Drängen, dass Sophia ihr glaubte. Dabei hatte sie ihr sofort geglaubt.

»Was sagt die Theres anderes?«

»Dass sie in der Nacht beim Kräutersammeln g'wesen ist und die Hannah g'sehn hat. Sie war nicht allein.«

»Und wer war bei ihr?« Alles in Sophia war angespannt gewesen. Jedes Wort war wichtig.

»Sie hat ihn nicht erkennen können, er war zu weit weg.«

»Und dann?«

»Ist die Theres heim. Sie hat sich nix denkt. Da oben sind oft Liebespaare, die Haushälterin vom Pfarrer, die Rosalie, erzählt oft, dass sie und der Herr Pfarrer überall die Kondome finden. A Sauerei ist das.«

Das war nicht viel. Das war eigentlich gar nichts. Weniger als nichts. Wer auch immer bei dem Mädchen gewesen war, er konnte längst wieder weg gewesen sein, als es diesen einen falschen Schritt machte.

Ihre Mutter hatte weiter berichtet, dass der Fall wohl trotz Theres' Aussage wie der Tod von Lilli Gruber ohne weitere Untersuchung ad acta gelegt worden war. Das erzählte man sich zumindest. Auch in der Zeitung hatte es nur geheißen, es sei ein Unfall gewesen, und bei der Beerdigung seien die Eltern seltsam gefasst gewesen, als hätten sie bei ihrer Tochter schon immer ein schlimmes Ende erwartet.

Dennoch fragte sich Sophia, während sie am Bogener Ortsschild vorbeifuhr, warum der Fall nicht näher untersucht worden war. Wer war der junge Mann gewesen, der Hannah begleitet hatte? Und wenn man ihn gefunden hatte, hatte man ihn überhaupt vernommen? Und falls nicht? War Zöpfl einfach bequem? Oder war er tatsächlich davon überzeugt, dass im Bayerischen Wald die Welt noch heil war und junge Frauen einfach so nachts in die Tiefe stürzten? Sicher nicht.

Sie musste sich beruhigen. Einen klaren Kopf behalten. Es gab bestimmt einen Grund, weshalb Hannahs Tod zum Unfall erklärt worden war. Möglicherweise hatte man den Begleiter ausfindig gemacht, und er hatte beweisen können, dass er zum Zeitpunkt des Unfalls schon längst nicht mehr in Hannahs Nähe gewesen war. Möglicherweise hatte sich auch Theres' Aussage als falsch erwiesen, oder was auch immer …

Ohne Akteneinsicht kam sie nicht weiter. Außerdem war ihr Misstrauen hinsichtlich Zöpfls Gründlichkeit kein Wunder, so wie er mit Lilli umgegangen war. Die Frage ließ sie auch da nicht los: War die Spurensicherung bei Lilli wirklich sorgfältig genug gewesen? Oder hatte Zöpfl sich zu wenige Fragen gestellt, weil einfache Antworten weniger Arbeit machten, und den Erkennungsdienst vorschnell abgezogen? Sophia konnte es nicht beurteilen. Zu dem Zeitpunkt hatte sie ihre Arbeit im Bogener Polizeirevier noch nicht begonnen, und Zöpfl hatte sie, trotz ihrer Erfahrung, auch nicht dabeihaben wollen. Hatte er damit demonstrieren wollen, dass er der Boss war, oder gab es noch einen anderen Grund für sein Verhalten? Dass er jemanden schützte? Nein, das konnte sie sich nicht vorstellen. Nicht bei zwei toten Mädchen.

Jedenfalls hatte Zöpfl auf diese Weise erreicht, dass sie, obwohl Mord ihr Aufgabengebiet gewesen war, den genauen Ablauf des Einsatzes nicht beurteilen konnte, und das machte sie nicht nur wütend, sondern beunruhigte sie.

Sophia wollte schon in die Straße einbiegen, die zum Revier führte, doch in letzter Sekunde überlegte sie es sich anders. Eine scharfe Kehrtwendung, dabei rammte sie fast ein entgegenkommendes Fahrzeug, und schon ging es zum Stadlhuberhof. Ihrem Instinkt zu folgen war immer ihre größte Stärke gewesen. Sie hatten ihr viel genommen, das würde sie sich nicht auch noch nehmen lassen.

Die letzten Meter zu der Wiese, die in Bogen nur noch Feuerwies'n genannt wurde, ging Sophia zu Fuß. Der Tatort war noch gesperrt. Das leise Flattern des Absperrbandes im Wind. Sonst war es still. Sogar die Vögel schienen ihr Zwitschern eingestellt zu haben. Sophia sah die Schatten nicht, aber sie waren da, als trüge die Natur Schwarz als Zeichen, dass auch sie um Lilli trauerte.

Tatorte hatten eine ganz eigene Atmosphäre. Vielleicht weil man wusste, dass genau hier die Geschichte eines Menschen zu Ende gegangen war. Freiwillig oder unfreiwillig, aber immer brutal. Deshalb würde sich Sophia auch nie an das merkwürdige Gefühl gewöhnen, das Tatorte in ihr auslösten.

Sie blieb stehen. Bewegte sich nicht. Sah sich um. Wieder die Frage ohne Antwort: Hatten sie wirklich so viele Informationen wie nur möglich aus alldem hier herausgelesen? Sämtliche Spuren akribisch gesichert? Nichts übersehen, das einen Hinweis auf den Mörder geben konnte, falls es ihn gab? Von dem sie, warum auch immer, sicher war, dass es ihn gab.

Wieder nur ein Gefühl. Keine Fakten. Das reichte nicht. In München wäre ein 3-D-Laser eingesetzt worden. Der Scanner arbeitete mit Laserstrahlen, die innerhalb von Minuten eine genaue Punktewolke erzeugten, aus denen sich dann ein 3-D-Bild generierte. So konnte man die Situation am Tatort einfangen, konservieren und immer und immer wieder im Polizeipräsidium rekonstruieren. Aus verschiedenen Perspektiven konnte man sich sogar darin bewegen. Jetzt blieben Sophia nur ihre Sinne und die Atmosphäre, die sie miteinbeziehen konnte. Sie nahm erneut Witterung auf.

Sophia stand weiter da, mit geschlossenen Augen visualisierte sie Lilli Gruber, so wie sie sie vom Balkon aus wahrgenommen hatte. Sie hatte ein dunkelgrünes Dirndl getragen mit weißer Bluse und dunkelroter Schürze. Wie war die Schürze gebunden gewesen? Links bedeutete – ledig. Anbandeln erlaubt oder sogar erwünscht. Rechts wiederum hieß, dass die Dirndlträgerin verheiratet oder zumindest liiert war. Flirtversuche also lieber bleiben lassen. Wie war Lillis Schürze gebunden gewesen, links oder rechts? Sosehr sich Sophia anstrengte, es kam kein Bild. Gleichzeitig sagte etwas in ihr, dass gerade diese Information wichtig war. Eine Botschaft an Basti: Ich bin frei von dir und werde es heute beim Wasservogelsingen ausnützen, oder: Ich fühl mich noch an dich gebunden. So schnell entkommst du mir nicht!

Sophia gab auf. Das Unterbewusstsein konnte man nicht zwingen, aber sie war sicher, dass es in ihr arbeitete und ihr zum richtigen Zeitpunkt die Antwort geben würde. Inzwischen nutzte sie die Zeit. Sie stellte sich Lilli vor, wie sie gemeinsam mit Antonia beim Wasservogelsingen gewesen war. Alles war gut. Sie hatten gelacht, Spaß gehabt, sich darauf gefreut, die Burschen mit dem Wasserschlauch nass zu spritzen, danach hatten sie alle zusammen mit dem jugendTAXI, einer Einrichtung, um die Kids sicher in den Club und wieder nach Hause zu bringen, nach Straubing ins »Tiefenrausch« fahren wollen, zum »Frühtanz« mitten in den Pfingstsonntag hinein. Bis auf Max, der einer der Träger der Langen Stang gewesen war und früh ins Bett wollte. Für Lilli und Antonia wäre allerdings schon um Mitternacht Schluss gewesen. Darüber hatte sich Lilli noch beschwert, Antonia war kurz abgelenkt gewesen, hatte sich umgedreht, rasch etwas mit Stirni, einem der Jungen, besprochen, sich wieder Lilli zuwenden wollen, doch da war Lilli schon nicht mehr da gewesen. Das Seltsame war obendrein: Niemand hatte sie weggehen sehen.

Weitermachen! Wer bist du, Lilli? Was wolltest du hier? Wie ging es dir wirklich an diesem Tag? War deine gute Laune aufgesetzt? War sie echt? Auch weil du innen drin schon Abschied genommen hast vom Leben? Und wenn ja: Warum? Lilli, warum?

Lilli war also sauer gewesen, dass sie nicht länger als bis Mitternacht feiern durfte. Das war das Letzte, was man von ihr wusste. Reichte das? War möglicherweise jemand zum Wasservogelsingen gekommen, vor dem Lilli davongelaufen war? Sophia verfolgte den Gedanken weiter.

Jemand kommt, Lilli sieht ihn, will vielleicht noch etwas zu Antonia sagen, Antonia redet jedoch gerade mit Stirni, Lilli läuft davon Richtung Wiese, der Jemand, vor dem sie davonläuft, nimmt die Verfolgung auf. Wer war es? Max? Mit oder ohne Droge? Mit oder ohne Wahnvorstellung? Max, immer wieder Max. Und Zöpfl weigerte sich, mit ihm zu reden, zog ihn nicht einmal als Täter in Betracht. Oder ein anderer Junge? Ein Mann? Eine Internetbekanntschaft, der Trost nach einer zerbrochenen Liebe? In diesem Fall musste es jemand gewesen sein, der Lilli Angst gemacht hatte, oder aber im positiven Sinn eine heimliche Verabredung. All das hatte sie schon einmal durchgespielt. Oder aber Lilli hatte alle getäuscht und sich tatsächlich umbringen wollen, warum auch immer.

In diesem Moment kam Sophia ein neuer Gedanke. Ein Gedanke, von dem sie sich fragte, weshalb er erst jetzt kam. Falls es Suizid gewesen war: Woher hatte Lilli den Benzin-kanister? Sie musste ihn schon vorher am Tatort versteckt haben. Und wenn sie es getan hatte, gab es vielleicht irgend-einen Hinweis darauf? Und wenn es den gab, dann würde sie höchstpersönlich den Erkennungsdienst anfordern, um noch einmal alles akribisch abzusuchen.

Sophia nahm sich die Wiese mit dem angrenzenden Wald-stück Zentimeter um Zentimeter vor. Erinnerte sich an die Keltenschalen, von denen Chris gesprochen hatte, als Zeichen einer Kultstätte, mit der Überlegung, ein Verrückter könne Lilli nach einem keltischen Ritual geopfert haben, suchte auch danach, fand wie erwartet nichts. Diese Vorstellung war zu weit hergeholt.

Suchte weiter. Nach irgendetwas. Die Sinne maximal geschärft, immer wieder den Kontakt zu Lilli aufnehmend. Es war, als stecke sie mit den Füßen und jedem Schritt Claims ab. Sie spähte hinter jeden Busch, den Holzstapel nahe am Waldrand, suchte hinter den Bäumen. Gab es irgendwo eine Spur, die bewies, dass genau hier ein Benzinkanister versteckt worden war? Allerdings war Sophias Hoffnung gering, tatsächlich etwas zu finden. Benzin war durchsichtig und hinterließ kaum Flecken, weil es schnell verdunstete.

Hannah blieb der Schlüssel. Sie musste mit Theres sprechen, vielleicht würde sie andere Fragen stellen als Zöpfl und daher von Theres auch andere Antworten erhalten, und wenn ja, wenn es nur den kleinsten Hinweis gab, dass Hannah ermordet worden war, dann würde sie, das schwor sie bei Gott, dann würde sie darauf bestehen, dass Zöpfl die Einsatzhundertschaft aus Straubing anforderte, dazu Hundeführer mit ihren Diensthunden, die noch einmal alles auf den Kopf stellten, und wenn es der halbe Bogenberg war.

Sophia lehnte sich gegen einen Holzstapel, stellte sich Lilli erneut vor, stellte sich vor, wie das in ihr vorging, was Chris an ihrem Passauer Abend so treffend beschrieben hatte: *Bei mir brennt es! Seht mich! Helft mir! Lasst mich nicht verbrennen. Muss ich mich erst anzünden, damit ihr aufwacht ...*

Sich in dich einfühlen, Lilli, keine Grenze mehr zwischen dir und mir. Ich höre auf, wo du anfängst, du fängst da an, wo ich aufhöre. Sie sah Lilli wieder vor sich. In ihrem hübschen Dirndl, das goldene Haar, perfekt geschminkt, mit dem Wunsch, später einmal nach München auf die Kosmetikschule zu gehen. Fort von den Eltern. Fort vom Großvater. Gab es jemanden in der Familie, der das hatte verhindern wollen? Dass Lilli wegging? Aus einer jungen Frau mit Brandnarben wurde keine Kosmetikerin. Eine junge Frau mit entstelltem Gesicht und Körper blieb für immer daheim. Ging in der Familie Gruber wirklich jemand so weit, der Tochter, der Enkelin so etwas anzutun, weil er nicht loslassen konnte?

Oder hatte ein anderer nicht loslassen können? War das das Motiv? Möglicherweise sogar Missbrauch? Der Großvater? Der Vater? Irgendein Onkel?

Wieder sah Sophia Lilli vor sich, hübsches Dirndl, goldenes Haar, leicht und fröhlich über die Wiese laufend, vielleicht irgendein Lied vor sich hersingend – sie hatte Avicii geliebt, das zumindest hatte der Großvater, Alois Gruber, erzählt, der Lilli besser zu kennen schien als irgendjemand anders aus der Familie. Im Dirndl war sie gelaufen, mit Avicii als Ohrwurm im Kopf, direkt ihrem schrecklichen Tod entgegen, mitten hinein in seine geöffneten Feuerarme …

Sophia hatte wieder den Liedtext im Kopf: Wecke mich auf, wenn alles vorbei ist, die ganze Zeit, in der ich versucht habe, mich selbst zu finden, wusste ich nicht, dass ich schon längst verloren war.

Hat das etwas zu bedeuten? Lilli, welche Bedeutung hatte der Song für dich? Hilf mir! Bitte!

Stille. Nur das Zwitschern der Vögel, das Flattern des Absperrbandes, Krähen. Ein Motorrad heulte irgendwo in der Ferne auf.

Sophia öffnete die Augen, tauchte wieder in die reale Welt ein und entdeckte Max genau an der Stelle, an der Lilli in Flammen aufgegangen war. Reglos stand er da und schien sie gar nicht wahrzunehmen, obwohl sie sicher nicht zu übersehen war. Langsam ging sie auf ihn zu. Max bewegte sich noch immer nicht, hob jetzt aber den Blick und beobachtete sie fast schicksalsergeben, bis sie vor ihm stehen blieb.

»Der Retter kehrt an den Tatort zurück.«

»Sie denken, dass ich es war.« Auch seine Stimme klang schicksalsergeben.

»Wie kommst du darauf?« Sophia zündete sich eine Zigarette an, bot ihm auch eine an. Er schüttelte den Kopf.

»So, wie Sie mich ang'schaut haben während der Wallfahrt. Ich hab mich kaum noch aufs Tragen von dera Kerzen konzentrieren können. Und wär ja auch fast schiefgegangen, zum Glück waren Sie da … Danke noch amal.«

»Und«, Sophia sog das Nikotin bis tief in die Lunge, blies den Rauch durch die Nasenflügel wieder aus, »warst du's?«

Statt einer Antwort begann Max mit dem rechten Fuß zu scharren, als suche er in der Erde nach etwas, das von Lilli übrig geblieben war.

»Habt ihr vielleicht was genommen?«, fuhr Sophia, sich einfühlsam gebend, fort. »Speed oder irgendeine andere Partydroge, und dann hat's plötzlich klick gemacht in deinem Kopf?«

»Und das Benzin hab ich auch gleich mitgebracht, oder was?« Max scharrte jetzt mit dem linken Fuß, hielt den Kopf gesenkt.

Das war genau der Punkt, über den sich auch Sophia den Kopf zerbrach. Die Tat musste vorbereitet gewesen sein. Keine spontane Aktion. Dennoch blieb sie vorerst dabei.

»Vielleicht hast du was konsumiert, das die Angst nimmt. Die Kerze zu tragen bedeutet eine Menge Verantwortung. Wer sie fallen lässt, ist unten durch. Von einem Tag zum anderen gehört man nicht mehr dazu.«

»Sie wissen Bescheid.«

»Das tue ich, Max!«

»I hab koa Angst g'habt. I hab trainiert.«

»Aber offenbar nicht genug, um am Abend danach das Wasservogelsingen durchzuhalten. Oder warum wolltest du, dass es vorverlegt wird?«

»A spontane Idee. Weil's uns scho den ganzen Tag irgendwie langweilig g'wesen is.«

»Die Disco hätte doch auch gereicht.«

»Ich wollt früh ins Bett.«

»Jemanden zu verbrennen«, fast überfallartig wechselte Sophia das Thema, »heißt auch, dass man damit Aufmerksamkeit erregen will. Beim Wasservogelsingen sind alle da.«

»Am Sonntag hätt ich damit genauso viel Aufmerksamkeit g'habt, oder nicht? Ich war's nicht.« Er hob den Kopf, sein Blick wurde flehend. »Und es war genau so, wie ich's g'sagt hab. I hab die Lilli nur retten wollen.« Als könne er seiner

Aussage dadurch mehr Nachdruck verleihen, hörte er mit dem Scharren auf, stand ganz still.

»Du nimmst keine Drogen, und der Lilli hast du auch nichts gegeben?«

»Nein, wie oft denn noch?«

»Mit einem Drogentest bist du einverstanden?«

»Von mir aus. Kann ich jetzt gehen?«

»Okay. Ich meld mich bei dir, oder noch besser, du kommst einfach aufs Revier.«

Max nickte, wollte sich schon abwenden, drehte sich dann doch noch einmal zu Sophia um. »I krieg seitdem koa Aug mehr zu. Und wenn doch, dann seh ich sie wieder vor mir, wie sie brennt, die Lilli, und ich hör, wie sie schreit.«

Alles in ihm war in diesem Moment ein Ruf nach Hilfe. Sophia schluckte. Am liebsten hätte sie den Jungen in den Arm genommen. Hielt sich zurück. »Wir sehen uns auf dem Revier.«

Max nickte, ging, Sophia sah ihm nach und fasste dabei mehrere Entschlüsse. Zunächst würde sie noch einmal alle Akten einsehen, vor allem die von Hannah Buchecker, danach würde sie mit Lillis Familie reden, auch um herauszufinden, was Hannah und Lilli verbunden hatte, ob es gemeinsame Bekanntschaften gegeben hatte. Hier kam sie vorerst nicht weiter. Außerdem war es an der Zeit, in die Dienststelle zu fahren. Vermutlich würde ihr Zöpfl einen Anschiss verpassen, der sich gewaschen hatte, weil sie, ohne sich abzumelden, eineinhalb Stunden lang von der Bildfläche verschwunden gewesen war. Sophia wusste nicht, weshalb es ihr so schwerfiel, Autorität und ganz normale Regeln zu akzeptieren. Sie wusste, was sie tat, und was sie tat, machte sie gut. Das allein zählte.

Sophia öffnete den Streifenwagen mit dem automatischen Türöffner, wollte schon einsteigen, doch in diesem Moment hatte sie das Bild klar vor Augen. Lillis Dirndlschürze. Nicht links war sie gebunden gewesen, auch nicht rechts, sondern in der Mitte, das bedeutete … Sophia hielt den Atem an. Wenn sie dieses Bild nicht trog, wenn es die Realität gewesen war, dann hatte sie einen ersten, sehr ernst zu nehmenden Hinweis.

Lilli Gruber war noch Jungfrau gewesen.

Und das bei einem Mädchen, das sich den begehrtesten Jungen aus Bogen geschnappt hatte und ein ganzes Jahr mit ihm zusammen gewesen war. Sophia war sicher, mit dem Binden der Schürze war Lilli nicht nur einer alten Tradition gefolgt, sie hatte etwas demonstrieren wollen, hatte beim Wasservogelsingen ihre Unberührtheit praktisch wie das Pausenmädchen früher auf einem Schild vor sich hergetragen. Alle sollten wissen, dass sie und Sebastian Faltermeier keinen Sex hatten.

Die Frage war nur: Warum? Und: Warum hatten zwei junge, verliebte Menschen nicht miteinander geschlafen?

Und was hatte Lilli damit bezweckt, dass alle davon erfuhren?

Auf diese Weise.

Nicht einmal ihre beste Freundin hatte offenbar davon gewusst.

Interessante Fragen.

Sebastian Faltermeier würde sie ihr alle beantworten müssen.

Sophia setzte sich hinter das Steuer, ein kurzer Blick auf ihr Diensthandy, das sie auf dem Beifahrersitz liegen gelassen hatte, zehn Anrufe von Zöpfl. Mit dem Wissen, dass es in Kürze für sie ziemlich unangenehm werden würde, wollte sie sich gerade hinter das Steuer des Streifenwagens setzen, als ein markerschütternder Schrei sie davon abhielt. Er kam vom Stadlhuberhof. Es war Veronika Stadlhuber, die um Hilfe schrie.

26

Sophia ging zu Fuß. Sie liebte inzwischen die kleinen Fuß-
märsche, die sie jeden Tag um ein paar Minuten mehr ausdehnte, weil sie dadurch zur Ruhe, zumindest für kurze Zeit
ganz bei sich ankommen konnte. In der Nachttischschublade
hatte sie neben der Bibel einen Spruch von Karl Valentin entdeckt: »Heute gehe ich mich mal besuchen, mal sehn, ob ich
zu Hause bin.« Sie hatte in einem kleinen Bogener Laden,
der darauf spezialisiert war, einen Rahmen dafür anfertigen
lassen und ihn neben die handbemalte portugiesische Rauchschwalbe gestellt mit all ihren winzigen Narben, die geblieben
waren, nachdem Sophia sie Stück für Stück wieder zusammengesetzt hatte.

Es war die Natur, in der Sophia inzwischen die Muse fand,
sich zu besuchen, wobei sie auch da meist in Gedanken woanders war als ganz bei sich. Die Ruhe tat ihr gut. Was sie nie
für möglich gehalten hätte: Allmählich hörte sie sogar auf,
München zu vermissen. Sie rauchte und trank weniger.

Möglicherweise lag es auch daran, dass sie auf die vierzig
zuging. Denn eins stellte sie fest, wenn sie bei sich selbst auf
Besuch war: Sie fing an, sich alt zu fühlen.

Der Weg zu Theres' Waldlerhäusl begann am linken Donau-
ufer. Hügelauf, hügelab, an Juniwiesen vorbei, immer öfter zu
sehen in ihrer ganzen Pracht, um die Bienen wieder anzusie-
deln, die schon fast verschwunden gewesen waren. Margeriten,
Kornblumen, Clematis, die Nachtkerze und wie sie noch alle
hießen. Die Mutter hatte ihr auf langen Streifzügen durch die
Natur die Welt der Kräuter und der Pflanzen erklärt. In Sophia
machte sich plötzlich die Wehmut breit und wie fast jeden Tag
die Sehnsucht nach ihren Kindern.

Nach etwa einem Kilometer erreichte sie den Wald und seinen Hohlweg, der sie in all seinen Farben – Rostrot, Schwarz,
Grau und Grün – an einen Tunnel erinnerte. Zum Glück war

Antonias Aktion vor zwei Tagen glimpflich ausgegangen. Antonia, die betrunken versucht hatte, aus der Dachluke zu klettern mit der Drohung, zu springen. Sie wurde wegen des Kusses von Sebastian nicht nur gemobbt, es waren auch Aktfotos von ihr ins Netz gestellt worden.

Veronika Stadlhuber war völlig aufgelöst gewesen, über die Fotos und über Antonia, die sich aus Sophias Zimmer, das stets unverschlossen war, die noch volle Flasche Ginjinha geholt und den Kirschlikör, der immerhin zwanzig Prozent Alkohol beinhaltete, in ihrem Zimmer geleert hatte. Als Sophia sah, wie ausgelassen Antonia, mit den Füßen baumelnd, die Flasche hin- und herschwang, war sie kurz wütend geworden. Der portugiesische Likör war zu kostbar, um ihn auf diese Weise zu verschwenden. Den Ginjinha genoss man, den schüttete man sich nicht durch die Kehle, um sich danach umzubringen. Antonia hätte sich auch von irgendwoher einen anderen Schnaps besorgen können.

Allerdings hatte sich Sophia sehr schnell zur Ordnung gerufen. Hier ging es um wesentlich mehr als um ihren kleinen, geliebten, sie in ihren Träumen nach Portugal versetzenden Entspannungsschluck. Sie begann, auf Antonia einzureden, sie solle keinen Blödsinn machen, man werde herausfinden, wer für die Aktfotos verantwortlich sei. Derjenige würde vor Gericht kommen und bestraft werden, da das Verbreiten erotischer Fotografie von Minderjährigen verboten war. Versprochen. Eines solchen Idioten wegen solle Antonia doch nicht riskieren, sich sämtliche Knochen zu brechen – für den Tod war der zweite Stock nicht hoch genug, für ein Leben im Rollstuhl, im schlimmsten Fall vom Hals abwärts gelähmt, jedoch schon.

Sie hatte Antonia weder damit erreicht noch mit dem Versprechen, denjenigen zu finden und zu bestrafen, der ihr so etwas antat. Antonia hatte Sophia nur ausgelacht und gemeint, es sei ihr doch scheißegal, wer sie nackt sähe und wer nicht, es gehe ihr allein um Lilli, offenbar sei die Kommissarin sogar zu blöd, das zu kapieren, kein Wunder, dass der Mörder von

Lilli noch frei herumlief. Ihn zu finden, auch das habe Sophia ihr versprochen. Sie sei eine Versprechenbrecherin, das sei sie.

Sie hatte noch einmal gelacht, die Flasche nach ihr geworfen und ihre Mutter nur knapp am Kopf verfehlt. Während Veronika Stadlhuber geistesgegenwärtig zur Seite sprang, war Sophia ein Wort durch den Kopf geschossen: Sexting! Konnte es sein, dass Antonia und Lilli zu den Mädchen gehörten, die ihre Erotik ins Netz stellten? Dieses gefährliche Spiel um Aufmerksamkeit, Anerkennung, Identität ohne jede Scham, ohne jedes Bewusstsein dafür, wie falsch das war und dass sie das ein Leben lang verfolgen konnte, weil das Netz nicht vergaß? Und dass jemand nun seinen Nutzen daraus gezogen hatte, um sie Bastis wegen zu mobben, so wie ja schon andere damit angefangen hatten?

Du darfst mich anschauen, aber nicht anfassen. Sieh her, wie schön ich bin. Eine Demonstration weiblicher Macht über den vom Testosteron gebeutelten Mann, die, kam man an den Falschen – Sophia erinnerte sich an einen ihrer letzten Münchner Fälle –, tödlich enden konnte.

Sie beschwichtigte Antonia weiter, redete auf sie ein, doch es war schließlich Sebastian Faltermeier, der diesmal ohne Feuerwehr angerückt kam und Antonia mit sanften, einfühlsamen Worten dazu brachte, sich wieder von der Dachluke zu entfernen.

✳✳✳

Sophia war, als sie durch den Wald auf Theres' Haus zuwanderte, so in Gedanken, dass sie fast mit dem Körper gegen das Brett knallte, das unvermittelt vor ihr auftauchte. Mannshoch und sie somit überragend, weiß gestrichen, überdacht und mit einer Inschrift: »Wer verrückt ist, bleibt. Wer klug ist, geht woandershin … Zum Andenken an den ehrengeachteten Herrn Josef Seeliger«.

Sophia atmete tief durch. Das erste Totenbrett seit ihrer Ankunft in Niederbayern, leuchtend im dämmrigen Grün des Waldes. Sie umrundete es, ging weiter, und als sie sich nach ihm umdrehte, erschien es ihr wie ein weiß gekleideter Mensch oder fast wie der Geist desjenigen, für den es vor vielen Jahren zurechtgesägt und bemalt worden und auf dem er in der Stube aufgebahrt worden war, damit alle von ihm Abschied nehmen konnten. Die Familie. Die Nachbarn. Das ganze Dorf. Der Bayerische Wald mit seiner Mystik war schon ein eigenartiger Ort.

»Ehre die Totenbretter«, hatte ihre Großmutter ihr beigebracht, »denn die toten Seelen sind noch gegenwärtig, solange ihr Brett steht.«

Sophia bückte sich, pflückte ein paar Margeriten und Butterblumen, opferte ihre Wasserflasche, kehrte zu dem Totenbrett zurück und stellte die Wasserflasche mit den Blumen vor ihm ab. Es war das erste Mal, dass sie mit einem inneren Lächeln an ihre Großmutter dachte. »Verzeihen können ist eine Gnade«, auch das hatte sie ihr immer und immer wieder gesagt. Und doch war sie gestorben, ohne dass Sophia ihr verziehen hatte. Sie war nicht einmal zum Abschiednehmen da gewesen. Traurigkeit stieg in Sophia auf, etwas, das sie nicht erwartet hatte.

Aber da war noch etwas anderes. Sie verstand plötzlich, was sie bisher noch nie und unter keinen Umständen zugegeben hatte. Sie verstand, dass nicht nur die Großmutter Fehler gemacht hatte, sondern auch ihr Vater, der unangepasst geblieben war, weil es einfach nicht gepasst hatte zwischen ihm, dem portugiesischen Schöngeist, und dem Bayerischen Wald mit seiner derben Sprache und dem eigenen Menschenschlag, sehr direkt, härter erscheinend, als er tatsächlich war, bis hinein ins Unhöfliche, was selten so gemeint war, und dem ganz eigenen Humor. Manch einer nannte den Waldler auch charakterstark.

Ihre Großmutter, zweifelsohne, hatte ein starkes, ja unbeugsames Wesen gehabt, und ein Mann wie Tiago Alvarez war für sie außerhalb jeder Vorstellungskraft gewesen. Wahrscheinlich war sie am Ende ebenso verzweifelt gewesen wie er, der Portugiese auf Europatrip, der irgendwann auf dem Hof gelandet war, um sich bei der Heuernte ein paar Mark zu verdienen. Der sich dann jedoch verliebt hatte, Vater geworden und geblieben war. Und die Mutter immer und ständig irgendwie dazwischen, mit dem Versuch, es allen recht zu machen, dem Mann, der Mutter, dem Kind, was ihr nicht gelungen war, weil es nicht gelingen konnte. So war sie still geworden, die Annemarie Alvarez, geborene Hochbichler, und hatte den Dingen und vor allem ihrer Ehe ihren Lauf gelassen.

Sophia blieb stehen. Der Wald rauschte, schmatzte und knackte. Tiago war gegangen, ohne sich von seiner Tochter zu verabschieden. Ihre Großmutter war gegangen, ohne dass sich Sophia von ihr verabschiedet hatte.

»Der Tod ist wie das Leben selber, vergiss das nie, Sophia«, hatte die Großmutter so oft gepredigt, dass Sophia die Worte, jetzt, wo sie bei jedem Schritt weiter an sie dachte, sofort wieder parat hatte: »Er ist etwas, das einem gegeben wird. Man muss ihn nur recht verwalten – und so, wie es der Brauch ist. Man kann nicht darüber bestimmen, aber all das, was man tut, was man denkt, wirkt doch darauf ein. Mit jedem Augenblick hat man die Verantwortung für das Sein, für alles, was ist in der Welt. Und die Seelen der Toten sind noch in der Welt. Man kann ihnen Gutes tun und ihnen Leid zufügen …«

Waren es die Worte ihrer Großmutter gewesen, die sich in ihr verwurzelt hatten, sodass sie gar nicht anders konnte, als Polizistin zu werden, oder, was ihre Mutter vermutete, hatte sie wiedergutmachen wollen, was ihre Großmutter dem Vater vermeintlich angetan hatte? Zur Mordkommission ging man nicht einfach so. Die Arbeit bei der Mordkommission war eine tägliche Verabredung mit dem Tod. Das Versprechen, den Toten nicht noch mehr Leid zuzufügen, indem man ihre Mörder davonkommen ließ. Gutes zu tun. Freier Mensch? Freier Wille? Oder einfach nur das Resultat von all dem, was seit Jahrhunderten mit den Genen weitergegeben, in der Kindheit von allen Seiten in einen hineingeflüstert worden war?

Sophia gefiel die Vorstellung nicht, sie schüttelte sie ab wie einen Troll, der ihr von hinten in den Nacken gesprungen war und sich festkrallte. Der Preis, den man für diesen Beruf zahlte, war zu hoch, um sich auf die Gene herauszureden.

Ihre Gedanken kehrten zu Sebastian zurück, dem Verführer, an dessen Hand Antonia ganz weich geworden war, geschmolzen wie Eis in der Sonne. Warum hatte Lilli ihm standgehalten, wenn es doch keine andere konnte? Sie war doch in ihn verliebt gewesen, verdammt ... Warum war sie noch Jungfrau gewesen? War sie überhaupt noch Jungfrau gewesen? Oder hatte sie ihm einfach in der Öffentlichkeit eins auswischen wollen, weil er mit ihr Schluss gemacht hatte? Aber ausgerechnet so? Da gab es doch ganz andere Möglichkeiten.

Sophia rief sich die Situation auf dem Stadlhuberhof erneut in Erinnerung, als Antonia wieder festen Boden unter den Füßen hatte.

»Mir sind doch die Fotos scheißegal!« Antonia hatte geweint, nachdem Basti sie sanft dazu gebracht hatte, sich neben ihn auf die Bank vor dem Haus zu setzen. »Soll doch jeder sehen, wie ich nackt ausschau. I war ned da, als sie mich braucht hat, das ist das Schlimme, und die anderen haben recht, wenn sie mir jetzt Vorwürfe machen. Nicht die anderen, i war ihre beste Freundin.«

Basti hatte ihr Gesicht in beide Hände genommen. »Des is a Schmarrn, was du grad sagst.« Beschwörend hatte er sie angesehen. »Wenn jemand verantwortlich ist, Toni, dann bin das ich ... Ich hätt einfach nicht mit der Lilli Schluss machen dürfen, so labil, wie sie in der letzten Zeit war ...«

»Warum hab i nix davon g'merkt, Basti? Wie hat das sein können, dass i nix davon g'merkt hab?« Sie hatte den Kopf an seine Schulter gelehnt, und er hatte sie gehalten. Ebenfalls verwirrt und ratlos. Beide so jung. Kindergesichter. Nach all dem Schrecklichen nach einer Möglichkeit suchend, irgendwie weiterzumachen.

Bei ihrem Anblick war Sophias Herz groß geworden und

weit. Gleichzeitig überlegte sie, wie wichtig es war, immer und immer wieder die Perspektive zu wechseln, sich die Menschen von allen Seiten anzuschauen. Fragen waren aufgetaucht, die Sophia beantwortet haben wollte. Sofort.

Sie hatte Veronika Stadlhuber einen schnellen Seitenblick zugeworfen und sie gefragt, ob sie Sebastian und Antonia kurz allein sprechen könne. Veronika zogerte, nickte schließlich und meinte, sie werde eine Limonade für alle machen. Sie war ins Haus gegangen, und Sophia betrachtete Antonia und Sebastian, die nebeneinander auf der Bank saßen. Antonia war zwar noch ziemlich blass um die Nase, wirkte aber irgendwie ernüchtert. Sophia hoffte, dass sie von ihr trotz der Umstände vernünftige Antworten erhalten würde. Die Zeit drängte. Wenn es einen Mörder gab und Lilli nach Hannah das zweite Opfer gewesen war, war die Gefahr, dass er weitermachen würde, groß.

Sophia zog sich einen Gartenstuhl heran, setzte sich gegenüber, sah die beiden aufmerksam an, sagte erst einmal nichts. Nicht, weil sie verunsichern wollte, eher weil sie auf der Suche nach einer Taktik war, mit der sie schnell und präzise weiterkam. Sebastian und Antonia waren jung und die Fragen, die sie ihnen gleich stellen würde, intim und daher heikel. Auf raffinierte Fangfragen würde sie daher verzichten, aber sie wollte mütterlich klingen, durch Wärme Vertrauen schaffen. Sie sah Antonia an, und dann kam die Frage so schnell und überraschend wie der Biss einer Schlange. »Habt ihr, du und Lilli, Sexting gemacht?«

Die Wirkung war wie von ihr erwartet. Antonia zuckte zusammen und warf ihr einen ungläubigen Blick zu. »Sex-was?«

»Habt ihr erotische Bilder von euch ins Netz gestellt?«

Antonia und Sebastian wechselten einen raschen Blick, den Sophia nicht zu deuten wusste, aber Antonias Stimme klang aufrichtig entrüstet. »Sind Sie total überg'schnappt? So ein Schmarrn! Wollen Sie jetzt die Lilli auch noch im Tod schlechtmachen?« War sie noch nicht ganz nüchtern gewesen, so war sie es jetzt. »Die Lilli war anständig. Und i hab so was auch ned nötig. I bin doch koa Schnoin!«

»Ich glaub, das geht jetzt zu weit!« Sebastian war nicht entrüstet, er spielte sich auf. Etwas, das Sophia vor allem an jungen Burschen überhaupt nicht leiden konnte. Sie beachtete ihn nicht, konzentrierte sich jetzt sehr bewusst auf Antonia.

»Ich hab nicht gesagt, dass ihr Huren seid, ich frag mich einfach nur, wie Fotos, auf denen du nackt bist, in Umlauf gekommen sind.«

»Woher soll ich das wissen?«

»Hat jemand sie von dir haben wollen? Habt ihr euch einen Spaß machen wollen, du und die Lilli? Als ich jung war, haben wir die Jungs auch gern heiß gemacht, und dann war doch nichts … Das Spiel ist nicht neu, Antonia, aber du musst mir helfen, wenn ich dir helfen soll. Du musst kooperieren.« Sophia fragte sich später, wieso sie diesen einen Schritt, den sie zu weit gegangen war, übersehen hatte. Antonia war noch dabei, sich zu verteidigen, sie habe keine Nacktfotos gemacht, als Sebastian mit zum Faustschlag erhobenem Arm aufsprang.

»Basti!« Antonia schrie auf.

Sebastian fuhr die Faust aus. Sophia bereitete sich schon zur Gegenwehr vor, als etwas ihn stoppte und die Faust, gerade noch bedrohlich, schlaff am Ende seines Armes hing.

»Sorry«, sagte er nur, »tut mir leid, die Nerven. Ist alles viel zu viel in der letzten Zeit.« Er setzte sich, Antonia hörte nicht auf, seine Hand zu streicheln, und sprach dabei leise und unaufhörlich auf ihn ein. Sophia bemühte sich, etwas davon zu verstehen. Vergeblich.

»Was war denn das grad?« Erst jetzt bemerkte Sophia Veronika Stadlhuber, die durch das Geschrei beunruhigt aus dem Haus gelaufen war.

Sophia fragte sich ebenfalls, was das gerade gewesen war, doch nun setzte sie ihre Maske der Verständnisvollen auf. »Nichts. Sebastian hat schon recht, bei alldem in letzter Zeit können einem schon mal die Nerven durchgehen.«

»Danke!« Sebastian versuchte ein Lächeln, wirkte aber

dennoch, als sei er selbst sehr über sich erschrocken. »Es tut mir wirklich leid.«

»Schon gut.« Sophia wandte sich wieder an Antonia, wobei sie Sebastian allerdings im Augenwinkel behielt. »Also, Antonia, noch einmal zu den Fotos.«

Doch es war Veronika Stadlhuber, die darauf einging, während sie das Tablett mit vier Gläsern und der Limonade vom Fensterbrett nahm, das ihr offenbar von der Küche aus als Durchreiche diente. Dabei sah sie Sophia mit einem Gesichtsausdruck an, den diese nur vor Gericht von Verteidigern kannte, die ihrem Mandanten auf Teufel komm raus einen Freispruch verschaffen wollten. »Ich hab mitbekommen, was Sie meinem Kind vorwerfen, ohne sich die Fotos überhaupt angeschaut zu haben. Zeig der Frau Kommissarin die Fotos, Antonia.«

Sophia verzichtete darauf, Veronika Stadlhuber erneut darauf hinzuweisen, dass sie diesen Rang nicht mehr innehatte, doch allein dass Veronika ihn aussprach, tat weh. Antonia sah Basti an. »Du hast sie doch auch gekriegt ... Zeig sie her.«

»Bist du sicher?«

Antonia lachte kurz und freudlos auf. »Sie ist nicht die Erste, die sie sieht ... Jetzt mach scho.«

Sebastian rief sein WhatsApp auf, reichte Sophia das Handy. Sophia warf einen schnellen Blick auf die Bilder und schaute Antonia ungläubig an.

»Is jetzt klar, dass i des ned war?« In Antonias Stimme lag kein Triumph, sie klang nur irgendwie sehr verloren.

Sophia schluckte. »Schaut so aus, als ob dich jemand beim Schlafen fotografiert hätte ...«

»I schlaf halt gern ohne was im Sommer.«

»Die Decke hat sie scho als Kind immer weggestrampelt.«

Es dauerte einen Augenblick, bis sich Sophia wieder gefangen hatte, sie bemerkte aber auch, wie Sebastian ihre vermeintliche Niederlage zu genießen schien, so als habe er den Trumpf ausgespielt und nicht Veronika Stadlhuber. Sophia runzelte die Stirn leicht in seine Richtung, wandte sich aber an Antonia. »Warum hast du mir das nicht gleich gesagt, dass die Fotos heimlich gemacht worden sind?«

»Sie ham doch gleich mit dem Sextingzeug ang'fangen … haben mir unterstellt, dass ich …« Sie fing an zu weinen.

Sebastian wischte die Tränen zärtlich mit dem Zeigefinger ab, reichte ihr, als sie nicht aufhörten zu fließen, ein Papiertaschentuch.

»Okay.« Sophia nickte. »Dann wäre das geklärt, und damit komme ich noch zu zwei weiteren Fragen.«

27

Sophia holte tief Luft. Der würzige Geruch des Waldes reinigte die Atemwege und machte auch den Kopf klar. Sie fragte sich, wann Theres' Waldlerhaus endlich auftauchen wurde.

War Lilli Gruber noch Jungfrau gewesen, das war ihre erste Frage an Antonia und Sebastian gewesen, oder hatte sie die Dirndlschürze nur zum Spaß in der Mitte gebunden? Und, das war eine ebenfalls sehr wichtige Information, hatten Antonia und Sebastian Hannah Buchecker, die Tochter von der Bäckerei Buchecker, gekannt? Möglicherweise führten die beiden Antworten zu einer dritten Frage, die vermutlich weder Lilli noch Sebastian beantworten konnten: Wer konnte sich extra eine Leiter besorgt haben, um nachts zu Antonias offenem Fenster hinaufzuklettern und die Fotos zu schießen? Die Perspektive zeigte eindeutig, dass die Fotos von draußen gemacht worden waren, da noch ein Teil des Fensterrahmens darauf zu sehen war. Wer tat Antonia so etwas an und warum? Nur weil sie Basti geküsst hatte? Rief das in anderen wirklich so niedrige Instinkte hervor, dass sie so weit gingen? Oder war es jemand, der sich nach Lillis Tod Hoffnungen auf Sebastian gemacht hatte, oder aber jemand, der einfach nur auf Antonia stand und sich jetzt an ihr rächte, weil sie mit Basti zusammen war?

Je mehr sie sich mit dem Fall beschäftigte, desto verworrener wurde er, das zumindest war Sophias Eindruck – und, dass es scheiße war, ohne Team zu arbeiten. August Ertl hätte sich allerdings allein schon bei der Vorstellung, dass Sophia so etwas überhaupt denken konnte, amüsiert. Er hätte vermutlich gesagt: »Der Bayerwald, Alvarez, ich hab's gewusst, der tut Ihnen gut.«

✳✳✳

Sophia schüttelte den Gedanken an Ertl ab, ging weiter über den Waldboden, der so weich war, dass er jeden ihrer Schritte zu formen schien.

Die zweite Frage, die Sophia ihr gestellt hatte, die nach Hannah, hatte Antonia schnell beantwortet. Die Hannah habe sie zwar persönlich nicht gekannt, sie sei älter gewesen als sie, habe schon gearbeitet, aber sie sei eine gewesen, von der es hieß, dass sie leicht herging, der hätte sie »so a Sextingzeug« jederzeit zugetraut.

»Und der Unfall, weißt du da mehr darüber?«, hatte Sophia nachgehakt.

»Ich weiß nur, dass sie am Bogenberg mit irgendeinem Typen gesoffen hat und dann abgestürzt ist. Schon blöd, aber irgendwie auch selbst schuld …«

Sophia ging auf Antonias unbarmherzige Haltung gegenüber Hannah nicht ein, horchte auf. »Sie war nicht allein?« Enttäuschung machte sich in ihr breit. Sie hatte Theres' Aussage zu viel Wert beigemessen. Es war offenbar nichts Neues und daher von Zöpfl sicher schon weiter untersucht worden.

»Wenn sie da oben war, war immer einer dabei«, kam Sebastian Antonia zur Hilfe. »Und der Schnaps auch.«

»Wisst ihr das, oder vermutet ihr das nur?«

»Nix Genaues weiß man nie nicht«, scherzte Sebastian, und Sophia warf ihm einen strafenden Blick zu. Sein Grinsen verschwand augenblicklich. »Sorry.«

»Dann wisst ihr nichts, sondern vermutet es nur?«

»Warum?« Antonia mischte sich wieder ein. »Warum wollen Sie das eigentlich alles wissen? Was hat die Hannah mit der Lilli zu tun?«

Sophia antwortete nicht, es gehörte zu ihrer Taktik, diejenigen, die sie vernahm, schmoren zu lassen, sodass sie nervös wurden. Nur war das keine Vernehmung. Es waren einfach nur Fragen.

»Und die Lilli? Ich weiß noch immer nicht, warum sie ihre Schürze so gebunden hat.« Diesmal wandte sie sich direkt an Sebastian.

Stille. Antonia sah Sebastian an, als erhoffe auch sie sich von ihm eine Antwort. Doch Sebastian reagierte nicht.

»Jetzt sag doch was, Basti.« Offenbar konnte Antonia sein Schweigen nicht mehr länger ertragen. »Sag der Frau Alvarez, was du mir g'sagt hast.«

Das Leben kehrte in Sebastian zurück. »Sie wissen noch immer nicht, warum sie die Schürze so gebunden hat ...«

»Deswegen hab ich dich gefragt.«

Unsicherheit wischte über sein Gesicht, war da und sofort wieder verschwunden. »Die Lilli war noch ned so weit«, antwortete er, betrachtete seine Hände, als wüsste er nicht, wohin damit, rieb sie kurz gegeneinander. »Sie hat immer g'sagt, dass sie noch Zeit braucht.« Er verschränkte die Arme. »Die hab ich ihr gelassen, bis ...«

»Dann war sie also wirklich noch Jungfrau?«

Veronika Stadlhuber hatte lange geschwiegen. Jetzt griff sie wieder ein. »War sie, und irgendwann ist es dem Basti, trotz allem Verständnis, doch zu lang geworden, so ohne Sex. Normal bei einem jungen Mann.«

»Stimmt.« Er löste die Arme wieder.

Sophia beobachtete ihn genau. »Deshalb hast du mit ihr Schluss gemacht.«

»Stolz bin ich nicht drauf, aber so war's.« Er lehnte sich kaum merklich zurück. Sophia hätte ihm vielleicht sogar geglaubt, es war nichts Besonderes, dass sich ein junger Mann trennte, wenn das Mädchen, mit dem er zusammen war, die eiserne Jungfrau spielte. Warum auch immer. Es gab viele Gründe dafür. Dass er doch nicht der Richtige war, Verklemmtheit, Missbrauch ... Ja, sie hätte Sebastian Faltermeier tatsächlich geglaubt, wenn er nicht all die Fehler gemacht hätte, die einen Lügner entlarvten. Erkennen zu können, wenn jemand log, hatte sie zur Meisterin der Vernehmung gemacht.

28

Sophia hatte Basti und Toni Veronika Stadlhuber überlassen und war zufrieden über den winzigen Schritt, von dem sie glaubte, dass sie ihn weitergekommen war, ins Revier gefahren. Wie erwartet hatte Zöpfl sie sofort in sein Büro beordert. Sie war jedoch schneller gewesen als er, hatte ihm von den Fotos im Internet erzählt und von Antonias gefährlichem Dachluken-Balanceakt. Entschuldigt dafür, dass sie ihn nicht zurückgerufen hatte, hatte sie sich nicht.

Als Antwort hatte Zöpfl sie nur lange angesehen, gemeint, Antonia Stadlhuber solle wegen der Aktfotos Anzeige gegen unbekannt erstatten, und beschlossen, dass heute wohl nicht der richtige Tag für ihren Einstand sei, der vermutlich gleich mit ihrem Ausstand zusammenfallen würde, wenn sie so weitermache. Seine Stimme war dabei nicht unfreundlich gewesen, eher so, als habe er sich schon damit abgefunden, dass Sophia nur eine vorübergehende Erscheinung im Bogener Polizeirevier sein würde.

Sophia war gegangen, hatte Fritz Büchlein, der nicht nur Kontaktbeamter war, sondern auch Spezialist, wenn es um Internetkriminalität ging, gebeten, die IP-Adresse desjenigen herauszufinden, der die Fotos von Antonia ins Internet gestellt hatte, hatte die Uniform in den Spind gehängt, die Waffe in den Tresor gelegt, war gegen vierzehn Uhr, eine Stunde nach dem offiziellen Ende der Frühschicht, nach Hause gefahren, hatte sich hingelegt, war um siebzehn Uhr wieder aufgestanden und hatte Chris' Telefonnummer gewählt, um ihn zu fragen, ob er Lust auf ein gemeinsames Abendessen habe.

Chris hatte nicht abgehoben, sie hatte nicht auf den AB sprechen wollen, und so hatte sie sich gegen siebzehn Uhr dreißig allein ins Wirtshaus Engerling am Stadtplatz gesetzt. Der Sohn vom Wirt, Rost, von oben bis unten tätowiert, hatte sie bedient, und sie hatte sich den Schweinsbraten mit Semmelknödeln und ein dunkles Bier schmecken lassen. Nachdem sie Emmas und Raffas Fotos auf dem Nachttisch geküsst hatte, war sie um zwanzig Uhr eingeschlafen. Um zwanzig Uhr dreißig hatte das Telefon geläutet. Es war Chris, der zurückrief und sich erkundigte, ob er etwas für sie tun könne. Auf die Schnelle fiel Sophia nichts anderes ein, als ihn zu bitten, ihr bei Gelegenheit den Wackeldackel vorbeizubringen. Chris versprach es, machte aber keine Anstalten, sich richtig mit ihr zu verabreden. Sophia legte auf und lag bis vier Uhr morgens mit dem Wissen wach, dass um fünf Uhr der Wecker klingeln und sie mit seinem ohrenbetäubenden Geräusch zum Frühdienst jagen würde. Doch der Anruf von Chris kam dem Wecker zuvor. Kurz bevor dieser läutete, rief er an, um Sophia zu sagen, dass ihm gerade etwas eingefallen sei und er sie unbedingt sprechen müsse.

Fünfundvierzig Minuten später stand er mit Wackeldackel, einer Thermoskanne mit Kaffee und zwei Butterbrezen auf dem Hof. Sie zogen sich mit zwei Klappstühlen in den Troadkasten zurück, um, da nun auch der Hof allmählich zum Leben erwachte, ungestört zu bleiben. Chris mit in ihr Zimmer mit dem ungemachten Bett zu nehmen erschien Sophia in diesem Moment als zu intim.

»Also, was ist dir so Wichtiges eingefallen?« Alles in Sophia war schlagartig angespannt. Es war ein kühler Morgen. Der Nebel lag noch über den Wiesen und Feldern, und es tat gut, sich an der Tasse mit dem starken, heißen Kaffee innen und außen zu wärmen.

»Einige Tage vor Lillis Suizid war jemand auf der Verbrennungsstation.« Chris reichte Sophia die Butterbreze.

Sie schüttelte den Kopf. »So früh hab ich noch keinen Hunger. Danke. Und?«

»Er hat sich für den Bruder eines Patienten ausgegeben. Nur, der Patient hatte überhaupt keinen Bruder.«

Sophia ließ fast die Tasse fallen vor Aufregung. Da war etwas, das spürte sie genau. »Was wollte er, hat er irgendeine Erklärung abgegeben?«

»Er kam wohl kurz nach den Eltern, deshalb hat niemand nachgefragt.«

»Ein Fremder kommt einfach so in eine Intensivstation rein?«

»Ein Feuersuizidversuch«, erklärte er, »durchstößt jeden professionellen Schutzschild. Die Menschen, die im Brandverletztenzentrum arbeiten, sind nicht nur körperlich, die sind auch seelisch auf Anschlag. Wenn da einer auftaucht, den Patienten zu kennen scheint, sagt, dass grade seine Eltern da waren, er nur zu spät dran war und er der Bruder ist, den richtigen Nachnamen nennt ...«

Sophia fragte sich, wie Chris bei diesem Thema so genüsslich essen konnte. Sie selbst brachte keinen Bissen herunter. Bei Fällen, die ihr besonders an die Nieren gingen, nahm sie regelmäßig zwei bis drei Kilo ab. Die neue Bikinidiät in der »Brigitte« oder »Freundin«: Mordermittlung. »Kannst du den Mann beschreiben?«

Chris schüttelte den Kopf. »Ich war nicht da, eine Schwester hat mir davon erzählt, aber ich wusste aus Gesprächen mit den Eltern, dass der Junge keine Geschwister hat, deshalb ist mir das gleich aufgestoßen. Hab es nur wieder vergessen. Sorry.«

»Schon gut. Jetzt ist es dir ja wieder eingefallen.« Sophia kam ein Gedanke, so unfassbar, dass sie ihn kaum denken konnte. »Kann es sein, dass der Mörder seine Tat akribisch vorbereitet hat? Dass er vorher wissen wollte, was er da überhaupt macht?«

»Du meinst, er wollte testen, ob er den Anblick aushält oder ob er demjenigen genügend Leid zufügt?«

»Möglich. Vielleicht sieht er sich auch als Künstler, der sich schon mal ansieht, was er da erschaffen will ...«

»Das ist absurd.«

»Die Frage ist eher, wie können Menschen so erbarmungs- und gefühllos, so brutal und kaltblütig sein. Weißt du, was mich bei Mord am meisten fertigmacht? Jeder Mensch will in Würde sterben dürfen. Wenn aber jemand einen anderen tötet, nimmt er ihm nicht nur das Leben, er nimmt ihm auch die Würde.«

Sophia bemerkte, dass Chris nicht einmal den Versuch machte, auf sie einzugehen. Was hatte sie erwartet? Dass er sie besser verstand als Alexander? Dass sie mit ihm, nur weil er Psychiater war, darüber reden konnte, was sie Tag und Nacht umtrieb? Sie ruderte zurück. »Es könnte auch ein Freund gewesen sein, der sich zu ihm hineingeschmuggelt hat …«

»Soll ich mit der Schwester noch mal reden? Vielleicht ist ihr noch etwas aufgefallen.«

»Danke für das Angebot, aber das mach lieber ich.«

»Okay.«

Sophia warf einen Blick auf die Uhr. Es war schon spät. Sie wollte nicht schon wieder unpünktlich sein. »Ich muss los.« Sie drückte Chris die Tasse und die Breze in die Hand, als ihr einfiel, dass die Breze ihr später bestimmt schmecken würde, nahm sie ihm wieder weg, ging zur Tür, drehte sich noch einmal um. »Schick mir bitte den Namen der Schwester, und den Namen der Eltern des Jungen brauch ich bitte auch.«

»Machst du das privat, oder kommst du als Polizistin?«

»Was denkst du wohl?« Sie wollte den Troadkasten schon verlassen, als ihr noch etwas einfiel. Sie drehte sich um. »Warum ist eine Sechzehnjährige nach einem Jahr Beziehung mit einem attraktiven jungen Mann noch Jungfrau, was meinst du?«

»Lilli Gruber?«

»Sie hatte ihre Dirndlschürze in der Mitte gebunden, und Antonia hat es bestätigt.«

»Dass Lilli noch Jungfrau war?«

»Dass mich meine Erinnerung mit der Schürze nicht getrogen hat.«

»Vielleicht hat sie sich nichts dabei gedacht?«

»Glaub mir, wenn ein Mädel sein Dirndl anzieht und sich mit Burschen trifft, überlegt es sehr genau, wie es die Schürze bindet.«

»Du auch?«

»Ich trag kein Dirndl, hab nie eins getragen. Also, warum hat sie das getan? Sebastian sagt, dass er sich kurz vorher von ihr getrennt hat. Was war ihre Botschaft?«

»In dem Fall … Spontan würde ich sagen, dieser Sebastian hat nicht seinen Mann gestanden, und genau das sollen jetzt alle wissen.«

»Sie wollte ihm eins auswischen?«

»Oder er ist wirklich impotent. Warum fragst du ihn nicht einfach danach?«

»Hab ich. Er sagt, sie habe nicht wollen, deshalb habe er auch mit ihr Schluss gemacht. Ich glaube aber, er hat gelogen.«

»Wie kommst du darauf?«

»Erfahrung.« Sophia fühlte die Hitze zuerst im Bauch und von dort aus direkt in den Kopf steigen. Chris hatte sie auf einen ganz neuen Gedanken gebracht. Einen wichtigen Gedanken. Sebastian war möglicherweise impotent. Das klang plausibel. Das klang nach einem Motiv. Nur, wenn es so war – das Alibi, das ihm die Mutter gegeben hatte, mal ignorierend –, dann war Antonia in Gefahr, wenn sich die Liebe zwischen ihr und Basti weiterentwickelte. Konnte es wirklich sein, dass er Frauen bestrafte, weil er nicht in der Lage war, sie körperlich zu lieben? *Bitte schau, dass nicht noch a Madel sterben muss.* Das oder so ähnlich hatte ihr die Mutter noch nachgerufen.

Jetzt hatte sie es wirklich eilig. Ohne ein weiteres Wort fiel die Tür hinter ihr zu, für den Bruchteil einer Sekunde hasste sie ihren neuen Job, der ihr verbot, sofort mit den Ermittlungen weiterzumachen, sondern sie wie ein verdammtes Stoppschild ausbremste, wie es in Form einer Ampelanlage an der Rothamer Kreuzung bei der Tankstelle in Rain aufgestellt werden sollte. Das hatte noch ihr Vorgänger bei der Verkehrssicherheit durchgesetzt, um die Kreuzung sicherer zu machen, an der schon einige Menschen verletzt worden waren. So unwichtig war das, was sie gerade tat, tun musste, nun auch wieder nicht. Nur, das tröstete nicht. Nicht jetzt, wenn sie vielleicht tatsächlich einem Serienmörder auf der Spur war und außer ihr und ihrer Mutter offenbar niemand den Ernst der Lage begriff.

Auf die Minute pünktlich trat Sophia ihren Dienst an, konnte kaum erwarten, bis er zu Ende war und sie sich in den Wagen setzen konnte, um nach Regensburg in die Klinik fur Brandverletzte zu fahren. Wenn jetzt auch noch die Beschreibung der Intensivschwester auf Sebastian Faltermeier passte, das schwor sie sich, dann würde sie seine Mutter, ob Zöpfl sie anschließend suspendierte oder nicht, so lange unter Druck setzen, bis das Alibi platzte, das sie ihrem Sohn gegeben hatte, indem sie ausgesagt hatte, ihr Sohn habe zum Tatzeitpunkt in der Speisekammer ein Vorratsregal aufgestellt.

Egal, wie liebevoll Sebastian am vergangenen Nachmittag zu Antonia gewesen war: Vielleicht war er doch ein kaputtes, narzisstisches Arschloch, der das Lovebombing beherrschte, bis sein Opfer in der Falle saß und er es zerstören konnte. Nur, was hatte ihn, falls sie sich nicht irrte, dazu gemacht? Seine Mutter neigte zwar zum Helikoptern, schien aber eine sympathische Frau zu sein. Den Vater mochte Sophia nicht. Er war ihr zu dominant. Ein dominanter Vater reichte im Allgemeinen jedoch nicht aus, dass ein gesunder junger Mann Schwierigkeiten mit seiner Sexualität hatte.

Sophia nahm ihr Handy, trat vor das Polizeirevier. Sie wollte nicht gestört werden, wenn sie mit Chris telefonierte. Diesmal nahm er sofort ab. Sie musste ihm gar nicht erklären, was sie von ihm wollte. Er wusste es auch so und legte los, ehe sie ihm die Frage gestellt hatte: »Impotenz bei jungen Männern kommt übrigens eher selten vor.«

»Genau deswegen ruf ich an, um dich das zu fragen.« Sie war noch immer überrascht. »Wieso weißt du …?«

Es schien Chris zu amüsieren, dass er richtiggelegen hatte. Jedenfalls hörte sie ein Lächeln in seiner Stimme, als er antwortete: »Ich kenn dich.«

»Und was ist mit dem Geheimnis, das uns Frauen erst interessant macht, sollte mir das ein guter Psychiater nicht einfach lassen, damit ich ihn nicht irgendwann für eine Therapie brauche?« Sie gab sich ebenfalls locker.

»Keine Sorge. Ganz durchschaut hab ich dich nie, aber was das angeht, lag es irgendwie auf der Hand.« Er lachte, und Sophia trat automatisch einen Schritt zurück, als sei er ihr zu nah gekommen. Sie liebte sein Lachen. Bei vielen Männern wirkte es aufgesetzt, bei Chris jedoch klang es durch und durch echt. Nur: Sie wollte noch immer nicht mit ihm flirten. Nicht jetzt. Eigentlich überhaupt nicht. Nicht mit ihm und auch mit keinem anderen.

»Können wir zurück zum Thema …?« Sie angelte in ihrer Brusttasche nach der Zigarettenpackung, schüttelte sie, bis eine Zigarette herausspitzte, holte sie sich mit dem Mund, steckte die Packung wieder zurück, während er schon weitergeredet hatte.

»Unbedingt.« Er machte eine kurze Kunstpause, fuhr dann fort. »Probleme mit der Durchblutung können zum Beispiel eine Ursache für Impotenz sein.«

»Und die Ursache für mangelnde Durchblutung?« Sie sprach mit der Zigarette zwischen den Lippen, angelte nach dem Feuerzeug, das sich ebenfalls in der Brusttasche befand, zündete sich die Zigarette an.

»Die Folge von Diabetes oder Bluthochdruck? Aber auch andere Krankheiten können eine Erektion beeinträchtigen oder verhindern.«

»Er wirkt zwar nicht, als wäre er krank«, sie inhalierte das Nikotin tief in ihre Lungen, »aber natürlich werde ich das überprüfen. Was noch?«

»Drogen, Alkohol. Sogar Tabak. Toxine überhaupt können die Durchblutung hemmen«, Sophia betrachtete die Zigarette in ihrer Hand, »und den Austausch der Signale vom Vergnügungszentrum im Gehirn zu den Blutgefäßen des Penis beeinträchtigen.«

Sie war kein Mann. Sie hatte keinen Penis, und was sie ihrer Lunge antat, machte sie an ihrem Herzen wieder gut, weil Nikotin ihm eine Menge Stress ersparte. Gerade noch aufgeregt, schlug es wieder ruhig und regelmäßig. Sie überlegte. »Sebastian ist bei der freiwilligen Feuerwehr, da dürfte er schon eine Menge konsumieren ... Ich glaub, das würde Antonia wissen. Das wär überhaupt bekannt. Er ist der Sohn vom Bürgermeister, da reden die Leut.«

»Dann bleibt eigentlich nur noch die psychische Ursache. Vorausgesetzt, du bist auf der richtigen Spur.«

»Und was an der verdammten Seele kann so kaputt sein, dass ein junger Mann seinen Schwanz nicht hochkriegt?« Sie hatte noch nicht ausgesprochen, als sie Zöpfl bemerkte, der das Revier verließ und ihr einen verärgerten Blick zuwarf, weil sie während der Dienstzeit draußen telefonierte.

»Dass man den Schwanz nicht hochkriegt?«, kam es indessen etwas ungläubig aus dem Handy.

Sophia hielt die brennende Zigarette erklärend in Zöpfls Richtung. Der zuckte jedoch nur mit den Schultern, als wolle er sagen, ihm sei es egal, ob sie ein paar Jahre früher starb oder nicht.

»Hallo, bist du noch da?«, kam es weiter aus ihrem Handy.

Zöpfl stieg in seinen Wagen, fuhr davon, und Sophia widmete sich wieder der Stimme am anderen Ende. »Ja, alles gut. Mein Boss hat sich nur gerade verabschiedet. Also«, wiederholte sie, »warum kriegt ein junger Mann seinen –«

»Was wird das? Dirty Talk?« Sophia sah Chris' Grinsen förmlich vor sich. Er lachte nicht nur wie kein anderer. Er grinste auch frech wie kein anderer. Alexander verblasste. Dafür schlug ihr Herz so schnell, dass ihr selbst das Nikotin nicht mehr helfen konnte. Verdammt, sich zu verlieben, noch dazu wieder in die erste Liebe, war das Letzte, was sie anstrebte. Sie gehörte nach München, zu ihrer Familie, das alles kam ihr so fremd vor. So fremd. Als habe das Leben sie hinterrücks überfallen und k.o. geschlagen.

»Können wir bitte wieder ernst sein.« Sie warf die fast abgebrannte Zigarette auf den Boden, trat sie energisch mit dem Schuh aus.

»Immer, meine Liebe.« Im Gegensatz zu ihr blieb er gelassen. Zumindest seine Stimme. »Also: Der Druck, eine sexuelle Leistung erbringen zu müssen, kann eine Ursache sein, dann Beziehungsprobleme, Stress bei der Arbeit oder auch das Fehlen von sexueller Erfahrung. Es muss nur einmal schiefgegangen sein, einmal nur muss es mit der Erektion nicht geklappt haben, und das kann sich im Gehirn so manifestieren, dass das Problem bestehen bleibt.«

»Selbst erfüllende Prophezeiung. Er glaubt, dass es bei ihm nicht klappt, weil es einmal nicht geklappt hat, und deshalb klappt's wieder nicht.«

»Das kommt öfter vor, als man denkt. Ihr Frauen meint immer, ihr habt das Problem mit uns Männern, dabei ist es genau umgekehrt: Wir Männer –«

»Ihr seid die armen Schweine, ja, ja … Missbrauch?« Der Gedanke kam ihr spontan. Vielleicht war nicht Lilli, sondern Sebastian missbraucht worden. Lag der Grund, weshalb es zwischen ihnen nicht zum Sex gekommen war, nicht bei ihr, sondern tatsächlich bei ihm?

»Auch das. Selbstverständlich. Natürlich kann es auch das sein.«

»Bei Sebastian.«

»Auch bei Lilli.«

Also doch auch Lilli! Gerade einen Schritt weiter, fing man im nächsten Moment schon wieder von vorn an. »Okay, dann sag mir jetzt bitte noch die Namen der Pflegeschwester, die den Jungen gesehen hat, und der Eltern des Patienten …«

Chris gab ihr beide Namen durch, die Adressen würde sie allein herausfinden. Sie verabschiedeten sich. Sophia wollte schon die Dienststelle betreten, kehrte wieder um, hob den Zigarettenstummel auf, warf ihn in den Abfall und nahm ihre Arbeit wieder auf.

29

Der Besuch, den Sophia der Intensivschwester Heike nach Dienstschluss abgestattet hatte, war ein ebenso großer Flop gewesen wie der Besuch bei den Eltern des brandverletzten Jungen, der noch immer im Klinikum Regensburg lag. Das gestand sich Sophia ein, während sich der Weg zu Theres wie der Hubba Bubba aus ihrer Kindheit vor ihr ausdehnte. Wie oft hatte sie den Kaugummi mit den Fingern lang gezogen, wieder in den Mund gesteckt, eine Blase geformt – und sie dann, voller Vorfreude auf den Knall, platzen lassen. Sophia lachte auf, als sie sich vorstellte, wie sie Ähnliches mit dem Waldweg tat und den Weg exakt vor Theres' Waldlerhäusl platzen ließ. Rief sich wieder zur Ordnung – nicht albern sein – und rekapitulierte weiter, was sie bisher im Fall Lilli Gruber zusammengetragen hatte, ohne auch nur den Ansatz einer Spur gefunden zu haben, von der sie sicher war, dass sie sie weiterbringen würde.

Schwester Heike konnte sich zwar noch an den Besucher erinnern, der sich als Bruder des brandverletzten Marco Seibold ausgegeben hatte, war aber nicht in der Lage gewesen, ihn näher zu beschreiben. Er konnte blond gewesen sein, aber auch eher dunkel, bei der Größe war sie nicht sicher, eher schlank als dick. Augenfarbe? Fehlanzeige! Sprache? Eher Hochdeutsch als Bayerisch! Alter? »Ja mei, zwanzig vielleicht, vielleicht auch a bisserl jünger oder älter, sind heutzutag schwer zu schätzen, die jungen Leut.«

Auch die Eltern von Marco, Ilse und Peter Seibold, hatten keine Ahnung, welcher Freund sich unter Vorspiegelung falscher Tatsachen zu ihrem Sohn hätte Zutritt verschaffen sollen. Sie kannten seine Freunde, waren mit ihnen täglich in Verbindung, um sie über Marcos Fortschritte zu informieren, die er, wenn auch langsam, Tag für Tag machte. Dennoch würde er sein Leben lang gezeichnet bleiben. Hässliche Narben. Spalthautareale, die Finger der rechten Hand amputiert, und noch unzählige Hauttransplantationen vor sich, die sich über Jahre hinziehen würden. Krankenhaus statt Party. Schmerzen anstatt einfach nur unbeschwert jung zu sein, und das Ergebnis der zahlreichen Operationen: anschaulich, aber nicht schön. Unwillkürlich fragte sich Sophia, ob Lilli mit dem Tod nicht tatsächlich das bessere Los gezogen hatte.

Irgendwann hatte Ilse Seibold das Fotoalbum geholt, um Sophia zu zeigen, was für ein hübsches Baby ihr Junge einmal gewesen war, ein richtiger Wonneproppen mit herzhaftem Lachen. Danach hatte sie ihr Tablet geholt, um Sophia auch die späteren Fotos von Marco zu zeigen. Marco als Fußballer, Marco, der Tennisspieler, Snowboarder, Segler. Ständig sei er in Bewegung gewesen, hatte die Mutter erzählt und auf ein Foto gedeutet, das ihren Sohn mit seiner Freundin auf der Ministrantenwallfahrt nach Rom zeigte. Was für ein schönes und glückliches Paar, das musste auch Sofia zugeben. Ob sie noch zusammen waren, diese Frage hatte sie lieber nicht gestellt.

Ilse Seibold hatte zu weinen angefangen, und nur mit Mühe hatte Sophia die eigenen Tränen unterdrückt. Da hatte sie gewusst, dass es Zeit war, wieder zu gehen. Unverrichteter Dinge und mit der dunklen Ahnung, dass Marcos Besucher Lilli Grubers Mörder gewesen war.

Sophia kämpfte sich, weiter in Gedanken, durch hüfthohen Farn und Schwarzbeergesträuch, stolperte fast über eine armdicke Baumwurzel, blickte auf den Wald, der Kuppe um Kuppe aufstieg, bis sich das dunkle Grün im immer lichteren Blau des Himmels verlor, hörte nur das Rauschen der Bäume, Stille und Wind, irgendwo in der Ferne den Ruf eines Vogels.

Sie machte noch einige Schritte, und dann hatte sie die Hochfläche erreicht, auf der Theres' Waldlerhaus stand. Waldlerhaus, weil die Bewohner im und vom Wald lebten. Ein Arme-Leute-Haus mit Satteldach aus mit Steinen beschwerten Legschindeln. Das Erdgeschoss mit Scheune war aus Stein, das Obergeschoss aus Holz, und hinter dem Haus gab es noch einen Stall.

Langsam ging Sophia auf das Haus zu, überquerte den gepflasterten, regengeschützten Weg, die sogenannte Gred, die sich über die ganze Traufseite zog, und stand vor einer einladend geöffneten Tür. Dennoch trat sie nicht ein, sondern klopfte an. Stille. Sie versuchte es erneut, rief, wieder nichts, machte nun doch einen Schritt und stand im Flez, einem Gang, der sofort in die gute Stube führte. Dielendecke und Balkenwände waren aus schwarzbraunem bis tiefschwarzem Holz. Die Farbe kam von dem Ochsenblut, das wusste Sophia noch, mit dem Balken und Bohlen gestrichen worden waren. Auch die Tür zur Stube war weit offen. Sophia verharrte, warf vorerst nur einen Blick in den niedrigen quadratischen Raum mit seinen vier Fenstern, zwei zum Giebel und zwei zur Traufseite ausgerichtet, gab sich einen Ruck und trat ein.

Im Herrgottswinkel hingen auf Hochglanz polierte Hinterglasbilder von Jesus und der Gottesmutter. Ein altes Spinnrad, das wirkte, als sei es noch in Betrieb, stand in einer Ecke. Daneben ein Korb mit Schafsfell, das offenbar bearbeitet werden sollte. In einem anderen Korb Socken aus Schafswolle. Von ihrer Großmutter wusste Sophia noch, dass das Fell von Schafen selbstreinigend und geruchsneutral war, daher störte es sie nicht, dass die Wolle offenbar sofort nach der Schur in die Wohnstube geschleppt worden war. Im Gegenteil. Sie erinnerte sich noch gut, wie der Schäfer, ein Freund der Großmutter, die Schafe eins nach dem anderen gepackt und zwischen seine Beine gezwungen hatte, bis sie ihm hilflos ausgeliefert gewesen waren, und sie dann mit der Schafschere so lange bearbeitet hatte, bis sie nackt, mähend und gleichzeitig wie befreit wirkend zu ihrer Herde zurückgelaufen waren. Sophia hatte es geliebt, bei der Schafschur zuzusehen.

Sie bückte sich, hob etwas Wolle auf, die sich warm und weich und irgendwie beruhigend anfühlte, ließ sie wieder fallen und sah sich weiter um.

Es gab einen Tisch und zwei schnörkellose Bänke. In der Mitte des Holztisches standen eine Vase mit frischen Wiesenblumen und ein Teller mit einigen Brotbröseln. Wachsreste auf dem Holz. In einer Butterschale Butter, die schon zu schmelzen begonnen hatte. Eine vorwitzige Fliege war an ihr kleben geblieben. Hilfloses Flügelflattern zeigte Sophia, dass sie noch lebte. Sie versuchte, die Fliege zu befreien, riss ihr dabei einen Flügel aus und musste mit ansehen, wie die Fliege mit letzten Zuckungen ihr Leben im Buttergrab aushauchte. Sophia schluckte die aufsteigende Übelkeit hinunter, machte sich erneut durch Rufe bemerkbar, erntete wieder Schweigen, fluchte innerlich, weil sie den weiten Weg offenbar vergeblich gegangen war, haderte, dass sie sich besser hätte anmelden sollen, wollte schon unverrichteter Dinge wieder gehen, als aus dem Nebenzimmer ein Stöhnen zu hören war. Es war eine Frau, die stöhnte. Es hatte etwas Gequältes, als sei jemand in Not, habe Schmerzen, sei gestürzt oder noch Schlimmeres.

Sophias erster Gedanke war: *Er ist schneller gewesen als ich.* Sie griff nach ihrer Waffe. Griff ins Leere. Sie war als Privatperson hier, und die Waffe lag gut gesichert auf dem Revier. Der zweite Gedanke war: *Egal, da braucht jemand Hilfe.* Ohne noch länger zu zögern, setzte sich Sophia in Bewegung, stieß die Tür zu dem Raum auf, aus dem das schmerzvolle Stöhnen kam, prallte im nächsten Augenblick gegen eine Gestalt, die mit einem Aufschrei rücklings auf das riesige Bauernbett fiel und hinter Unmengen von weißem, nach oben und über das Gesicht gerutschtem Tüll zu fluchen begann.

»Kreuzkruzefix noch amal!« Unter dem hochgeschleuderten Etwas, von dem Sophia vermutete, dass es ein Reifrock war, strampelten Krampfaderbeine in Socken aus Schafswolle, ein ausgelatschter Pantoffel hing noch am linken Fuß, der andere lag in der gegenüberliegenden Ecke.

»Tut mir leid.« Sophia streckte die Hand nach der Frau aus, die jetzt versuchte, sich von der Tüllmasse über dem Gesicht zu befreien, es schließlich schaffte und Sophia mit einem Blick ansah, als sei sie diejenige, die einen seltsamen Anblick bot. »Tut mir wirklich leid«, wiederholte Sophia, doch die Frau, vermutlich Theres, ignorierte sowohl die noch immer ausgestreckte Hand als auch die Entschuldigung, rappelte sich mühsam auf und stieß Sophias Hand mit dem linken Fuß heftig von sich weg. »Komm mir bloß ned zu nahe. So a Packerl Watschn is glei aufg'macht.«

Wenn sich Sophia an Theres erinnerte, die ihr schon als Kind immer etwas unheimlich gewesen war, erinnerte sie sich an eine stets schwarz gekleidete Frau mit schwarzem Kopftuch, der sie gelegentlich beim Kräutersammeln begegnet war. An diesem Tag hatte Theres jedoch nicht nur das lange silberweiße Haar so fest und kunstvoll aufgesteckt, dass es nicht einmal durch den Rückwärtsschwung in Unordnung geraten war, sie war außerdem leicht geschminkt, trug ein Kleid, das sich nach und nach als Brautkleid entpuppte, mit Spitzenmieder und am Rücken offenem Reißverschluss, an dem sie, kaum dass sie wieder stand, mit demselben Stöhnen wie vorhin herumzunesteln begann.

»Sakradi noch amal, i komm ned hi ... Was stehst so dumm rum?«, fuhr sie Sophia an. »Hilf mir g'fälligst! Oder kannst nix anderes, als alte Leut umschmeißen.«

»Natürlich, ich mein, natürlich nicht.« Mit einem Ruck und entschuldigendem Blick zog Sophia den Reißverschluss zu.

»Der Bestatter is nämlich jeden Moment da«, fuhr Theres fort, trat vor den Spiegel und betrachtete unzufrieden das welke Fleisch, das jetzt durch das enge Mieder unterhalb der Achseln und am Rücken hervorkroch. »Ich war auch scho amal schöner ... Egal, des is die Sach vom Herrgott, wenn er uns ned jung und schön sterben lässt.«

Sophia war selten perplex. Jetzt war sie es. Starrte Theres an. Theres funkelte aus ihren schwarzen Augen zurück.

»So schlimm is jetzt auch wieder nicht ... Immerhin passt's auch no nach sechzig Jahr. Das mach du mir erst amal nach. Passt dir dei Brautkleid noch?«

»Sophia Alvarez ...« Mehr fiel Sophia dazu nicht ein. Sie versuchte es noch einmal mit der ausgestreckten Hand. Theres lächelte, und diesmal schlug sie ein.

»Die kloane Sophia ... I kenn di no, da warst ...«, Theres

193

ließ Sophias Hand los, bückte sich, erneut stöhnend, hielt die rechte Hand etwa zehn Zentimeter über den Boden, »so groß bist g'wesen«, richtete sich stöhnend wieder auf.

»Ich hätt mich anmelden sollen. Seh schon, dass es grad nicht passt.«

»Anmelden? Wie denn, ohne Telefon und Handy? Wer was von mir will, der muss zu mir kommen. Das war scho immer so, und das wird sich auch nicht mehr ändern.«

»Natürlich nicht. Ich kann aber auch ein anderes Mal –«

»Auch a anderes Mal passt's ned, eigentlich passt's nie, deshalb ... Jetzt bist da, komm ...« Theres raffte ihren weiten Tüllrock, angelte mit dem rechten Fuß nach dem Pantoffel, schlüpfte hinein, schlurfte mit hocherhobenem Kopf aus dem Schlafzimmer, schlurfte in die Wohnstube, setzte sich auf die Bank und bot Sophia Platz an.

Sophia wollte sich schon setzen, doch da stoppte Theres sie in barschem Tonfall: »Erst den Teller in die Spüle und die Butter in den Kühlschrank. Dass du ned vo selber merkst, wie's hier ausschaut ...«

Sophia grinste in sich hinein, folgte Theres, ohne zu murren, wollte sich erneut setzen, doch Theres hatte noch eine Aufgabe für sie. »Fenster auf, merkst ned vo selber, wie heiß und stickig des is?«

Sophia öffnete das Fenster, blieb stehen und wurde im nächsten Moment von Theres unwirsch aufgefordert, sich endlich zu setzen. »Des macht mi ganz wirr im Kopf, wennst dauernd hier rumstehst.« Sophias Hinterteil hatte schon fast das Kissen auf der Bank berührt, als Theres' Stimme sie zum dritten Mal hochscheuchte. »Bring uns noch a Wasser ... Dort drüben«, sie deutete zum Küchenbüfett, »san die Gläser und a Krug, und den füllst mit Leitungswasser voll. Wir ham a guads Trinkwasser ... musst dir nix denken ... musst du.«

Bestatter. Brautkleid. Chaos im Kopf. Sophia seufzte innerlich, während das Leitungswasser in den Krug lief und Theres im Hintergrund den Hochzeitsmarsch summte. Zöpfl hatte recht gehabt, musste sie zugeben, als er sich entschieden hatte,

Theres' Worten keinen Glauben zu schenken. Sie fragte sich nur, weshalb ihre Mutter sie nicht vorgewarnt, ihr nicht gesagt hatte, dass Theres nicht mehr ganz bei sich war. Gleichzeitig fragte sie sich, weshalb niemand etwas dagegen unternahm, dass Theres trotz ihrer Verwirrtheit weitab von jeder Zivilisation lebte, ohne Telefon. Für den möglichen Täter jedenfalls stellte sie, weil als Zeugin unbrauchbar, keine Gefahr dar. Zumindest vor ihm war sie sicher.

Sophia schenkte sich und Theres Wasser ein, setzte sich und war schon fast verwundert, dass sie auch sitzen bleiben durfte.

»Du kommst also wegen der Hannah!« Theres trank einen Schluck. »Du bist übrigens die erste Polizei, die sich für sie interessiert. Warum?«

»Woher wissen Sie, dass ich wegen der Hannah da bin …?«

»Die Buschtrommeln.« Theres sah Sophias verblüfften Blick und fing an zu lachen. »Jetzt schau ned so dumm.« Sie deutete auf das Handy, das neben ihr auf der Eckbank lag. »Die Mutter hat mich angerufen und mir erzählt, dass du kommst.«

»Ich hab gedacht, Sie haben kein Handy …«

»Du glaubst auch alles. Jeder hat doch heutzutag a Handy. Bisserl leichtgläubig, so als Polizei.« In ihren Augen blitzte der Schalk, und Sophia wurde schlagartig klar, dass Theres noch mehr von ihren Sinnen beisammenhatte als die meisten Menschen, die sie kannte. »Jetzt sag, was d' willst, weil glei hab i koa Zeit mehr«, fuhr Theres wieder etwas ungehalten fort.

»Weil der Bestatter kommt«, ergänzte Sophia trocken.

»Richtig, der Bestatter.« Theres nickte zufrieden. »Des mit dem Sarg muss besprochen werden und mit dem Totenbrettl auch … und der Herr Karl ist immer so umständlich.«

Sophia verstand. »Wenn es so weit ist, wollen Sie anstatt einem Totenhemd Ihr Brautkleid tragen …«

»Könnt ja sei«, Theres schmunzelte, »dass mei Mo selig im Anzug und mit Krawatte auf mich wartet, so wie damals vor dem Altar in der Marienkirch. Und bei dem vielen Tüll muss auch der Sarg genau passen … Also, was genau willst jetzt von mir, Frau Polizei?«

Sophia wurde ernst. »Tut mir leid …«

»Was tut dir jetzt scho wieder leid? Dass d' was vo mir wuist? Das tut mir auch gleich leid, wennst ned endlich sagst, was los is.«

»Ich mein, dass Sie … Das tut mir leid.« Sophia wusste nicht, weshalb es ihr auf einmal so schwerfiel, auszusprechen, dass Theres offenbar sehr krank war.

»Was ich?« Theres warf ihr einen Blick zu, als sei nicht sie selbst verwirrt, sondern Sophia.

»Dass Sie nicht mehr lange …« Verdammt, wie sagte man jemandem, der offenbar todkrank war, dass er todkrank war, oder vielmehr, dass man verstanden hatte, was er schon längst wusste, eben dass er todkrank war und nicht mehr lange zu leben hatte? Theres hatte mit ihrem Blick recht. Wer hier verwirrt war, war nicht Theres, das war ganz offensichtlich sie, Sophia.

»Wenn es einem von uns beiden nicht gut geht, Madel«, Theres' Stimme wurde mütterlich, als sie Sophias Gedanken aussprach, »dann bist das du. Ich jedenfalls bin kerng'sund. Im Gegensatz zur Hannah – wir reden doch noch über die Hannah, oder hat sich das Thema inzwischen erledigt?«

»Natürlich nicht. Wegen der Hannah bin ich ja da. Ich will rausfinden, was genau mit ihr passiert ist.«

»Den Gneisbuckel is runter, das ist mit ihr passiert … Ned einfach so, da hat scho jemand nachg'holfen.«

»Alle sagen, dass es ein Unfall war …«

»War's aber nicht.«

»Was genau, Theres, haben Sie gesehen?«

»Des hab i doch scho ois dem Zöpfl erzählt.« Theres begann mit ihren spitzen Fingernägeln ungeduldig die Wachsflecken vom Tisch zu kratzen, hob den Kopf, sah Sophia an. »Okay, ich erzähl's dir noch amal, weilst du die Tochter von der Annemarie bist und die Jägerin, wia's alle sagen …«

Sophia seufzte. »Das wissen Sie also auch schon.«

»I sag doch, mir bleibt nix verborgen.« Theres hörte mit dem Kratzen auf, grinste. »Auch ned, dass du den Zöpfl halb nackt über den Max gebeugt kenneng'lernt hast …«

Sophia seufzte erneut, Theres wurde wieder ernst, schlang die Finger ineinander wie zum Gebet, rückte sich zurecht, bis sie ganz aufrecht saß und dadurch, trotz ihrer seltsamen Aufmachung, bedeutend wirkte. »I hab Kräuter g'sammelt in dera Vollmondnacht.«

»Vollmond?« Sophia horchte auf. »Da haben Sie gut sehen können. Auch den, der bei Hannah gewesen ist?«

»Leider nur von hinten, der hat so a Jacken getragen, mit Kapuze am Kopf …«

»Einen Hoodie?«

»Macht das jetzt einen Unterschied, wie man des Ding nennt?«

Sophia schüttelte den Kopf. »Natürlich nicht.«

Theres nickte zufrieden und fuhr fort: »G'stritten ham s', die beiden, und dann auf einmal hat die Hannah g'schrien … is den Gneisbuckel runter … und er ist wegg'rennt, als sei der Teufel persönlich hinter ihm her …«

»Moment.« Sophia stockte der Atem. »Ich hab gedacht, Sie haben die Hannah nur in Begleitung gesehen, nicht das Unglück selbst.«

»Des war koa Unglück, des war Absicht.«

Alles in Sophia vibrierte, wie immer, wenn sie spürte, dass sie nicht der Lüge, nicht der Einbildung, nicht der Spekulation, sondern der Wahrheit gegenübersaß. Keiner Wahrheit, die jeder anders empfand, sondern der allgemeingültigen Wahrheit.

Es war kein Unglück. Es war Absicht.

»Was genau hat sich da abgespielt, Theres?« Ihr Herz klopfte zum Zerspringen. Der Fall Hannah würde nicht als Cold Case in den Archiven vergammeln. Sophia würde ihn aufklären. Vielleicht war das der höhere Sinn, weshalb sie nach Bogen versetzt worden war.

»Was ich grad g'sagt hab.« Theres wurde wieder ungeduldig. »Ich wiederhol mich nicht gern.«

»Bitte überlegen Sie ganz genau …«

»Okay, weil du die Tochter von der Annemarie bist. Sie haben g'stritten … über was, weiß i ned … meine Augen san besser als meine Ohren … hab dich auch jetzt grad nicht kommen hören.«

»Wie weit waren Sie von den beiden entfernt?«

»Hundert Meter vielleicht …«

»Und trotzdem waren Sie sicher, dass es die Hannah war?«

»Natürlich! Sie ist ja direkt an mir vorbei. Ich hab sie auch daran erkannt, wie sie sich bewegt.«

»Wie hat sie sich denn bewegt?«

»Mit dem Po g'wackelt hat s' immer … I hab ihr oft g'sagt, das hast doch gar ned nötig, Madel, aber sie hat nur g'lacht und weiterg'wackelt. Glaub mir, i kenn die Hannah, besser als alle anderen hab i sie kennt.«

»Ihren späteren Begleiter, ich mein, als er weggelaufen ist, den haben Sie aber nicht daran erkannt, wie er sich bewegt …« Vor Gericht würde diese Art von Erkennen zwar keinen Bestand haben, aber vielleicht kam doch noch irgendein brauchbarer Hinweis.

Sophia hatte noch nicht zu Ende gedacht, da antwortete Theres schon mit einem deutlichen: »Nein, hab ich nicht!« Sie stützte sich mit beiden Händen auf dem Tisch ab, wollte schon mit einem »Das war's« aufstehen, doch Sophia berührte sie rasch am Arm, zwang sie damit sanft, sitzen zu bleiben.

»Ich weiß, der Herr Karl, der Bestatter, aber … das ist jetzt ganz wichtig, Theres. Die Hannah hat den Mann also erst bei der Kirche getroffen?«

»Sag ich doch!«

»Haben Sie aus dieser Entfernung genau sehen können, dass Hannah gestoßen worden ist?«

»Er war ganz nah bei ihr, sie schreit auf, und dann war sie weg, was soll es sonst gewesen sein?«

»Aber dass er sie gestoßen hat, haben Sie nicht gesehen.

Hannah könnte also auch nur beim Streiten einen falschen Schritt gemacht haben ...«

»Und warum rennt er dann weg wia da Deifi?«

»Vielleicht hatte er genau vor dem Angst, was Sie gerade behaupten, dass alle glauben, er hätte Hannah gestoßen.«

»Ich behaupte gar nix. Ich sag nur, was ich g'sehn hab. Und wenn du mir nicht glaubst«, jetzt war Theres beleidigt, »dann kannst gleich wieder geh'n.«

Sophia schüttelte innerlich den Kopf. Was hatte der Fall nur an sich, dass sie sich immer wieder vorkam wie auf dem Riesenrad, das sie in die Höhe trug, um sie gleich wieder unsanft auf dem Boden der Tatsachen abzusetzen? Und das ständig und immer wieder im Kreis herum. Sophia seufzte. »Und das haben Sie auch der Polizei erzählt?«

»Natürlich nicht!« Jetzt hielt Theres nichts mehr zurück. Entrüstet stand sie auf, ging nach draußen. Sophia sprang auf, folgte ihr, noch fassungsloser als zuvor.

»Und warum nicht?«

»Weil's auch nix geändert hätt, tot is tot.«

»Und Hilfe haben Sie auch nicht geholt, als Sie gesehen haben, wie die Hannah abstürzt? Warum nicht?«

»Willst jetzt mir das schlechte Gewissen einreden, weil sich niemand um den Mörder kümmert?« Theres war vor dem Dielenspiegel stehen geblieben und zog sich sorgfältig mit einem knallroten Lippenstift die faltigen Lippen nach.

»Ich kümmere mich um ihn. Aber keiner hilft mir dabei.« Sophia appellierte bewusst an Theres' Ehrgefühl. »Nicht mal Sie ...«

Manchmal funktionierte es. Es funktionierte.

»Natürlich hab ich Hilfe g'holt«, protestierte Theres. »Selber kann i ja schlecht da runtersteigen ...«

»Sie haben also Notarzt und Feuerwehr verständigt.«

»Den Herrn Pfarrer hab ich verständigt. Den Neuhaus.«

Pfarrer Neuhaus? Sophia war überrascht. »Wieso ausgerechnet ihn?«

»Weil ich außer der Nummer von deiner Mama nur seine

Nummer eing'speichert hab. Damit er schnell da is, wenn's um die Krankensalbung geht.«

»Und dass der Hannah vielleicht vorher ein Arzt hätte helfen können?«

»So verdraht, wie die da unten g'legen is? Na, da hätt koa Arzt mehr was tun können. Die hat sich sofort auf den Weg g'macht zu unserem Herrgott!«

»Und das können Sie beurteilen?« Sophia platzte fast vor Wut. Was hatte diese Hannah an sich gehabt, dass ihr Schicksal allen so gleichgültig gewesen war und noch war? Am liebsten hätte Sophia die alte Frau sofort wegen unterlassener Hilfeleistung angezeigt. Aber wie Theres schon selbst gesagt hatte: Tot war tot. Das Einzige, was Sophia noch für Hannah tun konnte, war, ihren Mörder zu finden, falls es ihn überhaupt gab, und dafür zu sorgen, dass Lilli Gruber nicht auch zum Cold Case wurde.

Sophia wollte sich schon auf den mühsamen, ihr so endlos erscheinenden Weg nach unten machen, als sie hörte, wie hinter dem Gebäude ein Auto hielt. Sie umrundete das Haus und sah den Bestatter, Herrn Karl, mit seiner schwarzen Aktenmappe aus dem Wagen steigen.

Verblüfft sah sie ihn an. »Seit wann gibt's hierherauf eine Straße?«

»Die Zeiten ändern sich, Madl.« Es war nicht Herr Karl, der ihr die Frage beantwortet hatte, sondern Theres, die sich mit einem durchaus vergnügten Lächeln aus dem Fenster beugte.

30

Zwei Tage später lag Sophia bäuchlings auf dem Bett, ihren Laptop vor sich, neben sich einen vollen Aschenbecher, und mit Zigarette im Mundwinkel. Die Flasche Ginjinha, die Sebastian in Antonias Namen wo auch immer aufgetrieben hatte, stand auf dem Nachttisch.

Sophia drückte die Zigarette im Aschenbecher aus, verstreute dabei etwas Asche, wischte mit einer schnellen Geste über das Leintuch, ärgerte sich über die grauen Streifen, die zurückblieben, öffnete die Flasche, schenkte sich ein Glas ein und konzentrierte sich auf Hannahs Akte, auf die sie nicht einfach so Zugriff bekommen hatte. Ein alter Kontakt aus München, der ihr noch etwas schuldig war, hatte ihr eine Kopie von Hannahs elektronischer Akte auf ihren privaten PC geschickt. Das wiederum hatte ihr erneut bewusst gemacht, wie tief sie gesunken war. Doch für verletzte Gefühle war jetzt nicht die Zeit. Sophia konzentrierte sich, begann zu lesen.

Hannah Buchecker, geboren am 25. Mai 2000, war am 12. Juli 2018 um sechs Uhr morgens von Pfarrer Theodor Neuhaus am Fuß des Bogenbergs tot aufgefunden worden. Es hatte eine Leichenschau stattgefunden, die Frau Dr. Sonja Lindner, approbierte Ärztin aus Bogen, durchgeführt hatte. Die Leichenschau war am Fundort der Toten vorgenommen worden. Die Tote war entkleidet und von Dr. Lindner unter Einbeziehung aller Körperregionen, insbesondere des Rückens, der Hals- und Nackenregion und der Kopfhaut, gründlich untersucht worden. Die schwere Schädelverletzung, durch die der Tod unmittelbar eingetreten war, konnte jedoch eindeutig auf den Sturz zurückgeführt werden. Dr. Lindner hatte die Todesbescheinigung ausgestellt, von der zuständigen Polizei und Staatsanwaltschaft war auf eine weitere Ermittlung verzichtet und somit auch keine gerichtliche Obduktion angeordnet worden.

Sophia schwang sich vom Bett, trat mit einer neuen Zigarette auf den Balkon und sah Veronika Stadlhuber, die gerade ein Höschen von Antonia mit Klammern an der Wäscheleine neben anderer Unterwäsche und Handtüchern befestigte.

»Sie rauchen zu viel, Frau Alvarez ...« Veronika Stadlhuber warf ihr einen Blick zu.

»Wegen der Wäsche, tut mir leid ...«

Sophia wollte schon zurück in ihr Zimmer gehen, als Veronika Stadlhuber ihr nachrief: »Wegen Ihrer G'sundheit. Die Wäsche hält das bisserl Rauchen schon aus, und den Rest erledigt der Wind.«

»Okay.«

Veronika Stadlhuber hängte das letzte Wäschestück auf, nahm den Korb, blieb jetzt direkt unter der über den Balkon gebeugten Sophia stehen, legte den Kopf in den Nacken. »I hab g'hört, dass Sie bei der Theres waren wegen der Hannah ...«

Stille Post im Bayerwald. Auch das hatte Sophia immer gestört. Nichts, was man tat, blieb unbemerkt und unkommentiert, außer offenbar zwei Todesfälle, für deren Aufklärung sich niemand interessierte.

»Ich frag mich«, antwortete sie, »warum niemand auf Theres' Aussage, Hannah sei nicht allein gewesen, reagiert hat. Die Eltern nicht. Die Polizei nicht.« Was Theres noch gesehen haben wollte, behielt Sophia vorerst für sich.

Veronika Stadlhuber senkte den Kopf wieder, setzte sich auf die Bank, starrte vor sich hin und sprach jetzt mehr mit sich als mit Sophia, der es von ihrer Position aus zunehmend schwerfiel, Veronikas Worten zu folgen. »I hab auch nie ganz verstanden, warum die Eltern von der Hannah nicht mehr Druck g'macht haben ... Aber in ihrer Bäckerei gibt's die besten Brezen und Sonntagssemmeln, und vielleicht ham s' einfach Angst g'habt vor dem Gerede ... Wegg'schaut is leichter als hing'schaut.«

»Nix Genaues wissen wollen, weil vielleicht was rauskommt und die Kundschaft wegbleibt?« Sophia konnte und wollte das nicht glauben.

»Ist nur a Vermutung von mir. Die Eltern ham's ned leicht g'habt mit der Hannah …«

»Antonia und Sebastian haben mir schon erzählt, dass Hannah keinen guten Ruf hatte.«

»Ja mei, was soll man da machen … Erziehung ist nicht alles.« Sie wandte das Gesicht wieder Sophia zu, die jetzt fast mit dem halben Oberkörper zwischen den Geranien über der Balkonbrüstung hing, um weiter einen Blick auf Veronika Stadlhuber werfen zu können. »Manchmal liegt's auch an den Genen. Die Tante von der Hannah war eine … Da ist der eine zur Tür rein und der andere zum Fenster raus.« Veronika Stadlhuber stand auf, sah Sophia direkt an. »Fallen Sie mir jetzt bloß nicht auch noch runter.«

»Keine Sorge!«

»Soll ich uns einen Kaffee machen? Ich hätt auch noch Krapfen da.«

Sophia schüttelte den Kopf, überlegte. »Oder doch. Und Krapfen, herrlich!«

Zehn Minuten später setzten Sophia und Veronika Stadlhuber ihre Unterhaltung bei einer Tasse dampfenden Kaffees und mit Wildfrucht gefüllten und mit viel Puderzucker bestäubten Krapfen auf der Bank vor dem Haus fort. Sophia hatte den Ginjinha mitgebracht. »Auch einen Schluck …?«

»Sie müssen heute nicht mehr zum Dienst?«

»Morgen wieder!« Sophia schüttete sich etwas von dem Ginjinha in den Kaffee. Es schmeckte köstlich. Veronika Stadlhuber nickte und bekam auch einen Spritzer. Sophia stellte den Kirschlikör auf dem Holztisch ab, sah Veronika Stadlhuber an. »Die Theres hat erzählt, dass sie den Pfarrer Neuhaus angerufen hat …«

»Davon weiß ich nichts«, antwortete Veronika Stadlhuber, und Sophia stockte. Die ganze Zeit über war ihr etwas seltsam vorgekommen, jetzt wusste sie endlich, was es war. Theres hatte angegeben, niemandem davon erzählt zu haben, dass sie auch den Sturz beobachtet hatte. Ob nun nachgeholfen worden war oder nicht. Allerdings hatte sie auf Sophias Frage, weshalb sie nicht sofort einen Notarzt verständigt hatte, geantwortet, sie habe Pfarrer Neuhaus angerufen, weil sie nur seine Nummer eingespeichert hatte. Falls es so gewesen war, ergaben sich zwei Fragen. Die eine war: Warum hatte Pfarrer Neuhaus nicht Ferdinand Zöpfl von Theres' Beobachtung erzählt? Und weshalb hatte er zu Protokoll gegeben, Hannah zufällig bei einem Spaziergang am frühen Morgen gefunden zu haben, und Theres' Anruf völlig unerwähnt gelassen? Um sechs Uhr, um genau zu sein. Dabei hatte ihn Theres, laut ihrer Aussage, kurz nach Mitternacht angerufen.

Sophia fühlte erneut Wut in sich aufsteigen. Wenn sich alles so abgespielt hatte, weshalb hatte Pfarrer Neuhaus das Mädchen fast sechs Stunden lang liegen gelassen? Warum hatte nicht wenigstens er Polizei, Notarzt und Feuerwehr verständigt? Wieso war Hannah sogar dem Pfarrer scheißegal gewesen? Hatte er irgendetwas vertuschen wollen? Kannte er den Mörder? Oder – Hannahs Begleiter? Im Übrigen hatte sie den Akten nirgendwo entnehmen können, dass jemand, der als Hannahs Begleitung in Frage kam, vernommen worden war. Sophia schwirrte der Kopf. Dass Pfarrer Neuhaus selbst etwas mit dem Sturz zu tun hatte, damit möglicherweise den Teufel in Hannahs Genitalien habe austreiben wollen, so weit ging sie in ihren Gedanken jedoch nicht. Theres hatte den Mann als um die zwanzig beschrieben, und dass der Pfarrer »wia der Deifi« davongerannt war, das konnte sich Sophia nicht einmal in ihrer wildesten Phantasie vorstellen.

Sophia zündete sich eine Zigarette an, zog ihr Notizbuch aus der Hosentasche und notierte: *Ärztin befragen, Pfarrer Neuhaus befragen.* Vor allem, wann er Theres' Anruf angenommen und warum nicht wenigstens er Zöpfl von Theres' Behauptung erzählt hatte, Hannah sei von einem Mann in die Tiefe gestoßen worden.

Die Untersuchung wäre anders verlaufen. Dessen war Sophia sicher.

»Sind Sie noch da?« Es dauerte einen Augenblick, bis Sophia den Weg aus ihren Gedanken zurück zu Veronika Stadlhuber fand.

»Ich bekomm schon raus, wer oder was für Hannahs und Lillis Tod verantwortlich ist. Eltern müssen wissen, wie ihr Kind wirklich gestorben ist, und ich möchte auch nicht, dass sich Antonia noch länger Vorwürfe macht.«

»Danke!« Veronika Stadlhubers Augen schwammen in Tränen. Sophia schluckte. Veronika Stadlhuber hob die Kaffeetasse mit dem Ginjinha. »I bin die Vroni …«

»Sophia!« Sie nickten einander zu, stießen an, den Kuss ersparten sie sich, redeten zum Du wechselnd weiter, vor allem über Veronikas Wahnsinnsangst um Antonia, seit ihre heimlich geschossenen Aktfotos im Internet aufgetaucht waren.

»Wenn das der Mörder war …«

»Noch wissen wir nicht, ob es einen gibt.«

»Aber du hast doch –«

»Ich hab nur gesagt, dass ich herausfinden will, weshalb die Mädchen gestorben sind. Falls es bei Lilli Suizid war, dann will ich das definitiv wissen.«

»Da war aber nicht amal ein Abschiedsbrief.«

»Eben.«

»Okay, aber falls es einen Mörder gibt, dann war er so dicht an der Toni dran …«

Das war auch Sophias Gedanke, dennoch wollte sie Veronika erneut beruhigen, doch Veronika war schneller: »Am Anfang, Sophia, war's mir überhaupt nicht recht, dass sich zwischen der Toni und dem Basti was entwickelt, wegen der Lilli, Sie … du kennst ja das G'red, die beste Freundin mit dem Ex, und ist ja auch passiert, das Mobbing, sodass sich die Antonia kaum noch auf die Straße traut … Aber das geht vorbei. Jetzt bin ich froh, dass sie jemanden hat. Der Basti ist a sauberer Bursch, gut in der Schule, nächstes Jahr Abi, bei der Feuerwehr ist er auch, und wenn man ihn braucht, ist er da …«

Sophia merkte ihr an, wie erschöpft sie war, als sie jetzt eine Pause machte, ehe sie weitersprach. »Wenn die Antonia beim

Basti ist, dann weiß ich … dann weiß ich ganz, ganz sicher, dass sie in Sicherheit ist …«

Etwas in Sophia sehnte sich danach, Veronika trotz allem, was sie mittlerweile über ihn dachte, recht zu geben.

∗∗∗

Morgen früh um sechs Uhr begann ihre Frühschicht. Bis dahin hatte Sophia einiges vor. Sie würde nicht nur mit Dr. Lindner gesprochen haben, sondern auch mit Pfarrer Neuhaus, der Hannah gefunden hatte, und mit Hannahs Eltern, von denen sie möglicherweise erfahren würde, ob es eine nähere Verbindung zwischen Hannah und Basti gegeben hatte.

Stunden später war sie jedoch so klug wie vorher, allerdings in Bogen um einiges unbeliebter.

Dr. Lindner, eine nicht unsympathische Frau mittleren Alters, eine Regensburgerin, die erst vor Kurzem die Praxis übernommen hatte, war absolut sicher, bei Hannahs Untersuchung nichts übersehen zu haben. Sie schilderte Sophia bis ins Detail, wie sie Hannah an dem von Osten nach Westen ansteigenden Bogenberg mit seinem Steilabfall zur Donau hin mit verrenkten Gliedmaßen und Schädelbruch aufgefunden hatte.

»Die Hannah Buchecker muss sofort tot gewesen sein. Zum Glück. Nicht auszudenken, wäre sie zu retten gewesen, hätte man sie früher gefunden.«

Sophia gab Dr. Lindner recht, wollte sich schon verabschieden, als Dr. Lindner noch etwas hinzufügte, das Sophia aufhorchen ließ.

»Als ich am nächsten Tag allerdings gehört habe, dass die alte Theres jemanden bei Hannah gesehen haben will, bin ich noch einmal zum Zöpfl und habe eine Obduktion angeregt. Sicherheitshalber. Ich hätte niemals verantworten können, etwas übersehen zu haben …«

»Und was hat er geantwortet?« Alles in Sophia vibrierte, war angespannt.

»Dass er mir vertraut. Dass er den Eltern nicht zumuten möchte, das eigene Kind aufschneiden zu lassen, nur wegen einer alten Frau, die nicht immer ganz richtig im Kopf ist und in der Einsamkeit ihres Waldlerhauses, um es vorsichtig auszudrücken, viel Phantasie entwickelt hat.«

»Sie kennen Theres?«, hakte Sophia nach.

Dr. Lindner schüttelte den Kopf. »Nicht wirklich, sie behandelt sich ja selbst mit ihren ganzen Kräutern.«

»Aber getroffen haben Sie sie schon?« Die Ärztin nickte, und Sophia fuhr fort: »Haben Sie da irgendeine Form von Demenz feststellen können?«

»Ferndiagnosen sind unseriös, und selbst wenn sie meine Patientin wäre, dürfte ich Ihnen keine Auskunft geben.«

»Arztgeheimnis. Natürlich. Und als Privatperson? Was denken Sie da über Theres?«

»Ich bitte Sie, ich hasse Gerede …«

Sophia merkte, dass sie auf diese Weise nicht weiterkam, und wechselte das Thema. »Aber ist es nicht viel ungewöhnlicher, dass die Hannah da nachts allein herumgestreift ist? Was meinen Sie, rein privat?«

»Okay.« Dr. Lindner wurde wieder zugänglicher. »Das hab ich mir auch gedacht und auch mit dem Pfarrer darüber geredet, der sie ja gefunden hat.«

»Und was hat er dazu gesagt?«

»Dass er sie ein paar Tage davor mit einem Jungen vor der Kirche beim Sex erwischt und sie beim Weglaufen ein Kettchen mit Anhänger verloren hat. Er hat es gefunden und es ihr zu diesem Zeitpunkt noch nicht zurückgegeben. Er hatte die Vermutung, sie habe in dieser Nacht danach gesucht …«

Sophia horchte auf. Hatten Pfarrer Neuhaus und Hannah wegen eines Kettchens gestritten? Waren Theres' Augen schlechter, als sie dachte? Oder hatte Theres Pfarrer Neuhaus schützen wollen, indem sie log? Nur, weshalb brachte sie ihn dann durch den vermeintlichen Anruf wieder ins Spiel? Es wurde Zeit, dass sie selbst mit dem Pfarrer redete und nicht nur über ihn. Sie wandte sich wieder an die Ärztin.

»Eine Frage noch …« Der Einfall kam spontan, und Sophia war sicher, dass Dr. Lindner ihr die Frage nicht beantworten würde, dennoch konnte sie nicht anders, sie musste sie stellen. »Leidet Sebastian Faltermeier unter einer Erkrankung, die Impotenz zur Folge haben kann?«

Es war genau die Reaktion, auf die sie gehofft hatte. Sonja Lindner war nicht der Typ für ein Pokerface, das war Sophia vom ersten Augenblick an klar gewesen. Dafür war ihr Gesicht zu offen, ihre Augen zu klar, der Blick immer direkt. Erwischte man sie jedoch hinterrücks, konnte man in ihr lesen wie in einem Buch. Auch wenn Sonja Lindner Sophia diesmal noch heftiger als zuvor an das Arztgeheimnis erinnerte und sich erkundigte, ob ihr als Streifenpolizistin diese Form der Befragung überhaupt zustand, hatte Sophia bereits an ihrer Mimik erkannt, dass sie mit ihrer Vermutung, Sebastian Faltermeier sei impotent, durchaus recht haben könnte. Ohne Dr. Lindners Frage zu beantworten, bat sie noch, Sebastians Krankenakte einsehen zu dürfen, doch da reichte es Dr. Lindner: Mit höflichen, jedoch wohlgesetzten Worten warf sie Sophia aus ihrer Praxis.

Im Gegensatz zu Sonja Lindner hörten Hannahs Eltern, Elfriede und Simon Buchecker, Sophia gar nicht erst zu, sondern gingen gleich auf sie los: »Kaum ist Gras über a Sache g'wachsen, kommt irgend so a Kuh daher und frisst es wieder ab …«

Der Vater tobte. Die Mutter presste die Lippen fest zusammen, die Augen dabei todtraurig, und Sophia fand sich innerhalb von Sekunden vor der Tür der Bäckerei Buchecker wieder mit der Botschaft: »Deine Brezen kaufst woanders, ned bei uns!«

***

Pfarrer Neuhaus war da schon entgegenkommender, als sie ihn im Pfarrhaus aufsuchte und ihn aufgrund ihrer Erfahrungen eher vorsichtig fragte, mit wem Hannah so befreundet gewesen war.»Mit dem Richard Engerling, vom Wirtshaus Engerling, ist die Hannah ganz viel zusammen g'wesen. Die beiden haben schon bei mir ministriert und eigentlich immer die Köpf zammg'steckt.«

»Rost?«

»Ja, das ist sein Spitzname.«

»Danke.« Sophia stand auf, bejahte Pfarrer Neuhaus' Frage, ob er sie zukünftig sonntags regelmäßig in der Kirche würde begrüßen dürfen, tat so, als würde sie wieder gehen wollen, als sie die nächste Frage wie einen Pfeil auf ihn abschoss, so unerwartet und zielsicher, dass es dem Pfarrer in seiner Behäbigkeit nicht mehr gelang, sich unter ihr wegzuducken.»Theres hat Sie kurz nach Mitternacht wegen Hannah angerufen. Warum haben Sie erst um sechs Uhr morgens nach ihr gesucht?«

Pfarrer Neuhaus sah sie verblüfft an:»Wovon sprechen Sie? Theres hat mich nicht angerufen ...«

Jetzt war Sophia verblüfft.»Sie hat Sie nicht angerufen und Ihnen gesagt, Hannah sei von einem Unbekannten in die Tiefe gestürzt worden, und Sie sollen sofort Polizei und Notarzt verständigen?«

»Nein!« Pfarrer Neuhaus ließ sich schwer atmend auf einen Stuhl fallen, als habe ihm die Fassungslosigkeit den Boden unter den Füßen weggezogen.»Das ist das erste Mal, dass ich davon höre.«

»Theres sagt aber, dass sie es getan hat.«

»Dann irrt sie sich. Sie ist manchmal ... na ja ...«

»Vielleicht hat sie auf Ihren Anrufbeantworter gesprochen. Mein Vater«, sie versuchte, dem alten Herrn eine Brücke zu bauen,»kann bis heute nicht damit umgehen ...« Sie lachte betont und laut auf, ärgerte sich gleichzeitig, weil ihr Lachen so unnatürlich klang.»Von mir sind bestimmt zwanzig Nachrichten auf seinem Handy, die er noch nicht abgehört hat.«

»Schön, dass Sie nach so vielen Jahren die Handynummer Ihres Vaters haben.« Pfarrer Neuhaus blieb gelassen.»Ihre Mutter hat mir erst kürzlich erzählt, er habe sich nie wieder gemeldet, seit er vor zwanzig Jahren auf und davon ist.«

Touché! Sophia seufzte. Sie hatte ganz vergessen, dass Bogen nicht München, sondern eine Kleinstadt war, wo man mit solchen kleinen Tricks baden ging. »Dann mal Butter bei die Fische. Können Sie mit dem Anrufbeantworter umgehen, ja oder nein? Wenn nicht, dann können wir gemeinsam –«

»Ich weiß, wie man den AB abhört, allein schon, weil ich für meine Schäfchen Tag und Nacht da bin.«

»In der Nacht von Hannahs Tod offensichtlich nicht!« Sophia sah etwas in Pfarrer Neuhaus' Augen aufblitzen, dachte, jetzt hab ich ihn, und setzte noch eins drauf. »Sie wissen, dass die Handy-Forensik auch gelöschte Nachrichten und Anrufe herauslesen kann ...«

Schweigen! Langes Schweigen, und als Pfarrer Neuhaus endlich antwortete, war seine Stimme die eines Mannes, der sich seiner völlig sicher war. »Theres hat mich nicht angerufen, Frau Alvarez. Es war genau so, wie ich es der Polizei damals gesagt habe. Ich habe vor der Frühmesse noch einen Spaziergang an der Donau gemacht und dabei die Hannah gefunden. Sie war schon tot. Ich hab die Polizei benachrichtigt und den Notarzt, hab für die Hannah gebetet und sie Tage später beerdigt, das ist die Wahrheit, nichts als die Wahrheit, so wahr mir Gott helfe.« Sophia wollte schon klein beigeben, als Pfarrer Neuhaus noch hinzufügte: »Ich hab mit der Hannah nichts mehr zu tun g'habt, seit sie nimmer ministriert hat ...«

Das war eine glatte Lüge! Sophia hielt kurz die Luft an, fühlte sich in diesem Moment tatsächlich wie eine Jägerin, die ihre Beute im Visier hatte, atmete ganz langsam wieder aus, um ganz ruhig zu sein, wenn sie ihre Frage stellte: »Warum, Herr Neuhaus, warum lügen Sie mich an?«

Getroffen. Er wurde unsicher, das sah sie an seinen flatternden Augenlidern. »Was meinen Sie damit?«

»Die Hannah hat sich mit jungen Männern bei der Kirche herumgetrieben. Sie haben sich oft über die gebrauchten Kondome geärgert.«

»Stimmt«, lenkte er ein. »Aber sie ist nicht die Einzige. Vor einigen Wochen hab ich in der Kirche sogar Vaseline gefunden. Als ob s' kein eigenes Zuhause ham, die Leut, nicht nur die Jugend übrigens, da muss das Gotteshaus herhalten. Gern auch die Sakristei … Das ist doch nicht richtig?« Fast flehend sah Pfarrer Neuhaus Sophia an.

»Nein«, gab sie ihm recht. »Das ist es nicht, natürlich nicht. Und die Hannah? Warum sagen Sie, Sie hätten nichts mehr mit ihr zu tun gehabt? Sie hatten mit ihr zu tun. Sie waren wütend auf sie, dass sie einen heiligen Ort entweiht.«

»Heiligen Ort entweihen, geht's noch a bisserl pathetischer?« Pfarrer Neuhaus schüttelte genervt den Kopf. »Ich versteh, dass junge Menschen Sex haben, warum auch nicht. Aber eben nicht in der Kirch. Und was die Hannah betrifft: Ihr Ruf war eh schon schlecht genug, da muss ich nicht auch noch draufhauen … Schon Jesus hat zu den Pharisäern gesagt, die sich darüber aufg'regt ham, als ihm eine stadtbekannte Hure die Füße gesalbt hat: Die Zöllner, hat er g'sagt, und die Huren kommen eher ins Reich Gottes als ihr.«

»Hannah war eine Prostituierte?« Das zumindest war eine neue Information.

»Müssen Sie alles in den Dreck ziehen?« Pfarrer Neuhaus lief dunkelrot an, und Sophia konnte sich des Verdachts nicht erwehren, dass Hannah in seinem Leben eine noch ganz andere Rolle gespielt hatte. Aber wie passte Lilli zu dieser Theorie? Vielleicht doch zwei völlig voneinander getrennte Fälle?

»Ich will einfach nur herausfinden, ob es ein Unfall war oder Mord. Sie hatten noch ein Kettchen mit Anhänger von der Hannah …«

»Mord?« Pfarrer Neuhaus wirkte auf einmal viel kleiner und schmaler, als er war, ging auf das Kettchen nicht ein. »Sie meinen, so wie bei der Lilli Gruber?«

Sophia horchte auf, konnte kaum glauben, was sie da hörte, brauchte einen Augenblick, um ihre Gedanken zu sammeln und vor allem, um sich an den genauen Wortlaut zu erinnern. »Sie erinnern sich, bei der Familie Gruber, als wir gesprochen haben? Ich hab Sie gefragt, ob Sie ein anderes Opfer erwartet haben als die Lilli Gruber …«

»Und ich hab Ihnen damals schon gesagt, dass ich nix erwartet hab. Vor allem ned, dass am Pfingstsamstag so a armes Madl stirbt.«

»Und trotzdem reden Sie jetzt von Mord? Reden Sie, sagen Sie mir endlich, was Sie wissen!«

Pfarrer Neuhaus presste jedoch nur die Lippen zusammen, und in diesem Moment wusste Sophia, dass es völlig unwichtig war, ob Hannah Pfarrer Neuhaus gegen Geld einen Gefallen getan hatte oder nicht. Mit seinen Worten lag etwas ganz anderes, etwas sehr viel Wesentlicheres auf dem Tisch. Sie machte eine kleine Pause und sprach es dann mit einer Betonung aus, als wäre jedes Wort nicht nur eine Behauptung, sondern Fakt: »Jemand hat Ihnen den Mord gebeichtet.« Sie wurde drängender. »Wer, Herr Neuhaus, wer war es? Was genau wissen Sie?«

Pfarrer Neuhaus schwieg.

Sophia drängte weiter: »Wenn es so ist, dann müssen Sie mir das jetzt sagen.«

Stille.

Sophia änderte die Taktik, zwang sich zur Ruhe, wurde sanfter, verständnisvoll. »Ich weiß, das Beichtgeheimnis. Es ist vermutlich nicht immer einfach, was einem da alles auf die Schultern geladen wird, und man darf nicht drüber reden.«

»Nicht einfach!« Wieder das unsichere Flattern der Lider, und auch das Atmen schien Pfarrer Neuhaus noch mehr Mühe zu machen als sonst.

»Lilli, Hannah, er wird wieder töten ...« Sophias Stimme wurde beiläufig, so als sei das ohnehin nicht mehr zu ändern. »Fragt sich nur, wer die Nächste sein wird.«

Das Flattern der Lider hörte auf. Das Gesicht des Pfarrers verschloss sich, Sophia zog wieder an, wurde eindringlich.

»Er hat Lilli verbrannt, Herr Neuhaus. Wissen Sie, was das heißt? Es ist der schlimmste Tod, den man einem anderen antun kann. Dieser Mann verdient keinen Schutz.« Pause. Prüfender Blick. »Es ist doch ein Mann?«

»Selbst wenn es so wäre, wie Sie sagen ...«

»Ist es so?«

»... ich kann und werde das Beichtgeheimnis nicht brechen.«

Hatte Pfarrer Neuhaus möglicherweise den Bruchteil einer Sekunde gezögert, so hatte er sich jetzt endgültig wieder gefangen. Sophia war klar, dass sie von nun an nur noch gegen eine Wand reden würde, gleichgültig, wie viele Mädchen noch sterben würden. Sie stand auf, sah Pfarrer Neuhaus mit festem Blick an, ehe sie zu einem letzten Schlag ausholte.

»Wenn noch ein Mädchen umkommt, dann tragen auch Sie eine Mitschuld. Und ich frage mich, wie Sie das vor Ihrem Gott verantworten wollen.«

Pfarrer Neuhaus setzte Sophia nicht vor die Tür, aber er bat sie ohne zu lächeln hinaus. Sie überlegte noch, dass sie in der Kirche jetzt wohl nicht mehr so gern gesehen sein würde, als ihr ein ganz anderer Gedanke kam. Das konnte nicht sein ... oder vielleicht doch? Ihr Herz schlug bis zum Hals. Langsam drehte sie sich zu Pfarrer Neuhaus um. »Kann es sein, dass ...«

Doch er hatte die Tür schon hinter sich zugezogen. Sie hätte läuten können. Sie tat es nicht. Sie würde in diesem Fall die Sache lieber von Angesicht zu Angesicht klären.

31

»Du warst es, dich hat Theres in der Nacht angerufen, in der Hannah ums Leben gekommen ist!«

Statt einer Antwort entfernte die Mutter die Einstreu aus dem Hasenstall und begann, ihn mit einem feuchten Tuch zu reinigen.

»Red mit mir!« Sophia zitterte vor Ungeduld, auch weil die Mutter trotz der Anschuldigung nicht einmal zu ihr aufsah, sondern einfach nur weiter den Stall säuberte.

»Hallo?«

Jetzt endlich hielt die Mutter inne, drehte sich zu ihr um. »Ich red mit dir, sobald du mit dem saublöden Gerede aufhörst. Dauernd unterstellst mir was. Zuerst ist es dei Vater und jetzt die Hannah ...« Sie wandte sich wieder ab. »Dort drüben sind noch mehr Lappen, kannst dir einen nehmen, und dahinten steht der Eimer mit Essigwasser, damit geht der penetrante Geruch vom Urinstein weg.«

Trotz der Aufforderung machte Sophia nicht die geringste Anstalt, ihrer Mutter zu helfen. »Die Theres hat jemanden in der Nacht angerufen, als die Hannah den Gneisbuckel runter ist. Der Pfarrer war es nicht. Also kannst nur du es gewesen sein.«

»So ein Schmarrn!« Die Mutter hielt inne. »Wieso ich? Die Theres kann sonst wen angerufen haben ...«

»Verkauf mich nicht für dumm, Mutter. Du weißt genau, dass die Theres nur zwei Nummern auf ihrem Handy gespeichert hat, deine und die vom Pfarrer.« Sophia entschloss sich nun doch, ihrer Mutter unter die Arme zu greifen, packte die Holzstreu, die vor dem Stall lag, und begann, den Teil einzustreuen, der inzwischen trocken war. »Was ist das Problem? Warum gibst du es nicht zu? Weil du ebenso wenig Hilfe g'holt hast wie die Theres? Unterlassene Hilfeleistung nennt man so was. Warum, Mama?« Sophia hielt inne, und ihre Stimme klang verzweifelt, als sie weitersprach. »Warum habts ihr die Hannah alle im Stich gelassen? Was hat das arme Mädel euch allen getan?«

»Nix!« Die Mutter wirbelte so schnell herum, dass Sophia über die Heftigkeit ihrer Bewegung überrascht war, und richtete sich auf. »Nix hat sie getan, außer dass sie ein bisschen Spaß hat haben wollen. Dafür is sie verachtet worden, genau wie ich damals.«

Hilflos stand die Mutter vor ihr mit Armen, die an ihren Schultern baumelten, als gehörten sie nicht zu ihr. »Ich weiß, was das Mädel durchg'macht hat, das Gerede … Ja, sie war naiv, die Hannah, hat immer geglaubt, es ist die ganz große Liebe, und hat nicht g'merkt, dass sie einfach nur ausgenützt worden ist, immer und immer wieder … Ich hab ihr so oft g'sagt: ›Lass dir Zeit, stell ihn erst einmal auf die Probe‹, aber sie hat mich immer angestrahlt und g'sagt: ›Annemarie, diesmal ist es der Richtige, ganz bestimmt‹ …«

»Dann hat sie kein Geld für Sex genommen?«

»Spinnst du? Wer behauptet so was?«

Die Empörung der Mutter war echt, und es fiel Sophia nicht leicht, ihr die zweite Frage zu stellen, aber sie wollte auch diese Überlegung ausgeräumt haben, die sie vermutlich nur auf die falsche Spur brachte. »Auch nicht vom Pfarrer Neuhaus?«

»Kind, Kind, was hat der Beruf nur aus dir gemacht, dass du nur noch das Schlechte in den Menschen siehst?« Statt eines weiteren Vorwurfs strich ihr die Mutter zärtlich über das Haar. »So kann man doch nicht leben, kann man doch nicht.«

Die Mutter ließ den Arm wieder fallen, sah Sophia an. »Die Hannah war ein anständiges Mädchen. Sie hatte nur einen Fehler. In ihrer Suche nach Zuneigung hat sie die Männer zu wichtig genommen, ihr Glück von ihnen abhängig gemacht. Das ist nicht gut. Das ist nie gut.«

Sie verlor sich, und Sophia ahnte, wo ihre Mutter jetzt mit ihren Gedanken war, und auf einmal – sie war selbst überrascht darüber – fing jede einzelne Zelle in ihr zu tanzen an und zu leuchten. Ihre Mutter hatte den Vater geliebt. Sie hatten einander geliebt. Sie war kein Kind des Hasses. Sie war ein Kind der Liebe. Für einen Moment wusste sie, was der Ausdruck bedeutete, wie neu geboren zu sein.

Sie nahm sich zusammen, wurde wieder sachlich. »Ihr seid euch nahegestanden?«

Jetzt war es Sophia, die ihre Mutter behutsam berührte, sie zu dem Schemel führte, der in der Ecke stand, und sie aufforderte, sich zu setzen. Die Mutter sah Sophia aus mit Tränen verschleierten Augen an.

»Ich hab mir immer vorg'stellt, dass sie meine Enkelin sein könnt.«

Alles in Sophia wurde sanft. »Du wirst deine beiden Enkel kennenlernen. Ich hol sie her, in den Bayerischen Wald, versprochen.«

Die Mutter nickte, und Sophia ließ sich zu ihren Füßen in das frisch aufgeschüttete Stroh fallen, sah zu ihrer Mutter auf. »Und jetzt erzähl mir bitte alles. Auch, was du wirklich glaubst. Glaubst du, es könnte bei der Hannah Suizid gewesen sein?«

Annemarie schüttelte den Kopf. »Dafür war die Hannah viel zu lebenslustig und positiv. Das war kein Selbstmord. Nicht bei ihr und nicht bei der Lilli.«

Sie verfiel wieder in Schweigen, und Sophia ließ ihr Zeit. Sie wusste nicht, wie viel Zeit vergangen war in der Stille und dem Halbdunkel des Stalls, als ihre Mutter endlich weitersprach. »Die Theres hat mich angerufen in dieser Nacht. Das heißt, ich hab das Handy läuten hören. Bin aber nicht ran … Ich war so müd, so müd. Egal, was es war, ich hab nix mehr wissen wollen von dera Welt. Immer nur für andere da sein, und am End ist man selber allein.«

»Sie hat dir auf den AB gesprochen, Mama.« Sophia nahm die abgearbeiteten Hände ihrer Mutter, die älter waren als das Gesicht. Sonne und Kälte ausgesetzt, nicht regelmäßig mit einer guten Handcreme gepflegt. Aber sie mochte das Raue.

Es fühlte sich irgendwie lebendig an. Nicht glatt. Nicht so verdammt neutral. Sie hielt die beiden Hände und begann, sie mit dem Daumen zu streicheln. Sie war da. Und so wie damals, einfach so, würde sie auch nicht mehr weggehen. Nun, da sie am eigenen Leib erfahren hatte, wie grausam das für eine Mutter war. Das Weggehen von Kindern ohne einen einzigen Blick zurück.

»Um sechs Uhr früh direkt nach dem Wachwerden hab ich es abgehört. Ich hab gleich gemerkt, dass die Theres g'meint hat, sie spricht mit dem Pfarrer, und dass sie g'sehn hat, wie jemand die Hannah vom Gneisbuckel g'schubst hat, und dass sie nix machen kann, weil ihr ja doch niemand glaubt und alle sie für verrückt halten. Den Pfarrer, den hält niemand für verrückt, dem glaubt man, deshalb wollte sie, dass er sich kümmert …«

»Und dann?« Sophia streichelte weiter und weiter.

»Nix mehr. Ich bin hin und hab g'sehn, dass sie schon alle da waren, die Doktorin, die Sanitäter, die Polizei, sogar die Feuerwehr …«

Sophia kam ein Gedanke, sie sprach ihn aus, ehe sie sich zurückhalten konnte. »Die Feuerwehr – war der Sebastian Faltermeier auch dabei?«

»Logisch. Der is immer dabei, wenn's was zu helfen gibt.«

»Wie hat er reagiert, als er die tote Hannah g'sehn hat?«

Die Mutter zog die Hände abrupt weg, und Sophia fühlte die Leere in den Händen fast körperlich. »Wie meinst jetzt des?«

»Ist die Hannah in ihn verliebt gewesen? War er auch einer, der sie –«

»Schmarrn!« Die Mutter lachte auf. »Der Basti ist ned so einer, des is a anständiger Kerl, der spielt nicht mit der Liebe.«

Sophia hätte dazu einiges zu sagen gewusst. Dass der Basti mit der Lilli Schluss gemacht hatte und gleich nach ihrem Tod mit ihrer besten Freundin, Antonia, zusammengekommen war, und dass Alois Gruber ihn für einen Schürzenjäger hielt und nicht nur er. So anständig war der Basti. Sie sagte nichts, hatte jedoch noch eine andere Frage. »Warum hast du nicht der Polizei gesagt, was die Theres zu sehen geglaubt hat?«

»Zu sehen geglaubt, genau darum geht's. Die Vorstellung, dass jemand der Hannah so was antut, dass ein Mörder hier rumläuft«, die Mutter schüttelte energisch den Kopf, »das will man doch nicht gleich wahrhaben. Ich hab verdrängt, weiterg'macht, so wie alle anderen auch, weil das Leben weitergeht und die Trauer irgendwann nicht mehr mit einem macht, was sie will, sondern nur noch kommt, weil man grad Zeit für sie hat und es zulässt.«

Sophia verstand. »Nix hören, nix sehen, nix sagen, wie die drei Affen.«

»Es ist euer Job, die Wahrheit rauszufinden, nicht meiner. Die haben ja die Aussage von der Theres g'habt, dass die Hannah in der Nacht nicht allein g'wesen is …«

Sophia sagte nichts mehr, fühlte nur noch Verachtung für diese Welt, in der alles so bleiben sollte, wie es immer war. Egal, was es kostete und wen es etwas kostete. Sie nahm das Versprechen zurück, das sie ihrer Mutter zum Glück noch nicht gegeben hatte. Sie konnte nicht bleiben. Sobald es ihr möglich war, würde sie ihn wieder verlassen, diesen verlogenen, bigotten, gegen die Menschen und die Wahrheit so grausamen Ort.

»Ich geh!« Sie wollte sich schon von der Mutter abwenden, doch da packte Annemarie mit beiden Händen ihre Hand.

»Bitte, Sophia!«

»Ich sag schon nix!«

»Darum geht es nicht.« Die Mutter fing an zu weinen. »Seit jenem Tag frag ich mich immer und immer wieder: Wenn ich ans Telefon gegangen wär, könnt die Hannah dann noch leben? Hätte ich sie vielleicht retten können?«

Für den Bruchteil einer Sekunde spürte Sophia in sich eine große Lust, sie mit ihren Schuldgefühlen allein zu lassen, doch dann sah sie die Mutter, so klein, so verzweifelt, und sie konnte es nicht, weil es auch nicht nur ihre Mutter war, sondern auch die Menschen um sie herum. Die Gesellschaft.

»Der Arztbericht ist eindeutig. Die Hannah war sofort tot. Weder du noch die Theres hätten etwas tun können.«

»Doch«, widersprach die Mutter leise. »Wir hätten verhindern können, dass noch ein Mädel stirbt.«

»Vielleicht«, antwortete Sophia. »Vielleicht auch nicht ...« Und dann tat sie es doch. Sie nahm ihre Mutter in den Arm und versprach ihr, sie nie wieder alleinzulassen, egal, wohin das Leben sie noch führen würde.

Er war verzweifelt. Warum tat sie das? Warum tat sie ihm das an? Sie war keine Hure wie die anderen. Sie war ein Engel. So schön. So wunderschön, als er ganz leise auf der Leiter zu ihrem Fenster hinaufgestiegen war und die Fotos gemacht hatte. Zuerst nur für sich, bis er auf die Idee gekommen war, sie der ganzen Welt zu zeigen. Alle sollten sehen, was ihm allein gehörte. Alle sollten sie sehen und sie genauso wenig berühren dürfen wie er.

Doch als er sie in dieser Nacht, diesmal sicherheitshalber mit Fernglas, aus einiger Entfernung beobachtet hatte, hatte sie ihm den Beweis dafür geliefert, was er allmählich zu ahnen begann. Sie bereitete alles vor, damit er sie berührte. Die Musik, die Dessous, sogar Prosecco hatte sie gekauft, mit dem sie dann das Zimmer verlassen hatte, um ihn kalt zu stellen. Es war also nur noch eine Frage der Zeit. Tränen liefen ihm über das Gesicht. Warum nur, warum? Warum es nicht einfach lassen, wie es war? Es war nicht sie, da war er sicher. Es waren die anderen. Die Freundinnen, die ihr zuflüsterten, Sex gehöre dazu. Ohne Sex könne man keinen Mann halten. Er war anders. Warum wollte das niemand begreifen? Weshalb sah sie nicht das Besondere in ihm? Das Reine? Dass er sie meinte. Nicht ihren Körper. Auch wenn er sich nach ihm sehnte, aber es musste, es konnte nicht sein. Ihm genügte allein die Liebe, die er für sie empfand, warum nicht ihr?

Nicht aus Schamgefühl war das Geschlecht des Gekreuzigten, das sie in Italien »Natur« nannten, in letzter Sekunde noch von ihm Wohlgesinnten mit einem Lendenschurz bedeckt worden, sondern um seine Würde zu bewahren und weil auch ein Jesus Christus dort wie alle Männer am verletzlichsten war. Ausgeliefert. Festgenagelt an Händen und Füßen, hatte er sich nicht selbst schützen können. Vor den Blicken. Vor dem Hohn. Vor der im Schmerz und durch Angst ausgelösten Erektion.

Genau so fühlte er sich.

Gekreuzigt und ausgeliefert.

Nicht in der Lage, sich zu schützen.

Oh Gott, wie er sie liebte. Liebe, dieses große Wort, das viel zu klein für sie war. Er wollte sie nicht töten müssen so wie die anderen. Er wollte nicht töten. Er wollte lieben.

»Kommst du?« Seine Mutter rief ihn.

Er zuckte zusammen. Wischte sich rasch die Tränen aus den Augen. »Ich komme«, rief er zurück, auch wenn es schon nach Mitternacht war und er dann wieder nicht würde schlafen können. Aber vermutlich hatte sein Vater wieder zugeschlagen, mit Worten oder vielleicht wie schon so oft mit der Hand. Manchmal wusste er nicht, was schlimmer war. Egal, die Mutter brauchte ihn.

Er war kein Liebhaber, würde wahrscheinlich nie einer sein, aber er war zumindest – ein guter Sohn.

Langsam und schwer stieg er die Treppe hinab, die Worte im Ohr, die er auch irgendwann aufgeschnappt und für immer behalten hatte: Das Paradies liegt unter den Füßen der Mütter.

Als Sophia nach einer langen, schlaflosen Nacht – zu viele Gedanken rumpelten durch ihren Kopf – das Polizeirevier betrat, lagen exakt drei Beschwerden gegen sie vor.

Dr. Sonja Lindner beschwerte sich nicht nur darüber, dass sie offenbar als Privatperson und nicht als Polizistin und somit unter Vorspiegelung falscher Tatsachen ermittelt hatte, sie beschwerte sich auch über Sophias Tonfall und dass sie sie indirekt gedrängt hatte, das Arztgeheimnis zu brechen.

Die Eltern von Hannah Buchecker wiederum wollten einfach nur in Ruhe gelassen werden und empfanden allein den Gedanken, Hannah in ihrer Totenruhe für eine Obduktion zu stören, als ein unglaubliches Ansinnen. Darüber hinaus hatte Pfarrer Neuhaus die Bucheckers informiert, dass Sophia ihrer Tochter Prostitution unterstellte. Völlig aufgelöst sei er zu ihnen gekommen, um sich gegen den Vorwurf zu wehren, er habe Hannah für ihre »Dienste« bezahlt. Er sei nie etwas anderes als ein väterlicher Freund für sie gewesen, das müsse man ihm glauben, er habe Hannah, seit sie Ministrantin und schon damals ein bisschen wild gewesen sei, immer nur vor sich selbst beschützen wollen. Simon Buchecker, der nicht die geringsten Zweifel an dem Pfarrer hatte, forderte Zöpfl in einem langen Schreiben auf, gegen Sophia eine disziplinarische Maßnahme zu ergreifen. Am liebsten wäre es ihm, sie ganz aus Bogen zu entfernen. Während er auch sein Geschäft im Auge behalten müsse – so ein Gerede könne ihm immens schaden –, ginge es seiner Frau nur um ihr Kind. Ihr Kind, das auch ein Recht habe, seine Sünden in Ruhe zu bereuen.

Sophia wurde fast übel bei so verlogenem, bigottem Pharisäertum. Vor Aufregung fand sie kaum noch Worte, um sich gegen die Anschuldigungen zu verwahren, die sich Ferdinand Zöpfl fast genießerisch auf der Zunge zergehen ließ.

Zu guter Letzt gab es noch Pfarrer Neuhaus, der sich bei

Zöpfl über Sophias Unterstellung beschwert hatte, er kenne den Mörder, und dass sie ihn aus diesem Grund bedrängt habe, das Beichtgeheimnis zu brechen. Für ihn aber noch sehr viel schlimmer sei ihre Unterstellung, Theres' Anruf ignoriert und sogar gelöscht zu haben. Er habe keinen Anruf bekommen, versicherte er erneut, und er habe sich keiner unterlassenen Hilfeleistung schuldig gemacht. Über Sophias Andeutung, er habe mit Hannah ein engeres Verhältnis gehabt als bekannt, hatte er allerdings kein Wort verloren, was Sophia sofort wieder misstrauisch machte.

Zöpfl trug dies alles in seinem Büro in ruhigem Ton vor. Danach war er erst einmal still, und genau diesen Moment nützte Sophia aus, um dagegenzuhalten: Sie sei nicht einfach so bei Sonja Lindner erschienen, sie habe einen konkreten Verdacht, und was sie überhaupt nicht verstehen könne, sei, weshalb Zöpfl trotz Theres' Hinweisen nicht ermittelt, nicht einmal eine Obduktion angeordnet hatte.

Des Weiteren weise sie die Vorwürfe der Eltern Buchecker weit von sich. Was seien das überhaupt für Menschen, denen der Ruf und das Geschäft wichtiger waren, als den Tod ihrer Tochter aufzuklären? Wie sie inzwischen wisse, sei Hannah eine junge Frau gewesen, die verzweifelt nach der Liebe gesucht habe, die ihre Eltern ihr, warum auch immer, nicht gegeben hatten. Nein, eine Prostituierte sei sie nicht gewesen, da sei Sophia jetzt auch sicher. Aber ein Mädchen sei sie gewesen, das, aus oben genanntem Grund, Sex mit Liebe verwechselt habe, was ihr wiederum zum Verhängnis geworden sei. Unglaublich, dass sich Zöpfl mit der Erklärung zufriedengegeben habe, Hannah habe nachts auf dem Gneisbuckel nach ihrem Kettchen gesucht. Nachts! Warum nicht tagsüber? Und wenn man schon wusste, dass sich dort die jungen Paare trafen, um Sex zu haben, weshalb sei Zöpfl nicht einmal auf die Idee gekommen, Theres' Aussage zu glauben, Hannah sei nicht allein gewesen?

Was übrigens Pfarrer Neuhaus betraf, sei sie sogar sehr sicher, dass der Mörder bei ihm gebeichtet habe. Beichtgeheimnis hin oder her, sollte noch ein Mädchen sterben müssen, dann habe Neuhaus das ebenso vor seinem Gewissen zu verantworten wie Zöpfl, der einfach nur schlampig ermittelt habe und es immer noch tue. Zuerst bei Hannah und jetzt bei Lilli. Offenbar – sie warf einen betonten Blick auf die Hanteln, die in einer Ecke lagen – seien ihm seine Muskelpakete wichtiger.

Autsch! Am liebsten hätte sie sich auf die Zunge gebissen. Konnte sie nicht einmal vorher überlegen, was sie sagte? Sie schielte Zöpfl unter der dicken dunklen Haarsträhne, die ihr immer wieder ins Gesicht fiel, von der Seite her an. Zöpfl schielte nicht. Er begegnete ihr mit festem Blick und schwieg. Und das Schweigen dehnte sich und dehnte sich, wobei sie wieder an den Kaugummi aus ihrer Kinderzeit denken musste und hoffte, dass sie den Moment überlebte, in dem Zöpfl ganz sicher platzen würde.

Zöpfl platzte nicht. Seine Stimme war ruhig, gefährlich ruhig, als er jetzt antwortete: »Wie sind Sie an die Akte über Hannah Buchecker gekommen? Sie haben in Ihrer Position weder das Recht, sie anzufordern, noch haben Sie den Zugangscode.«

»Durch einen Kollegen«, antwortete sie, froh darüber, dass er die Frechheit mit den Hanteln ignorierte. »Aber das ist jetzt egal –«

»Ist es nicht!« Noch immer diese gefährliche Ruhe. »Sie haben jede Vorschrift gebrochen, die man brechen kann.«

»Ich werde den Namen des Kollegen nicht nennen.«

»Müssen Sie auch nicht. Sie sind suspendiert.«

**

Vom Dienst suspendiert. Zwangsbeurlaubung. Kürzung der Bezüge. Die Rückkehr in die Mordkommission nach München weiter entfernt als der Himmel. Höchststrafe. Und irgendwie hatte sie es bewusst herbeigeführt. Immer mit dem Kopf durch die Wand. Warum war sie, wie sie war?

Sie erinnerte sich an das, was Chris in der schlaflosen Nacht in Passau zu ihr gesagt hatte: dass immer die Eltern verantwortlich dafür seien, was aus Kindern wird. Sie war stur, dickköpfig, eigenwillig. Okay, sie war nicht grade einfach, aber er hatte auch nicht von Menschen mit schwierigem Charakter gesprochen, sondern von Verbrechern. Wenn Jugendliche Gewalttaten begingen, das hatte er gemeint, dann war in ihrer Kindheit etwas schiefgelaufen.

»Das war's«, mischte sich Zöpfl zu ihrer Verärgerung in ihre Gedanken ein, von denen sie noch nicht wusste, wohin sie sie führten, von denen sie jedoch ahnte, dass sie wichtig waren. »Packen Sie Ihre Sachen.«

Sich nicht beirren lassen. Weiterdenken. Statt auf Zöpfl zu reagieren, trat sie ans Fenster, ignorierte seinen irritierten, ja fast ratlosen Blick.

Was hatte Chris noch gesagt? Sie kramte in ihrem Kopf. Er hatte von einem bekannten Schweizer Forensiker berichtet, dessen Name ihr entfallen war. Diesem Forensiker war in seiner Laufbahn nur ein einziger Fall untergekommen, bei dem im Elternhaus des jugendlichen Täters alles in Ordnung gewesen war.

»Bei dem Jungen, der schon mit dreizehn vergewaltigt und gemordet hat«, hatte Chris erklärt, »hatte möglicherweise eine Fehlbildung im emotionalen Bereich des Gehirns zu den schrecklichen Taten geführt. Die Eltern hatten mit ihrem Kind einfach nur Pech gehabt.«

Sie musste im Elternhaus ansetzen ...

»Wenn Sie mein Büro nicht freiwillig verlassen –«, unterbrach Zöpfl erneut ihren so wichtigen Gedankengang, und Sophia wirbelte herum: »Können Sie nicht mal die Klappe halten?«

Zöpfl sah sie mit einem seltsamen Blick an, riss die Tür auf und rief: »Fritz, kommst du mal?«

Sophia ahnte, dass er sie hinauswerfen lassen wollte, hatte jedoch keine Zeit für diesen Unsinn. Denn jetzt fiel ihr ein, was Chris noch gesagt hatte. Sie solle sich erkundigen, wer in der Gegend dafür bekannt sei, schon als Kind Tiere gequält zu haben. »Such nach irgendwelchen Hinweisen, Klei…« Sie lächelte bei der Erinnerung daran, wie rasch er sich verbessert hatte. Chris! Sie hatte Sehnsucht nach ihm.

»Kommen Sie bitte mit!« Fritz Büchlein stand jetzt hinter ihr.

Sie ignorierte ihn, drehte sich stattdessen langsam zu Zöpfl um, hob ein wenig den Kopf, um größer zu erscheinen, als sie war, und sagte, ihre Stimme klang dabei absolut ruhig: »Denken Sie an mich, wenn Sie das nächste Mädchen tot auffinden. Vermutlich noch grausamer getötet als Lilli Gruber und Hannah Buchecker. Denn der Mörder wird sich in seiner Mordlust noch steigern und steigern. Haben Sie eine Tochter?« Statt Zöpfl schüttelte Fritz Büchlein den Kopf. »Ich schon!«

Sophia wollte den Raum schon endgültig verlassen, da fiel ihr ein, dass sie Zöpfl zumindest noch informieren sollte, dass Max in den nächsten Tagen zum Drogentest kommen würde.

»Raus!«

Sich fragend, ob Zöpfl generell seine Beamten so anschrie oder nur sie, drängte Sophia mit hocherhobenem Kopf ihren Kollegen, Einsatzbereich Bürgernähe, beiseite, verließ Zöpfls Büro, ging wortlos zu ihrem Schreibtisch, packte wortlos die wenigen Sachen, die sie erst vor wenigen Tagen mitgebracht hatte, in den Karton, ging wortlos an ihren Kollegen vorbei, von denen keiner ihrem Blick standhielt, sondern den Kopf senkte, zog in der Umkleidekabine ihre Uniform aus und war schon fast erleichtert darüber, die Zwangsjacke endlich wieder ablegen zu können, als es an der Tür klopfte.

»Nein!«

Doch in der nächsten Sekunde schon stand Zöpfl vor ihr. Seine Augen glitten automatisch über ihre schönen Dessous, auf die sie auch unter der Uniform Wert legte, um sich weiblich zu fühlen. Weder entschuldigte er sich noch ging er. Gleichzeitig lag wieder das Prickeln in der Luft, das sie schon bei ihrer ersten Begegnung empfunden hatte. Sie hasste ihn und vor allem sich dafür, dass er diese Gefühle in ihr auslöste, fauchte ihn an: »Verschwinden Sie, oder wollen Sie mich noch mehr demütigen?«

»Ziehen Sie Ihre Uniform wieder an«, sagte er jedoch nur. »Wir ermitteln, und diesmal offiziell.« Die Tür fiel hinter ihm zu.

Sophia ließ sich mit der Uniform auf die Bank vor ihrem Spind fallen und wusste nicht, ob sie sich darüber freuen oder ob sie weinen sollte, weil damit ihr Schicksal Bayerischer Wald praktisch besiegelt worden war. Letzter Ausweg Rausschmiss versperrt. Doch immerhin hatte sie etwas für die toten Mädchen erreicht und würde es hoffentlich auch schaffen, dass keines mehr hinzukam. Sie fühlte sich wieder stark, und mit Zöpfls beunruhigender Manneskraft würde sie auch noch fertigwerden.

Sophia zwängte sich wieder in die Polizeiuniform, die noch immer grün und nicht blau war, nahm ihren Karton, stellte die wenigen Dinge zurück auf ihren Schreibtisch, die verstohlenen Blicke von Kim Mayer und Fritz Büchlein ignorierend, atmete tief durch und klopfte an die Tür von Zöpfls Büro. Sein »Herein« ließ etwa eine halbe Sekunde auf sich warten, dann kam es, Sophia zupfte ihre Uniform zurecht, machte sich zumindest in Gedanken größer, als sie war, atmete noch einmal tief durch, trat ein und begann auf ihn einzureden.

»Also, was Max angeht, warten wir erst mal den Drogentest ab, wobei Substanzen, die ihn zu einer Wahnsinnstat hätten verleiten können, nicht mehr in seinem Blut zu finden sein werden. Außer er konsumiert regelmäßig, und da er noch immer zu den Verdächtigen gehört, müssen wir diese Spur zumindest verfolgen und auch, ob er Lilli was gegeben hat. Zu Theres fahren wir gemeinsam und lassen uns noch einmal von ihr schildern, was genau sie beobachtet hat. Mit Lillis Familie müssen wir sprechen, nur um ganz sicherzugehen, dass Suizid wirklich nicht in Frage kommt, wobei wir uns da erst einmal auf den Großvater konzentrieren sollten, den Alois Gruber. Er scheint Lilli am nächsten gestanden zu sein.«

Ohne eine Pause zu machen, nicht einmal um richtig Luft zu holen, sprach sie weiter. »Mir ist auch schon der Gedanke gekommen, also Lilli wollte ja nach München auf die Kosmetikschule ... Was ich meine, ist, es könnte durchaus jemand Interesse gehabt haben, das zu verhindern. Jemand aus der Familie. Falsche Liebe, Missbrauch, Nicht-loslassen-Können, was auch immer. Ich habe schon die verrücktesten Sachen erlebt. Und dann natürlich Hannahs Familie und Pfarrer Neuhaus ... Hannah soll ja von den Jungs sexuell ziemlich ausgenützt worden sein, und dazu noch Eltern, die sie deshalb verurteilen und nicht einmal fragen, weshalb sie auf diese Weise nach Liebe suchte. Die Bucheckers stehen zwar auch auf der Liste, aber ich würde sagen, als Letzte. Ach ja, die Ärztin haben wir auch noch, Sonja Lindner –«

»Stopp!«

Der Kommandoton war normalerweise ihr Ding. Sophia war so überrascht über Zöpfls »Stopp«, dass sie tatsächlich verstummte. »Was ist?«

»Beeindruckend, was Sie alles herausgefunden haben. Ich frage mich nur, wann Sie in den letzten Tagen eigentlich Ihren Dienst verrichtet haben.«

Gegen ihren Willen, weil es so gar nicht zu ihr passte, lächelte sie ihn geschmeichelt an. »Das war neben meinem Dienst. Oder ist er etwa zu kurz gekommen?« Sie wartete seine Antwort gar nicht erst ab, fuhr fort: »Langjährige Erfahrung. Also, wie gehen wir vor?«

»Ach, ich habe auch noch etwas zu sagen?« In ihrem Eifer hatte sie Zöpfls Ironie überhört. Er war nicht beeindruckt. Er war sauer. Sie nahm sich zusammen. Sie war so nah dran. Jetzt nur keinen Mist bauen.

»Sie sind der Chef.«

»Danke.« Zufrieden schob er ihr ein Blatt Papier zu.

»Was ist das?«

»Ich nehme an, Sie können lesen.«

Sophia sagte nichts mehr. Fritz Büchlein hatte den Bericht verfasst, in dem es um die Aktbilder von Antonia ging, die ins

Netz gestellt worden waren. Es waren nicht nur die Metadaten der Fotos, Datum und Uhrzeit, Blende, Belichtungszeit, Brennweite, ISO-Wert, sondern auch die IP-Adresse sowie der GPS-Standort des PCs, von dem aus die Fotos gepostet worden waren.

»Richard Engerling, der Sohn vom Wirt am Stadtplatz?«

»Genau der. Rost.«

»Rost!« Die Bedienung vom Scharfrichterhaus, die sich ihre Mutter auf den Arm hatte tätowieren lassen, hatte den Namen erwähnt und auch Pfarrer Neuhaus, der gesagt hatte, Hannah und Rost seien beste Freunde gewesen. Möglicherweise hatte ihr Gefühl sie diesmal getäuscht. Nicht Basti oder Max, sondern Rost?

»Sie machen die Vernehmung.«

Sie würde es erfahren. Sie war die Beste, wenn es um Vernehmungen ging. Sie würde herausfinden, was er mit der ganzen Sache zu tun hatte.

»Von jetzt an jedoch keine eigenmächtigen Ermittlungen mehr.«

Das allerdings konnte sie ihm nicht versprechen.

34

Der Vater hatte die Mutter nicht geschlagen. Sie hatte nur wie so oft jemanden in ihrer Nähe gebraucht. Normalerweise wurde er dafür bestraft, wenn er und seine Mutter sich zu gut verstanden, diesmal jedoch hatte der Vater ihn in Ruhe gelassen.

Nun, er wurde älter, trainierte viel im Fitnessstudio, der Vater dagegen wurde langsam alt und wirkte irgendwie geschwächt in letzter Zeit. Manchmal hatte er das Gefühl, dass er ihn allmählich aufgab. Seinen Sohn. Vor allem seit sein Vater, Mr. Wichtig, sich für das Projekt »Jugendgerechte Kommune« einsetzte. Wie man die Jugend am Ort halten konnte, indem man die Attraktivität ihres Lebensortes steigerte. Neue Opfer. Frischfleisch. Noch nicht versaut. Noch weiches Material, das man nach »Ehrenmanns« Gusto schmieden konnte. Nicht so wie er, der zunehmend wusste, was er wollte. Irgendwann würde er es ihm heimzahlen, seinem Vater, alles würde er ihm heimzahlen, was er ihm angetan, vor allem aber was er nicht getan hatte. Ihn beschützen. Die Aufgabe eines Vaters. Was er getan hatte – war genau das Gegenteil.

In ihm war nur noch Verachtung. Die Mutter dagegen hatte am vergangenen Abend auf ihre Weise dagegenhalten wollen, gegen das, was der Vater ihnen beiden antat. Mit diesem ganz besonderen Lächeln hatte sie ihm sein Lieblingsessen serviert. Schweinsbraten. Hatte ihn aus der Wirtsküche geholt, weil ihn die neue Köchin besser machte als sie. Dazu ein frisches Bier, mit dem sie angestoßen hatten. Von der Verletzung, die der Vater ihr erst vor Kurzem beigebracht hatte, war kaum noch etwas zu sehen.

Sie hatten gegessen, und sie hatte geredet. Über ihr Lieblingsthema. Dass es eine schwere Geburt gewesen war mit ihm. Er ihr dabei fast den Unterleib zerrissen habe, und danach sei sie nie wieder so schön gewesen wie vorher. Der

Busen hing, und dazu diese verdammten Schwangerschaftsstreifen. Kein Wunder, dass der Vater sie nicht mehr anfasste, sich den Sex woanders, bei wem auch immer, holte und sie sich einsam fühlte. Auch am vergangenen Abend hatte sie damit erreicht, dass er sich schuldig fühlte. Einfach nur, weil er den Fehler gemacht hatte, geboren worden zu sein. Und wie immer hatte er es einfach nur wiedergutmachen wollen. Dabei hätte auch sie ihn beschützen müssen. Nicht umgekehrt. Seit er denken und lieben konnte, beschützte er sie, indem er alles tat, um sie von ihrem tristen Leben in der Fremde, die eigene Familie weit fort, abzulenken. Schon als ganz kleiner Junge hatte er alles versucht, um sie zum Lachen zu bringen, seine Gefühle ihren Gefühlen angepasst. War sie traurig gewesen, war er es auch, war sie fröhlich gewesen, hatte er endlich durchatmen können und hatte auch gewagt, zumindest ein wenig fröhlich zu sein. Was für ein Gefühl, wenn sie lachte, ihn voller Übermut auf den Arm nahm und mit ihm durch die Wohnung tanzte. Später hatte sie ihn nicht mehr auf den Arm genommen, aber ihn aufgefordert, einfach mitzutanzen. Was für kostbare Momente voller Glück. Er war süchtig danach geworden. Süchtig danach, seine Mutter lachend und glücklich zu sehen.

Sie war es viel zu selten.

Am vergangenen Abend hatte sie sich wieder schlecht gefühlt. Um sie abzulenken, hatte er ihr von dem Roman erzählt, den er gerade las und in dem es darum ging, die lebensgroße Statue des gekreuzigten Jesus zu entkleiden, den Lendenschurz wieder zu entfernen, der nachträglich seinem Geschlecht übergestülpt worden war. Vielleicht nicht die beste Wahl. Seine Mutter las nicht, aber es interessierte sie, was er las, und sie fand es gut, dass er viel las. Also hatte er mit ihr darüber reden wollen, was man dem Gottessohn damit angetan hatte, ihn ohne Genitalienschutz ans Kreuz zu nageln. Der Autor nannte das Genital »Natur«, und er hatte ihr lachend erzählt, dass ein Genitalienschutz dann so etwas war wie Naturschutz. Sie hatte auch gelacht und ihn damit ermutigt fortzufahren. Das hatte er und ihr erklärt, dass für ihn der Lendenschurz ein Akt des Respekts vor der Verletzlichkeit des Mannes war. Die Mutter hatte geschwiegen, und er hatte Mut gefasst, noch einen Schritt weiter zu gehen, ihr durch die Blume anzuvertrauen, was ihn so umtrieb. Ihr anzuvertrauen, dass es ihm ähnlich erging wie dem Gottessohn. Er sich gerade da unten so verletzlich fühlte, so unbeschützt, sich dabei so verdammt gern schützen wollte, es nicht konnte und er ihre Hilfe brauchte, weil …

Weiter war er nicht gekommen. Mitten im Satz hatte ihn seine Mutter unterbrochen und ihn darauf hingewiesen, dass er was Anständiges lesen solle, keine gotteslästernde Pornografie. Dafür habe sie ihn nicht geboren und schon gar nicht erzogen.

Sie hatte recht, er war kein kleiner Junge mehr, den Großen hilflos ausgeliefert, er hatte gezeigt, dass er sich wehren konnte, gegen Hohn und Kälte und vor allem gegen die Wahrheit. Die Wahrheit, nicht er, hatte zweimal getötet.

Mit diesem Gefühl der Stärke, und mit der Wahrheit als Schutzschild, hatte er seiner Mutter zum ersten Mal widersprochen. Nicht diese kleinen Kraftproben in der Trotzphase, von denen sie erzählte und an die er sich ebenso wenig erinnerte wie an die harmlosen Kraftproben in der Pubertät, nein, er hatte seine Widerworte sehr bewusst gesetzt, sodass er sich auch später würde an sie erinnern können. Erri De Luca sei einer der größten Schriftsteller Italiens, hatte er den Roman verteidigt, weit entfernt von Pornografie, er sei ein gebildeter Mann, er wisse, worüber er schreibe …

Warum wolle nicht auch sie ihre Welt durch Wissen erweitern? Fast hätte er hinzugefügt: damit sie endlich ihrem kleinen, erbärmlichen Leben entkam. Denn sobald sie entkam, würde auch er endlich entkommen können. Doch das hatte er nicht gewagt, und vermutlich hätte er auch keinen Erfolg damit gehabt. Denn anstatt die Chance zu nutzen und auf ihren Sohn einzugehen, hatte sie nur geantwortet, über solche Themen spreche sie nicht, und schon gar nicht mit ihrem Sohn. Sie hatte ihm den noch halb vollen Teller unter der Gabel, die er gerade hatte zum Mund führen wollen, weggezogen, den Teller und auch das andere Geschirr auf ein Tablett gestellt und es in die Küche getragen. Er hatte sich beherrschen müssen, um ihr nicht zu folgen und wie sonst auch um ihre Liebe zu betteln.

Aber er hatte auf sie gewartet und immer und immer wieder geübt, was er ihr noch hatte anvertrauen wollen. Dass Impotenz auch daraus resultierte, wenn man Sex unter Zwang hatte. Die Doktorin hatte es ihm erklärt. Er hatte so gehofft, dass sie ihn verstand, denn wenn eine Mutter verstand, dann war alles gut, und wenn alles gut war, dann musste er auch nicht mehr töten, dann konnte ihm geholfen werden. Irgendwie.

Er hatte gewartet.

Dass sie zurückkam.

Dass er ihr alles sagen konnte.

Sie war nicht zurückgekommen, und er hatte die Lust verspürt, mit Hammer und Meißel auf jeden einzelnen Lendenschurz in jeder verdammten Kirche loszugehen und nicht nur Jesus' Genital, sondern damit auch sich selbst zu befreien. Von seiner Mutter. Von seinem Vater. Vor allem aber von der Scham. Dann hatte er sich jedoch daran erinnert, was De Luca noch geschrieben hatte. Dass im Todeskampf das Genital steif wurde, sozusagen als Höhepunkt der Qual, und in diesem Moment, exakt in diesem Moment hatte er es gewusst …

Und heute, an diesem wunderbaren Morgen, an dem selbst die Luft anders war als sonst, die Blumen anders dufteten, selbst das Licht eine ganz andere Energie hatte, an diesem Morgen griff er die inneren Zeichen wieder auf und fasste endgültig den Entschluss.

Sie würde nicht allein sterben müssen.

Sie würden es gemeinsam tun.

Sie wollte mit ihm schlafen, okay, dann würden sie auch das tun.

Eine erste und letzte Vereinigung, ehe sie nach dem Feuer

wie Phönix aus der Asche gestärkt und unbeschwert empor-
steigen würden, wohin auch immer.

Sterben musste jeder Mensch.

Den richtigen Zeitpunkt zu finden, das war das Entscheidende, und den hatte er gefunden, falls, ja falls sie nicht klug
genug war, es sich doch noch zu überlegen. Noch heute würde
er zur Kirche hinaufsteigen, eine Kerze anzünden und den
gekreuzigten Heiland mit Lendenschurz über dem Altar bitten, dass sie sich, wie von ihm ersehnt, für eine platonische
Freundschaft entschied.

35

»Ihr Name ist Richard Engerling?«

»Warum bin ich hier?«

»Ist das Ihr Name?«

»Das wissen Sie doch, warum bin ich hier?«

Für Sophia war die Vernehmung eines Tatverdächtigen die hohe Schule der Handwerkskunst. Höchste Konzentration. Höchste Ausdauer.

»Antworten Sie bitte mit einem einfachen Ja oder Nein.«

»Ja, warum –«

»Wann sind Sie geboren?«

Rost, gerade noch mit leicht kämpferisch vorgebeugtem Oberkörper, lehnte sich zurück und rutschte mit dem Po etwas nach vorn, was ihn kleiner machte. Die Arme baumelten seitwärts neben dem Stuhl, mit einem Seufzer antwortete er: »25.3.1996.«

»In Bogen?«

»Ja.« Die Stimme klang genervt.

Er schien aufgegeben zu haben. Schon jetzt. Sie war überrascht, wechselte die Taktik, lächelte. »Ein Steinbock.«

»Widder.« Er schoss hoch, funkelte sie wütend an. »Was soll der Scheiß?«

»Irgendwas mit Hörnern«, sie lächelte weiter, »dachte ich mir's doch.«

Mit diesen Worten ließ sie ihn erst einmal ratlos zurück. Kim Mayer, sie protokollierte die Vernehmung, die Sophia erst einmal als lockeres Gespräch bezeichnet hatte, warf ihr ebenfalls einen leicht verunsicherten Blick zu, wollte etwas sagen, doch ein Blick von Sophia genügte, dass sie den Mund wieder zuklappte. Es gehörte zur Taktik, zunächst unverfängliche Fragen zu stellen, um das Verhaltensmuster bei wahrheitsgemäßen Antworten zu studieren.

»Fotografieren Sie gern?«, fuhr Sophia weiterhin in harm-

losem Tonfall fort, als handle es sich eher um ein Bewerbungs-
gespräch als um eine Vernehmung.

»Ab und zu mal was mit Handy, aber sonst … Warum?«

»Wenn Sie eins noch nicht begriffen haben«, Sophia liebte
Überraschungsangriffe, »dann, dass ich hier die Fragen stelle
und nicht Sie.«

Sie musterte Richard Engerling mit dem Spitznamen Rost.
Er wirkte weder eingeschüchtert noch ängstlich. Im Gegenteil, irgendwie blieb er auf gelangweilte Art selbstsicher, sich
offenbar keiner Schuld bewusst. Bisher hatte er nicht einmal
nach einem Anwalt verlangt. Sie fuhr fort: »Was halten Sie
von Voyeuren?«

»Sie meinen die, die andere heimlich beim Ausziehen beobachten oder beim Sex? Scheiße finde ich das, wa…« Er brach
ab, wiederholte: »Was hab ich mit solchen Wichsern zu tun?«

»Von Ihrem PC aus wurden die Aktbilder eines jungen
Mädchens verschickt.«

»Sie meinen die von der Antonia …«

Sophia lehnte sich zufrieden zurück. Sie hatte Antonias
Namen absichtlich nicht genannt. Er war in die Falle getappt.

»Ich habe den Namen des Mädchens nicht erwähnt.«

»Aber des weiß doch inzwischen jeder in Bogen, dass die
Antonia deswegen gemobbt wird«, mischte sich Kim Mayer
ein, und Sophia hätte sie in diesem Moment am liebsten an
ihrem Pferdeschwanz gepackt und aus dem Vernehmungszimmer geschleift.

»Eben, des weiß doch inzwischen a jeder«, bestätigte Rost,
und weil er recht hatte, verzichtete sie darauf, Kim nach
draußen zu befehligen und ihr den Marsch zu blasen. Dass
allerdings ein Gespräch über Vernehmungsmethoden und das
Verhalten des Protokolleurs vonnöten sein würde, das war
etwas anderes.

»Haben Sie die Fotos gemacht und ins Netz gestellt?« Die
Zeit des Taktierens war vorbei.

»Nein!« Mit einer Mischung aus Überraschung und echtem
Entsetzen sah Rost Sophia an. »Wie kommen Sie auf mich?«

»Wir haben die IP-Adresse. Es steht fest, dass die Fotos von Ihrem PC aus verschickt worden sind.«

Einen Augenblick noch war Rost sprachlos, dann überfiel er sie mit einem Wortschwall, der im Grunde gar nicht nötig gewesen wäre. Sophia war jetzt schon durch sein Verhalten von seiner Unschuld überzeugt. Dennoch ließ sie Rost reden. Dass der PC in seinem Tattoostudio war, in dem täglich zwei bis drei Kunden saßen, und das Einzige, das sie ihm vorwerfen konnte, war seine gelegentliche Schwarzarbeit. Hier die erste kleine Unsicherheit bei Rost, und Sophia war sofort klar, dass »gelegentlich« gewaltig untertrieben, Steuererklärung und Finanzamt für ihn Fremdwörter waren. Allerdings war das nicht ihr Aufgabenbereich. Sollten sich andere darum kümmern. Im Grunde hatte sie nur noch zwei Fragen.

»Wer von Ihren Kunden kennt Ihr Passwort?«

»Keiner. Weil der PC sowieso immer offen ist. Ich zeig denen immer die Motive, die drin gespeichert sind ...«

»Lassen Sie Ihre Kunden gelegentlich allein?«

»Eigentlich immer, weil ich zwischendrin rausmuss, eine rauchen. Tattoos sind nicht so einfach. Dazu gehört eine ruhige Hand und Konzentration. Die sind Kunst.«

»Okay, dann brauch ich jetzt noch die Namen der Kunden, die sich, sagen wir mal, letzte Woche von Ihnen haben ein Tattoo stechen lassen.«

Rost musste nicht lange überlegen. Er begann aufzuzählen. »Die Marlen aus Passau, die hat sich ihre Mutter stechen lassen, a Superhas, dann der Max, der Stirni ...«

Es waren einige. Nicht nur aus Bogen, sondern aus dem gesamten Bayerischen Wald kam die Jugend, um sich von Rost tätowieren zu lassen. Offenbar war er ein Meister seines Faches. Die Spitznamen würden allerdings nicht reichen. Sie würde sich von allen Name und Adresse geben lassen müssen. Sie seufzte innerlich. Die alle zu befragen ... Eine Heidenarbeit lag vor ihr, und sie hielt auf. Die Zeit bis zum nächsten Mord wurde knapp, das fühlte sie instinktiv. Oh, wie sehr sie es hasste, diese Dinge nicht nur zu fühlen, sondern tief in sich zu wissen. In der Lage zu sein, dem Leben, das für sie aus mehreren Schichten bestand, so tief auf den Grund zu gehen wie kaum ein anderer. Die einen nannten es spirituell, die anderen übersensibel, ihr war es oft einfach nur lästig.

»... die Sylvie, der Joe ...« Während Sophia mit sich haderte, fuhr Rost fort: »Eddy, Klaus ...«

Sophia wartete, auf den einen Namen, den sie hören wollte. Er kam nicht.

Offenbar war Sebastian Faltermeier der einzige junge Mann in Bogen, der sich von Rost kein Tattoo hatte stechen lassen. Und da Rost keine Rechnungen schrieb, würde es wohl auch keine Kundenliste geben, die man überprüfen konnte.

Sophia wartete weiter.

Rost kam zum Ende.

»Sind das wirklich alle?« Sophia war zutiefst enttäuscht.

»In der letzten Woche ...« Er überlegte. »Ja!«

War da zumindest eine kleine Unsicherheit, die darauf hinwies, dass er log? Sie konnte es nicht sagen und hätte sich zumindest dieses Mal gewünscht, dass ihr siebenter Sinn funktionierte. Am liebsten hätte sie Bastis Namen ausgesprochen, sie tat es nicht. Stattdessen erlaubte sie Rost zu gehen.

Zu ihrer Überraschung war Zöpfl mit dieser Entscheidung einverstanden, ließ sich die Liste mit den Namen geben. Sophia wollte schon fragen, wen sie als Nächstes befragen sollte, doch Zöpfl war schneller: Dienstschluss und Zeit, endlich Sophias Einstand zu feiern. Keine Widerrede. Diesmal kam sie ihm nicht aus. Sophia wollte schon nachhaken, was genau er damit meinte, als er fast schroff fortfuhr: »Einundzwanzig Uhr im Engerling. Wir bestellen, und Sie zahlen.«

Damit ließ er sie stehen, und Sophia überlegte, wie teuer der Spaß für sie werden würde.

36

Einen Einstand zu geben war für Sophia eines der überflüssigsten Dinge überhaupt. Umso mehr, wenn sie inmitten eines Falles steckte. Allein schon, wenn sich der neue Kollege oder die neue Kollegin vorstellte wie ein wohlerzogener Internatszögling. Den Namen nannte, den alle schon längst kannten, ehe der Neue auch nur einen Fuß in seine zukünftige Dienststelle gesetzt hatte. »Hallo, ich bin der oder die Neue, ich heiße soundso und wohne daundda!« Als ob das irgendwen etwas anginge außer das Personalbüro. Danach folgte der Lebenslauf, bei dem sich die meisten so anpriesen, als würden sie sich noch einmal um den Job bewerben. In Sophias Augen war es immer ein Betteln um Anerkennung und Liebe. *Bitte, bitte, tut mir nix. Bitte, bitte, habt mich lieb.*

Noch schlimmer waren diejenigen, die witzig sein wollten: »Hey Leute, ich bin der Joe/die Frieda … Wird Zeit, den Laden hier mal so richtig aufzumischen, haha, nein im Ernst, also was ich bisher mitgekriegt hab, seid ihr 'ne Supertruppe, und es ist mir …«, meist wurde es dann kitschig, »eine Ehre und Freude, ein Teil davon sein zu dürfen.«

Am allerschlimmsten jedoch waren die Supercoolen, die vielleicht genau das Richtige sagten und taten, aber diesen Blick hatten: Ihr seid ja bisher ein ganz netter Versuch, aber mit meiner Wenigkeit, da werdet ihr zum Champion!

Der Neue wurde beklatscht, dann wurde er von den Kollegen auf Herz und Nieren ausgefragt. Sie spürte schon, wie sie sie mit ihren kleinen fiesen Fragen bewarfen wie mit kleinen Papierkügelchen: »Hey, Jägerin, warum genau bist du suspendiert worden?«

»Was sagt deine Familie dazu, hast du überhaupt Familie?«

»Wie gefällt's dir bei uns?«

»Scheiße gefällt's mir bei euch, haha …«

»Das meinst jetzt nicht ernst, haha …«

»Doch, haha, ich habe viele schlechte Eigenschaften, aber eine Lügnerin bin ich nicht ...«

Oh Mann, am liebsten hätte sie sich verkrochen, Migräne oder Magen-Darm vorgetäuscht, was ihr beides allemal lieber war als Small Talk mit gleichzeitigem Besäufnis. Nur, sie kam nicht drum herum. Also duschen, umziehen, Augen zu und durch.

Pünktlich um einundzwanzig Uhr betrat sie den Vorraum des Wirtshauses Engerling am Stadtplatz, das Rosts Eltern gehörte. Der Engerling unterschied sich durch nichts von den anderen Wirtshäusern in der Gegend. Die Wände waren ebenso wie die Decke mit hellem Holz getäfelt, Holztische mit blau gepolsterten Stühlen, helle Vorhänge, auf jedem Tisch eine kleine Vase mit irgendeiner Blume aus dem Garten. Sophia wusste noch aus ihrer Kindheit und Jugendzeit, dass der Gastraum solcher Wirtshäuser mehr war als ein Gastraum. Er war der Mittelpunkt der Gemeinschaft, das Wohnzimmer, in dem sich die Männer beim Bier regelmäßig zum Kartenspielen trafen oder am Stammtisch über die wichtigen Themen philosophierten, manchmal lautstark, manchmal ohne Worte, mit schwerem Kopf, das Bierglas fest in der Hand, vor sich hin sinnierten.

Rost war, wie viele Wirtskinder, das hatte er erzählt, zwischen Küche, in der noch auf einem alten Holzofen gekocht wurde, und Tresen groß geworden. Biografien ganzer Generationen spielten sich zwischen Küche und Tresen ab, und Dramen ... Rost hatte bei der Vernehmung weiter erzählt, wie er von klein auf hatte mit anpacken müssen, Freizeit war für ihn ein Fremdwort gewesen, bis die Mutter am Sonntag den Ruhetag eingeführt hatte, zum Ärger des Vaters und des Stammtisches, der nicht mehr gewusst hatte, wohin mit sich nach dem Kirchgang. Rost hatte weiter erzählt, dass »vom Einfachen das Beste« die Philosophie des Küchenchefs, seines Onkels Markus Engerling, gewesen war. Seit seinem Tod wechselten zwar die Köche und Köchinnen, aber alle Produkte kamen noch immer aus der Region und vor allem aus dem eigenen Gemüse- und Kräutergarten.

Erst jetzt fiel Sophia auf, wie viel und vor allem in welch hastigem Ton Rost ihr das alles erzählt hatte, nachdem sie gesagt hatte, er könne gehen. Andere hätten, so schnell sie konnten, das Polizeirevier verlassen, Rost aber war noch geblieben und hatte geredet und geredet, als habe er damit endgültig seine Unschuld beweisen wollen.

Ein Schnitt nur fehlte, und Sophia wäre mittendrin gewesen im beginnenden Besäufnis ihrer Kollegen, die gerade von der Wirtin das erste Bier in Empfang nahmen, wie sie mit einem schnellen Blick durch die offene Tür feststellte. Sonst kannte sie niemanden. Am Stammtisch wurde geschafkopft, Alois Gruber, Lillis Großvater, war aber genauso wenig dabei wie Lillis Vater. Was sie so hörte, hatten sich beide ebenso wie die ganze Familie nach Lillis Beerdigung komplett aus der Dorfgemeinschaft zurückgezogen, sogar der Hofladen war zu, der Gruberhof zum Geisterhof mutiert.

Sophia gab sich einen Ruck, setzte schon den rechten Fuß – beinahe – in den Schankraum, als sie an der Tür, die in den Keller führte, ein Schild entdeckte: »Rost Body Art«. Sie zögerte keine Sekunde, verschob den Einstand auf später, stieg Stufe um Stufe die Treppe hinunter. Die Tür zum Studio stand offen. Rost war gerade dabei, seine Instrumente zu reinigen, hob jetzt den Kopf. Sein Blick ging sofort auf Distanz. »Was wollen Sie, ich hab Ihnen alles g'sagt!«

»Ich bin privat hier.« Sie lächelte.

»Ich soll Ihnen ein Tattoo stechen?« Rost sah sie verblüfft an. Sie bot ihm das rechte Handgelenk. Rost wurde besorgt.

»Das tut weh, Frau Alvarez, grade weil die Haut da besonders dünn ist und viele Nervenbahnen verlaufen …«

»Kein Problem.« Irgendwie fand Sophia es sogar gut, dass es wehtun würde. Mutterliebe tat weh, und die Stelle direkt am Puls war dafür genau die richtige Stelle.

»An welches Motiv haben Sie gedacht?«

»Kein Motiv, zwei Buchstaben, eng ineinander verschlungen. ›E‹ und ›R‹.«

»Ihre Kinder?«

Sie antwortete nicht. Er forderte sie auf, auf dem Stuhl Platz zu nehmen. Sie hielt ihm das rechte Handgelenk hin. Rost setzte die Nadel an.

✳✳✳

»Da ist sie ja endlich!« Zöpfl hatte Sophia als Erster entdeckt, als sie sich etwa eine halbe Stunde später zu ihren Kollegen gesellte, das rechte Handgelenk in ein Folienband gewickelt, durch das die Wunden in den ersten Stunden vor Verschmutzungen geschützt werden sollten. Er hob sein halb volles Bierglas in die Runde und tönte: »So, jetzt wird's aber Zeit für die Rede, Frau Kollegin!«

Gleichzeitig wandte er sich an die Wirtin und legte die rechte Hand über beide Augen. Rosts Mutter verstand, brachte Sophia ein Dunkles, und Zöpfl klärte Sophia gut gelaunt auf: Rechte Hand über Auge bedeutet Dunkles, Augen frei bedeutet Helles. Die Finger der linken Hand deuten die Anzahl der Biere an. »Manchmal ist's hier so laut, dass nur noch Zeichensprache hilft.«

Sophia ersparte ihm die Bemerkung, die ihr durch den Kopf schoss, hob das Glas, erwartungsvolle Blicke, Sophia holte tief Luft: »Grüß Gott, ich bin die Neue und auch schon wieder weg.«

Sie stellte das Bierglas auf den Tisch, auch, weil sie jetzt keine Promille brauchen konnte, und verließ den Gasthof so schnell, dass sie schon fort war, als sich Zöpfl und die anderen von ihrer Verblüffung wieder erholt hatten.

Sie entdeckte Zöpfl noch mit beiden Armen wedelnd im Rückspiegel, gab erst recht Gas, fuhr wenig später auf die Regensburger Autobahn und parkte nach einer Dreiviertelstunde vor Chris' Tür und läutete Sturm. Sie brauchte ihn, um mit ihm zu klären nicht nur, weshalb sich jemand für das Tattoo eines durch einen brennenden Reifen springenden Löwen entschied, sondern auch, weshalb Sebastian Faltermeier, dessen Name Rost beim Stechen ihres Tattoos endlich eingefallen war, eventuell Aktbilder des Mädchens ins Netz stellte, in das er verliebt war. War es einfach eine Form der Perversion? War er ein Psychopath, der Antonia bloßstellen, demütigen und bewusst an den Rand eines Nervenzusammenbruchs bringen und dann den heldenhaften Retter, Beschützer und Tröster spielen wollte, um sie ins Bett zu kriegen? Hatte er das nötig? Oder hatte es etwas mit seiner vermeintlichen Impotenz zu tun?

Kein Beweis. Alles nur Vermutungen, aber wenn das kein Ablenkungsmanöver von Rost gewesen und Basti – während der Fahrt war sie gedanklich noch einen Schritt weiter gegangen –, wenn Sebastian Faltermeier der Täter war, dann war Antonia in großer Gefahr.

Hoffentlich konnte Chris helfen. Irgendwie. Sie läutete Sturm. Keine Reaktion. Sie läutete noch stürmischer, falls das überhaupt möglich war. Keine Reaktion. Irgendwann gab sie auf. Frustriert setzte sie sich in ihren Wagen und fuhr nach Bogen zurück.

Sie hätte nicht einfach kommen dürfen.

Sie hätte anrufen sollen.

*** ·

Hans-Christian Zarth stand in seinem dunklen Zimmer am Fenster und beobachtete, wie die Rücklichter ihres Wagens langsam aus seinem Blickfeld verschwanden. Er hätte sie gebraucht. Ganz besonders heute. Ihre Wärme. Ihren Geruch. Ihren Körper. Doch er durfte es nicht ihr und vor allem nicht sich selbst antun. Heute war eingetroffen, was er schon lange befürchtete. Das Ende war noch nicht erreicht. Und es würde schlimmer werden, viel schlimmer.

Er trat vom Fenster zurück, ließ sich auf einen Stuhl fallen und saß ganz still. Hans-Christian Zarth hatte Angst, mehr, als sich ein Mensch auch nur vorstellen konnte.

37

Antonia hatte für ihr erstes Mal den Troadkasten ausgewählt. Er war gerade so weit vom Bauernhof entfernt, dass weder ihre Mutter noch die Polizistin stören konnten. Sie lächelte in sich hinein. Jägerin nannten sie alle, und irgendwie sah sie in ihrer hässlichen grünen Uniform auch so aus wie eine Jägerin. Allein schon der Uniform wegen würde sie nie Polizistin werden.

Antonia verzog bei der Vorstellung das Gesicht, während sie die letzten Vorbereitungen traf und bunte Kissen auf der Matratze verteilte, die sie heimlich mehr in den Troadkasten geschleift als getragen und danach gereinigt und frisch überzogen hatte. So, und jetzt noch zwei Duftkerzen aufgestellt. Zufrieden sah sie sich um. Passt.

Für die vielleicht bedeutsamste Nacht ihres Lebens war alles bereit.

Sie war bereit. Hatte sich an allen wichtigen Stellen rasiert, parfümiert, eingecremt, trug die Dessous, die sie sich nicht in Bogen gekauft hatte, aus Angst, jemand würde der Mutter davon erzählen. Bis nach Passau war sie gefahren. Auch um die Kondome zu besorgen. Danach würde sie mit der Pille anfangen, ohne Gummi war es schöner, hieß es, und sie konnte sich gut vorstellen, dass es so war. Wie oft hatten sie und Lilli über das erste Mal gesprochen?

Ihr war plötzlich schwindlig. Die Aufregung oder der Gedanke an Lilli? Sie wischte ihn weg. Nachher konnte sie ein schlechtes Gewissen haben, traurig sein, sich fragen, weshalb das Leben so schön war, aber auch so total beschissen sein konnte.

Ein letzter prüfender Blick. Kerzen, ein weiches Lager, Musik aus dem MP3-Player, der Akku war voll. Ihr Herz schlug bis zum Hals. Dieses Sehnen, es war schon so lange in ihr, und einen Augenblick lang war sie Lilly sogar dankbar, beste Freundin, dass sie ihr Basti überlassen hatte. Sie schämte sich für den Gedanken, aber irgendwie auch nicht. Sie war schließlich nicht schuld, war nicht schuld, nicht schuld ... oder doch?

Keine Zeit mehr, darüber nachzudenken. Schritte in der Dunkelheit. Normalerweise beängstigend, lösten sie jetzt eine andere Art von Aufregung aus. Ihr Körper vibrierte. Wenige Sekunden noch und er würde klopfen, eintreten, seine Augen würden ihr sagen, wie sehr er sie liebte und begehrte, er würde sie in den Arm nehmen, küssen, den kurzen Rock, den sie gewählt hatte, ganz langsam über ihre Oberschenkel schieben, suchen, finden, sein Finger würde in ihr versinken, da, wo sein und ihr gemeinsames Himmelreich war – so zumindest hatte sie es mal irgendwo gelesen –, während sich seine Lippen an ihren Brüsten festsaugten ...

Sie stöhnte auf, und beinahe hätte sie vor Vorfreude und Lust das Klopfen überhört ... Sie öffnete die Tür und wich überrascht zurück. Es war nicht Basti, es war Max. Mit einem Gesichtsausdruck, den sie noch nie zuvor bei ihm gesehen hatte. Alles an ihm wirkte irgendwie verschoben, und die Pupillen waren unnatürlich weit. Spontan wollte Antonia ihm die Tür vor der Nase zuschlagen, doch sein Fuß war schon darin.

38

Um halb zwei Uhr morgens erreichte Sophia den Stadlhuberhof. Sie parkte den Wagen vor dem Außentor, das mit seinem Buntwerk aus in Kreuzform verbundenem Holz ebenso
aufwendig gearbeitet war wie die Haustür. Mit aller Kraft
stemmte Sophia das Hoftor auf. Es quietschte leise in den
rostigen Angeln, und sie fragte sich, weshalb weder Antonia
noch Veronika Stadlhuber wach geworden waren, als derjenige auf den Hof geschlichen war, der die Fotos von Antonia
geschossen hatte. Oder zog Veronika das Hoftor vielleicht erst
seit Lilli Grubers Tod zu? Wobei diese Art von Schutz sinnlos
war. Ein Tor hielt niemanden ab, vor allem nicht, wenn das
Schloss kaputt war. Sie würde Veronika am nächsten Morgen
fragen, ob sie es nicht doch reparieren lassen wolle.

Ein Blick zu den Fenstern. An der Vorderfront des Hauses war alles dunkel, und Antonias Fenster ging nach hinten
hinaus, sodass Sophia nicht erkennen konnte, ob sie noch
wach war. Um niemanden zu wecken und vor allem zu beunruhigen, tappte Sophia auf leisen Sohlen zum Haus.

In diesem Moment löste sich ein Schatten aus der Nähe
des Troadkastens, kam mit einem Gegenstand in jeder Hand
auf sie zu. Das Licht der neben der Haustür angebrachten
Laterne war zu schwach, um auszumachen, wer da auf sie
zuhielt und was er in der Hand hatte. Ein Mann, das war klar.
Jetzt hob er seine rechte Hand, Sophia sah nur die Bierflasche,
reagierte blitzschnell und ohne nachzudenken, so wie sie es
beim Polizeitraining immer und immer wieder geübt hatte.
Zwei, drei gezielte Griffe, und derjenige, der sie hatte angrei-
fen wollen, lag mit dem Gesicht auf dem Boden. Die noch un-
beschädigte Bierflasche rollte in Richtung Troadkasten. Eine
zweite Flasche war zerbrochen, und der Inhalt schlängelte
sich in Rinnsalen über das Pflaster.

»Sind Sie verrückt geworden?« Jetzt erkannte sie den Angreifer, nicht nur an seiner Stimme. Es war ihr Vorgesetzter Ferdinand Zöpfl, den sie mit Polizeigriff auf den Boden presste.

»Was machen Sie denn hier?«, fragte sie ihn, als er das Gesicht seitwärts drehte, um wieder Luft zu bekommen, wollte ihn gerade loslassen, doch Zöpfl war schneller, und in der nächsten Sekunde schon war sie diejenige, die flach und wehrlos mit viel Bier um sich herum unter ihm lag.

Er grinste. »Niemals, nicht einmal den Bruchteil einer Sekunde unkonzentriert sein, sonst sind Sie diejenige, die die Arschkarte hat.«

Wenn Sophia wütend war, richtig wütend, dann schimpfte sie nicht auf Deutsch, dann brach die portugiesische Seele mit einer Wucht aus ihr heraus, die sie immer wieder selbst überraschte, und so bedachte sie ihren Revierleiter jetzt mit allen Schimpfworten, derer sie gerade habhaft werden konnte.

»*Merda, bosta, puta merda …*«

Zöpfl, noch immer über ihr, fing lauthals zu lachen an, und Sophia, sie konnte nicht anders, fiel ebenso laut mit ein, wobei sie zwischendurch immer wieder ein warnendes »Pst« Richtung Bauernhaus schickte. Doch es nützte nichts. Lachend ließ Zöpfl sie los, prustend vor Lachen rappelte sie sich auf. Es dauerte noch, bis sie sich beide wieder gefangen hatten. Dann aber war die Fröhlichkeit schlagartig weg, und Sophia wurde ernst.

»Ist was passiert? Es gibt doch nicht ein neues –«

»Nein, gibt es nicht«, antwortete er schnell.

»Warum sind Sie dann hier, mitten in der Nacht?«

»Um auf Ihren Einstand anzustoßen«, antwortete er. »Sie waren ja wieder mal weg.«

»Tut mir leid wegen dem Bier.«

Während sie sich bückte, um zumindest die großen Scherben aufzusammeln – um die Splitter würde sie sich gleich am frühen Morgen kümmern –, kramte Zöpfl in seiner Hosentasche, fand, was er gesucht hatte, hielt es ihr vor die Nase.

»Und mein Geld eintreiben will ich auch.«

Sophia richtete sich mit den Scherben in der Hand auf und warf einen verblüfften Blick auf die Wirtshausrechnung. »Nicht grade wenig, was die Kollegen so saufen.«

»Sie waren ja nicht da, um sie zu stoppen. Und die restlichen zwei Bier zum Anstoßen versickern auch grad im Boden.«

»Eins liegt irgendwo beim Troadkasten.«

»Wenn Sie mir nix anderes anzubieten haben …«

Statt einer Antwort ging Sophia zum Troadkasten, neben dem sich der Glascontainer befand, warf die Scherben hinein, fand auch die Bierflasche, kehrte mit ihr zu Zöpfl zurück. »Oben hab ich noch Ginjinha, Kirschlikör aus Portugal …« Sie bereute das Angebot schon in dem Moment, in dem sie es noch nicht ganz ausgesprochen hatte, wollte gerade einen Rückzieher machen, doch wieder war Zöpfl schneller.

»Gute Idee. Wo geht's lang?«

* * *

Wenig später saß Sophia, nach kurzer Dusche, in Jogginghose und T-Shirt neben Zöpfl, der sich auch frisch gemacht hatte, auf ihrem Bett und stieß mit dem Kirschlikör an. »Auf gute Zusammenarbeit, Frau Neukollegin.«

»Auf gute Zusammenarbeit, Big Boss …«

Sie lachten wieder, sagten dann einen Augenblick nichts, auch, weil ihnen möglicherweise erst jetzt die seltsame Situation bewusst wurde, in der sie sich befanden. Nach Mitternacht in einem gemütlichen kleinen Zimmer auf Sophias Bett. Es war Zöpfl, der schließlich mit einem Blick auf Sophias Folienverband das Schweigen brach. »Verletzt?«

»Frisches Tattoo.«

»Deswegen sind Sie so schnell wieder weg? Passen Sie auf, dass sich die Wunde nicht infiziert. Haben Sie eine Wundheilsalbe hier?«

Statt einer Antwort legte sich Sophia quer über das Bett – Zöpfls Blick veränderte sich –, angelte nach der Schublade im Nachttisch, zog sie heraus und reichte ihm eine Wund- und

Heilsalbe. Zöpfl nahm Sophias rechte Hand, befreite sie mit einer Behutsamkeit von dem Verband, die sie nicht von ihm erwartet hätte.

Das Handgelenk lag frei. Die Buchstaben »R« und »E«, zärtlich ineinander verschlungen, knapp über dem Puls, der Lebensader, weil ihre Kinder genau das waren – ihr Leben. Das einzige Leben in ihrem Leben, das sich lohnte und echt anfühlte. Sophia hatte plötzlich Tränen in den Augen.

»Ihre Kinder?« Seine Stimme, noch immer sanft. Viel zu sanft, um sie nicht zu beunruhigen.

Sie nickte. »Emma ist zwölf und Raffael vierzehn.«

»Warum sind sie nicht bei Ihnen?« Ebenso sanft wie der Klang seiner Stimme begann er, das Tattoo mit der Salbe zu behandeln. Sie musste nicht antworten. Er wusste es auch so. Polizisten waren weder als Ehepartner noch als Elternteil geeignet. Er hatte eine ähnliche Erfahrung gemacht. Nur ohne Kinder und ohne verheiratet zu sein. »Kommen sie Sie besuchen?«

»Ich hab sie noch nicht gefragt.«

»Warum nicht?« Seine Finger, so behutsam.

»Ich kann nicht.«

»Sie sind gekränkt, weil sie sich für den Vater entschieden haben?« Er legte die Salbe weg, war nun derjenige, der sich dicht neben ihr quer über das Bett legte, sein Geruch, sein Atem, er war zu nah, viel zu nah, die Schublade öffnete, Verbandszeug herausholte, von dem er geahnt hatte, dass Sophia es neben der Salbe aufbewahrte. Behutsam begann er, das Tattoo wieder zu verbinden.

Sophia wusste nicht, was es war. Der Gedanke an ihre Kinder oder dass sich nach so langer Zeit wieder jemand um ihr Wohlbefinden kümmerte. Sie fühlte die Tränen, während sie ein Lächeln versuchte. »Sie sind ein guter Ermittler.«

Er befestigte den Verband, lächelte nicht. »Ich bin einfach nur ein Mensch.« Stand abrupt auf. »Ich geh dann jetzt …«

Etwas in ihr wollte ihn bitten zu bleiben. Sie hatte es so satt, das Alleinsein, doch er war ihr Chef, es war das erste

Mal, dass sie zumindest das akzeptierte, und es hieß gleichzeitig – vernünftig sein. »Okay, dann bis morgen.«

»Bis morgen, und bitte schriftlich, was Sie noch von Rost erfahren haben, als er Ihnen das Tattoo gestochen hat.«

»Sie glauben, das ist der wahre Grund, weshalb ich es gemacht habe?«

»Ich glaube, dass Sie alles tun, um an die Wahrheit zu kommen.«

»Sie denken, ich gehe zu weit?«

»Ich denke, ein Polizist muss vor allem eine Eigenschaft haben. Er muss anständig sein.« Sprach's, und im nächsten Moment fiel die Tür schon hinter ihm zu.

Eine halbe Stunde später klopfte jemand an ihre Tür.

Sie öffnete nicht.

Aus Selbstschutz.

Keine Affäre mit dem Chef.

Das Klopfen hörte auf, über die Treppe entfernten sich die Schritte. Sophia trat auf den Balkon. Doch es war nicht Zöpfl, der noch einmal zurückgekommen war. Im Licht der beim Öffnen des Wagens aufblitzenden Scheinwerfer erkannte sie den Mann, den sie immer und jederzeit erkannt hätte, an seiner Größe, an seiner Art zu gehen. Es war Chris. Obwohl nichts passiert war, hatte sie plötzlich das Gefühl, ihn mit Zöpfl betrogen zu haben.

Was für eine Nacht. Sophia legte sich mit ihren Joggingklamotten aufs Bett und schlief augenblicklich ein.

* * *

Was für eine Nacht! Das stellte auch Veronika Stadlhuber am nächsten Morgen beim Frühstück fest. »Grad lustig war's bei dir gestern Nacht, hab scho alles mitkriegt … Neidisch könnt ma da fast werden.« Sie lachte.

»Was meinst du?« Sophia war so irritiert, dass der Kaffee fast aus der Tasse schwappte.

»Herrenbesuch. Gleich drei Mal!«

»Nicht, was du denkst …« Erst in diesem Moment wurde Sophia klar, was Veronika da gesagt hatte. »Drei Mal?« Alles in Sophia stand für den Bruchteil einer Sekunde still, als hätte Veronika gerade bei ihr den Stecker gezogen. Zöpfl, Chris und … Der Strom war wieder da, fuhr mit hunderttausend Volt durch ihren Körper. Muskeln verkrampften sich, das Herz schlug bis zum Hals. Zu viele Impulse. Zu hohe Frequenz. Ausfall der Herztätigkeit, Kreislaufstillstand, Tod. Tod! Der dritte Mann. Antonia. »Wo ist Antonia?« Sie wollte es herausschreien, nahm sich zusammen, doch ihre Stimme blieb alarmiert.

»Im Bett, nehm ich an. Sie is doch noch immer krankgeschrieben. Wegen der Lilli und dem Mobbing.«

Ohne ein weiteres Wort zu verlieren, sprang Sophia auf, rannte aus dem Zimmer, zwei Stufen auf einmal nehmend die Treppe hinauf, lief auf Antonias Zimmer zu, riss die Tür auf. Keine Antonia und das Bett unberührt.

»Vielleicht ist sie noch …« Veronika hatte inzwischen begriffen, wie aufgeregt Sophia war und was das zu bedeuten haben könnte. Ihre Stimme zitterte leicht, als sie fortfuhr: »… unterwegs. Ganz bestimmt ist sie das, noch unterwegs …«

»Macht sie das öfter? Nicht nach Hause kommen?«

»Na ja, sie is ja jetzt mit dem Basti zamm … wenn a Madl verliebt is …« Veronikas Stimme klang erleichtert, bis sie entdeckte, was auch Sophia schon gesehen hatte. »Da liegt ja ihr Handy auf dem Schreibtisch …«

Jetzt war es Sophia, die Veronika beruhigen wollte. »Vielleicht ist sie joggen.«

Statt einer Antwort riss Veronika die Tür zum Kleiderschrank auf. Alles war ordentlich nach Farben und Zweck sortiert. Im Schuhfach unten waren die Schuhe ordentlich aufgereiht. Auch die Turnschuhe. »Sie hat nur die. Mehr hat sie nicht.« Veronika wandte sich zu Sophia um. Die Augen waren jetzt groß vor Angst, die Stimme kaum noch zu hören. »Wo, Sophia, wo is die Antonia?«

»Jetzt such ma erst amal den Hof ab.« Sophia verfiel bewusst in das Veronika vertraute Bayerisch. »Vielleicht sitzt sie irgendwo und sinniert. Wie du scho g'sagt hast, ein frisch verliebtes Mädchen ist nicht immer ganz berechenbar.«

Sophia und Veronika suchten in jedem Winkel des Hauses und des weitläufigen Gartens nach Antonia, und dann endlich betraten sie den Troadkasten.

39

Abgebrannte Kerzen. In einer Endlosschleife »Für dich schlägt mein Herz« von Silbermond. Am Boden eine Flasche Mumm Extra Dry, für etwas über vier Euro bei Lidl. Als Sophia und Veronika in den Troadkasten kamen, lag sie auf dem Boden. Sie war leer. Die beiden Gläser unbenützt. Noch etwas war unbenützt: die Packung Kondome, die neben der Matratze lag. Das liebevoll gestaltete Liebesnest mit den vielen bunten Kissen auf dem Boden sah dagegen aus, als hätte dort jemand ziemlich unruhig geschlafen oder aber – Sophia schloss es nicht aus – als hätte ein Kampf stattgefunden.

»Was hat das zu bedeuten?« Veronikas Stimme war leise, aber gefasst, so als weigere sich alles in ihr weiter zu denken. Zu denken, was das zu bedeuten haben könnte.

»Ich weiß es nicht«, antwortete Sophia und entschied innerlich, dass es noch zu früh war, um die Spurensicherung zu rufen. Soweit sie feststellen konnte, gab es kein Blut und auch sonst kein Anzeichen, dass hier gemordet worden war. Kein Grund, Veronika zu beunruhigen. Andererseits – irgendetwas in ihr befahl ihr zu reagieren, nicht abzuwarten. Sie hatte keinen Beweis, war aber inzwischen sicher, dass Sebastian Faltermeier etwas mit Lillis Tod zu tun hatte, auch wenn seine Mutter weiterhin auf dem Alibi bestand, das sie ihrem Sohn für die Tatzeit gab. Vermutlich würde sie ihm auch für den Zeitpunkt von Hannahs Absturz, den ja nun leider alle kannten, ein Alibi geben. Sie war ganz vernarrt in ihren Sohn, das war bei ihrem ersten Zusammentreffen deutlich geworden. Die Frage war nur, warum? Eine Löwin, die ihr Junges mit sämtlichen Krallen, die ihr zur Verfügung standen, verteidigte? Hatte es etwas mit dem Vater zu tun? Seinem Hang zur Brutalität? Auch diese Spur würde sie verfolgen müssen, sobald … Entschlossen zückte sie ihr Handy.

»Wen rufst du an?«

»Ich schick eine Suchmeldung raus.«

»Jetzt schon? Ich denke, das geht erst nach vierundzwanzig Stunden?« Sophia hörte förmlich, wie es in Veronikas Kopf arbeitete. »Du glaubst wirklich, dass die Antonia in Gefahr is?«

»Glauben gehört nicht zu meinem Beruf, ich hab eher das Gefühl ...« Sophia merkte selbst, wie paradox die Aussage klang, brach ab, versuchte es anders. »Aufgrund der letzten Ereignisse ... Ich konzentriere mich nur auf die Fakten. Gestern hatte ich Besuch von Zöpfl und einem guten Freund, wer der dritte Mann war, den du gesehen hast, weiß ich nicht. Ich nehme an, er wollte zu Antonia, die hier alles für ihn vorbereitet hat.«

»Sie denken, ich mein, du denkst, die Antonia wie die Lilli ...« Für den Bruchteil einer Sekunde hatte Veronika Stadlhuber Mühe weiterzusprechen. »Du meinst, jemand will Antonia ... oder hat schon ... nein ...« Jetzt war ihr Kopf zu einem eindeutigen Ergebnis gekommen. Einem beruhigenden Ergebnis, da alles andere nicht zu ertragen war. Sie lachte auf. »Antonia hat das nicht für irgendeinen Fremden vorbereitet, ich kenn meine Tochter, so ist sie nicht. Wenn, dann nur für den Basti ... Leg wieder auf, alles gut«, Veronikas Stimme sang fast vor Erleichterung, »egal, was die beiden grade anstellen. Mit Basti ist die Antonia sicher ...«

Statt einer Antwort wählte Sophia die Nummer der Dienststelle. Zöpfl hob ab. »Wir brauchen sofort eine Suchmeldung ...«

»Aber wenn die Antonia doch mit dem Basti ...« Veronika wurde zornig.

Sophia blieb unbeeindruckt. »Ja, es geht um die Antonia Stadlhuber.«

»Aber die ist doch mit dem Basti ... Sophia, leg auf, das ist doch Wahnsinn!«

»Sofort. Alles andere gleich.«

Sophia hatte noch nicht ganz ausgesprochen, als die Tür aufging, Antonia mit nassem Haar, vermutlich von der Donau kommend, den Troadkasten betrat und abrupt stehen blieb, als sie ihre Mutter und Sophia vor ihrem offenkundigen Liebesnest vorfand. »Guten Morgen, Mama, Frau Alvarez.« Auch wenn sie sich locker gab, wirkte sie sehr verlegen.

»Ich hab's doch g'wusst. G'wusst hab ich's.« Mit einem Satz war Veronika bei ihrer Tochter, zerquetschte sie fast zwischen ihren kräftigen Armen und busselte sie gleichzeitig ab.

»Mama!« Antonia wehrte sich, so gut sie konnte. »Is doch alles okay … alles gut!«

Auch Sophia atmete auf, wandte sich wieder dem Handy zu, teilte Zöpfl mit, dass es ein Fehlalarm gewesen sei. Sie legte auf, sah, wie Veronika Stadlhuber ihr Kind endlich losließ, und hörte sie zufrieden sagen: »Ich hab doch g'wusst, wenn's nur um den Basti geht, da is mei Kind in Sicherheit.«

»Der Max war da.«

»Der Max?« Sophia sah Antonia verblüfft an, und auch Veronika Stadlhuber war entsprechend verwirrt.

»Wieso jetzt der Max, i hab denkt, du und der Basti …« Statt fortzufahren, deutete sie auf die Matratze.

»Der Max hat reden wollen wegen der Lilli und seine Alpträume, und dass er Angst hat wegen dem Drogentest.« Jetzt sah Antonia nicht mehr ihre Mutter, sondern Sophia an.

»Ja?« Alles in Sophia war angespannt.

»I mog des ned, des Petzen …«

»Antonia, red.« Auch Veronika war anzumerken, wie nervös sie war.

»Es stimmt, dass er ab und zu was nimmt, und jetzt, wegen der Lilli, weil er ned damit fertigwird, noch mehr. Er hat furchtbar ausg'schaut.«

»Und dann?« Alles in Sophia war zum Zerreißen gespannt.

»I hab ihn wegg'schickt, wegen dem Basti … I wollt ned, dass er ihn sieht, wegen der Lilli, aber so wie er drauf war, hätt er sowieso nix gecheckt …«

»Und du und der Basti habt dann …«, Veronika deutete auf das Bett, »und heute Morgen wart ihr schwimmen.« Erleichtert wandte sie sich an Sophia. »Siehst du, alles gut.«

»Ist es nicht.« Das kam wieder von Antonia. Und hätte Sophia sie in diesem Moment auf der Straße getroffen, sie hätte sie nicht sofort erkannt. Nicht nur in ihren Augen lagen Unverständnis und vor allem eines: Angst.

✳✳✳

Eine Stunde später saß Sebastian Faltermeier vor Sophia und Zöpfl. Nicht im Vernehmungsraum, sondern in seinem Zimmer, ohne seine Mutter, die vor der geschlossenen Tür schimpfte. Dass es eine Sauerei sei, ihren Sohn ohne ihr Beisein zu befragen. Ihn überhaupt zu befragen: »Das ist mein Kind. Ich hab ein Recht, dabei zu sein! Was wollen Sie überhaupt von Basti? Eine Unverschämtheit ist das, ich werde mich beschweren … Ganz oben werde ich mich beschweren und dafür sorgen –«

Zöpfl reichte es, und er riss die Tür auf. »Wenn Sie jetzt ned gleich a Ruah geben«, fuhr er Eva Faltermeier an, »dann führen wir die Befragung auf dem Revier fort!«

»Mama, bitte!« Bastis Blick hinter Zöpfl wurde flehend. »Ich krieg das schon allein hin!«

Hatte Sophia heute Morgen erlebt, wie schnell sich Antonias Gesicht verändert hatte, so stellte sie bei Sebastian etwas Ähnliches fest. Er wirkte nicht gealtert und eingefallen wie Antonia, im Gegenteil, der sonst so selbstsichere, oft arrogant erscheinende junge Mann schien vor Sophias Augen auf die Größe eines Neugeborenen zu schrumpfen, das nur eines wollte: zurück in den Bauch seiner Mutter. Es fehlte nicht viel, dachte Sophia, und er würde in Embryohaltung vor ihr sitzen.

»Also gut! Wenn du meinst, mein Schatz.« Obwohl man Eva Faltermeier anmerkte, wie ungern sie Basti allein ließ, machte sie jetzt doch Anstalten, sich zurückzuziehen. Es war Sophia, die sie davon abhielt.

»Was haben Sie da, Frau Faltermeier? Ein blaues Auge?«

Unwillkürlich griff Eva Faltermeier an die Stelle, wo die Verfärbung schon zu verblassen begann. Zudem war sie gut geschminkt, Sophia war jedoch geübt darin, Misshandlungen zu erkennen, auch wenn man sich alle Mühe gab, sie zu vertuschen. An Zöpfls überraschtem Blick erkannte sie, dass er nichts davon bemerkt hatte.

»Sie ist von der Treppe gestürzt.« Sebastian reagierte schneller als seine Mutter, wirkte jetzt wieder sehr erwachsen, war der Beschützer.

Eva Faltermeier sah ihren Sohn dankbar an und nickte. »Von der Treppe gestürzt, ja.«

»Schlagen Sie Ihre Mutter?« Die Frage kam von Zöpfl. Für den Bruchteil einer Sekunde war Basti irritiert, Sophia wollte ihn schon zusätzlich unter Druck setzen, doch da wurde Eva Faltermeier laut. Sehr laut. »Was verdammt noch mal hat Ihnen mein Sohn getan, dass Sie ihm derartige Dinge unterstellen?«

»Ihr Mann ist es, der Sie schlägt, nicht wahr?«

Eva Faltermeier, die gerade dabei gewesen war, ihrer Stimmlage einen zunehmend schrillen Ton zu verleihen, verstummte schlagartig, und Sophia erkannte, dass sie damit richtiglag. Sie wurde sanft, verständnisvoll. »Warum lassen Sie das zu? Warum wehren Sie sich nicht dagegen?«

Zöpfl, für den der Richtungswechsel ebenso überraschend kam wie für Eva Faltermeier, warf Sophia einen verwunderten Blick zu. Bastis Augen wirkten irgendwie ängstlich, als frage er sich, was wohl als Nächstes passieren werde, Eva Faltermeier dagegen klang sehr sicher, als sie antwortete: »Ich verlasse meinen Mann nicht, weil ich fest daran glaube, was wir uns vor dem Altar versprochen, ja geschworen haben: In guten und in schlechten Zeiten. Jetzt haben wir schlechte Zeiten, aber auch die guten werden wiederkommen.«

Sie hob leicht das Kinn, als dulde sie keinen Widerspruch, drehte sich um und stieg mit sehr aufrechter und entschlossener Körperhaltung die Treppe hinunter ins Erdgeschoss. Basti sah seiner Mutter mit bewunderndem Blick nach, und auch in Sophia hatte sie mit ihren Worten etwas berührt. Zumindest fragte sie sich, ob sie und Alexander auch mehr um das hätten kämpfen sollen, was sie sich vor dem Altar versprochen hatten. Sie hatten sich nicht geschlagen, sie hatten nur aufgehört, einander zu lieben.

Hier im Zimmer von Sebastian, dem jungen Mann, den sie endgültig für den Mörder zweier junger Frauen hielt, gab Sophia es zum ersten Mal nicht vor anderen, aber zumindest vor sich selbst zu: Nicht Alexander hatte sie wegen dieser Gaby verlassen – auch ihren Namen sprach sie zum ersten Mal, wenn auch nur in Gedanken, aus –, sie hatte sich schon lange Zeit vorher von ihm getrennt. Eines Tages war sie neben ihm aufgewacht und – hatte ihn einfach nicht mehr geliebt.

Während Sophia sich nach dieser neuen Erkenntnis erst einmal sammeln musste, hatte Zöpfl mit Bastis Befragung begonnen, auf der Basis von Antonias Aussage: Basti sei ohne Grund auf sie losgegangen, hatte sie zu Protokoll gegeben, völlig ausgerastet sei er, und sie habe noch nie im Leben so viel Angst vor einem Menschen gehabt wie in dieser Nacht …

Aufgeregt, voller Vorfreude auf das erste Mal und vor allem schwer verliebt, so Antonia, hatte sie alles im Troadkasten vorbereitet. Basti war, nachdem Max gegangen war, auch wie verabredet gekommen, aber in dem Augenblick, als er begriff, was Antonia vorhatte, dass sie nicht einfach nur zusammen mit ihm Musik hören wollte, wie von ihr behauptet, da hatte er sich völlig verändert. Wütend sei er gewesen, mehr noch, sein Gesicht sei völlig verzerrt gewesen von Hass. Er habe sie als Hure beschimpft, mit der er nie mehr etwas zu tun haben wolle, einen Moment habe sie sogar geglaubt, er werde sie schlagen, die Hand habe er schon erhoben gehabt, doch dann sei er auf dem Absatz umgedreht und davongelaufen.

»Wia wenn der Deifi selbst hinter ihm herg'wesen wär«, hatte Antonia es beschrieben. »Und geweint hat er auch dabei. Ich bin ganz sicher, dass ich so was wie a Schluchzen g'hört hab. Ganz sicher bin i da.«

Sie sei geschockt gewesen, hatte sie mit ihrer Aussage fortgefahren, habe sich betrunken, und dann sei ihr etwas eingefallen, was die Lilli einmal zu ihr gesagt habe, als sie generell über das erste Mal gesprochen hatten. »Sie hat g'sagt, dass der Basti ned so können hat, wie sie wollte …«

Antonia gab weiter an, es damals so interpretiert zu haben, dass die Lilli noch nicht bereit gewesen sei, sich entjungfern zu lassen, was Basti ja später bestätigt hatte. »Dass er nicht mehr auf die Lilli hat warten können, weil halt in seinem Alter der Drang einfach zu groß is …«

Nach diesem Ereignis jedoch hatten seine Worte für Antonia eine ganz andere, eine neue Bedeutung bekommen, und zwar, dass er vielleicht – sie hatte einen Moment gebraucht, um die für sie bittere Wahrheit auszusprechen: »I glaub ned, die Lilli hat ned wollen … ich glaub, der Basti hat ned können … Ich mein nicht das Warten, ich mein, von seiner Seiten aus, da ging einfach nix, und i glaub, es geht no immer nix.«

»Was meinst du damit?«, hatte Sophia behutsam nachgehakt.

»Dass der Basti impotent is.«

»Der arme Bub.« Betroffen hatte Veronika ihre Tochter in den Arm nehmen wollen, doch Antonia hatte sie weggeschubst. Beim Schwimmen sei ihr Kopf wieder klar geworden, hatte sie gesagt, und sie hatte sich dazu entschlossen: »I gib den Basti ned auf. Für Impotenz gibt's immer an Grund … den find i raus. Ich helf dem Basti … weil, nein, i geb den ned auf … Ich lieb den, und wir kriegen das hin … weil Liebe alles hinkriegt. Man muss nur fest dran glauben.«

Veronika hatte Sophia einen Blick zugeworfen, der ausdrückte, was sich auch Sophia denken würde, ginge es eines Tages um Emma: Die erste Liebe sollte unbeschwert und nicht mit so etwas belastet sein …

Sophia kehrte, nachdem sie Antonias Aussage in Gedanken noch einmal gründlich durchgegangen war, mit ganzem Bewusstsein zurück in Sebastian Faltermeiers Zimmer mit dem halb fertigen Puzzle auf dem Schreibtisch und den vielen Büchern im Regal, gerade als Zöpfl die entscheidende Frage stellte: »Haben Sie Probleme mit Sex, Herr Faltermeier?«

»Was soll das jetzt?« Bastis Augen wurden zu Irrlichtern.

»Sind Sie impotent?«

»Was …« Aus Irrlicht wurde Leere.

»Wurden Sie in Ihrer Kindheit … missbraucht?«

»Missbraucht?« Aus Leere dunkelste Dunkelheit.

»Ein häufiger Grund für Impotenz in jungen Jahren.« Zöpfl blieb ohne Gnade. »Wer hat Sie missbraucht, Sebastian Faltermeier?«

Basti wirkte so elend, dass Sophia gegen das Mitgefühl ankämpfen musste, und ihre Stimme klang sehr viel milder als Zöpfls, als sie sich jetzt einmischte. »Hat es etwas damit zu tun, Basti, dass Ihr Vater Ihre Mutter schlägt? Weil Ihre Mutter Sie vor ihm schützen will?«

Statt einer Antwort stand Basti, kreidebleich, unvermittelt auf, setzte sich an seinen Schreibtisch und fing an zu puzzeln.

Zöpfl stand ebenfalls auf, stellte sich hinter Basti, die Hände rechts und links von ihm auf dem Schreibtisch aufgestützt, sodass er ihm nicht entkommen konnte, die Lippen ganz nah an Bastis rechtem Ohr. Er flüsterte fast. »Sie verstehen sehr gut, was wir meinen.«

Er ließ los, trat einen Schritt zurück, verbales Trommelfeuer prasselte jetzt auf Basti ein. War er impotent? Wenn ja, warum? War er missbraucht worden? Wenn ja, von wem? Massiver Artilleriebeschuss auf ein bestimmtes Gebiet. Nicht Sebastian wollten sie mit den Worten treffen. Sie wollten einfach nur, dass die Wahrheit explodierte. Zuerst in seinem Kopf, damit er es endlich aussprechen konnte, was er möglicherweise seit seiner Kindheit mit sich herumschleppte.

»Sind Sie missbraucht worden, Sebastian Faltermeier? Haben Sie deshalb Hannah Buchecker vom Bogenberg gestoßen? Haben Sie deshalb Lilli Gruber verbrannt?«

Absolute Stille. Keine Reaktion. Sophias Nerven zum Zerreißen gespannt. Gerade als sie das Gefühl hatte, es nicht mehr aushalten, nicht mehr ertragen zu können, wischte Sebastian Faltermeier das Puzzle vom Tisch, drehte Bushido auf. Begann rhythmisch zu Bushidos Stimme mit dem Kopf zu wippen und zu rappen: *»Es ist Sonny Black, der Ruler von*

*Beruf, und du Missgeburt blamierst dich wie ein Schwuler in
der JUICE. Euer Hass ist legitim, Berlin, Medellín ...«*
Unkontrollierte Zuckungen übernahmen seinen Körper.
»Master of disaster. Hero of the universe.« Er streckte den
rechten Arm weit von sich, wippte mit Arm und Hand. *»Und
die Vögel gehen bei den Bullen vorsing'.«*
Basti lachte laut auf, sein Lachen wurde immer irrsinniger,
seine Worte immer irrealer, er redete wirr von Gott und seinem Zorn, erwähnte Pfarrer Neuhaus, den Verräter, leugnete
jede Tat, öffnete seine Hose, forderte Sophia, die Amöbe, auf,
selbst nachzuschauen, was mit ihm los war, redete irgendwas
von Jesus und seinem Naturwunder, das er, Sebastian, in allen
Kirchen freilegen würde, damit jeder seine Verletzlichkeit
sehen konnte, wollte noch weitermachen, doch in diesem
Moment waren die Sanitäter schon da.

Vier Mann brauchte es, um Sebastian Faltermeier mit dem
Gesicht nach unten auf die Trage zu zwingen und ihn festzu-
schnallen. Er schrie und tobte, seine Eltern versuchten noch
zu verhindern, was nicht mehr zu verhindern war. Die Be-
ruhigungsspritze wurde gnadenlos in eine Vene gejagt, sie
wirkte augenblicklich. Sebastian war nur noch ein schlaffer
Abklatsch seiner selbst, willenlos, und so verluden sie ihn in
den Krankenwagen, der ihn in die Psychiatrische Abteilung
der Regensburger Universitätsklinik bringen sollte.

Eva Faltermeier weinte. Hermann Faltermeier drohte Zöpfl
und Sophia, dass er nicht nur für ihre Suspendierung sorgen
würde, sondern obendrein, dass keiner von ihnen beiden jemals wieder einen Fuß auf den Boden bekommen würde. So
lange er lebte, würde er sie verfolgen und ruinieren.

Sophia kämpfte gegen die Südländerin in sich, die Hermann
Faltermeier am liebsten die Augen ausgekratzt hätte, und war
froh, dass es zumindest Zöpfl gelang, gelassen zu bleiben. Er
konfrontierte Hermann Faltermeier mit der Aussage seiner
Frau, dass er sie regelmäßig schlug, und sprach seinen und
Sophias Verdacht aus, dass Sebastian seit seiner Kindheit missbraucht worden sei. Möglicherweise von Pfarrer Neuhaus, das

zumindest hatte Sebastian angedeutet, ehe er zusammengebrochen war. Für den Bruchteil einer Sekunde stand Hermann Faltermeier sichtlich unter Schock, setzte dann zum Sprechen an, doch in diesem Moment hörte seine Frau auf zu weinen und kam ihm zuvor. »Was reden Sie denn da ...? Missbrauch? So ein Unsinn. Wir sind eine anständige Familie.«

»Familie?« Sophia mischte sich ein. »Hat jemand was von Familie gesagt?«

Eva Faltermeier kam sichtlich ins Schleudern. »Ich hab gedacht –«

»Halt deinen Mund!« Hermann Faltermeier stand nicht mehr unter Schock. Alles in ihm war unterdrückte Wut. »Halt endlich deinen dummen Mund!« Er nahm sich zusammen, wandte sich, deutlich ruhiger geworden, an Sophia. »Sebastian ist nicht missbraucht worden. Und wenn, dann hätte er mit uns darüber geredet. Hören Sie also auf, meinem Sohn Probleme anzudichten, die er nicht hat.«

Eva Faltermeier nickte bestätigend, und vielleicht war ihre unterwürfige Art das, was Sophias Stimme so spöttisch klingen ließ, als sie entgegnete: »Außer dass Sebastian grade einen Nervenzusammenbruch hatte und auf dem Weg in die Psychiatrie ist.«

Fast verblüfft sah Sophia, wie Hermann Faltermeier die Hand hob, sie dachte noch, er wird mich doch nicht schlagen, eine Polizistin, da hatte sich Zöpfl schon schützend vor sie gestellt und meinte trocken: »Anzeige wegen Körperverletzung, Herr Bürgermeister, Widerstand gegen eine Polizeibeamtin, das kann nicht nur teuer werden, das gibt auch Schlagzeilen.«

Hermann Faltermeiers Hand blieb einen Augenblick in der Luft hängen, dann zog er sie zurück, versteckte sie in seiner Hosentasche, räusperte sich und sah nicht Sophia an, sondern Ferdinand Zöpfl, als er sagte: »Tut mir leid.«

Sophia, Hermann Faltermeier ebenfalls ignorierend, wandte sich an seine Frau: »Wenn Ihr Mann Sie schlägt, können Sie ihn anzeigen. Sie müssen das nicht aushalten, Sie können sich vor ihm schützen.«

Eva Faltermeier warf ihrem Mann einen schnellen Blick zu, wirkte für den Bruchteil einer Sekunde wieder ängstlich, dann straffte sie sich, und ihre Stimme klang fest: »In unserer Familie ist alles in Ordnung, und bei meinem Jungen auch.« »So ist es«, antwortete Hermann Faltermeier, legte den Arm um seine Frau, Sophia hätte kotzen können, und Eva Faltermeier ließ es zu.

Sophia verließ das Haus, ohne sich zu verabschieden. Zöpfl folgte ihr, überholte sie auf dem Weg zum Polizeiwagen, rekapitulierend, was gerade geschehen war, bemerkte dabei nicht, dass Sophia bewusst zurückfiel, endete mit einem »I hab scho g'wusst, warum i nie zur Mordkommission wollte«, drehte sich um, und Sophia war weg. Wieder einmal. Er seufzte und ärgerte sich gleichzeitig, weil ihn irgendetwas an ihr mehr faszinierte, als er jemals zugegeben hätte.

∗∗∗

Indessen hatte sich Sophia zurück zum Faltermeierhaus getastet, in der Hoffnung, dabei niemandem in die Arme zu laufen. Sie brauchte nur einen Blick durchs Fenster. Zum Glück hatten die Faltermeiers im Wohnzimmer auf Vorhänge verzichtet, um ungestört auf den phantastisch angelegten Blütenwald aus Sommerflieder, Forsythie, Johannisbeere und Duftjasmin sehen zu können, wenn sie beim Essen saßen oder einfach nur auf der Couch, falls es bei ihnen überhaupt noch gemeinsame Essen oder Fernsehabende gab. Sophia blieb stehen, atmete den Duft von Jasmin und Flieder ein, erinnerte sich an die vielen Stunden, in denen ihr die Großmutter beigebracht hatte, was die Natur so alles hergab. Eine heile Welt, in der Sebastian Faltermeier aufgewachsen zu sein schien.

Sophia setzte sich wieder in Bewegung, schob sich weiter an der Kalkmauer entlang, die wahrscheinlich weiße Spuren auf ihrer Uniform hinterlassen würde, erreichte das Wohnzimmerfenster gerade in dem Augenblick, in dem Hermann

Faltermeier seine Frau mit der Verachtung beschimpfte, die er in Sophias und Zöpfls Gegenwart noch unterdrückt hatte.

»Was bist du nur für a verdammte Hur!«

Wieder hob er die Hand, diesmal gegen seine Frau, Eva Faltermeier duckte sich, die Hand ging ins Leere. Obwohl niemand da war, um Eva Faltermeier zu schützen, versuchte er es nicht noch einmal, sondern sagte nur: »Ich bet jeden Tag dafür, dass d' irgendwann in der Hölle schmorst.« Von einer Sekunde zur anderen alt und müde wirkend, verließ er mit hochgezogenen Schultern das Zimmer.

Sophia war verblüfft. Sie hatte einiges erwartet – aber das nicht.

Das war die eine Überraschung gewesen.

Die andere war Eva Faltermeiers Reaktion auf das Verhalten ihres Mannes. Sie öffnete die Bar. Schenkte sich einen Whiskey ein, ließ sich in den Sessel fallen, schlug die Beine lasziv übereinander, sodass ihr kurzer Rock weit über die schönen schlanken, leicht gebräunten Oberschenkel glitt, und – Sophia traute ihren Augen kaum – lächelte. Nach allem, was geschehen war. Ein äußerst zufriedenes Lächeln, als sei ihr über alles geliebter Sohn nicht gerade nach einem Zusammenbruch in die Psychiatrie gebracht worden und als habe ihr Mann, anstatt sie in den Arm zu nehmen, sie nicht als Hure tituliert, die in der Hölle schmoren solle. Im Gegenteil, es war ein Lächeln, als habe sie gerade, vielleicht zum ersten Mal, einen Sieg über ihren Mann errungen. Sophia nahm sich ein Versprechen ab: Was auch immer das Geheimnis dieser Familie war, das vermutlich zwei junge Frauen das Leben gekostet und so viele Menschen unglücklich gemacht hatte – sie würde es aufklären, und wenn es das Einzige war, was sie im Bayerischen Wald halten würde.

»Wo waren Sie?«, herrschte Zöpfl sie an, als sie endlich den Polizeiwagen erreichte.

Statt einer Antwort kam Sophia sofort zum Punkt. »Haben Sie eine Ahnung, weshalb Faltermeier seine Frau als Hure bezeichnet? Geht sie fremd, hat sie einen Freund?«

»Keine Ahnung.« Zöpfl zuckte mit den Schultern. »Woher wissen Sie das?«

»Ich hab's grade gehört.«

»Lauschangriff, aha.« Er lächelte spöttisch, Sophia glitt auf den Beifahrersitz. »Und jetzt meinen Sie, das ist der Grund, warum er sie schlägt?«

Sophia ersparte sich den Vortrag, dass kein Mann unter keinen Umständen das Recht habe, seine Frau zu schlagen, sagte stattdessen: »Wir brauchen eine Durchsuchungsanordnung. Sprechen Sie mit dem Staatsanwalt, oder soll ich?«

»Und auf welcher Grundlage?« Zöpfl ließ den Motor an. »Wir haben nichts außer Vermutungen.«

»Gefahr im Verzug?«

Zöpfl fuhr los. »Bei jemandem, der sediert im Krankenhaus liegt?«

»Aus dem er sehr bald wieder entlassen wird, weil seine Eltern ihn als Opfer darstellen werden.« Ihre Stimme wurde eindringlich. »Zöpfl, der entwischt uns, und dann gibt's noch einen Mord. Ich bin sicher, die Antonia ist in Gefahr. Wenn wir wenigstens an sein Smartphone kommen würden …«

»Sie glauben, dass Sie dort die Fotos von Antonia finden?«

»Ich bin sogar sicher, und nicht nur die von Antonia.«

Zöpfl parkte auf seinem angestammten Platz, von dem aus sie auch zu Fuß zu den Faltermeiers hätten gehen können.

»Sie denken, er fotografiert die Mädchen, bevor er sie tötet?« Er stellte den Motor ab.

»Ich fahr nach Regensburg.« Sophia stieg aus.

»Ich glaub nicht, dass der Sebastian jetzt schon vernehmungsfähig ist.« Zöpfl schlug die Fahrertür zu, sah von seinen ein Meter neunzig aus auf sie herab.

»Mit ihm will ich auch nicht sprechen …«

»Sondern?«

»Mit einem Freund. Hans-Christian Zarth. Er ist Psychiater, vielleicht kann wenigstens er mir einige Fragen beantworten.«

»Und an welche Fragen denken Sie da so?«

»Warum der Basti zum Beispiel den Gottessohn unbedingt von seinem Lendenschurz befreien will, damit alle seine Erektion sehen ...«

»Erektion?«

»Die hat ein Mann bei Todesangst. Nicht gewusst?« Sophia lächelte zuckersüß, ging zu ihrem Privatwagen, da sie Dienstschluss hatte, stieg ein, hoffte, dass sich Zöpfl indessen um Pfarrer Neuhaus kümmern und ihm die gleiche Frage stellen würde, ließ den Motor an und fuhr davon.

40

Offenbar begann sich Zöpfl daran zu gewöhnen, dass Sophia zumindest in diesem Fall das Sagen übernommen hatte. Obwohl er noch immer nicht den Zusammenhang zwischen Sebastians Problem und dem Gekreuzigten mit Lendenschurz verstand, hatte ihn zumindest die Verletzlichkeit des männlichen Geschlechts möglicherweise überzeugt. Das jedenfalls nahm Sophia an, da kein Anruf auf ihrem Diensthandy erfolgte, der sie – ob Dienstschluss oder nicht – zurückbeorderte. Sophia war nicht verwundert darüber. Männer waren diesbezüglich Mimosen.

Wie auch immer, jetzt war sie auf dem Weg nach Regensburg und entsprechend aufgeregt, weil sie in weniger als einer Stunde Chris gegenüberstehen würde. Sie hatte noch darüber nachgedacht, ob sie ihn anrufen solle oder lieber nicht, hatte sich jedoch instinktiv dagegen entschieden, ohne genau zu wissen, warum. Stattdessen hatte sie sich auf der Station für Brandverletzte erkundigt, ob er Dienst hatte, das war bestätigt worden, und so hatte sie endgültig beschlossen, es darauf ankommen zu lassen.

Es war kurz vor siebzehn Uhr, als sie auf dem Parkplatz des Klinikums parkte und sich auf die Suche nach Hans-Christian Zarth machte, dem sie nicht nur Sebastians wegen Fragen stellen wollte, sondern auch, weil er in der vergangenen Nacht plötzlich bei ihr aufgetaucht war ...

∗∗∗

Hans-Christian Zarth warf einen Blick auf die Uhr. Da war es wieder, das ihm inzwischen längst vertraut-verhasste Gefühl. Sabotage des eigenen Körpers.

Zuerst kam die innere Erstarrung. Das war die Angst. Und dann, nach wenigen Minuten schon, folgte der Angst auch die äußere Erstarrung. Sie begann im Kopf, griff nach und nach auf den gesamten Körper über. Eine natürliche Narkose, für die es noch keinen speziellen Namen gab, so selten war sie. Das zumindest hatten ihm die Ärzte im Zentrum für unerkannte und seltene Krankheiten in Marburg erklärt. Eine Narkose, verursacht von den eigenen Zellen, die pünktlich um siebzehn Uhr ihren Höhepunkt erreichte und ihn vollständig lähmte, sodass er keinen Schritt vor oder zurück machen konnte. Tag für Tag, während sein Geist auf Hochtouren arbeitete.

Mit fünfundzwanzig Jahren hatte es angefangen. Zunächst waren es nur einige Minuten gewesen, in denen er gelähmt gewesen war, dann hatte sich der Zeitraum immer weiter ausgedehnt. Inzwischen war es eine ganze Stunde, die ihn, egal, was er gerade tat, aus dem Leben warf. In der Nacht, in der er Sophia nicht zu sich gelassen, sie wieder hatte gehen lassen, war eingetroffen, wovor er sich schon so lange fürchtete. Keine Stunde mehr. Eineinhalb Stunden war er an diesem Spätnachmittag bewegungsunfähig gewesen. Eine halbe Stunde länger als in den vergangenen Jahren, in denen er schon gehofft hatte, dass es vielleicht doch bei der einen Stunde bleiben würde. Mit ihr hatte er zu leben gelernt. Und dann das. So groß war der Sprung noch nie gewesen. Allein wenn er daran dachte, zitterte er vor Angst.

Die Ärzte schlossen nicht aus, dass es noch schlimmer werden würde. Dass er irgendwann mit ganzen Tagen rechnen müsse. Sie konnten nichts für ihn tun. Sie wussten, was in seinem Körper geschah, nicht aber, was der Auslöser war. Und ohne die Ursache zu kennen, gab es nun einmal keine Hilfe, an Heilung wagte er gar nicht mehr zu denken.

Das alles hatte er in der vergangenen Nacht Sophia erklären wollen, und dass er ihr nicht die Tür geöffnet hatte aus Angst, sie in den Arm zu nehmen und sie nie wieder loszulassen. Bisher hatte er immer geglaubt, seiner Krankheit wegen sei er nie in der Lage gewesen, sich längere Zeit auf eine Frau einzulassen. Seit er Sophia wiedergesehen hatte, wusste er es jedoch besser. Er hatte nie aufgehört, sie zu lieben. Was sie allerdings nie erfahren würde. Selbst wenn sie auch noch etwas für ihn empfand – manchmal hatte er durchaus den Eindruck –, würde er ihr das nicht antun. Einen Pflegefall, irgendwann. Außerdem hatte er schon vor längerer Zeit beschlossen, genau das nicht mitzumachen. Völlig hilflos und auf andere angewiesen zu sein, die ihn nur als Belastung empfinden würden. Wenn es auch für diese Krankheit keine Lösung gab, für das Leben gab es immer eine Lösung – und das war der Tod.

Er warf einen Blick auf die Uhr. Es wurde allmählich Zeit, sich zurückzuziehen. Für eine Stunde und auch länger von der Station zu verschwinden. Sowohl Ärzte als auch Schwestern kannten den Grund, auch deshalb arbeitete er gern im Krankenhaus. Hier musste er niemandem etwas vorspielen. Hier konnte er sein, wer er war. Ein verdammt kranker Mann, der vielleicht nicht mehr allzu lange leben würde. Allerdings kannte er die Deadline noch nicht, wusste nicht, wie viele Stunden der Bewegungslosigkeit er würde ertragen können, ehe er den Schlussstrich zog. Aber in dieser Hinsicht baute er auf seine Seele. Sie würde ihm rechtzeitig und in aller Deutlichkeit mitteilen, wann es so weit war.

Dr. Hans-Christian Zarth zog sich zurück.

Sophia verpasste ihn nur um wenige Minuten.

***

Sie hatte überall nach Chris gesucht. Auf der Station, im Park, in der Cafeteria. Niemand konnte ihr sagen, wo er sich befand, stattdessen hatte sie auf ihre Frage immer wieder seltsame Blicke geerntet. Nur Schwester Heike, die Krankenschwester, die den seltsamen Besucher von Marco Seibold gesehen hatte, machte die Andeutung, dass Dr. Zarth gelegentlich eine Auszeit brauche und gegen achtzehn Uhr dreißig wieder da sein werde. Sophia überlegte, wie sie die Zeit nutzen konnte, und entschied sich dafür, Sebastian Faltermeier einen Besuch abzustatten.

Basti lag in einem hässlichen Zimmer mit mehreren Betten, das einem Aquarium ähnlich durch ein großes rechteckiges Fenster vom Schwesternzimmer aus überwacht werden konnte. Die Schwester, die Sophia auf ihr Klingeln die Tür zur Psychiatrie geöffnet hatte, meinte zwar, Sebastian stünde noch unter Beruhigungsmitteln und sei möglicherweise gar nicht ansprechbar, doch Sophia bat sie, sie dennoch zu ihm zu lassen.

»Okay, aber nur kurz«, gestand ihr die zierliche junge Frau zu, bei der sich Sophia fragte, wie sie mit Menschen fertigwurde, die in der Psychose Kräfte entwickeln konnten, die nicht einmal durch mehrere Männer zu bändigen waren.

»Danke!« Sophia nickte, betrat den Raum, sah sich um. Ein älterer Mann saß am Bettrand und zog in einer Pfütze aus verschüttetem Mineralwasser mit dem Zeigefinger der rechten Hand unentwegt Kreise. Draußen schrie jemand mit schriller Stimme im Sekundentakt um Hilfe. Ein junger Mann schlief, ein anderer Mann flehte Sophia an, ihn sofort hier herauszuholen, böse Geister hätten ihn eingesperrt. Er wiederholte sich unentwegt, als ließe etwas in ihm keinen anderen Gedanken zu. Von Basti tatsächlich keinerlei Regung.

Sophia wollte schon wieder gehen, als ihr Blick auf sein Smartphone fiel, das auf dem Beistelltisch lag. Sie zögerte nicht, steckte es sofort ein, überlegte kurz, ob sie nach München fahren sollte, um das Passwort von einem Kollegen knacken zu lassen, sodass Zöpfl vorerst nicht davon erfuhr, entschied sich dann jedoch, mit offenen Karten zu spielen, um keine Zeit zu verlieren.

✳✳✳

Zwei Stunden später hatte Büchlein das Passwort geknackt, im Glauben, Zöpfl sei im Besitz der richterlichen Anordnung. Ohne noch einmal nachzuhaken, verabschiedete er sich nach Hause, wo seine Frau schon mit dem Abendessen auf ihn wartete. Mit klopfendem Herzen öffnete Sophia die Fotoapp.

Sie musste nicht lange scrollen, sie fand die Fotos sofort. Da gab es die Aufnahmen von Antonia, was Rost endgültig entlastete, von Hannah, was Sophia nicht allzu sehr verwunderte, selbst von der hübschen Bedienung aus Passau mit dem Tattoo der Mutter hatte Basti heimlich Fotos gemacht. Da waren auch noch einige andere Aktfotos junger Frauen, heimlich geschossen, durch erleuchtete Fenster oder beim recht freizügigen Wechsel des Bikinis im Schwimmbad. Sophia kannte sie nicht, aber eine Person, die Sebastian Faltermeier nackt unter der Dusche fotografiert hatte, kannte sie sehr gut. Diese Person war, ihr stockte der Atem – sie selbst. Sophia hatte sich noch nicht von dem Schock erholt, als eine Stimme hinter ihr laut wurde.

»Es reicht!«

Sophia wirbelte in ihrem Drehstuhl herum und sah sich Zöpfl gegenüber, der sich außer sich vor Wut vor ihr aufbaute.

»Sie ignorieren meine Anweisungen, ziehen Ihren Kollegen mit rein, indem Sie ihn anlügen –«

»Ach, Büchlein hat gepetzt?« Sie hatte es noch nicht ganz ausgesprochen, da wurde ihr klar, dass es besser war, einen Wolf nicht zu reizen, dem man gerade sein Futter wegnahm. »Sorry, mein Fehler! Wie war's bei Pfarrer Neuhaus?« Angriff war noch immer die beste Art der Verteidigung.

»An Missbrauch glaub ich nicht, aber ich denke auch, dass er mehr weiß.«

»Der hat bei ihm gebeichtet.«

Zöpfl nickte, ging aber nicht weiter darauf ein, sondern meinte: »Ich kann nur für Sie hoffen, dass Sie nichts auf dem Handy gefunden haben, denn ohne richterlichen Beschluss ist es ohnehin nicht verwertbar.«

Statt einer Antwort überreichte Sophia Zöpfl das Handy. An einem Foto blieben seine Augen länger hängen als an den anderen. Sie ahnte, welches es war, doch es war nicht die Zeit für Scham, sie nahm Haltung an und sah ihn herausfordernd an. »Und?«

Er reagierte nicht. Ferdinand Zöpfl hatte für einen Augenblick die Fassung verloren. Etwas, das Sophia noch nicht bei ihm kannte. »Und?«, wiederholte sie.

Zöpfl fing sich wieder. »Bringen Sie das Smartphone möglichst unauffällig zurück. Falls er Sie dabei erwischt, lassen Sie sich etwas einfallen. Ich besorg inzwischen den richterlichen Beschluss, und von Ihnen kein einziges Wort, hören Sie, kein einziges Wort zu Sebastian Faltermeier.«

»Okay, Chef.« Sie nahm das Handy, trat um den Schreibtisch herum, wollte schon zur Schranke, als Zöpfl ihr den Weg versperrte.

Seine Stimme klang nicht zärtlich, nein, aber warm und vor allem besorgt: »Alvarez!«

»Ja?«

»Passen Sie auf sich auf.«

Sophia nickte, verließ das Revier, und exakt in dem Augenblick, als ein Krankenwagen mit Blaulicht an ihr vorbeiraste, gefolgt vom Notarzt, ebenfalls mit Blaulicht, reagierte ihr Körper auf das, was gerade geschehen war. Blut schoss ihr ins Gesicht, und auch sonst trat der Schweiß aus allen Poren. Nicht, weil Zöpfl sie nackt gesehen hatte, wenngleich das auch keine allzu angenehme Vorstellung war, sondern weil sie sich fragte, was ihr Foto in Bastis Handy zu bedeuten hatte und wer tatsächlich das nächste Opfer sein würde. Antonia Stadlhuber, die Bedienung aus dem Scharfrichterhaus, eins der anderen unbekannten Mädchen oder – ihr stockte erneut der Atem – sie? Nein, so weit würde er nicht gehen. Warum auch immer Basti in dieser Nacht Antonia am Leben gelassen hatte, sie war und blieb sein Ziel. Darin war Sophia sich sicher und auch darin, dass sie aufhören musste, sich von ihm derartig verwirren zu lassen.

41

Es war nach zwanzig Uhr, als Sophia erneut die Psychiatrische Abteilung der Regensburger Universitätsklinik betrat. Nach Chris hatte sie weder gesucht noch gefragt. Ihn zu sehen, das wäre vermutlich genau der Tropfen gewesen, der ihr Gefühlsfass zum Überlaufen gebracht hätte. Sie dachte noch an die Bemerkung von Theres, die sie beim Mitfahrbankerl aufgelesen hatte. Theres hatte nach Steinach gewollt, um einen Patienten, wie sie sagte, von seinen Rückenschmerzen zu befreien. Sophia hatte sie mit ihrem prall gefüllten Korb, voll von Kräutern, Blüten, Ölen, Wickeln, Tees, Salben und Tinkturen, einsteigen lassen und die Gelegenheit genützt, um ein wenig mit ihr zu plaudern. Aber mehr als »dass es den alten Alois Gruber erwischt hat, weil er mit dem Tod seiner Enkelin nicht fertigwird«, hatte sie nicht von ihr erfahren. »A Schlagerl soll's g'wesen sein«, hatte Theres weiter erklärt und »dass sie ihn grad vorhin mit dem Sanka und dem Notarzt ins Krankenhaus gebracht ham«. Es sei nicht sicher, ob er überlebe.

Wenig später hielt Sophia vor der von Theres genannten Adresse in Steinach. Theres, im langen bunten Rock und Rüschenbluse, das weiße Haar zum Pferdeschwanz gebunden, bis zur Taille reichend, stieg mit ihrem Korb wieder aus, steckte noch einmal den Kopf in den Wagen, meinte: »Der Zöpfl glaubt mir jetzt, dass die Hannah ned allein g'wesen is.«

Sophia warf ihr einen überraschten Blick zu, und Theres fragte: »Hat der Zöpfl no ned mit dir drüber g'sprochen?«

»Die Kommunikation zwischen uns muss noch um einiges besser werden.«

»Was wuist, Madel, auch der Zöpfl is nur a Mo …«

Theres wollte den Kopf schon zurückziehen, als Sophia sagte: »Und dass jemand die Hannah g'schubst hat, Theres, weiß er das jetzt auch?«

»Ja, aber ob er mir's glaubt hat …?« Theres zuckte mit

den Schultern, knallte die Beifahrertür zu und verschwand in einem neu gebauten Reihenhaus.

Sophia holte ihr Notizbuch aus dem Handschuhfach und notierte: *Zöpfl fragen, was genau Theres' Befragung ergeben hat und warum er nicht mit mir darüber spricht.*

Sie hatte den Wagen wieder gestartet, fluchte innerlich über die langen Strecken, die sie auf dem Land ständig zurücklegen musste. Andererseits, in München stand man dafür oft endlos auf dem Mittleren Ring im Stau. Auch nicht besser.

Fünfundvierzig Minuten später erreichte sie ihr Ziel.

Sophia hasste abendliche Krankenhausflure mit dem künstlichen Licht, der Stille, den Schicksalen hinter geschlossenen Türen. Einsamkeit, das war das richtige Wort, und Einsamkeit war die Wirkung, die Krankenhausflure am Abend auf sie hatten. Sie läutete an der Tür der Psychiatrischen Abteilung. Es dauerte etwas, bis ein Pfleger kam und sie darauf hinwies, dass die Besuchszeit vorüber sei. Sophia überlegte, ob sie sich als Polizistin zu erkennen geben oder lieber privat bleiben sollte. Sie entschloss sich, auch, weil sie nicht im Dienst war, sich als Freundin der Familie Faltermeier auszugeben, die sie gebeten hatte, Sebastian noch etwas vorbeizubringen. Sie lächelte. Der Pfleger ließ sich erweichen, wies sie jedoch darauf hin, dass ihr nur zehn Minuten zur Verfügung standen, aus Rücksicht auf die anderen Patienten. Sophia war einverstanden.

Allerdings war ihr ein Fehler unterlaufen. Sie war fest davon überzeugt gewesen, Sebastian stünde noch unter Beruhigungsmitteln und würde, wenn vielleicht nicht schlafen, zumindest vor sich hin dämmern, doch da hatte sie sich getäuscht. Als sie das Aquarium betrat, saß Basti aufrecht im Bett.

»Na, Frau Polizei, bringen Sie mir mein Smartphone zurück?« Sophia war verblüfft.

Der Mann im Nachbarbett, der sie angefleht hatte, ihn mitzunehmen, kicherte: »Ich hab gesehen, wie sie es heimlich eingesteckt hat. Die glauben immer, Psychose ist gleich Blödsein.«

»Ich bin nicht psychotisch«, gab Sebastian von oben herab zurück und grinste Sophia gleichzeitig an. Sophia biss sich auf die Lippen. Wie hatte sie diesen primitiven Fehler, von dem der Nachbarpatient zu Recht sprach, begehen und glauben können, eine seelische Störung sei ähnlich, wie taub, stumm und blind zu sein?

Krampfhaft nach einer Ausrede suchend, gab sie Sebastian das Handy zurück. »Ich wollte nur sichergehen, dass es niemand klaut.«

»Klar, 'ne Polizistin kann ja auch kein Passwort knacken.« Sebastians Stimme schwamm noch immer etwas, aber sonst wirkte er einigermaßen klar.

»Polizei?« Der Mann im Nachbarbett spitzte die Ohren. »Von denen lass mal lieber die Finger, Junge. Denen habe ich die Geschlossene zu verdanken ... und nicht nur einmal.«

»Also dann, Sebastian, erst mal gute Besserung.« Sophia wollte sich schon umdrehen und gehen, als sie plötzlich wieder das Bild vor Augen hatte. Sebastian, der sie nackt unter der Dusche fotografierte, was leider von der Außentreppe ohne Weiteres möglich war. Sie wollte sich noch selbst daran hindern, doch wieder einmal war die temperamentvolle Portugiesin in ihr schneller als die überlegten deutschen oder besser gesagt tiefbayerischen Gene. Es schoss förmlich aus ihr heraus: »Was, Sebastian, was fällt Ihnen ein, mich nackt unter der Dusche zu fotografieren?«

»Was hast du gemacht?« Der Patient kicherte. »Hey, das ist ja cool, Mann!« Der andere Patient schlief noch immer, und Sebastian Faltermeier drehte sich mit einem Ruck in seinem Bett um, verkroch sich mit dem Gesicht unter dem Kissen und tat so, als ginge ihn das alles nichts an.

Noch hätte sich Sophia bremsen können, sie tat es nicht, zog sich einen Stuhl an die Seite seines Bettes, beugte sich über sein Gesicht, das Sebastian weiter fest in sein Kissen drückte, und fuhr fort. Nicht laut. Nicht aggressiv, sondern zuckersüß.

»Es ist mir so was von egal, Basti, ob du ein Voyeur bist, der sich daran aufgeilt, nackte Frauen zu fotografieren. Ich kann es sogar verstehen ...«

»Das dürfen Sie nicht«, presste Basti aus dem Kissen hervor.

»Was darf ich nicht?«

»Mein Handy ist privat. Das dürfen Sie nicht.«

»Mein Körper ist auch privat, Basti, auch der von Lilli und Hannah und all den anderen Mädchen ...«

Der Patient im Nachbarbett kicherte. Basti schnaufte in sein Kissen, als bekäme er kaum noch Luft.

»Was ich sagen wollte«, Sophia verlieh ihrer Stimme einen warmen, verständnisvollen Klang, »ich kann sogar verstehen, dass du so was tust. Impotenz ist ein hartes Schicksal für einen so jungen Mann wie dich ...«

»Impotent.« Der Patient lachte laut auf, wiederholte das Wort immer und immer wieder. »Der Faltermeier ist impotent!«

Ein kurzer erstickter Laut unter Sebastians Kissen. Sophia warf einen schnellen Blick auf das Fenster zwischen Patienten- und Pflegezimmer. Niemand war zu sehen. Gut so. Wenig Personal, und auf der Station war wohl viel los.

»Impotent, impotent, impotent ...«, spottete der Mann weiter.

Das allerdings hatte Sophia nicht gewollt. Sie wirbelte herum, schlug mit der Faust auf seinen Beistelltisch. »Klappe! Verstanden?«

Der Mann verstummte, Basti sah kurz auf, und für den Bruchteil einer Sekunde glitt zumindest der Anschein von Dankbarkeit über seine schönen dunklen Augen. So unendlich traurig, dass sich Sophia beherrschen musste, um ihn nicht in den Arm zu nehmen.

»Basti, es geht nicht um mich oder darum, dass das, was du tust, verboten ist. Es geht darum, dass zwei dieser Mädchen, die du fotografiert hast, tot sind. Ermordet.«

Der Patient neben Basti fuhr erschrocken auf, rutschte blitzschnell aus dem Bett und verließ, ohne sich die Zeit zu nehmen, nach seinen Schuhen zu suchen, barfuß das Zimmer.

Von Pflegern oder Schwestern war noch immer nichts zu sehen, und da Sophia schon damit angefangen hatte, machte sie jetzt auch weiter, indem sie Lilli vor Bastis geistigem Auge noch einmal lebendig werden ließ. Sie erzählte von den Plänen, die Lilli gehabt hatte. Kosmetikerin hatte sie werden wollen, Menschen verschönern, wie sie von ihrem Großvater wusste, der jetzt übrigens mit einem Schlaganfall im Krankenhaus lag. An Lilli war nichts Hässliches, sie war ein gutes Mädchen gewesen und sehr verliebt in Basti. »Lilli wollte einfach nur glücklich sein. Sie hatte eine Zukunft, Basti. Ebenso wie die Hannah ...« Sebastian Faltermeier gab nicht zu erkennen, ob er zuhörte oder wieder eingeschlafen war. Dennoch fuhr Sophia fort zu schildern, dass Hannah nicht so gute Voraussetzungen für ein glückliches Leben gehabt hatte wie Lilli. Hannah war ohne Liebe aufgewachsen und hatte deshalb immer und überall nach Liebe gesucht, die sie leider oft mit Sex verwechselt hatte. Auch deshalb war sie immer und immer wieder enttäuscht worden.

Sie stellte ihm die Frage direkt. »Auch von dir, Basti? Hast du Hannah auch enttäuscht?«

Basti, das Gesicht im Kissen, schüttelte heftig den Kopf.

»Und Antonia?« Sophia kam sich selbst schon fast unbarmherzig vor. »Hast du eigentlich eine Ahnung, wie sehr du sie erschreckt hast?«

Basti kroch erneut aus dem Kissen. »Tut mir leid, aber sie ist ja auch selber schuld. Wir sind nix als Freunde, und sie will mich ficken. Mich, wo i doch mit der Lilli zam war. Das macht ma ned, nicht mit dem Freund der besten Freundin! Oder macht ma des?« Basti sah sie an, wie Raffa sie angesehen hätte, hätte er ihr eine ähnliche Frage gestellt.

Sophias Herz zog sich zusammen. Sie musste hart bleiben. Hart. Dennoch wurde ihre Stimme sanfter. »Was war mit der Lilli und der Hannah? Warum, Sebastian, warum haben die beiden sterben müssen?«

»Weil ...«, presste Basti zwischen den Lippen hervor. Sophia hielt den Atem an.

War sie tatsächlich so nah dran? So dicht vor einem Geständnis? Sie wollte gerade ansetzen zu fragen, was Basti genau damit meinte, und ihn auf seine Rechte hinweisen, die einen Rechtsbeistand mit einschlossen, da wurde hinter ihr eine Stimme laut. »Die zehn Minuten sind längst vorbei. Gehen Sie bitte!« Neben dem Pfleger stand der Patient, der ihn offenbar geholt hatte. Am liebsten hätte Sophia ihn … Sie tat es nicht, entschied sich nun doch für ihren Dienstausweis, den sie etwas umständlich aus ihrer Umhängetasche kramte und dem Pfleger gleich darauf unter die Nase hielt.

»Okay, aber nimmer lang.«

»So lang, wie ich brauche«, gab Sophia gelassen zurück, wandte sich wieder an Basti. »Weil …? Basti, rede mit mir. Glaub mir, danach ist dir leichter.« Doch noch ehe sie zu Ende gesprochen hatte, war ihr klar, dass sie hier und jetzt kein Wort mehr von Basti hören würde.

Sie holte ihr Notizbuch und einen Kugelschreiber heraus, riss eine Seite aus ihrem Notizbuch und notierte den Namen von Chris und seine Handynummer. »Dr. Hans-Christian Zarth ist Psychologe, ein sehr guter Psychologe, er kann dir helfen, Basti …«

»Dass ich so schnell wie möglich hier wieder rauskomme?«

»Red mit ihm.« Nahm Basti tatsächlich mit Chris Kontakt auf, würde es vielleicht ihm gelingen, den Jungen zu knacken.

❊❊❊

Sophia war kurz vor Bogen, als sie Chris endlich erreichte, um ihm zu sagen, dass sie Basti seine Handynummer gegeben hatte. Doch Chris, alles andere als erfreut über ihre Eigenmächtigkeit, hielt ihr erst einmal einen Vortrag über den Unterschied zwischen einem Psychiater und einem Psychologen.

»Ich weiß, ein Psychiater ist Arzt, und ein Psychologe darf keine Medikamente verschreiben, ein Arzt kann aber auch Psychologe sein«, gab Sophia gelassen zurück, das Handy während der Fahrt ans rechte Ohr haltend. »Mir ist egal, als was du mit ihm sprichst, Hauptsache, du sprichst mit ihm …«

Sophia wollte schon weiterreden, als neben ihr ein Polizeiwagen auftauchte, sie überholte und sie mit einem roten

Stoppschild zum Halten aufforderte. »Find raus, was seine Impotenz verursacht hat und ob er missbraucht worden ist, am besten auch noch, von wem.«

Ohne Chris' Antwort abzuwarten, fuhr sie rechts ran, war bereit, die Belehrung über sich ergehen zu lassen und sowohl das Bußgeld in Höhe von einhundert Euro als auch den Punkt in Flensburg zu akzeptieren, doch das reichte den beiden Verkehrspolizisten offenbar nicht. Sie durchleuchteten mit einer Taschenlampe nicht nur den Innenraum ihres Wagens nach etwas, von dem sie vermutlich selbst nicht wussten, was es war, sondern forderten sie obendrein ziemlich unfreundlich auf, auszusteigen, ihre Papiere zu zeigen und einen Alkoholtest zu machen.

Es war der Ton, der Sophia sauer werden ließ. Sie verweigerte sowohl den Alkoholtest als auch das Zeigen ihres Führerscheins und ihrer Fahrzeugpapiere. Zehn Minuten später fand sie sich im Bogener Polizeirevier wieder, und Ferdinand Zöpfl, der offensichtlich kein Zuhause hatte, stellte Sophia und die Kollegen einander vor, die nach einem Urlaub an diesem Abend gemeinsam ihren Dienst angetreten hatten.

»Ah, die Jägerin«, meinte der eine lachend und reichte Sophia die Hand.

»Alkoholtest machen wir nicht. Hundert Euro und Punkt in Flensburg bleiben«, ergänzte der andere trocken.

Zöpfl seufzte, bat Sophia in sein Büro, erkundigte sich, ob sie etwas Neues in Erfahrung hatte bringen können. Sophia berichtete von Basti, und Zöpfl erzählte endlich, dass er mit Theres gesprochen hatte.

»Weiß ich schon«, antwortete Sophia, verabschiedete sich mit einem »Gute Nacht«, stieg in ihren Wagen, überlegte, wohin mit sich selbst, und dann fiel ihr jemand ein, nach dem sie sich sehnte wie ein Kind, über dessen Kopf zu viel hereingebrochen war. Es war der Moment, von dem sie immer gewusst hatte, dass er eines Tages kommen würde. Sie brauchte ihre Mutter.

42

»Des Wichtigste, Sophia, aber das hab i auch erst jetzt verstanden, is, dass a jeds Kind an Menschen hat, egal, ob's der Vater is, die Mutter oder die Großeltern, Hauptsach, derjenige ist da. Dass sich das Kind auf denjenigen total verlassen ko, egal, was is. Denn dann wird's stark, dann haut's ned scho der erste Windstoß um.«

Sophia saß mit ihrer Mutter vor dem Holzofen des ehemaligen Wohnzimmers der Familie Alvarez. Das Feuer prasselte. Die Möbelschoner lagen zusammengeknüllt in einer Ecke. Sophia hatte es sich im Sessel ihres Vaters gemütlich gemacht, ihre Mutter auf der gegenüberliegenden Couch. Unwillkürlich musste Sophia daran denken, wie oft sie hier gemeinsam gesessen hatten, ihr Vater Tiago und sie, während die Mutter und die Großmutter im Stall oder in der Küche geschuftet hatten. Auch das war eine Wahrheit, die sie verdrängt hatte. Nicht der Mann, die Frauen hatten die schwere Arbeit gemacht.

So viele Fragen, die sie ihrem Vater stellen wollte. Warum er sich nicht mehr bemüht, nicht mehr gekämpft, so schnell aufgegeben hatte. Die Zeit würde kommen, in der sie auf die Suche nach ihm gehen würde, um ihm all diese Fragen zu stellen, die Zeit würde ganz sicher kommen. *Ich bin es müde, geträumt zu haben, freilich nicht müde zu träumen.* Wovon er gerade träumte und wo? Sie würde ihn fragen. Aber nicht jetzt. Dieser Moment und die vielen, die noch kommen würden, gehörten nur ihr und der Mutter.

Sophia schenkte sich und Annemarie den Ginjinha ein, den sie mitgebracht hatte. Die Mutter wog ihn wehmütig in der Hand. »So lang hab ich ihn nimmer 'trunken.« Sie stießen an, nippten, Annemarie stellte das Glas auf den Tisch, in den die Vielfalt der berühmten portugiesischen Kacheln eingelassen worden war.

Sophia behielt das Glas in der Hand, kehrte zu der Aussage

ihrer Mutter zurück, jedes Kind brauche einen Menschen, auf den es sich verlassen könne. »Was genau willst du mir damit sagen?«

Die Mutter antwortete nicht sofort, hielt das Glas gegen das Feuer, sodass die Farbe des Kirschlikörs noch intensiver wurde, sah Sophia dann fest in die Augen. »Dass ich dich kenn, Sophia, und zwar ganz genau. Ich weiß, wen ich großgezogen habe, und deshalb weiß ich auch, dass du der Mensch bist, auf den sich deine Kinder verlassen können.«

Das Gespräch entwickelte sich in eine Richtung, die Sophia ganz und gar nicht gefiel. »Mama, bitte …«

»Ich weiß, es tut weh.« Annemarie blieb unbeirrt. »Aber ich hab viel nachgedacht seit dem letzten Mal, als du bei mir warst. Die Kinder sollten bei dir sein, nicht beim Vater.«

Sophia dachte an Alexander, dachte daran, wie viele Jahre er um sie und die Familie gekämpft hatte. Darum, dass Sophia mehr Zeit für ihn hatte und vor allem für die Kinder.

»Ich bin sicher, dass er es gut macht«, verteidigte sie Alexander spontan, und noch während sie ihn verteidigte, wurde ihr etwas klar: Das Leben zu schenken war mehr, als einfach nur Gene weiterzugeben. Es war vor allem die Erfahrung, die man den Kindern weitergab, und wenn sie eins von ihren Eltern nicht gelernt hatte, dann war es, Konflikte auszufechten und sich danach wieder zu versöhnen. Nach jedem Streit mit Alexander hatte sie sich in ihre Arbeit geflüchtet. Hatte sich förmlich in ihr verkrochen. War nicht mehr zugänglich gewesen und schon gar nicht gesprächsbereit. Nicht nur Alexander, auch die Kinder hatten darunter gelitten.

»Ich bin sicher«, wiederholte sie, diesmal mit fester Stimme, »sogar sehr sicher, dass er es gut macht.«

»Gut, sehr gut sogar.« Die Mutter nippte nachdenklich am Ginjinha. »Nur wirst du dann nie wissen, ob du es auch gut gemacht hättest. Dann geht's dir genauso wie mir all die Jahre, wo i ned g'wusst hab, was aus dir worden is. Und jetzt bist erwachsen … und des hast du ganz allein g'schafft. I kann also nix mehr rausfinden über mich. Jetzt is, wia's is …«

»Mama, du warst –«

»Nein, war ich nicht. Ich hab mich rausg'halten all die Jahre. Deine Großmutter hat das Sagen g'habt. Mach nicht den gleichen Fehler wia i.«

»Du meinst, ich soll die Emma und den Raffa zu mir in den Bayerischen Wald holen?« Die Sehnsucht nach ihren Kindern war so überwältigend, dass Sophia fast die Luft wegblieb.

»Hier is Platz genug. Und wennst in d' Polizei musst, bin i da …«

»Irgendwann will ich zurück nach München.«

»Manchmal muss man sich halt entscheiden.« Die Augen der Mutter so liebevoll, zum ersten Mal trauerte Sophia um die verlorenen zwanzig Jahre. Und vielleicht hatte die Mutter auch recht. Vielleicht hatte der Bayerische Wald mehr Vor- als Nachteile. Vor allem den Vorteil eines Lebens mit ihren Kindern. Geregelte Dienstzeiten und ganz sicher nicht so schnell wieder ein Mord würden das ermöglichen. Doch da war gleichzeitig die Angst: Was mach ich, wenn sie nicht wollen? Wenn ich's endgültig versaut hab?

»Fang halt langsam mit einem Wochenend an.« Offensichtlich konnte die Mutter ihre Gedanken lesen.

»Ich denk drüber nach.«

Annemarie lächelte. »Ein Anfang. Gleich das kommende?«

»Ich könnt ja mal fragen …«, tastete sich Sophia an die Vorstellung heran, ihre Kinder tatsächlich anzurufen. Nach Wochen. Während ihr Kopf noch zögerte, hüpfte ihr Herz schon vor Freude. Sie sprang auf, »Danke, Mama«, lief mit ihrem Handy auf den Balkon, erreichte nur Alexander, der sie trocken darauf hinwies, dass Emma und Raffael schon schliefen. Am nächsten Tag war Schule, was Sophia wohl inzwischen ebenso vergessen habe wie ihre Kinder. Sophia ließ sich nicht provozieren. Sie richtete seiner Frau, Gaby, einen schönen Gruß aus und meinte, dass sie sich am nächsten Tag vor Schulbeginn noch einmal melden würde. Alexander wollte noch wissen, was so dringend sei, sie antwortete, dass sie die Kinder über das Wochenende in den Bayerischen Wald holen wolle, und als sie sich von ihm verabschiedete, klang seine Stimme fast freundlich. »Also dann, bis morgen, Sophia.«

»Bis morgen!«

Sophia atmete tief durch. Sie hatte es geschafft. Jetzt gab es kein Zurück mehr.

***

Nach einer schlaflosen Nacht im Stadlhuberhof meldete sie sich bei ihren Kindern. Alexander hatte sie schon auf den Anruf der Mutter vorbereitet. Während sich Raffa weigerte, auch nur ein Wort mit ihr zu reden, so schien Emma nur auf den Anruf ihrer Mutter gewartet zu haben. Sie weinten beide, und als Sophia fragte, ob sie sie am Wochenende in Bogen besuchen wolle, sagte Emma sofort: »Ja!«

Sophia vereinbarte, dass sie Emma abholen würde, da das Baby offenbar jeden Moment kommen konnte und Alexander seine Frau – es klang noch immer seltsam in Sophias Ohren – nicht allein lassen wollte. Sophia legte auf und konnte sich nicht erinnern, wann sie das letzte Mal so glücklich gewesen war, und während sie sich nicht erinnerte, läutete ihr Handy erneut.

Es war Chris, der sie darüber informierte, dass Sebastian Faltermeier tatsächlich angerufen und ihn gebeten habe, zu ihm ins Krankenhaus zu kommen.

»Und, gehst du?« Sophias Herz klopfte nun aus anderen Gründen bis zum Hals.

»Ich war schon bei ihm. Eine ganze Stunde.«

»Und …?« Sophia hielt vor Spannung den Atem an. »Was hat er erzählt?«

»Ich dürfte dir das eigentlich nicht sagen …«

»Chris, mach schon!«

»… er hat es mir allerdings erlaubt.«

»Er hat es dir erlaubt?« Jetzt war Sophia tatsächlich überrascht.

»Sogar gedrängt hat er mich.«

Sophia schüttelte innerlich den Kopf. Der Junge war immer für eine Überraschung gut. »Und was hat er dir erzählt?«

»Er ist offenbar tatsächlich missbraucht worden mit der Folge einer massiven sexuellen Störung, die immer dann auftrat, wenn er sich verliebt hat.«

»Du meinst, er ist nicht immer impotent?«

»Schwer zu sagen.«

»Hat er noch etwas gesagt? Zu Lilli und Hannah?«

»Hat er!«

»Oh mein Gott. Hat er zugegeben, sie getötet zu haben?«

»Nicht er ...«

Einen langen Augenblick konnte Sophia nicht fassen, was Chris gerade gesagt hatte. Zu lange und zu fest hatte sich der Gedanke in ihr verankert, Sebastian habe etwas mit den Morden an Lilli und Hannah zu tun. Nach dieser neuen Entwicklung war er zumindest Mitwisser oder aber, und das war wahrscheinlicher, er hatte Chris eine neue Lüge aufgetischt. Die Aufregung in ihr legte sich, dafür glühte das innere Warnsystem.

»Auf wen will er die Schuld abwälzen?«

»Es ist nur eine Vermutung von ihm.«

»Ja klar ...« Die Enttäuschung schwang in ihrer Stimme mit. Sie kam einfach nicht weiter. »Also, wer soll es denn jetzt wieder gewesen sein?«

»Sein Vater.«

»Sein Vater?« Nun war sie tatsächlich überrascht.

»Der Mann, der ihn missbraucht hat.«

✳✳✳

Zwei Stunden später saßen Sophia Alvarez, Hans-Christian Zarth und Ferdinand Zöpfl vor Sebastian Faltermeier in einem Zimmer der Regensburger Universitätsklinik, das ihnen eigens für die Befragung zur Verfügung gestellt worden war, und Sebastian redete und redete. Er erinnere sich nicht mehr genau, wann es angefangen habe, meinte er. Er sei noch recht klein gewesen, als sich sein Vater, Hermann Faltermeier, der Bürgermeister von Bogen, zu ihm ins Bett gelegt und begonnen habe, ihn liebevoll zu streicheln. Irgendwann habe er ihn nicht nur gestreichelt, er habe ...

»Was, Sebastian, was hat Ihr Vater genau mit Ihnen gemacht?«

Basti presste die Lippen aufeinander, und Chris gab Sophia ein Zeichen, dass man ihn nicht drängen, das Ganze behutsam angehen müsse. Sophia entschied sich für eine andere Frage.

»Hat Ihre Mutter davon gewusst?«

Basti verneinte, es sei immer nur während ihrer Abwesenheit passiert, und der Vater habe gedroht, ihn und die Mutter zu töten, wenn er auch nur ein Wort darüber verlor. Sophia horchte auf. Es stimmte nicht. Irgendetwas stimmte an dieser Geschichte nicht, das sagte ihr die Intuition. Indessen berichtete Sebastian, um ihm zu zeigen, wozu er fähig sei, habe der Vater die Mutter immer wieder verprügelt ...

»Warum hat Ihre Mutter Ihren Vater nicht verlassen?«

Sebastian zuckte mit den Schultern. »Keine Ahnung. Angst?«

Sophia horchte weiter krampfhaft in sich hinein. Sprach Sebastian die Wahrheit, oder lenkte er ab? Andererseits, es wäre nicht das erste Mal, dass ein Vater seine Familie auslöschte, weil sie ihn verlassen wollte.

»Okay.« Zöpfl mischte sich wieder ein. »Und weshalb glauben Sie, dass Ihr Vater Lilli Gruber und Hannah Buchecker umgebracht hat?«

»Ich hab in den letzten Jahren viel trainiert«, antwortete Sebastian, und Sophia ertappte ihn dabei, wie er mit einem kurzen Seitenblick seine und Zöpfls Muskeln verglich, die unter seinem Hemd nur zu erahnen waren. »Ich bin stärker geworden als er. Vielleicht hat er mich auch deswegen in Ruhe gelassen, aber gegönnt hat er mir mein Glück nicht ...«

Es klang einstudiert. So verdammt einstudiert. Sophia hakte nach: »Sie vermuten, er hat die beiden jungen Frauen aus Eifersucht getötet?«

»Ich weiß es nicht!« Sebastians Augen wirkten ebenso wie seine Stimme auf einmal gelangweilt, als habe er auch dieses Spiel schon wieder satt. »Aber es könnte doch durchaus sein …«

✳✳✳

Die Vernehmung von Hermann Faltermeier übernahm nicht Sophia, sondern ein Straubinger Ermittlungsteam, ein Mann und eine Frau, die Hermann Faltermeier unbekannt waren. Sophia war nicht unglücklich darüber, es den Kollegen überlassen zu können. Am Samstagfrüh würde sie nach München fahren, um Emma zu sich zu holen. Dafür mussten noch eine Menge Vorbereitungen getroffen werden. Vorher allerdings wollte sie noch einmal mit Pfarrer Neuhaus sprechen. Ihn fragen, was er von Sebastian Faltermeiers Aussage hielt, ob sie sich mit dem deckte, was der Mörder, dessen war sich Sophia sicher, ihm gebeichtet hatte.

43

Sie hätte auch bis zur Wallfahrtskirche hinauffahren können, aber Sophia hatte sich entschieden, zu Fuß zu gehen. Genau da, wo sich auch ihr Vater an jenem Pfingstsonntag mit der Langen Stang, dem mit Wachs umwickelten, über zwölf Meter hohen Fichtenstamm, den Gneisbuckel hinaufgeschleppt hatte. Sophia erinnerte sich, als sei es gestern gewesen. Wie die Lange Stang vor dem Edenhoferhaus am Marktplatz aufgerichtet worden war. Sie hatte mit den anderen Kindern gestaunt, alte Frauen hatten sich vor Ehrfurcht bekreuzigt, Männer hatten angesichts der Länge der Kerze den Hut gezogen. Die Blasmusik. Die Festreden von vielen wichtigen Menschen und Politikern. Kurz vor vierzehn Uhr hatte sich der Zug mit einigen tausend Wallfahrern in Bewegung gesetzt. Die Kerzenträger bildeten den Schluss. Irgendwann hatte Tiago Alvarez übernommen, erschöpft von den Strapazen, da er seit Holzkirchen mit von der Partie gewesen war, und vor allem untrainiert, obwohl er für diesen Tag hätte trainieren sollen. Das aufrechte Tragen der Kerze war schwer. Der Weg steil und holprig ...

Sophia blieb stehen. Genau an dieser Stelle war es passiert. Die Lange Stang war durch Tiago Alvarez' Schuld gekippt. Die Schande! Vor so vielen Menschen, Einheimischen, Besuchern, Politikern und Wallfahrern.

Ihr Vater wäre damit vielleicht noch irgendwie klargekommen in seiner unnachahmlichen Art, das Leben spielerisch zu sehen und mit Humor zu nehmen. Wie er immer zu sagen pflegte: »Wenn deine letzte Stunde da ist, *pombinho*, mein Täubchen, dann werden solche Dinge nicht wichtig sein, ob du einmal versagt hast oder nicht. Ob du geliebt hast oder nicht, daran wirst du denken, ob du geliebt worden bist und vor allem, ob es dir gelungen ist, aus deinen Kindern anständige Menschen zu machen. Das ist alles, worauf es wirklich ankommt: *família*.«

Sophia versuchte, den Kloß im Hals zu verdrängen. Er war hartnäckig. Und auch der Zorn auf ihre Großmutter war wieder da. Sie hatte ihn vom Hof gejagt.

Sophia atmete schwer, musste eine Pause machen, ließ sich auf einem Stein nieder mit dem Blick weit über die Donaulandschaft. *Wo bist du, Papa, wo bist du? Ich brauch dich. Noch immer.*

»Es ist danach kein Unglück passiert.« Sie wollte sich gerade eine Zigarette anzünden, als hinter ihr die Stimme von Pfarrer Neuhaus erklang. »Ihrem Vater wurde längst verziehen.«

Sie steckte die Zigarette zurück in die Schachtel, sah ihn an. »Wann ist denn so was verjährt? Ich mein, dass man ein Unglück nicht mehr mit der Wallfahrt in Zusammenhang bringt?« Sophia drehte sich nicht zu Neuhaus um. Der Anblick der im Sonnenlicht glitzernden Donau hatte etwas Tröstliches.

»Sie reden von Hannah?«

»Und von Lilli!« Sophia stand abrupt auf, drehte sich zu Pfarrer Neuhaus um und sah ihm direkt ins Gesicht, als sie sagte: »Sebastian Faltermeier hat seinen Vater nicht nur des Missbrauchs an ihm, sondern auch des Mordes an Hannah Buchecker und Lilli Gruber bezichtigt.«

»Seinen Vater?« Pfarrer Neuhaus wankte leicht. »Wieso seinen Vater?« Es waren seine Augen, die ihn verrieten.

»Danke, Herr Pfarrer, ich hab geahnt, dass mit der Aussage was nicht stimmt. Es war Sebastian. Und Sebastian hat es Ihnen auch gebeichtet.«

»Aber ich hab doch gar nichts g'sagt!«

»Sie haben g'schaut, Herr Pfarrer.« Sophia verfiel bewusst ins Bayerische. »Und wie Sie g'schaut haben.«

Er nickte, und dabei stand in seinen Augen weder Furcht noch schlechtes Gewissen und erst recht kein Zweifel. In den Augen des Pfarrers las sie nur eins: tiefe Erleichterung darüber, dass Sophia der Wahrheit endlich auf der Spur war, auch ohne seinen Verrat am Beichtgeheimnis und damit an Gott.

»Danke.« Sophia rannte los, innerlich vor sich hin fluchend, weil sie aus sentimentalen Gründen nicht das Auto genommen hatte, lief, so schnell sie konnte, den Weg zurück nach unten, zum ersten Mal froh über ihre flachen Schuhe, erreichte den Wagen und stürzte kurze Zeit später ins Polizeirevier.

»Falsch, alles falsch.« Es fiel Sophia schwer, nicht direkt in die Vernehmung zu platzen, sondern sich ordentlich neben Zöpfl zu positionieren, der das Geschehen über einen Monitor mitverfolgte. Sie atmete schwer. »Der Vater war's nicht, ich bin sicher, es war der Basti, wir müssen es ihm nur noch beweisen ...«

Schweigen. Langes Schweigen. Dann drehte sich Zöpfl ganz langsam, fast im Zeitlupentempo zu Sophia um. »Faltermeier hat grade gestanden.«

»Den Missbrauch?«

»Und die beiden Morde.«

Sophia brauchte eine Sekunde, dann tat sie es doch. Schwungvoll betrat sie das Vernehmungszimmer, nickte ihren Straubinger Kollegen nur kurz zu, wandte sich dann an Hermann Faltermeier. »Was reden Sie da? Sie waren es nicht.«

»Was soll das?« Ein Mann mittleren Alters, der vor Hermann Faltermeier saß, sah sie verblüfft an.

Sophia beachtete ihn nicht, fixierte Hermann Faltermeier. »Ihr Sohn ist der Mörder, und das wissen Sie. Hören Sie auf, uns alle hier zu verarschen.«

»Raus hier!« Der zweite Mann, sehr viel jünger als der andere, stand auf, machte eine Geste, als wolle er sie gewaltsam aus dem Vernehmungszimmer entfernen, doch Sophia bremste ihn aus. »Ich geh schon.«

Sie wandte sich zur Tür, der jüngere Vernehmungsbeamte setzte sich wieder, Sophia blieb jedoch stehen, drehte sich noch einmal um, sah Hermann Faltermeier, der keine Regung zeigte, fest ins Gesicht. »Sie haben Sebastian zu dem gemacht, was er heute ist. Ist es das? Nehmen Sie deshalb die Schuld auf sich?«

»Kommen Sie, wir reden draußen.« Jetzt stand der ältere Ermittler auf. Sophia wusste, wer er war. Marc Thiess. Ein guter Mann.

»Gern!« Sie nickte ihm zu, wandte sich wieder an Hermann Faltermeier. »Ein Vater sollte sein Kind beschützen und lieben. Was«, und jetzt lag alle Verachtung, zu der sie fähig war, in ihrer Stimme, »was sind Sie nur für ein Vater, der seine Lust an seinem eigenen Sohn abreagiert? Sebastian wurde nicht als Mörder geboren, Sie haben ihn dazu gemacht!«

»Nicht ich …« Ein leises Wimmern. »Nein, ich …« Er brach endgültig ab, verschränkte seine Arme, machte wieder zu.

Sophia warf den Ermittlern einen warnenden Blick zu, sie nicht zu behindern, Marc Thiess nickte seinem Kollegen zu, ihre Warnung ernst zu nehmen, Sophia beugte sich über den Tisch, bis sie ganz dicht vor Hermann Faltermeier war. »Wer dann, Hermann, wer? Wer hat Ihrem Sohn das alles angetan, ihn missbraucht, vergewaltigt …?«

Für den Bruchteil einer Sekunde blitzte ebenso wie bei Pfarrer Neuhaus Erleichterung in seinen Augen auf, dann machte er wieder zu. »Ich war's!«

Sophia schloss vor Enttäuschung die Augen, unternahm vorerst keinen weiteren Versuch, verließ den Raum, Marc Thiess folgte ihr, wollte schon mit der Frage ansetzen, was das Ganze sollte, da Faltermeier ja schon gestanden hatte, doch Sophia kam ihm zuvor, lächelte nur, ohne wirklich zu lächeln. »Machen Sie einfach weiter, okay?«, und war gegangen, noch ehe irgendjemand sie aufhalten konnte.

»Sophia Alvarez«, erklärte Zöpfl dem noch immer verblüfften Vernehmungsbeamten.

»Ich hab's fast geahnt«, antwortete Marc Thiess. »Tja dann, tun wir ihr den Gefallen, finden wir raus, was Faltermeier uns noch zu sagen hat. Vor allem endlich die Wahrheit.«

**

Sophia wusste nicht, was sie tun sollte. Mit ihrem Notizbuch saß sie auf der Terrasse des Stadlhuberhofs, dachte nach und notierte: »*Nicht ich!*« *Wer dann? Und warum beschützt Faltermeier denjenigen ebenso wie seinen Sohn?* Ein Gedanke kam ihr, so ungeheuerlich, dass sie ihn kaum greifen und erst recht nicht begreifen konnte. Sie sprang auf, schüttete den Kaffee, den Veronika ihr gerade mit einem Stück Marmorkuchen hingestellt hatte, ohne auch nur einmal abzusetzen die Kehle hinunter. Ignorierte jedes Brennen, stopfte das Notizbuch in die Handtasche, setzte sich in ihren Wagen, doch dann dachte sie, dass es möglicherweise besser war, nicht sofort nach Regensburg zu fahren, sondern sich mit Chris ordnungsgemäß zu verabreden. Es fiel ihr schwer. Nicht nur der Kaffee brannte noch in ihrer Speiseröhre. Sie brannte. Rief Chris an. Chris hatte Zeit. Nicht sofort. Sie hätte aufheulen können vor Verzweiflung und Wut. Erst am übernächsten Tag, an dem Samstag, an dem Sophia nach München hatte fahren wollen, um Emma abzuholen.

»Und heute geht gar nichts?« Sie flehte. Sie bettelte.

»Sorry, ich hab um siebzehn Uhr eine Verabredung«, Chris' Stimme klang fest, fast hart, »und weiß nicht, wie lange sie dauern wird.«

»Und morgen?«

»Hab ich Patienten und Uni. Der Terminkalender ist bis oben hin voll.«

»Chris, es geht vielleicht um Leben und Tod, die Verabredung heute –«

»Ich kann nicht!« Jetzt klang Chris nicht mehr hart, nun klang auch er irgendwie verzweifelt.

In Sophia arbeitete es. Fieberhaft. Noch war Sebastian in der Psychiatrie, konnte aber jederzeit entlassen werden. Die Zeit lief. »Kannst du wenigstens dafür sorgen, dass er in der Klinik bleibt?«

Chris lachte kurz und freudlos auf. »Du überschätzt schon wieder meine Kompetenz. Das ist die Sache der behandelnden Ärzte.«

Okay, okay, versuchte sie sich zu beruhigen, so kurz vor dem Wochenende würde man ihn ebenso wenig entlassen wie am Wochenende. Sie hatte noch genügend Zeit, um endlich alle zum Sprechen zu bringen. Sie musste Emma absagen. Es blieb ihr nichts anderes übrig. Sie hätte heulen können. Das Wichtigste aber war – kein totes Mädchen mehr.

»Also gut, aber kannst du bitte gleich Samstagfrüh kommen? Wenn du das bestätigst, was ich vermute, muss ich mit jemandem reden ... das schaffe ich aber nicht allein. Ich brauch dich.«

Sophias Herz blutete, als sie Alexanders Nummer wählte, ihm die Situation erklärte und wie erwartet auf wenig Verständnis stieß. Mehr noch. Alexander tobte: »Immer dasselbe, vergiss es!«

»Am nächsten Wochenende ... Bitte, erklär ihr das.«

»Nein, du erklärst es ihr!« Er gab ihr keine Gelegenheit dazu, legte auf.

Sophia presste die Zähne zusammen, gab Gas, blieb irgendwann irgendwo auf einem Feldweg stehen, stieg aus und brüllte alles heraus, was sich nicht nur die letzten Wochen in ihr aufgestaut hatte. Fühlte sich danach auch nicht besser und schon gar nicht befreit, wie es immer hieß. Alexander hatte recht mit dem, was er einmal zu ihr gesagt hatte: Sie war keine Mutter. Sie hätte nie Kinder haben dürfen.

Sophia schrie nicht mehr, schluckte all das einbetonierte Gefühl, das durch das Brüllen zu bröckeln begonnen hatte, wieder hinunter. Schluckte schwer. Nahm sich zusammen. Im Augenblick ging es nur um eins: Sie musste verhindern, dass noch eine Mutter ihr Kind, dass Veronika Stadlhuber Antonia verlor.

44

Basti musste nicht einmal zusammenpacken. Er war mit nichts eingeliefert worden. So konnte er auch mit nichts gehen. Dass sie ihn heute am Samstag entließen, hatte ihn überrascht. Aber sie sagten, er sei stabil, alles sei wieder gut, ein Nervenzusammenbruch komme vor, zumal er seine Freundin auf so schreckliche Art und Weise verloren hatte. Er hatte sie überzeugt. Er war ein guter Schauspieler. Schon immer gewesen. Nur so hatte er es ausgehalten, indem er die Rollen wechselte wie ein Chamäleon und dadurch alle verwirrte.

Nein, er würde niemandem von seiner Entlassung erzählen. Er würde sie am Sonntag auf andere Art überraschen. Wie der Berliner Pfarrer, von dem er gelesen hatte, würde er es machen. Er hatte gewartet, bis die Gemeindekirche gut gefüllt gewesen war, war dann in die Sakristei gegangen, war mit zwei großen, bis zum Rand mit Benzin gefüllten Milchkannen zurückgekommen, hatte sie vor dem Altar verschüttet, war dann zum Altar zurückgegangen und hatte seine Arme über den brennenden Kerzen ausgebreitet. Da auch sein Talar mit Benzin getränkt gewesen war, stand er sofort in Flammen. Eins aber, und dafür zollte Sebastian ihm enorme Hochachtung, war ihm vorher noch gelungen. Ein Transparent zu entrollen mit den Worten:»Wacht endlich auf!«

So ähnlich würde das Schauspiel sein. Und im Gegensatz zu dem Pfarrer, von dem man offenbar nie erfahren hatte, weshalb seine Schäfchen aufwachen sollten, würde seine Botschaft eindeutig sein. Denn er würde nicht allein brennen. Es würde eine letzte große Vereinigung geben unter dem Kreuz, und alle sollten sehen, wie es tatsächlich unter dem Lendenschurz des Gekreuzigten aussah, weil er es ihnen vormachen würde.

Wacht endlich auf, ihr Heuchler, die ihr so gern wegschaut, wenn euch etwas nicht in den Kram passt. Weil nicht ist, was nicht sein darf. Immer schön das Tuch des Schweigens über alles legen. Aber ich werde laut sein. Mein Aufschrei wird noch auf eurem Sterbebett in euren Ohren nachhallen.

Basti war mit sich und der Welt sehr zufrieden, als er sich von seinen Mitpatienten und Pflegern verabschiedete. Sie wünschten ihm alle Glück. Das würde er haben, allerdings würden vor allem die Ärzte hier weniger glücklich sein, wenn sie kapierten, dass es nicht immer günstig war, Patienten zu früh zu entlassen, weil am Wochenende das Personal fehlte. Somit würden auch sie ihn nicht vergessen und möglicherweise auch nicht die Politik, die dies alles zu verantworten hatte. Aus vielen Gründen, da war sich Basti absolut sicher, würde seine Flamme noch leuchten, selbst wenn sie schon lange erloschen war.

Asche zu Asche.

Staub zu Staub.

✳✳✳

Sebastian nahm den Zug um elf Uhr neun, mit dem er um elf Uhr sechsundfünfzig in Bogen ankommen würde.

Emma stieg um neun Uhr vierundvierzig am Münchner Hauptbahnhof in den Zug. In Neufahrn würde sie einmal umsteigen müssen, hatte nur vier Minuten Zeit dafür, war sich aber sicher, dass sie es schaffen würde, und um elf Uhr zweiundfünfzig würde sie in Bogen aus dem Zug steigen. Immerhin war sie schon zwölf, alt genug, um die wichtigen Dinge selbst in die Hand zu nehmen. Ihrem Vater hatte sie einen Zettel auf den Küchentisch gelegt, ihrer Mutter hatte sie auf den Anrufbeantworter gesprochen, dass sie sie bitte vom Bahnhof abholen möge. Für sie sei es kein Problem, wenn die Mutter arbeiten müsse, das hatte sie dem Vater geschrieben und der Mutter auf dem AB erklärt. Denn in dieser Zeit könne sie ja die Großmutter kennenlernen, von der sie erst jetzt zum ersten Mal gehört hatte. Auch etwas, das ihre Mutter ihr würde erklären müssen.

Emma war glücklich.

Es war das erste Mal, dass sie allein mit dem Zug fuhr. Ihr Herz klopfte bis zum Hals, als die Landschaft vor ihren Augen vorbeiwischte, aber was sollte ihr schon passieren? Dank Menschen wie ihrer Mutter war die Welt sicher, und vor allem: Sie hielt die Sehnsucht nach ihrer Mama nicht mehr länger aus.

Jetzt fuhr der Zug in irgendeinen Bahnhof, das Schild konnte sie nicht erkennen. Ein junger Mann stieg zu, setzte sich ihr gegenüber. Er sah nett aus. Emma lächelte ihn an. Der junge Mann lächelte zurück und bot ihr einen Kaugummi an.

45

Sophia hatte Veronika gebeten, ihr die Küche zur Verfügung zu stellen, da sie ungestört mit Chris frühstücken und vor allem reden wollte. Für Veronika kein Problem, sie hatte ohnehin Dienst im Seniorenheim. Und Antonia, die sich seit dem Mobbing nicht mehr aus dem Haus wagte, hatte zum ersten Mal wieder eine Verabredung mit zwei Freundinnen. Inzwischen wusste ganz Bogen von der Verhaftung ihres Bürgermeisters. Vermutlich wollten die beiden Mädchen nicht nur Antonia sehen, sondern auch darüber Näheres erfahren. Schließlich wohnte sie mit der »Jägerin« unter einem Dach und war mit dem armen Basti »zamm«, von dem man obendrein munkelte, dass er in der Psychiatrie sei. Nicht nur in der Bogener Zeitung überschlugen sich die Schlagzeilen. Ganz Bogen war aufgewühlt.

Jetzt allerdings ging es Sophia nicht um die Befindlichkeit der Bogener oder darum, was von dem plötzlichen Auftauchen der beiden Mädchen zu halten war: Chris würde jeden Augenblick kommen, und sie brannte darauf, zu erfahren, was er zu ihrem im Grunde so völlig abwegigen Verdacht zu sagen hatte. Sie war nicht nur durch Hermann Faltermeiers Worte im Vernehmungszimmer aufmerksam geworden, sondern vor allem durch den Ton, den er dabei gewählt hatte. Unendlich gequält hatte seine Stimme geklungen, *nicht ich … nein, ich …*, und seine Augen hatten dabei wie erloschen gewirkt. Augen. Ohren. Intuition. Sie war sicher, auch jetzt ließen sie ihre gut geschulten Sinne nicht im Stich.

Kein Suppenbrunzer mehr, der über dem Esstisch hin- und herschaukelte. Mit Lilli Gruber hatte der Heilige Geist den Stadlhuberhof wieder verlassen. »Wo war der Herrgott, als die Lilli brennt hat«, hatte Veronika Stadlhuber geklagt und auch das Kreuz über der Eckbank abgenommen. Dabei war sie so wütend gewesen, so wütend, und auch während der

Wallfahrt hatte sie nicht gebetet, sondern den Allmächtigen beschimpft, dass er nichts anderes konnte als Menschen ins Unglück stürzen.

Der Kaffee war fertig, die Brezen im Brotzeitkorb waren noch warm, die Butter weich, Käse und Schinken appetitlich auf einem Teller angerichtet. Sophia war gerade dabei, zu uberprüfen, ob sie etwas vergessen hatte, als ihr einfiel, dass sie tatsächlich etwas vergessen hatte: das Handy in ihrem Zimmer. Sie wollte es schon holen, als ein Wagen auf dem Hof vorfuhr. Ein schneller Blick aus dem Fenster. Chris! Mit der Überlegung, dass das Handy sie jetzt ohnehin nur stören würde, verließ sie die Küche, um Chris zu öffnen.

Wie er da vor ihr stand, so lässig in Jeans und dunkelgrünem Polo, das gut zu seinem Hautton und seinem Silberhaar passte. Ihr Herz klopfte. Wenn er sie doch nur in den Arm nehmen und nie wieder loslassen würde! Oh mein Gott, wie lange schon hatte sie keinen Sex mehr gehabt? Unwillkürlich fragte sie sich, wie etwas so Schönes gleichzeitig das Schlimmste im Menschen hervorrufen, so grausam und zerstörerisch sein konnte.

»Wir können auch gern hier, so zwischen Tür und Angel …«

Dieses Lächeln, sie fühlte, wie sich die Röte in ihrem Gesicht breitmachte. »Sorry, ich bin schon … mit meinen Gedanken … komm rein.«

Im Gegensatz zu ihr, die zu klein war, um den niedrigen Türstock auch nur annähernd mit dem Kopf zu berühren, musste Chris seinen Kopf beim Betreten der Küche einziehen. Er richtete sich wieder auf, schnupperte. »Kaffee, frische Brezen, herrlich …«

»Setz dich!« Sophia packte Herzklopfen und ihre auch sonst aufgewühlten Gefühle zusammen, legte sie in ihrem Innern da ab, wo sie sie im Moment nicht erreichen konnte. Gleichzeitig bot sie Chris einen Platz auf der gemütlichen Eckbank an. Sophia setzte sich ihm gegenüber, schenkte ihm Kaffee ein. »Milch und Zucker?«

»Schwarz bitte.«

»Merk ich mir …«

»Du meinst, falls wir öfter miteinander frühstücken?«
Oh, bitte nicht. Nicht flirten. Nicht jetzt. Die Zeit drängte.

»Es geht um Basti!«

»Als ob ich's nicht fast geahnt hätte.« Chris nahm eine Breze und bestrich sie dick mit Butter, fragte: »Was ist so dringend, dass ich unbedingt herkommen musste?«, biss genüsslich hinein. »Ich mein, die Sache ist geklärt, oder nicht?«

»Noch nicht ganz.« Auch Sophia nahm sich eine Breze, legte sie wieder weg. In ihr tobte es viel zu sehr, als dass sie in der Lage gewesen wäre, auch nur einen Bissen herunterzubringen.

»Ihr habt seinen Vater nicht verhaftet?« Chris sah sie erstaunt an.

»Doch, und er hat auch gestanden.«

»Ja dann … ich versteh nicht …«

Sophia hatte geplant, ihn selbst auf das Entsetzliche kommen zu lassen, was sie vermutete, doch jetzt hielt sie es nicht länger aus. Der Gedanke war so unvorstellbar, fraß sie auf, sie musste ihn so schnell wie möglich wieder loswerden, und etwas tief in ihr drin hoffte, dass Chris es als unmöglich abtun würde. Obwohl – in der Theorie wusste sie, dass es so etwas gab, doch wirklich begegnet war ihr diese Perversion noch nie.

»Gibt es …«, sie schaffte es nicht ohne Zigarette, zündete sich eine an, holte erneut Anlauf, »gibt es auch Frauen, die Kinder missbrauchen?«

Stille.

Was für eine Frage. Sie hätte sie nicht stellen sollen.

»Vergiss es.« Sie stand mit der Zigarette in der Hand auf, schenkte sich etwas von dem Ginjinha ein, der mittlerweile auch in der Stadlhuberküche deponiert war. »Es ist nur …«

Chris unterbrach sie: »Du stellst mir diese Frage und nimmst die Frauen im nächsten Atemzug schon in Schutz, indem du sagst, ich solle es gleich wieder vergessen?«

»Weil ich es mir einfach nicht vorstellen kann, dass Frauen, ich meine Nachbarinnen, Freundinnen, Tanten ...«

»... und Mütter ihren Kindern so etwas antun? Sie tun es.«

»Warum?« Der Ginjinha machte sie ruhig, wie immer. Mit der Zigarette setzte sie sich wieder an den Tisch, sah Chris fast flehend an. »Warum, Chris, warum, warum tut eine Frau einem Kind so etwas an?«

»Du denkst, Frauen sind besser als Männer?«

»Weil es einen Unterschied gibt. Eine Frau, ich spreche jetzt von der Mutter, trägt ihr Kind neun Monate in sich, nährt es, beschützt es ...«

»Du redest von den Muttergefühlen.«

»Chris, ich bin nicht naiv. Ich weiß, dass nicht jede Frau sie hat. Trotzdem, in der Regel ist die Mutter für ihr Kind die Bezugsperson schlechthin. Wie kann sie dieses Urvertrauen so missbrauchen?«

»Falsch verstandene Mutterliebe?«

»Das ist keine Liebe, Chris, das ist der pure Egoismus.«

»Auch das. Vor allem der Mutter-Sohn-Inzest, und davon reden wir, hat noch eine, wie soll ich es nennen, Besonderheit. Er ist praktisch die unnatürliche Rückkehr des Sohnes zum Körper der Mutter. Das macht es noch komplizierter. Eine Symbiose. Der Sohn identifiziert sich mit der Mutter, und so wird zu einem gewissen Teil verhindert, dass er die Unabhängigkeit entwickelt, die er braucht, um erwachsen und zu einer eigenen Persönlichkeit zu werden ... Für Mädchen gilt natürlich dasselbe.«

»Es hat also auch etwas mit Nicht-loslassen-Können zu tun?« Vor Aufregung blies sie ihm den Rauch ins Gesicht. Chris wandte sich leicht angeekelt ab. »Oh sorry!« Sophia verwedelte den Rauch, inhalierte noch einmal, drückte die Zigarette auf ihrem Teller aus. »Klar, loslassen ist immer schwer, nur, was stimmt, wenn mein Gefühl richtig ist, mit Eva Faltermeier nicht, dass sie zu solchen Mitteln greift, um ihren Sohn nicht zu verlieren?«

Chris zuckte mit den Schultern. »Vielleicht ist sie als Kind selbst missbraucht worden, vielleicht will sie ihrem Mann etwas heimzahlen, weil er sie betrügt, oder sie denkt, sie hat ihren Sohn geboren und gestillt und deshalb gehört er ihr und sie kann mit ihm tun, was sie will ...«

»Mit ihm schlafen?«

»Es reicht auch schon, die Kinder zu baden und dabei mit ihren Geschlechtsteilen zu spielen, sie ins Bett zu holen und mit ihnen zu kuscheln ...«

»Hör mal«, alles in Sophia bäumte sich auf, »als Raffa klein war, hab ich ihn auch gebadet und dabei sein Geschlechtsteil berührt, ebenso bei Emma. Und ich hab auch mit beiden gekuschelt. Jeden Abend, den ich zu Hause war.«

»Hat es dich sexuell erregt?«

»Natürlich nicht!« Allein schon die Vorstellung. Am liebsten hätte sie Chris eine Ohrfeige verpasst.

»Siehst du, und genau das ist der Unterschied.«

»Da fängt der Missbrauch bei einer Mutter schon an? Sie umarmt das Kind und ist sexuell erregt? Aber was ist mit dem Kind? Das kriegt es doch gar nicht wirklich mit ...«

»Doch, es fühlt es, kann es aber nicht einordnen, ahnt nur, dass da etwas nicht richtig ist. Aber die Mutter ist immer richtig, also ist das Kind falsch. Und weil es alles richtig machen möchte, hält es den Mund, spricht nicht drüber ...«

»Ich kann mich noch an einen Zeitungsbericht über eine Frau erinnern, die ihren Sohn sechs Jahre lang gestillt hat. Kein Hinterfragen. Es wurde nur als skurril empfunden und darüber nachgedacht, ob die Zähne des Jungen der Mutter nicht allmählich wehtun ... Was nicht sein darf, ist nicht.«

»Möglicherweise hat Sebastian auch deshalb seinen Vater beschuldigt, um endlich darüber reden zu können, gehört zu werden.«

»Oder einfach nur, weil er nicht in den Knast will.«

»Oder um sich selbst am weiteren Töten zu hindern. Sitzt sein Vater wegen dieser Taten im Gefängnis, kann er ja schlecht weitermachen ...«

»Du denkst, er will nicht mehr töten?«

»Ich fürchte, er hat es nie wirklich gewollt. Das ist allerdings Spekulation.«

»Dann gib mir was in die Hand, womit ich Eva Faltermeier knacken kann. Auch damit sie das Alibi widerruft, das sie Basti gibt. Sonst geht das, was er nicht will, weiter ...« Ihre Stimme wurde spöttisch. Sie war keine Psychologin. Bei zwei toten Mädchen war ihr Verständnis für den Täter begrenzt. Sophia wollte sich noch einen Ginjinha einschenken, ließ es, sie musste nüchtern bleiben und ganz klar im Kopf. Ein anderer Gedanke kam ihr. »Glaubst du, den beiden ist bewusst, was da zwischen ihnen passiert ist?«

»Das hängt davon ab, wie weit sie gegangen ist. Vielleicht hat Basti es lange nicht verstanden. Nur gefühlt, dass etwas mit seiner Mutter anders ist, wenn sie ihn umarmt. Allerdings hat er in unserem Gespräch klar von Missbrauch gesprochen. Und Eva Faltermeier? Nun, ich denke, sie weiß sehr genau, was sie tut.«

Sophia musste an das lasziv-triumphierende Lächeln denken, mit dem Eva Faltermeier sich nach dem Streit mit ihrem Mann in den Sessel gesetzt und die Beine auf sehr erotische Art und Weise übereinandergeschlagen hatte. Nur Minuten vorher hatten die Sanitäter Sebastian in die Psychiatrie gebracht. Sophia kochte vor Wut. Wenn sie recht behielt, hatte Eva Faltermeier nicht nur indirekt zwei Mädchen getötet, sondern auch das Leben ihres Sohnes und das noch vieler anderer Menschen zerstört. Aus Egoismus, weil sie die Geburt eines Kindes völlig missverstanden hatte, zu feig war, ihren Mann zu verlassen, sich an ihm rächen wollte oder sich von dem Schwächsten in der Familie das holte, was sie auf andere Art nicht bekam. Zuneigung. Wärme. Liebe. Was für eine Egoistin. Was für ein ...

»Du denkst, sie ist ein Monster?« Chris sah Sophia prüfend an.

»Ich weiß nicht, was sie ist.« Entschlossen stand Sophia auf. »Ich will nur eins: dass es endlich zu Ende ist.« Und dann fügte sie etwas hinzu, wovon sie nie geglaubt hatte, es jemals zu sagen. »Ich halte meinen Beruf, Chris, ich halte ihn einfach nicht mehr aus.«

»Sophia.« Chris wechselte so abrupt das Thema, dass Sophia zusammenzuckte. »Ich muss dir noch was erklären, vor allem, warum ich bin, wie ich bin, ich –«

Sie hätte so gern gewusst, weshalb es zwischen ihnen war, wie es war, obwohl sie spürte, wie sehr es auch hätte anders sein können. Aber nicht jetzt.

»Später, Chris.« Sie stand auf, küsste ihn auf den Mund. »Ich hol nur schnell mein Handy, dann fahren wir los.«

Es gab zwei Nachrichten auf ihrem Handy. Eine von Alexander und eine von Emma. Sophia hörte beide nicht ab. Sie wollte sich weder von den Tränen ihrer Tochter noch von den Vorwürfen ihres Ex-Mannes durcheinanderbringen lassen. Was sie jetzt brauchte, war Konzentration, um Sebastian Faltermeier für sehr, sehr lange Zeit in den Knast zu bringen. Auf diese Weise konnte er zumindest büßen. Seine Mutter hingegen würde für immer mit der Schuld leben müssen …

46

Bahnhof Bogen. Alles hatte wie am Schnürchen geklappt. In Neufahrn war sie aus dem einen Zug ausgestiegen und hatte den Zug nach Bogen in genau drei Minuten erreicht. Emma sah sich um. Ihre Mutter war noch nicht da. Für den Bruchteil einer Sekunde war sie enttäuscht, dann jedoch läutete ihr Handy. Ihre Mama, sie strahlte, doch das Display verriet, dass es ihr Papa war. Sie ging ran und schwindelte, dass alles glattgegangen sei, die Mama schon da war, aber nicht mit ihm sprechen könne, weil sie im Lebensmittelladen noch etwas für das Mittagessen kaufen wolle, das sie für sie beide kochen würde. Ja, Mama kochte, nur für sie. Emma versprach, den Vater später noch einmal gemeinsam mit der Mutter anzurufen. Sie legte auf.

Keine Mama. Ein junger Mann lächelte sie an. Er war noch hübscher als der aus dem Zug. In Emma begannen die Hormone zu arbeiten. Ein ganz neues Gefühl, das sie unsicher machte. Sie lächelte schüchtern zurück.

»Alles okay?«

Sie nickte tapfer. Er nickte ihr freundlich zu, ging davon. Emma wusste nicht weiter. Setzte sich auf das Mitfahrbankerl unweit des Bahnhofs. Sie überlegte, ob sie ihre Mutter noch einmal anrufen sollte. Aber sie hatte ja nicht einmal auf ihren ersten Anruf reagiert. Aus Enttäuschung wurde Wut. Dieses alte Gefühl kroch in ihr hoch, dass die Mutter nicht da war, wenn sie sie brauchte. Am liebsten hätte sie sich in den nächsten Zug gesetzt, wäre wieder nach München zurückgefahren und hätte nie wieder mit ihrer Mutter gesprochen. Raffa hatte recht gehabt, als er sich geweigert hatte, mit nach Bogen zu kommen.

Emma wollte schon aufstehen, als sich der junge Mann von vorhin neben sie setzte. »Tränen? Also doch nicht alles okay?«

Er war nett. Emma entschied, sich ihm anzuvertrauen. »Meine Mutter wollte mich eigentlich abholen, aber ihr ist wahrscheinlich was dazwischengekommen ...«

»Wie heißt deine Mutter? Vielleicht kenn ich sie, Bogen ist klein.«

»Sophia Alvarez.«

»Die Polizistin?«

»Du kennst meine Mama?«

»Sie wohnt im Bauernhof meiner Freundin. Klar kenn ich sie, sogar ziemlich gut ...«

In Emma arbeitete es. Ihre Mutter hatte sie gelehrt, keinem Fremden zu vertrauen, geschweige denn mit ihm mitzugehen. Sprach jemand sie aus einem Auto an, sollte sie schnell die Straßenseite wechseln. Wurde jemand zudringlich, dann am besten sofort in einem Geschäft Hilfe holen. Aber der junge Mann kannte ihre Mutter und war mit der Tochter von der Vermieterin befreundet.

»Viel Glück.« Er wollte schon aufstehen und mit einem ermutigenden Lächeln gehen, als Emma ihn aufhielt.

»Bringst du mich hin?«

Vielleicht war genau das der Moment, in dem Sebastian Faltermeier seinen Plan aufgab, sich gemeinsam mit Antonia während des Sonntagsgottesdienstes vor dem Marienbild in der Wallfahrtskirche zu verbrennen.

»Klar, aber vorher muss ich noch schnell nach Hause. Kommst du mit?«

Erst jetzt fiel Emma auf, dass der hübsche und vor allem nette junge Mann etwas zwischen seine Beine gepresst hielt.

»Wozu brauchst du den Kanister?«

»Mein Auto ist liegen geblieben. Ich hab grad Benzin geholt.«

»Okay, dann mal los.« Emma strahlte wieder. Nach Bogen zu fahren war doch kein Fehler gewesen. Ihre Mutter kannte ja richtig coole Leute. Jungs, die sogar schon ein Auto besaßen. Vor allem aber freute sie sich auf ihr überraschtes Gesicht, wenn sie gleich vor ihr stehen würde. Noch immer lächelnd, ging sie neben dem jungen Mann her, der sich ihr jetzt als Basti vorstellte.

Auch Basti lächelte. Sollte Antonia leben, die verfickte Amöbe, er hatte eine neue Idee. Er wollte das Gesicht einer Mutter sehen, wenn ihr Kind brannte ...

47

Sophia und Chris waren bei Eva Faltermeier keinen Schritt weitergekommen. Sie hatte nur völlig entsetzt und fassungslos auf die »infame Unterstellung« reagiert, ihren Sohn missbraucht zu haben. Noch immer empört, stand sie Sophia und Chris in Sebastians Zimmer im ersten Stock des Hauses gegenüber, von dem aus man einen guten Blick auf den Stadtplatz und das Polizeirevier hatte, und schimpfte: »Ich liebe meinen Sohn!« Ohne Sebastian hätte sie es keinen Tag länger mit diesem lieblosen Mann ausgehalten. Diesem Schläger, diesem Narzissten, der sie nur noch gequält hatte. Hätte sie die Liebe zu Basti nicht gehabt, seine Zärtlichkeit, seine Nähe, sie würde heute nicht mehr leben. Außerdem verstehe sie gar nicht, was Sophia überhaupt von ihr wolle. Ihr Mann habe gestanden. Er sei der Mörder, und Basti, der gute Junge, habe ihr Alibi.

Sophia konnte es kaum noch ertragen, griff Eva Faltermeier jetzt direkt an: »Wie hat das mit Ihnen überhaupt funktioniert? Ich meine, Sebastian ist impotent. Auf gut Deutsch, er kriegt seinen Schwanz nicht hoch, auch wenn er es noch so sehr will …«

Für den Bruchteil einer Sekunde sah Eva Faltermeier Sophia fassungslos an. Hatte Sophia gehofft, dass sie sich verraten, vielleicht sogar damit angeben würde, dass es mit ihr anders und Basti sehr wohl in der Lage war, sie zu befriedigen, so hatte sie sich getäuscht. Auf so einen billigen Trick fiel Eva Faltermeier nicht rein. Im Gegenteil. Ihre Stimme klang spöttisch, als sie entgegnete: »Und dass mein Sohn einfach keine Lust auf die Schlampen hat, die hinter ihm her sind, auf die Idee kommen Sie nicht?«

»Ein Anruf, und ich hab den richterlichen Beschluss, Sebastians Krankenakte einsehen zu dürfen.« Es kostete Sophia viel Mühe, aber sie blieb ruhig.

»Sebastian hatte als Jugendlicher Windpocken.« Eva Faltermeier wirkte jetzt bedrückt. »Sie wissen, was das medizinisch bedeuten kann? Ich kann Ihnen gar nicht sagen, wie wütend ich bin, weil mein Mann absolut dagegen war, ihn impfen zu lassen.«

Wieder der Mann. Sophia konnte gar nicht so schnell reagieren, wie Chris jetzt seinen Pfeil abschoss. »Hat es Sie jemals erregt, Frau Faltermeier, Ihren Sohn schon als Baby einfach nur zu halten?«

Im Zimmer war es jetzt so still und ohne jede Bewegung, als habe Chris mit seiner Frage die Zeit angehalten.

»Raus«, sagte Eva Faltermeier schließlich, und wider Erwarten blieb sie gefasst. »Raus aus meinem Haus.«

Chris und Sophia sahen sich an. Sie hatten kein Recht, länger zu bleiben. Sie wandten sich schon zur Tür, als Eva Faltermeier noch etwas in einem Ton hinzufügte, als bitte sie mit ihren Worten nun doch um Vergebung: »Ich weiß schon lange, dass mein Mann meinen Sohn missbraucht hat. Wenn Sie mir eins vorwerfen können, dann, dass ich Sebastian nicht beschützt habe, nicht gegangen bin. Bitte tun Sie Sebastian nicht erneut Unrecht an, indem Sie ihm das vorwerfen, was sein Vater getan hat. Lassen Sie Basti einfach in Ruhe, lassen Sie ihn wieder heil werden.« Mit großen Augen wandte sie sich an Chris. »Sie sind doch Psychiater. Bitte helfen Sie ihm dabei!«

Sophia bemerkte bei Chris eine leichte Verunsicherung. »Sie bleiben bei Ihrem Alibi?« Was anderes fiel Sophia in diesem Moment nicht ein.

Eva Faltermeier reagierte mit festem Blick. »Als Lilli Gruber starb, war mein Sohn bei mir.«

Sophia sah sich noch einmal in Sebastians Zimmer um, in das Eva Faltermeier sie und Chris geführt hatte, um ihnen zu beweisen, wie durch und durch harmlos ihr Sohn war. Ein Junge, der las, puzzelte, Rap mochte und bei der Feuerwehr war. Ein ganz normaler junger Mann aus dem niederbayerischen Bogen. Nichts außer seinem Verhalten Antonia gegenüber und den Fotos auf seinem Handy deutete auf etwas anderes hin. Die Fotos! Warum hatte sie bisher nicht daran gedacht?

Langsam, sehr langsam drehte sich Sophia zu Eva Faltermeier um. »Glauben Sie, es hat etwas mit Bastis Impotenz zu tun, dass er Mädchen und Frauen heimlich nackt fotografiert, auch die, die sterben mussten?«

Endlich. Eva Faltermeier verlor die Fassung, stürzte mit einem Gesichtsausdruck auf sie zu, so verzerrt, dass Sophia sie nicht mehr erkannte. Sie machte einen Schritt auf Sophia zu, hob schon beide Hände, als wolle sie sie ihr um den Hals legen, doch in diesem Moment ertönte ein schriller, von fürchterlicher Angst erfüllter Schrei. »Maaaaama!«

Alles in Sophia erstarrte. Das war – Emma!

Chris und Eva Faltermeier stürzten ans Fenster. Sophia nahm sich nicht die Zeit. Sie stürzte aus dem Zimmer, stürzte, zwei Stufen auf einmal nehmend, ins Erdgeschoss, verließ das Haus, rannte die ihr endlos erscheinende Straße hinunter, die hangabwärts auf den Stadtplatz führte, wo sich allmählich die Menschen, die noch ihre letzten Wochenendeinkäufe erledigten, um das scharten, was Sophia nicht sofort sehen konnte. Alle waren gleichermaßen entsetzt.

In Sophia dagegen war jetzt alles ruhig. Es war ihr Kind, das Sebastian offenbar mit Benzin übergossen hatte und jetzt mit dem rechten Arm wie mit einem Schraubstock fest an sich gepresst hielt, während er in der linken Hand mit einem Feuerzeug spielte. »Nur einen Schritt näher, und die Kleine brennt.«

»Basti!« Sophia drängte sich durch die Umstehenden. Es kostete sie viel Kraft, aber ihre Stimme blieb ruhig und freundlich. »Du willst doch kein Kind. Du willst eine Frau. Also, warum nimmst du nicht mich?«

Aus dem Augenwinkel sah sie, wie Zöpfl eine Bewegung machte. Sie warnte ihn mit einer knappen Geste. Nur ein Klick mit dem Feuerzeug, und ihr Kind brannte. »Nimm mich, Basti!«

»Geht nicht.« Sein Blick wurde trotzig, der Griff um Emma war fest.

»Mama!« Später hätte Sophia nicht zu beschreiben gewusst, was diese Angst, aber auch Hoffnung in der Stimme ihrer Tochter in ihr auslöste. Jetzt allerdings gab sie ihr Kraft. Sie würde Emma da rausholen! Sie würde es schaffen. Ein beruhigender Blick. »Keine Angst, Emma, ich bin da, alles ist gut ...«

»Ja, logisch, die Mamas!« Basti lachte höhnisch auf, und Sophia fürchtete schon, einen Fehler gemacht zu haben.

»Was hast du gegen eine Mutter, die sich um ihr Kind sorgt, Basti?«

Sein gerade noch höhnisches Lächeln wurde verloren.

»Weil es verlogen ist ...«

»Du denkst also, mir ist Emma egal?«

»Logisch. Sie sind ja ned amal zum Bahnhof, um sie abzuholen.«

»Stimmt, Basti, das war ein Riesenfehler. Deshalb lass mich dafür büßen, nicht mein Kind.«

»Du wirst büßen ... weilst gleich sehen wirst, wie dei Kind brennt.«

Fast hätte sich Sophia gewünscht, Basti würde wie ein Irrer reden, aber das war er nicht, er wusste genau, was er tat. Er war kühl, und er war überlegt. Sie wusste nicht, wann sie sich jemals so hilflos gefühlt hatte, begann, um Emmas Leben zu reden. »Du willst deine Mutter strafen, Basti, nicht mich und vor allem nicht Emma. Es ging dir auch nicht um Hannah oder Lilli, als du sie getötet hast. Es war immer nur deine Mutter, stimmt's?«

»Scheißamöben! Mamasohn, ich bin kein Mamasohn. Scheißamöben.«

Jetzt hatte sie ihn. Jetzt flippte er aus. Sie bedeutete Emma mit den Augen, sich still wie ein Mäuschen zu verhalten. Emma verstand, rührte sich nicht, aber Sophia sah, wie heftig sich ihr kleiner Brustkorb bewegte.

»Deshalb hast du sie getötet«, sprach sie weiter, so ruhig sie konnte. »Weil sie Mamasohn zu dir gesagt haben?«

Zeit gewinnen. Ihn beruhigen. Verstehen. Irgendwie. Zöpfl

gab Fritz und Kim ein Zeichen. Himmel, nein. Keine Gewalt. Sie schüttelte leicht den Kopf in die Richtung der Polizisten, wandte sich wieder an Basti. »Das war gemein, Basti ...«

»Ach was, Sie kapieren gar nix. Hannah war eine Nutte, und die Lilli ... ich hab sie ned verbrennen wollen ... sie nicht.«

»Wen dann?« Sie beantwortete die Frage selbst. »Du hast dich umbringen wollen ...«

»Aber dann hat sie gesagt, sie will mir helfen, weil ich kein richtiger Mann bin und weil sie glaubt, dass meine Mutter was damit zu tun hat, so wie sie mich immer anschaut und anfasst, und da ...«

»... hast du dich umentschieden. Mach das noch mal, Basti. Entscheid dich um, Basti. Nimm mich. Bitte.«

»Sie würden für Ihr Kind sterben, Frau Polizei?«

»Das würde ich, Basti!« Sophia sah, wie es in Sebastian Faltermeier arbeitete, und sie sah, dass er mit den Augen nach etwas suchte, nach jemandem suchte.

»Deine Mutter steht in deinem Zimmer am Fenster.«

Sebastian Faltermeiers Blick ging nach oben, und jetzt war nur noch ein Flüstern zu hören. »Sie sind da.« Er neigte den Kopf so, dass er seine Mutter besser sehen konnte, doch das Haus war zu weit entfernt, um sie erkennen zu können. »Die da nicht!«

Ein Moment der absoluten Verzweiflung. Sophia nützte ihn, entriss Sebastian ihr Kind. »Lauf, Emma, lauf!«

Emma rannte los, Sophia lief ihr hinterher, bekam sie an der Hand zu fassen, zog sie mit sich fort, weil sie ahnte, was gleich passieren würde und was ihr Kind auf keinen Fall mit ansehen durfte.

Während sie und Emma noch liefen, hörte sie, wie ein Fenster aufgerissen wurde, und einen Schrei. »Nein ... Basti! Nicht!«

Emma stoppte, wollte sich schon umdrehen, da hatte Sophia sie mit beiden Händen gepackt und presste Emmas Gesicht gegen ihre Schulter, hielt sie, streichelte sie. »Nicht hinsehen, Liebling, nicht hinsehen!«

Sophia aber sah hin. Sah, dass Basti das restliche Benzin über sich ausgegossen hatte, die Flamme aus seinem Feuerzeug blitzte auf, und Sebastian Faltermeier wurde vor den Augen seiner Mutter zu einer in den tiefblauen Himmel lodernden Fackel. Die Menschen wie erstarrt. Dann aber zogen sie Hemden und Uniformjacken aus und schlugen damit so lange auf Sebastian Faltermeier ein, bis auch die letzte Flamme gelöscht war ...

»Mein Hals, Mama!« Sophia bemerkte, dass sie ihre Schulter in Emmas Kehlkopf gedrückt hatte, lockerte den Griff, führte Emma hinter ein Haus, von dem aus nicht mehr zu sehen war, was auf dem Stadtplatz vor sich ging, kniete vor ihrem Kind nieder, war jetzt diejenige, die sie umarmte. »Ich liebe dich, Emma, ich liebe dich so sehr.«

»Ich weiß, Mama!«

»Du weißt es, du weißt das wirklich?«

Emma ging nun ebenfalls auf die Knie, nahm Sophias rechtes Handgelenk, da, wo Sophia über dem Puls die Initialen ihrer Kinder hatte eintätowieren lassen. Emma antwortete nicht, sondern strich nur sehr zärtlich über das Tattoo. »Raffa findet das sicher auch ganz schön cool.«

Sophia schluckte, dann liefen ihr die Tränen über das Gesicht, als wollten sie nie wieder damit aufhören. Emma weinte auch. Sie weinten beide.

48

»*O que passou, passou.*« Was geschehen ist, ist geschehen! Mit den Worten meines Vaters lege ich den Fall Lilli Gruber und Hannah Buchecker zu den Akten.

Sechs Wochen sind nun seit jenem furchtbaren Samstag im Juli vergangen, an dem sich Sebastian Faltermeier in Brand gesteckt hat und beinahe meine über alles geliebte Tochter Emma mitgenommen hätte. Vielleicht nicht in den Tod, denn Sebastian lebt. Zöpfl, Büchlein und alle anderen waren schnell genug gewesen ... Falls man das noch Leben nennen kann. Auf der Intensivstation für Schwerbrandverletzte in einer Einzelbox ohne Tageslicht, fast bewegungsunfähig, mit Schmerzen, die man sich lieber nicht vorstellen möchte.

Besuch bekommt er kaum. Sein Vater ist aus Bogen fortgezogen. An einen unbekannten Ort. Wegg'schaut statt hing'schaut – er wird damit leben müssen, dass ihm vermutlich sein Ruf und das Bürgermeisteramt wichtiger gewesen sind als das, was seine Frau hinter seinem Rücken trieb.

Chris besucht Sebastian einmal in der Woche, weil es seine Aufgabe ist, mit ihm zu reden, ebenso sein Anwalt. Wann er verhandlungsfähig sein wird, falls überhaupt, steht noch in den Sternen.

Seine Mutter ist für ihn da, jeden Tag, und sie schwört, dass sie das auch für alle Zukunft bleiben wird: »Ich geb meinen Jungen nicht auf, er ist mein Kind.«

Ich hab mit ihr gesprochen und auch Chris. »Was wir getan haben«, so sagt sie, »ist doch nichts Schlimmes, wir haben uns einfach nur gegenseitig getröstet in dieser trostlosen Welt, das ist alles ... Ich liebe meinen Sohn.«

Ob sie jemals dafür bezahlen muss, was sie ihrem Sohn angetan hat? Keine Ahnung. Vor allem da sowohl sie als auch Sebastian darüber schweigen, wie weit der Missbrauch wirklich gegangen ist, was genau Eva mit ihrem Sohn gemacht hat.

Allein für sexuelle Erregung wird niemand bestraft. Vielleicht ist es aber auch schon Strafe genug, dass ihr tagtäglich durch die schrecklichen Narben und die Amputationen von Sebastians Gliedmaßen vor Augen geführt wird, was sie ihrem Sohn angetan hat. Wehe, wenn der Tag kommt, an dem sie begreift, dass es nicht das Feuer, dass sie diejenige war, die ihren Sohn amputiert hat, die Seele aus dem Leib und jede Hoffnung auf ein glückliches Leben.

Zwanzig Prozent der Missbrauchsopfer werden von Frauen missbraucht, sagt Chris, die extrem hohe Dunkelziffer nicht miteingerechnet, ich kann es kaum glauben ... Dazu kommen die Kollateralschäden, ich drücke mich bewusst so sachlich aus, um nicht irgendwann doch auf Eva Faltermeier loszugehen. Lillis Großvater, Alois Gruber, ist verstorben, und an seinem Grab sind immer frische Blumen. Niemand hat gewusst, von wem, bis ich sie an einem späten Abend gesehen habe. Resi Faltermeier, Sebastians Großmutter, der ich durch ihr Blockieren der Straße meinen ersten Einsatz zu verdanken hatte.

Dieser Fall hat mich verändert. Sosehr ich mich dagegen gewehrt habe, in den Bayerischen Wald zu gehen, so froh bin ich darüber, denn er hat mich dazu gebracht, noch einmal darüber nachzudenken, was es heißt, Mutter zu sein. Es bedeutet, dein Leben zu ändern und deine Art zu denken. Es bedeutet, dein ganzes Herz zu schenken, deine ganze Kraft, und vor allem bedeutet es, dem Leben bis zum letzten Atemzug einen Sinn zu geben. Auch wenn Kinder gewiss eines nie tun werden – dein Leben leben!

Aus all diesen Gründen bin ich froh, dass ich nicht mehr Ermittlerin, sondern nur noch Polizistin bin, mittlerweile endlich in blauer Uniform, während sich Zöpfl und Büchlein nach der Löschaktion vorerst mit Grün begnügen mussten, was mich besonders freut, nachdem ich herausgefunden habe, dass es hinsichtlich meiner Uniform gar keine Lieferschwierigkeiten gegeben hatte. Zöpfl hatte sie ganz einfach nicht bestellt.

Ich mag inzwischen mein Aufgabengebiet Verkehrssicherheit. Es ist nicht unwichtig, und es lässt mir die Zeit, die ich brauche, um meine Kinder das Fliegen zu lehren, ohne ihre Flugroute zu bestimmen. Sie sollen sich, egal, wo sie auch leben wollen, auf mich verlassen können. Raffa findet das Tattoo übrigens ziemlich daneben. Peinlich, der erste Buchstabe seines Vornamens am Puls seiner Mutter! Egal, dafür mag er seine Großmutter und ihren Bauernhof. Er wird öfter kommen, hat er zumindest gesagt, auch weil sich im Haus seines Vaters alles nur noch um das Baby dreht, das die ganze Nacht schreit. Ach, und Emma hat jetzt ihre Zahnspange – endlich.

Ich werde aber nicht nur eine bessere Mutter, ich werde auch eine bessere Tochter sein, für meine Mutter, zu der ich ziehen werde, auch um zumindest etwas von dem nachzuholen, was wir beide versäumt haben. Und – für meinen Vater, den ich, jetzt, da ich weiß, dass er noch lebt, mit aller Energie suchen werde.

Noch etwas! Theres hat es geschafft, mir meine Nackenschmerzen zu nehmen. Ich kann ihre krampflösende Salbe aus Arnika, Ringelblume, Rosmarin, Zitronengras und Zaunrübe nur wärmstens empfehlen. Meine Mutter und Theres planen jetzt eine gemeinsame Website, um Theres' Produkte zu vertreiben. Das ist doch mal 'ne Perspektive. Vielleicht gibt's auch was zur Unterstützung für Max, der in Therapie ist, nicht nur seines Traumas wegen. Der Drogentest hat seinen regelmäßigen Konsum bestätigt.

Und Chris? Er hat mir was sagen, mir erklären wollen, weshalb er ist, wie er ist, und ich hatte den Kopf nicht frei, um ihm zuzuhören.

Jetzt höre ich zu, aber er will offenbar nicht mehr darüber sprechen. Allerdings hat er eins vergessen. Ich bin Ermittlerin, weiß, wie man das Schweigen bricht, und aufgeben gehört nun mal nicht zu meinen Eigenschaften, auch nicht, was ihn betrifft. Nicht immer nur beruflich was riskieren, auch privat, das zumindest ist meine neue Devise.

So, liebes Notizbuch, nun schlage ich dich endgültig zu. Mach's gut. Denn das war mein letzter Fall.

***

Liebes Notizbuch, ich bin wieder da. Stell dir vor, es gibt wieder einen Toten in der Welt, von der Zöpfl glaubt, sie sei so niederbayerisch heil, und alles in mir schreit, es ist – Mord!

Die Holzkirchener Wallfahrt zum Bogenberg

Die Holzkirchener Kerzenwallfahrt auf den Bogenberg ist eine der letzten großen Bittprozessionen in Niederbayern. Sie besteht seit über fünfhundert Jahren und findet am Pfingstsamstag und Pfingstsonntag statt. Bis auf das Jahr 1475 soll der Überlieferung nach das Gelübde der Holzkirchener zurückgehen, der Muttergottes auf dem Bogenberg jedes Jahr ein Kerzenopfer darzubringen.

Zum ersten Mal schriftlich erwähnt wurde die Holzkirchener Wallfahrt 1518 in einem Dokument des Klosters Oberalteich. Das Gelübde, das die Holzkirchener vor über fünfhundert Jahren abgelegt haben und das sie bis heute treu erfüllen, entstand aus großer Not, ausgelöst durch den Borkenkäfer, der in den Wäldern rund um Holzkirchen wütete und mit dem Vernichten der Wälder eine wichtige Existenzgrundlage der Bevölkerung gefährdete. Da niemand der Verwüstung Einhalt gebieten konnte, kam es zu dem Versprechen der Holzkirchener: Wenn auf die Fürbitte Mariens hin der Käfer abstirbt und nicht mehr die Wälder zerstört, wird jedes Jahr ein gerade gewachsener Fichtenstamm mit rotem Wachs umwickelt und in einer Dankwallfahrt der Muttergottes auf dem Bogenberg geopfert. Die Plage verschwand, und so ist die Holzkirchener Kerzenwallfahrt, begleitet von circa fünfzehntausend Pilgern aus aller Welt, bis heute erhalten geblieben.

Sie ist eine Fußwallfahrt, die von Holzkirchen aus über fünfundsiebzig Kilometer zur Wallfahrtskirche auf dem Bogenberg führt. Die Kerze, über zwölf Meter lang und einen halben Zentner schwer, wird während der Wallfahrt auf der Schulter zweier Träger und an manchen Streckenabschnitten auch stehend von einem einzigen Mann allein getragen. Es heißt, wenn die Kerze kippt, habe das ein Unglück zu Folge. Zweimal ist das bisher geschehen, beim ersten Mal, so heißt es, sei der Erste und beim zweiten Mal der Zweite Weltkrieg ausgebrochen.

Wenn Sie sich über die Kerzenwallfahrt näher informieren wollen: www.kerzenwallfahrt.de

Die Kerze der letzten Wallfahrt steht übrigens in der Wallfahrtskirche vorn links gleich neben dem Altar. Auch sonst bietet der Bogenberg nicht nur wunderbare Wanderwege, sondern auch einen herrlichen Blick auf die Donaulandschaft.

Dank

Ein großes Dankeschön an den Emons Verlag, Ulrike und Hejo Emons und Dr. Christel Steinmetz dafür, dass ein Thema sein Zuhause gefunden hat, das mich beschäftigt, seit ich vor mittlerweile schon zwanzig Jahren auf das Sachbuch »Frauen als Täterinnen« gestoßen bin, 1995 erschienen im Donna Vita Verlag, herausgegeben von Michele Elliott. Es ist noch immer ein Tabuthema, und dennoch geht die Kölner Organisation Zartbitter e.V. beim Kindesmissbrauch von bis zu zwanzig Prozent Täterinnen aus, die Dunkelziffer soll weit höher sein.

Ich bedanke mich bei meinem Agenten Dirk R. Meynecke, weil er sich immer und vor allem erfolgreich für die Themen einsetzt, die mir am Herzen liegen, und bei meinem Lektor Carlos Westerkamp für seine Genauigkeit, seine wichtigen Anregungen und seinen einfühlsamen Umgang mit Stil und Sprache. Es war eine großartige Zusammenarbeit. Danke, Nina Schäfer und Leonardo Magrelli für das tolle Cover, Daria Gaberdan und Sophie Olk für die so wichtige Schlussredaktion, hat sich doch noch der eine oder andere Fehler eingeschlichen, und Hannah Naumann für die gute Betreuung bei allen mir wichtigen Fragen.

Was wäre ein Krimi ohne Recherche? Mein großer Dank gilt Frank, Hauptkommissar beim LKA, und Jürgen, Hauptkommissar bei der Münchner Mordkommission, für die wertvollen Informationen über Ermittlungsarbeit (Frank, dir obendrein für das geduldige Erklären der Dienstgrade, die ich immer wieder gern verwechsele) sowie der Polizeiinspektion Bogen, vor allem Polizeihauptkommissar und Dienstgruppenleiter Reinhard Schneider, der mich durch die Polizeiinspektion geführt und mir einen Einblick in die Polizeiarbeit auf dem Land gegeben hat, mit kurzer Verweildauer in einer Zelle, eine wahrlich interessante Erfahrung. Die Polizeiinspektion Bogen möge mir verzeihen, dass im »Suppenbrunzer« eine, wie von Sophia Alvarez interpretiert, sexistische Bemerkung gefallen ist. Das entspricht nicht der Realität, sondern ist nur der Phantasie der Autorin entsprungen, ebenso wie kleine Anpassungen bei den Örtlichkeiten. Keiner der Beamten der Polizeiinspektion Bogen diente als Vorlage für das Team um Sophia Alvarez, der Bogener Bürgermeister und seine Familie sind frei von jeder Schuld, und in der Regensburger Universitätsklinik gibt es kein Zentrum für Schwerbrandverletzte.

Vielen Dank auch an den Diplom-Psychologen Horst-Dietrich Schmidt für die Unterstützung bei allen psychologischen Fragen und an meine Freundin Meike für das genaue Lesen und für die ersten wichtigen Rückmeldungen, auch was meine Kommalegasthenie betrifft.

Nicht immer ganz alltagstauglich und gelegentlich am Schreibtisch »vereinsamt«, bietet mir meine Familie den Rückhalt, den ich zum Arbeiten dringend brauche, und obendrein ganz viel kreativen Input. Manfred, Daniel, Kathi, Nanni, Emmi und Milena, ich umarme euch, auch dafür, dass ihr mich ins Leben zerrt und immer für mich da seid, beim Schreiben und überhaupt.

Zu guter Letzt möchte ich meine Mutter, Edith Walter, nennen, Übersetzerin vieler Krimis und Thriller, von Ruth Rendell, Norman Mailer, Robert Ludlum, Edgar Wallace und vielen, vielen mehr ... Von dir, Mama, habe ich meine Liebe zum Krimi und obendrein so viel über das Schreiben gelernt. Danke! Wie gern hättest du noch meinen ersten Krimi miterlebt.